槿

furui yoshikichi
古井由吉

講談社 文芸文庫

目次

槿〈あさがお〉

1

腹をくだして朝顔の花を眺めた。十歳を越した頃だった。厠の外に咲いていたのではない。

寝冷えをしたのか、明け方近くにうなされて目をひらいた。膝が汗ばんでいた。親たちの床の間から足音を忍ばせ暗い廊下をつたって幾度も厠に通った。ただ渋るばかりになり困りはて長いこと蒲団の中で息をひそめていた。そのうちに夜が白んで疼きも間遠に、心地よい萎えにかわり、うつらとしかけたとき、何を苦しがってか雨戸を一枚だけあけて庭へ出た。

薄霧がこめて地にしっとりと露が降りていた。濡れた草のにおいが線香のにおいと似ていると思った。縁先の鉢植の前に尻を垂れて初めは花を見てもいなかった。ただ腹の内を測っていた。おさまっているのがかえってあやうく感じられた。小児にとって夏場の死はまず腹の内にあった。熱っぽい素肌に朝じめりの涼けがつらいほどに快い。その快さがまた疫痢か何かを誘う、身の毒と戒《いまし》められていた。

　やがてぽっかりと白い、あまりにもみずみずしくて刻々と腐れていくような花の輪に引きこまれた。それだけの記憶だ。しばらくは立ちあがれず、萎えた膝の上に薄くなった腹を押しつけて眺めていた。

　しかし四十を越した杉尾の眉間の奥に、ある日、あの朝鼻を近づけて嗅いだわけでもない花弁の、色に似あわず青く粘る臭気がひろがった。たちまち身の内に満ちるとやがて草も露も、炊立ての飯も汁も浅漬けも、そして人の肌までも同じ青く粘る精に染まった。粘りながらやはりどこか線香の鋭さをふくんでいた。暗い糞壺の底にほの白く蠢《うごめ》き湧き返っていた、蛆どもの生命まで、思い浮べていた。あの朝、十歳の小児が露に濡れて、自分は生き存《ながら》えられないような体感を抱えこんで股間には重苦しい力を溜めていた。

「一日の仕事に就く時が切ないのは、年が行くほどに切なくなるのは、これはあたり前の話だが、しかし」杉尾と同年配の男が嘆いた。「毎日毎日、あきもせずに、切ながっているのも子供っぽく感じないか。これも疲れのしるしなんだが。たとえば一日の仕舞いの、歯を磨くとか、寝巻に替えるとか、枕の位置を定めるとか、そんなことを長年の物臭さがいまさら憂鬱に感じるようになると、あんがいこれが、危い兆候なんだそうだ」

「おい、まめにはするもんだな、三白眼《さんぱくがん》の女を知ったよ」また別の友人が燥《はしや》ぎ出した。

「それがまた気のいい、すこぶるつきの呑気な女なんだ。三十も越して御本人が、手前の三白《さんぱく》に気がついてないんだよ。よくよく説明してやったら、はあ、そういうのがあるの、あたしはそれなの、と鏡をつくづくのぞきこんで、あら、ほんとだわね、と感心していた。うらやましいような女だよ。遠く近くから眺めて、これでは相手の人たちが、可哀相だったわね、ははは、と鏡に向かって笑いやがった。長年、手前の面《つら》を、何、見てきやがったんだ。まわりの者は何も言わなかったのか。こんなこと、あるものか」

　騒々しい羨望がやがて憤然としたような口調に終り、友人は目を剝いて黙りこんだ。あんたこそ、ほれ、いま三白になっているではないか、と杉尾はもうすこしで悪戯を仕掛けそうになった。しかし人生なかばで、俄に三白眼になるというような、あざやかな変貌は実際にないものか、とひそかに考えた。あるいはもともと潜在性の異相で、心身の特別な状態の中でしか顕れないので、本人は日頃鏡をのぞいて知るよしもない。その場の相手も突然の奇怪な印象を、顔の変化に見るとはかぎらない。変貌に驚くには日頃の、年来の面相に疎すぎるということもある。あるいはまた、友人の話す女はそうでもなさそうだが、もしもごく無事平穏な人生だとしたら、おもむろな変貌が五年十年もかかって、すっかり露呈したあとも三年四年と、本人も周囲も何事か起るまで、起ってもまだ、気づかずにいる、ということはあり得る。

「あまりにも明白な肉体の特徴については、馴れ親しんだ者たちは口にしないものでね」

あたり前のようなことを杉尾は答えていた。「親兄弟は、そういうことにはお互いに口も重ければ気も重い。あっさり悟らせてくれるのは行きずりの他人の、弥次みたいなものだろう。しかし教えられないという偶然が、人生、長く続くことはある。とくに知らず識らず周囲の異和感に押されて、恥を分けた人間にだけ密着してきたとしたら。徹底して知っていて徹底して黙っているのは、お互いにまるきり気がついていないのと同じ、はたらきを及ぼすことがあるもので」

自分の面相についても、ほんとうのところは、知らないからな、と我身のことを思った。興奮の顔、放心の顔と言わず、まず寝顔に責任が持てるかどうか。人にのぞかれることがあれば、無責任で済むものでもない。しかも寝顔のほうにこそほんとうの面相が、怒りも狂いも、あらわれている気が近頃しきりにする。髭を剃ろうとすると日によって眉間やら口もとやらに皺、というにはまだなまなましい、赤味のかかった、顰《しか》めの跡が見える。近年こんなひどい形相をした覚えもない。試みに顔の筋をさまざま歪めてみても、その跡に重なるような皺は、手でも添えなくては作れない。

ひたすらにこやかに、仏のごとく微笑みつづける夢を見て、目をさましたら憤怒の跡が皺に深く刻みこまれていた、というようなことは、あるだろうか。生涯、人には笑みを絶やさずにきたのがやがて口もとの皺に凝《こご》って、そこだけあらわに怒り狂っている、というようなことは。それとは逆に、生涯怒りに怒って奥歯もおおかた摩《す》り減った男の、死顔がむやみに剽軽だったり。

「俺はまさか、百年目の男じゃあなし、行きずりの男だから、教えることができたわけだ」友人は苦笑していた。「それに、手前が三白であることを、知らなかったわけでもあるまいよ。よくよく知っていて、長年自分にも人にも黙りこんできたことを、ある日、深い繋りもない他人に、あっさり言われてみる気になることはあるな。ほんとうに知らなかったつもりになって、あら、ほんとだわね、と笑ってみたくなるような。俺は、釣り出されたわけだ」

釣り出された、という言葉に杉尾は目をひらいた。酔寝から覚めた心地で酒場の外の閑散とした裏通りへ耳を澄ました。天から降る遠い車のざわめきを分けて、足音がひとつ遠ざかっていく。悪相がかすかに、目もとに粘りついた。たった半月前の、女の顔が浮ばなかった。忘れたのではない。人中で出会えば一目で見分けられる。たとえ暗闇の中で老若しらじらとひしめく裸女の間からでも、目に入りさえすれば間違うことはあるまい。裸体を見たわけでもないのにこれはまた不思議な確信だが、顔のほうはさしあたり、まるで見えない。しばし待てば浮んできそうな、面立ちのけはいすらない。

何を釣り出されたのでもない。心残りもなければ体臭を残してきた後暗さもない。だいたい、寝てもいない。

しかし妙な話を杉尾は思出した。女は初めて抱かれた男に手を引かれて、三途の川を渡るという。そうだろうか。かりに男が先に往っていて迎えに来るとしても、これがいささか連れ添った仲であれば相応の心の潤みもあるだろうが、あとで何人も男を重ねているとすれば最初はどうせ、ろくな寝方もしていまいから、今生の渡し場で行き逢っていまさらどんな顔を見合わせる。手を携えて渡りながら何を嘆きあったらよい。しかし待てよ、こいつは色恋を往生させるには、なかなか功徳のある話ではないか。

むしろ、こうではあるまいか。女は三途の瀬を渡る時には夫でもなく情人でもなく、初恋の男でも初めての男でも格別の縁でもなく、そういう愛情はすべて奪われて、たまたま一度だけ行きずりにまじわって倦厭の目をつくづく見かわした、そんな男にふたたび冷い手を引かれて、陰々滅々と濡れて往く。男のほうも岸まで来て今生の愛憎をすべて失い、しかし最後の報いとして誰かしら、無縁の女の手を引かなくては、みずからも渡れない。

ひょっとして、無縁の男女が偶然の行逢いにより、情の薄いまじわりにより、まだ生きながらに、どんな風にしてか、手を携えて三途の川を渡ってしまう、そしてそれぞれに身だけは日常へもどって、すでに往生しているとも知らずに、別々に生きながらえる、そんなことは、ありはしないか。

「あんたらも、ようやく年が寄りはじめたわね」

小鉢の並ぶ台のむこうから、これも四十を越した女将《おかみ》が前に並ぶ男どもをしげしげと眺めた。うっすらと笑いながらまた黙りこんで白いことはいまでも白い丸顔を、涼風に吹か

ろがぬ笑みが、何とはなしに幽《かそけ》く、またふくらむのを眺めた。
誰かが欠伸《あくび》をついた。杉尾は露じめりの上に尻を低く垂れる心地で、小鉢の上からたじ
「おい、俺たちの誰かと、一度ぐらい、寝たことがあるのではないか。もう時効だから、話してしまえ」
れるみたいに、ゆらりゆらりと揺すった。

雨の日と晴れの日とでは、死人はどちらが多く出る、と杉尾は右腕をあずけて湿気の浮く真新しい天井を眺めた。上膊が消毒されて看護婦があらためて腕を摑んでから、針が来るまでに、わずかながら間《ま》がある。人が紹介状から目をあげてこちらを眺めやり、それから顔を見つめるまでの間と、同じ質のものだ。杉尾自身の場合なら、言葉がようやく決まって、原稿用紙へ筆を突きさすまでの間にあたり、その横顔をはたから見たらさぞや凄いことだろう。このわずかな合間に起る人の視線の、存在の凝縮を杉尾は幼い頃から恐がる癖がある。
通常の注射針の倍ぐらいの太さだろうか。一瞬の痛みが過ぎると全身に脱力感がひろがってくる。人の立ち働く中で靴をはいたまま仰向けに置かれることは、今のところ、この時よりほかにない。五年ほど前に手術をする親類の者に血を提供してから、杉尾は年に二度は車の中で、一度は病院まで足を運んで、献血をするようになっていた。少年の頃の大

病の際には人の血を貰ってしのいだことであり、子供らにも、もしものことがあればせめて血を回してやりたい、という殊勝な心もないではないが、それよりも、いずれ避けられぬ自身の大病の、陰惨さを今から小出しに味わっておけば、いざとの時にいささか、心細さが減るのではないか、といういじましい魂胆が忍びこんでいる。しかし病院に来る日はかならず大降りになることが、なにか悪いしるしのように思えた。

やがて天井から目を離してガラスの仕切りの、切符売りの窓口ぐらいの穴からむこうへ差出され生血を採られている自身の腕をつくづく眺めはじめるのも、これも退屈というものか。腕に黄色いテープで固定された太い針から続く透明なビニールの管に、流れるともなく、どす黒いものが満ちている。初めの頃には、注射器で引くかわりに真空装置のようなものがあって一定の力で刻々と吸出しているとなぜだか思込んでいて、きびきびとほかで働く看護婦たちの頑丈そうな身体《からだ》を目で追いながら、もしも彼女たちが俺の存在を忘れたら、どうする、とそこまで考えるといっそ可笑《おか》しくなり、あら、ごめんなさい、すっかりぺそぺそになっちまって、と肩を叩かれてふらつくさまなどを想像した。

何度目かの時に、取扱う看護婦の手もとから、管の先にはやはりビニールの四角い袋がついているだけなのを見て拍子抜けがした。赤くふくらみきって二百cc、一合と少々だという。そのうちにまわりの患者、いや献血者たちの、血の溜まり方に人によって早い遅いがあるのを知って、莫迦げたことに、大の男があまり遅くては恥だぞ、と壮年の虚栄心に捉えられた。女のほうが概して遅いのを見てやはりとも思い、すこし意外な、心外な気もした。

　看護婦たちのいる内側を三方からコの字に囲んで寝台は並んでいる。自分の袋はガラスの仕切りを隔てて台のむこうへ垂れるので、他人の血の溜まりぐあいばかりが見える。室内はあくまでも清潔で、地下の陳列室か標本室かに似た静謐に、ホルマリンがごときにおいも漂って、折しも杉尾ともう一人の献血者が横たわっているだけだった。そちらの台の下に看護婦が屈んで、ほぼふくらんだ赤い袋を両の掌でかるくはさんで、首をかしげるようにしていた。杉尾が室に入ってきた時にはすでに針が腕に刺さっていたのに、どうも血の出がよろしくないらしい。

　寝台の上から女は、左腕をガラスの内へあずけて掌をゆっくり結びひらき、看護婦が話しかけている様子もないのに、天井へ向かってしどろもどろに微笑んでいた。これは女性への心づかいか、腰から下に白い布を掛けられてその下で膝をゆるく立て、笑っていると見えたのはこわばりがちの口もとをゆるめているので、つとめて楽にしながら腋から膝へ緊張の走るのが、かすかな布の揺らぎから見て取れた。

　それでも杉尾のほうが一足遅れて採血室から出てくると、女は休憩室のソファーに坐り、左腕の脱脂綿を右手でおさえて、献血の後で渡される箱入りのジュースを左の手先につかんでストローで啜っていた。

「いま、何時でしょうか」

斜向かいに腰をおろした杉尾に、薄闇の中からかけるような声でたずねた。同じく腕の綿をおさえる窮屈な手首を杉尾はのぞきこみ、そろそろ五時に近いと答えて、女の手首にも時計のあることに気づいた。女の真向かいの壁にも水晶時計がかかっている。宙へあずけた目の光がやや濁っていた。

こたえましたか、初めてですね、とたずね返そうとして杉尾は目をそむけた。三十過ぎと見えた。少々血を吸われたぐらいで貧血を起すほどの花車《きやしや》さでもない。それよりも杉尾こそ手前の血の質にどういう自信があって、人に提供するのか、と毎度この期になるとおそわれる疑いにまたおそわれた。この血が他人の内に入ることについて、想像力のはたらかなさには我ながら驚くべきものがある。むしろその想像力の欠落を自分でいささか、楽しんではいないか。

気がつくと、向かいのソファーの上で女は靴を脱いだ両脚を尻の脇に引寄せて横坐りの恰好になり、襟をややひろげ胸で息をついていた。目がひらききり感情の色はなしに潤んでいた。芋でも喰いはじめそうな場違いなくつろぎに、杉尾はちょっと目を瞠《みは》ったが、驚きも動かなかった。

やがて女がゆっくりと脚をおろし、遠くを眺めて靴をはき、みぞおちを窪めて腰をあげたとき、杉尾はあらわな、裸体の動作を感じた。女は杉尾のほうへ輪郭の奇妙に鮮明な、遠い記憶像の味のする横顔を向けて、人に見られている意識はなく、ほんのしばらく完全に静止した。それからすっと、歩き出した。

人のつかのまの完全な静止にも、杉尾はかるい恐れを覚える癖がある。そう言えば悪い時に悪い所に立っているなとそう思ったという、失踪者への悔み方があったとかいう。何が悪い時刻で、何が悪い場所なのか、どちらもたまたま呼止めなかった者の、後からの漠とした思合わせなのだろうが、そもそもこういう悔み方があるということが、人間は選りも選って、やりきれぬことを考えるものだ。

しかしわれわれは行きずりの人間ではないか、と我に返って杉尾は綿の上から腕を揉んでいる自分に呆れた。これでは止まりかけた血を絞り出すようなものだ。決まりの十分間も過ぎたので綿を取りのけると、繊維を粘りつけてうっすらと滲む血の跡が塞がっているのか活きているのか、かえってまがまがしいようで見きわめがつかない。流れに運ばれるように歩き出した女の腕の、蒼白い内側からも、汚れた綿が一点の血に貼りついて、なかばぶらさがるままに忘れられていた。煙草に火をつけて、さらに数分、杉尾はソファーの上でぐずついていた。

玄関を出ると真直に伸びる道の、もう表通りに近いあたりに、女の背が見えた。棒杭のように立って、風に吹かれていた。歩き出してしまったので、一本道なので、杉尾はいきなり振向かれるのを恐れながらことさら足音を響かせて近づき、女の脇を抜けたかと思ったとき背中に焦《あせ》りがあらわれ、うしろへ残った腕の、ちょうど採血の跡の上を掴まれた。思わず肘を折り、身をそむけようとすると、凄まじい力が細い指先にこもった。見ると、目をゆるくつぶり、瞼までも蒼く、髪の硬く立った額をかすかに前後に揺すっていた。顔が気味の悪いほど大きく見えた。貧血ではないという。そのまま、二人は風の中に立っていた。しばらくして、傘を忘れてきたことに気がついた。

女を背負ったのは、これが初めてか、と杉尾は首をかしげた。記憶のかぎり、たしかに一度もない。腰の抜けた婆さんを負ったこともない。しかし何度も何度も、かかわりのあった女ごとに、果てては持てあつかって、こうして背に運んだような、正体のなくなったのを背にのせてようやくひとりの心地がついたような、そんな気がするのが不思議だった。腰にぺたりと貼りついた下腹の平《ひら》たさが、寝るよりもあらわに、あわれに、女を感じさせた。こんなものと、いまさらなぜ、あんなことをしたがる。そう思うのも、すでに夜明けに近いせいか。女の家まで送って、なるようになれば避けぬつもりでもいたのに、車の途中で女が酔いに苦しみはじめると、思わず依怙《えこ》地になり、ひと市内を通り抜けるまで吐気をこらえさせたことが、我ながら性悪に思えた。畑の縁で車を停めさせると女は扉から転がり出て、農家の生籬《いけがき》の下にまるまりこんだ。喉を細く、はてしもなく絞《しぼ》っていた。車を行かせて杉尾はしばしその苦悶を見まもり、背をさすりに寄るのも物憂くて、向岸に建売りの並ぶ畑にむかって長い立小便をした。ここに来るまでさほど濃い情欲に促された覚えもなかったが、夏草の中へ放たれた酔いのにおいの中に、かすかな生臭さが混った。星ひとつ見えぬ空へ太い息をついて振向くと、女の姿は見えなかった。

この籬の内の住人であっても不思議はない、とさらに訝りも覚えず、白樫《しらがし》か何か、遠い燈を受けて裏葉の光る深い繁みに沿って目をゆっくり移すと、先よりも一間あまり離れた暗がりから、こちらを向いてむっちりとしゃがむ、白い顔が浮んだ。かすかに揺れていた。

女は自分から立ちあがり杉尾に並びかけた。畑の縁をはずれて、もうすぐ先ですと角をふらりと折れる足取りに住まいの近さを感じさせたかと思うと、これはまだまだ先だわ、こんなところ来た覚えもない、とつぶやいたりした。やがてまた両側を生籬に挟まれた細長い一本道に差しかかり、中途まで来たとき、ふいに尻から地面に坐りこみ、目をつぶったまま苦笑して、起きあがろうとして、道の真中に寝てしまった。不貞《ふて》た色も見せず、むしろ慎ましやかな横臥から、細い寝息さえ立った。さいわい地面は濡れていなかったので、杉尾は落ちたハンドバッグを髪の下に敷いてやり、さしあたり手が出せずに眺めた。街燈も遠く隔った生籬の闇の底で顔がまた白く静まり、雨もよいの空にこもる得体の知れぬ微光をそこに集めていた。やや寝ぶくれて、皺ひとつない、苦悶の跡もない。容貌すら失せて、何女でもある、ただ安らいだ顔だった。男の影ももはや落ちていない。杉尾も安堵のごときを覚えて、長い労苦の後味を嚙みしめてすでに立ち去る心で、さらにしばし眺めやっていると、顔肌の白さに赤い光が差し、胸もとから腹へ流れて、こころもち斜めに立てた膝の影を醜く浮きあがらせ、燈明のようにゆらめいたかと思うと、遠い角を折れて道ぎりぎり一杯に車が入ってきた。

近づくライトの中で、正体のない女の、骨抜けのようにあちこちへむやみに流れ垂れさがっては妙な方から粘りついてくる重みと夢中でよろけ、もつれあったあげく、どう抱き起したものか、もはやお互いの五体のありかもはっきりせず、杉尾はまだ寝息を立てる女をとにかく身にもたれこませ、自身も生籬へもたれこんだ。車の過ぎたあとも、また流れる重みに引かれて地に倒れかかり、迫るものもないのにいっそう切羽詰まってけわしく絡みあううちに、こちらの身体は汗まみれなのに、女のほうはひんやりと静まっている、と感じると露に濡れた草のにおいが眉間の奥にひろがり、女の首へ手をかけるのがやさしさであるような、はるかな心地へ引きこまれたが、ようやく女を負い取ると胸から下腹が背に粘りついてきて、重みが一度に失せた気がした。そのまま杉尾は生籬の道を抜け、閑散とした道路を何となく横切り、はて、自分は道を知らないはずだが、と思いながら足は勝手に、欅の大木の立つ角からまた暗い住宅街の中へ入って行った。

この女は何者だ、としばらくして考えた。接吻もしたことがないのに、背の重みを重みとも感じていない自分は、また何事だ。ここまで目撃者は誰々だ、酒場の人間たちに、車の運転手、それきりか。情痴関係もなし、面識もなし。病院の前で、風の中に寄添って長いこと立っているところを、記憶に留めた者はいるかもしれない。いや、あれは五月、今はもう八月も末だ。腕の鈍い痛みの影は、これは昨日、あれからまた一度呼出されて血を採られた跡である。

三カ月前に駅前で別れるとき女が、あの、あたしの住まいは、とつぶやいて、苦笑しながらハンドバッグの内を探るうちに目つきがにわかにけわしくなり、二折れの献血カードを杉尾の手に押しつけて人込みに紛れた。名と所と電話と、三十一という年齢と、献血は初回と記されていた。奇怪な遺留品と感じられた。容貌は残らなかった。

昨日は献血に出かける時に、あれきり開きもしなかったカードを杉尾は懐に忍ばせた。係員に落し物として届けるつもりが、酒場で夜も更けかかり、血を採られた疲れのせいか、早目に腰をあげかけたとき懐から、手についてカードが出てきた。思わぬことが通るものだ。変質者の手口そっくりだ。そんな呼出しに応ずる女も、崩れた感じはないが、殺されタイプかもしれない。しかし現に背で眠る女の、顔がまた浮ばなかった。

「あの、おたずねしますが」そのうちに背中から、往来で人に物をたずねる声がした。

「女が眠っているうちに、犯されて、あとで知らない、というようなことは、あるものでしょうか」

杉尾は呆気に取られた。しかし驚きは驚きとして、女の声の響きから、遠い記憶を呼びさまされた。烈しかった空襲の夜が白みはじめ、避難者の姿もまばらになった大通りを、焦臭《こげくさ》い薄靄の中から、鈍い怯えを腫れた目に溜めた女が寄ってきて、近くにいる年配の男の腕をつかまえ、あの、おたずねしますが、女のからだを腐らす毒ガスが投下されたという噂を聞きましたが、ほんとうでしょうか、と洞《うつ》ろにうわずった声でたずねた。

「知りません、僕は男ですから」思わず邪慳な、防禦の口調になった。「すくなくとも、さっき道で引っくりかえっていた間は、何もされてません。それとも、もう妊娠したとでもいうんですか」

「いいえ、そんなことではありません」

女はしかつめらしく答えて、背から身を離して考えこむふうだった。しかし降りようともしない。その静かさが、いきなり凄まじい重みとなってのしかかってきそうな、そんな恐れに杉尾は取り憑かれて歩きつづけた。

「あの、ここなんです。通り過ぎてしまいますわ」

木造のアパートの前に差しかかったとき、背中でつぶやいた。立ち止まって、まだ降りる様子もないのでおそるおそる肩口から振返ると、女は長い首を伸ばして二階の窓のほうを他人の家のように、物珍しげに眺めていた。やがて恥しそうに笑って背を滑り降り、先に立って階段を昇った。空の一郭が白みはじめていた。

部屋の中には蒲団がきちんと、端々まで正しく敷かれ、杉尾の目に一瞬、死者の床のように映った。

「失礼します。服がやっぱり、すこし汚れましたので」

女は台所の隅の扉の奥に消えて、水を浴びる音がした。杉尾は身の置きどころがなくて窓をあけ、鉢植に占領された張出しに場を借りて腰を浅く掛けた。あまりにも静かな寝床を眺めるともなく眺めるうちに戸外は刻々と白くなり、雲に覆われていた空には霧が立ちこめて、背がうっすらと湿り出した。

女は浴衣を着て出てきた。よくも拭かずにあがってきたのか首も襟も、髪までがしっとりと濡れていた。敷居のあたりに膝を半端に屈めて立っていたが、思いきって蒲団の隅から身をゆるやかに忍びこませると、硬い仰臥の姿勢でしばし一人きりになり、それから動かぬ杉尾のほうへ、訝るような目をやった。

「一度きり、知らない人に、自分の部屋で、抱かれなくてはいけない、避けられないと思ったんです」

言葉とうらはらに、男の沈黙に押されて、やめて、と哀願する光が目に差した。杉尾は頤をわずかに横へ振った。

「せめて何か、受取ってくださいな」しばらくして女はたずねた。「あまり済みませんのでお礼に、何もありませんけど、部屋の中に気に入った物があったら持って行って、それで忘れてやってください」

その申し出に杉尾は初めて困惑した。思わず物欲しげに女の部屋を見まわした目を窓の外へ逃がすと、息を深くついて、張出しの内でいつのまにか青い花を咲《ひら》いた朝顔の鉢植に、行き場のなくなった手をかけた。

「ああ、それはいい、大事にしてね」女は枕の上からあどけなく笑って目をつぶった。

「お世話になりました。把手のおへそを内から押して戸を勢よく閉めて行ってくださいね」

抱きこんだ鉢を降ろすに降ろせず、杉尾は朝の道を歩きつづけた。朝市にしては時刻も早く、そんな粋なことのある土地柄でもない。このままでは車に乗るのも気がひける。そう思いながら、鉢植泥棒と見られることは気にもかけず、どこで始末したものかと、女を背負って来た道を逆に辿った。

朝霧の中をゆっくりと歩いてやがて、顔のすぐ前に青紫の花がまた一輪ぽっかりと咲《ひら》いた。なぜ近頃は色つきばかりなのだ、と杉尾はつぶやきながら花芯に近いほうの、早くも露に湿りいまにも腐れていきそうな白に見入るうちに物のにおい、米の飯やら味噌汁やら糠みそやら、女の肌のにおいがふくらんで、みぞおちから熱い塊が押しあげ、もうすこしのところで鉢の中へ吐きそうになり、わずかな土を見つめてひっそりと戒めた。女はすこしだけ啜り泣いたあと、今は忘れて健やかに眠っているように思えた。

吐気をおさめてあたりを見まわすと、霧はまだこめたまま、晴天らしく、夏の光がすでに内にみなぎりほのかな赤味を帯び、肌は汗ばんで、ちょうど女が未明に最初にうずくまりこんだあたりの白樫の生籬のほとりに、鉢を後生大事に抱えて立っていた。

そのままそろそろとまた足を運び、籬の切れ目まで来てまだ起き出さぬ農家の庭先を何となくのぞきこみ、腹痛のけはいを覚えて、古ぼけた粗末な門柱のすぐ内に、花の鉢を両手でそっと置いた。

こればかりは、怪しまれても、捨てられることはないと思った。

それきり早足で遠ざかり、表街道まで出て朝帰りの車を拾った。

2

木槿《むくげ》の花に二日酔の身を悩まされた。あれは身体《からだ》が衰えるとなかなかつらい花だ、と目をそむけそむけしていた。

二百十日過ぎから杉尾は旅行に出た。台風は来ていなかったが、秋雨前線が早くも停滞しておおよそ降りつづきだった。杉尾の旅はまず酒で疲れる。宿に着いて飯の前に、あるいは街へ出て呑む。床に就く前に持参のウイスキーを生《き》で放りこむ。途中で目を覚ますと、眠れなくなるのが恐くて枕もとから小瓶を引き寄せる。それが度重なることがあり、朝起きると顔がいまさら火照り出す。飯の喰えぬほどの宿酔ではない。冷水で顔を洗って少々歩きまわれば胃の重たるさは明いてきて、旅先では夕飯よりも朝飯のほうを多く喰う。かすかなむかつきがまた始まるのは宿を出かける頃からだ。衰弱感が一度におそってきて、咳がしきりと出て、朝の空気の中で心ならずも涙ぐんだりする。足もとの地面を眺めて、生きていたくないな、などと思ったりもするから大袈裟なものだ。

季節柄か、それとも土地柄か、園芸のことに疎い杉尾は知らないが、朝ごとの霧雨の中で、庭ごとに木槿の花が目についた。夾竹桃ほどでもないが穢苦《むさくる》しいほど盛んに繁った枝から、濡れて重たげな花弁がぽかりぽかりと浮んでいる。清楚と人は見るのだろうが、清楚といえば清楚なのだろうが、しかしいまにも腐れそう、というよりはすでに腐れかかっているようで、好きな花ではないな、と杉尾は自身の宿酔を棚にあげてそう思った。ことに花芯のほうから紫か紅の濃く差してとろりと溜まっているのが、目につらくこたえた。目の内ばかりか、みぞおちの底にまで、粘っこい眩暈を惹き起しそうな気がした。それにまた花が何となく、縁側や窓のほうではなくて、もっぱら路を行く者に向かって、眉をひそめて笑いかけているように見えた。

果敢《はか》ないというのも、なかなか生臭いもんだねえ、と杉尾はひとり言につぶやいて、傘を高くさして先をさっさと行く同行の若い男に、なかなか物知りなのでたずねてみた。

「木槿と、朝顔とは、同類だろうか」

「木槿は木です。朝顔は、草です」

「はは、なるほど。同じなまなましさでも、どこか旺盛だね。きっと、えげつない根っこを地中に張っているのだろうね」

「さ、どうか知りませんけど。あの花が、漢方では胃腸薬に用いられるそうです」

「腹ぐすりかい。俺は、あんなの、呑まないよ」

「いえ、干したのを煎じてのむんですよ」

「ああ、それを聞いて安心した。しかし、かえって腹をこわして死にそうだな」

ところで君は、三白の女を知っているか、と杉尾はいきなり、念頭にもなかったことを、もうすこしのところでたずねそうになった。そして若い者を相手にあの友人の、憮然たる気持をどう説明したものやら、自分は何を伝えたいのやら、話すつもりもないのに思案するうちにまた疲れた。胸の内で口をつぐんだとたんに、妙な憂鬱さが背にのしかかってきたものだ。あの酒場の夜から、いい年をしてひとりで躁《さわ》ぎまくってきて、いま息切れをきたしたような、そんな気がした。その翌日、旅の最後の一日が半端になり、まだ暮れ方にやはり雨の中を自宅までもどると、例の友人ではないが、別の関係の旧友が死んでいた。

通夜は今日との知らせを朝に受けた妻は、押入れの奥から引っぱり出した黒服を湿っぽい部屋の空気にさらして、杉尾の帰りを待っていた。ついでに、今年は秋が早そうだからと、衣更えの支度を始めていた。

連日の旅の酒がこたえて今夜は粥ぐらいしか喰えないかと思っていたのが、妻に出がけの腹ごしらえをすすめられると杉尾は茶漬けの支度をさせて、浅蜊の佃煮と糠味噌とでたちまち三杯も掻きこんだ。腹がすいているのかいないのか、よくはわからず、ただ底無しの感があった。女に逢いに行く時に似た仏頂面をしていた。

病死か事故死か、今朝がた連絡を受けた妻はその点を問いただしていなかった。ほかの旧友たちに問い合わせようにも、それぞれ勤めが引けて通夜の家へ向かいつつある頃である。もう久しく会っていない友人なので、杉尾はさしあたり見当をつけずにおくことにした。世話人が自分を呼んだことさえ訝しいぐらいの間柄だが、たぶん、高年に入ってから級友の間で最初の死者なので、手広く呼んだのだろうと考えた。

なぜ俺が行かなくてはならない、と長旅からもどって早々また出かけることに物憂さを覚えるゆとりもなかった。湯をさっと浴びて黒服に着替え、霊前を懐にねじこむとすぐに、靴下の絹の感触に眉をひそめながら、杉尾は大きいほうの傘をつかんで家を出た。扉をうしろに閉めて、はて子供らはまだもどってなかったがとつぶやき、そのまま雨の中を大股の歩みで歩いて三叉路を渡ったところで、郊外線の途中まで車で行けばよほど早くなることに思いついて足をとめた。日は暮れなずみ、下りのほうの車はつながっていたが空車はあらわれず、雨脚を見つめて待つうちにうつらと放心したようで、我に返ると、まだ家の近くで黒服などを着こんで雨の中に立っている自身の姿を、遠い記憶の心地で眺めやった。襟の内から、湯の匂いが昇ってきた。

病死ということもあり得るな、見るまに進むから、とぼんやり思った。しかし死者の顔はいっこうに浮ばず、時もあろうに、あれ以来目鼻のけはいすら漂わぬ女の顔がすっきりと見えた。避けられないと思ったんです、と髪を枕にこちらを仰いだ。

ようやく車に乗りこんだとき、向う岸の歩道をてんでに黄色い傘を揺すって通る女の子たちの中に、杉尾は自分の娘らの姿を見分けた気がした。坐席から身を乗出して振返り、対向車の光の中を群れ飛んで遠ざかる傘の可憐さをまたつくづくと、すでに過ぎ去った日々を訝るように眺め、白く煙り出した雨道を運ばれて行った。それから、自分の娘らが実際にもうそんな、幼女の年でもないことに気がついた。

勤め帰りの客で込みあう電車の中でも、杉尾は久しぶりの人いきれに苦しみ、何事ともわからず首をかしげつづけていた。駅のホームで買った夕刊までを、これは何だ、どうして手の中にある、とばかりに怪しんだ。駅を出ると次はなかなか停まらぬ電車で、速度をあげるにつれて雨は深くなり窓の外が淋しくなっていく。こうやって大勢して、スポーツ記事などを読みながら、何も知らずにあの世へ運ばれることも、ありそうじゃないか、とふいに燥《はしゃ》ぎたくなった。何人もの男たちの、背がしっとりと濡れていた。女たちの髪のにおいが濃かった。

駅を降り篠突く雨の中を、傘をやや傾け、角を何度か折れて、あとは見通しもよくきかぬ住宅街の一本道を迷わずに行く自身の足取りに、杉尾はまだ旅のうちにあるのを感じた。まるで知らぬ道でも、旅先ではすっかり知ったつもりで、間違いがあらわになるまで淡々とたどるものだ。やがてところどころ電柱の陰などに、喪章をつけた若い男がぽつんと立ってこちらへ目礼する。どうしてただの通行人でないとわかるのだと不思議がっていたら、自分のほうから先に目礼しているとわかった。

雨の中へ戸を開け放った縁の内には人が満ちて、庭の真中にも天幕が張られて椅子が並べられていたが、客は湿気を避けて立ったままでいた。そのさらに外の植込みのあたりに中年男が四、五人、傘の下から家の内の明るさを仰いでいた。玄関からまっすぐあがって弔問するのがふさわしい重々しい年齢になっているのに、庭の隅へ遠慮しているところは、二十何年か前の級友の通夜の時と変らない。今夜の死者も混れば同じ顔ぶれだった。寄ってきた杉尾の姿をしばらくして目にとめると、ああ、来たな、やっぱり来たよ、と言いかわすように、男たちは揃って白っぽい顔でぬっと笑った。

「ああ、濡れたじゃないか、どこでそんなに降っていた」

「どこでって、おかしいな、ここはそうも強い降りでないねえ」

「元気そうじゃないか。忙しいかい」

「お互いさまだ。しかし、どうしたんだ」

「病気だったとは聞いたが」

「入院していたのか」

「帰っていたらしい。わからんのだ」

「ああ……で、焼香は済ませたのか」

「家の中がすこしすいたら、町田が呼びにくるそうだ。中でちょっと呑んでいってもらいたいそうだ。あの男が世話をしている」

「ああ、町田がね、あの男はしかし……ほら、降ってきたじゃないか」

「なるほど、こいつはひどいね。空が落ちてくるみたいだ。で、変りはないかい」


放心しているのがわかった。ほかの男たちも一様に、睡たげな顔をしていた。杉尾も並んで奥の祭壇を仰ぐうちに、はげしい雨脚がなるほど、緩慢に繰り出す糸のようにしか感じられなくなった。しばらくして読経の声がやんで家の内に人の動きが見え、縁側の厠に近いほうの端から男がひとり、肥えた腹を窮屈そうにこごめ、自分で靴をおろして庭に降り立ち、泥水の中を辛気臭い足取りで近づいて、植込みの奥をのぞきこむようにしたかと思うと見覚えのある少年の顔になり、「皆、揃っているじゃないか。中にも何人か来ているよ」と晴れやかな声を響かせた。

「あれも結局は病死だね、話を聞いてそう思ったよ」肩を並べるとぶつくさとつぶやいた。「ひと月も目を離さずにいたあげくの、つい十分間、家族がすぐそこまで用を足しに出たその隙に、逃げたそうだ。奥方は、急いでもどる道で、たしかに遠くの角を曲がった、姿とは言わないが、影を見たと悔むんだ。家に着いて姿が見えないのですぐさま探しに駆け出したのだが、四つ辻の多いところでね、正反対の方角へ走っていた。踏切りと思ったらしいのだが、林があちこち残っているんだな、この界隈は。しかし、まだ朝のうちだぜ。起らなくても、いつまで続けられる、そんな状態」

いつのまにか、死者の横たわる隣の部屋で旧友どうし、隅のほうに控え目な車座を囲んで酒を呑んでいた。座の中心に喪服の女性がいて、杉尾は二十代から死者とそれほど付合いがなかったので初対面だが、未亡人と見えた。疲れはてた顔をほんのりとさせて夫の旧友の一人一人と、それぞれこの家を訪れた時のことを昔語りに話していた。不幸の最中《さなか》におっとりと、中年男の座を立派に取りもっていた。死者は家の長男で、高校の在学中に親がこの新開地に家を建てて移ってきた。あの当時はそれこそ黒々とした林があちこちに聳えて、駅から畑の中をながながとくねり続く一本道の果てに、瀟洒な家が立っていた。あんな家に住む心地はどんなものかと、首をかしげさせられるほどのものだった。いまではすでに古屋となって新しい家々の間に陥没している。しかし死者はいま、とにもかくにも同じ家で寝かされている。あたり前のようなことに、杉尾はひそかに感嘆した。

土地の記憶があるからには杉尾も、この家を訪れたことはある。さきほど駅を降りた時にも、まるで見覚えのない土地を、足がひとりでに道をたどっていた。しかしいつ来たのか、一度きりなのか何度かあるのか、そこがはっきりしない。それよりも奥方こそ、その朝どんな気持で、ここいらの道を駆けまわったことだろう、とそちらへ思いを逸らされた。

何年ここで亭主と暮したのか、子供たちはここで育ったのか、それは知らないが、消えた亭主の姿を探して焦るほどに、あたりが見も知らぬ土地へもどっていったのではないか。あるいは杉尾の程度でも、昔のこの土地を見知っていれば、すこしは違いはしなかったか。林のほうへ、おのずと足が向いていたり。

それにしても、角を折れて消えた影を悔むとは、人間また、どうしようもないことに、やりきれぬことを考えるものだ。どんなに凄惨な心になったことか、と同情は同情としてなにか苦悩へ粘りつく頑なさを杉尾は想わせられて、それにしては哀しみに和んだ未亡人の顔を、これも旅の名残りか酒の早々にまわりかけた目の内にぼんやりと捉えているうちに、その顔がこちらへ向き、かすかにほころび、目をちょっと逸らしかけて、はっきりと笑いかけてきた。

「杉尾さんは一度、あたしを、門の前まで送ってくださいましたわね」

杉尾は目を剝いた。女の声にこころもち、潤みがあった。座が静まりかえり、それから男たちの顔が一斉に甘たるく崩れた。

「おいおい、いまさら、油断のならぬ男だな」

ほんのしばらく、杉尾はあいまいな笑みを座の中に浮べていた。まったくの初対面だが、むかし死者にたいして申訳の立たぬことがあったような、記憶の感じさえ起りかけた。

「この男、何かしましたか、國子さん」

「まさか……俺は圏外だから、送らせてもらえたのじゃないか。大学の頃でしたね」

死者の妹であったことを、杉尾はようやく思出した。ここにいる男たちの何人かがこの妹をめぐって争ったことも、忘れてはいなかった。

「嘘をつけ。しんねりとした顔をして、俺たちの相談役などをつとめながら」

首尾の悪かった男たちの、陽気な詮議が始まった。いまさらむきになって否定するのも可笑しいようなものなので、まんざらでもなさそうな顔で杉尾は受け答えながら、自身の記憶の白さにまた躓《つまず》いた。たしかに夜道を門の前まで送った覚えはあるが、しかし前後はどうであったのか、おぼろな感じ分けすらつかない。いましがた杉尾の問いに、立派な中年女がこっくりと、変にあどけなくうなずいたことも引っかかった。話はやがて杉尾の上を通り越して、少年どうしの勝手な恋の争いの思い出のほうへ移った。妹のことを持ちこまれるたびに兄がいかにもうっとうしげに顔をそむけたことが、皺々の中年の苦笑を浮べて語られた。それだもので、そのことには超然としていた杉尾が再三、まず兄との接触をもどすために、だしに使われたという。そんな話が長閑《のどか》に流れる中で、当の妹は最前うなずいた時のままの笑みを、目もとにふくませてうつむいていた。

門のくぐり戸の内でごとんと厭な音がして細い足音が遠ざかり、玄関の戸があいて少女の声と、兄らしい声が重たるくかさなった。踵を返すのもあらわな気がして杉尾は夜道をまっすぐに進んだ。林の縁まで来て、頭上からおおいかぶさる大木の、奇怪な枝振りを見あげ、我に返ったものだ。取っ憑いていたものが落ちて遅ればせに、死にたいような、いや、すでに死んで目を蛾のように蒼く光らせて闇の中をさまよっている心地がした。しょろしょろと長い立小便をした。

少女はついと腰を引くと甘い笑みを斜めにそむけ、後ずさりにくぐり戸の内に消えた。戸を閉めたあともしばらく、すぐ内に立って息をひそめていた。髪のにおいが門の外の薄闇の中にまで漂った。

その髪のにおいに惹かれるように、杉尾は林からもどって来て、もう一度、門の前にふらりと立った。

「ほとけさまが苦笑なさっているようなので、それではもう一度、焼香させていただいて、お暇いたします」

世話役の声に中年男どもが謹厳な顔つきにもどってざわざわと居ずまいをただした。仲間の尻について杉尾は焼香を済まし、いくらか痺れのきた足をそろそろと運んで、いつのまにか暗い庭に向かって閉ざされた硝子戸の前まで出て立ち止まった。塀の隅に蒼い光が細く霧のように立ちこめて、その中にぽかりぽかりと、白いものが浮んだ。目を凝らすと、線香のにおいを分けて、覚えのある髪のにおいが寄添ってきた。

「街燈の明るさにだまされて、夜更けに咲《ひら》くのがあるんですの」

「木槿ですか」思わずささやき声になった。

「はい、落ちますと汚くてね。今夜はとくに大きく咲いていますわ。雨はやみましたようですね。お帰りを心配してました」

その時、硝子戸の下の縁のあたりに、こちらを向いて立つ男の、足を杉尾は目にとめた。一瞬、庭の闇の中に佇んでいるように見えた。しかも萎え凋んで、てんでの向きに奇妙なふうに捩れながら、猿の足のように、折り曲げた指で地を摑んでいた。背すじをかすかにざわめかせて横目で眺めるうちに、その足のまわりから廊下の床の接ぎ目が浮んで、かたわらにむっちりと白い、女の足袋が見えた。拇指《おやゆび》の股を締めて、こころもち爪先立ちになっていた。

「大変なことでしたね」その爪先へ杉尾は話しかけた。

「覚悟はしていたのかもしれません、あたしも」拇指がふっと寛《くつろ》いだ。「そのつい十日前に、あたし、病院で手術を受けまして、心細い思いをしましたの。杉尾さんたちが揃ってこの家にやってくる、夢を見たんです。子宮を取りました」

「それは」杉尾は返答に窮した。「どうかお達者でお暮しください。明日のお葬式には参りませんので」

「あなたこそ、兄のかわりに長生きしてくださいね。男の人は、まだ若いんですから」

髪のにおいをもう一度そっと吸いこんで、硝子に映る影の中から、黒い絹の靴下などをはいた足を、慎重に抜くようにして、杉尾は玄関のほうへ向かった。かさかさに黄ばんだ裸足に、とっさに見えたのは、どういう錯覚だろう、と途中で振返りそうになり、女と目の合うことをおそれてやめた。

濡れた頭と手で暖簾を分けて店の内をのぞくと、客のいないカウンターのむこうから、女将《おかみ》のまるい顔がこちらを向き、見るまにこわばった。

「どうしたのよ、あなた、これは何よ」目をいっぱいに剝いて責めた。

「旅に出ていたよ、ひどい天気だった」と杉尾は答えて、安堵を覚えたのか、そのままの恰好で取りとめもなく笑い出した。

「厭だわ、そこで何をしてるの。何をしてきたの」

「はあ、この恰好ね、帰ったら早々、昔の友人の通夜だよ」

「それは、見ればわかりますよ、だけど」

「ああ、近頃頭がぼけてね、ほとけの家に傘を忘れてきた。やんだはずなのが、また降り出しやがった。通夜にも、ついてないよ」

そう嘆くと、ここまで来た道すじがおぼろになり、睡気が冷えた身体にとろりと差した。

「そうか、お宅も縁起商売だったたな。しかし、とにかく寒いや。すぐに帰るから、ここで立ったままでいいから、熱いのを茶碗にひとつくれよ」

「何を言ってるの。いいから、中へ入りなさいよ。厭だわね、自分こそほとけさまみたいな顔を雨の中から突出して。さあ入って。早くしてよ」

怯えを眉に寄せ、身を揉んで叫んでいる。やがてカウンターの内から小走りに出てきて、杉尾の袖を気色悪げに取って店の内へ引っぱりこみ、杉尾が椅子に腰をおろそうとすると今度は店の外へ押出す勢いで土間の入口に立たせ、はあはあと荒い息をつきながら小鉢から荒塩を杉尾の全身に叩きつけた。それから最後に塩をひとつまみ、指先につまんで、手首をしなっとさせて、ズボンの股倉にひょいと振りかけると、調子が変って上機嫌になった。

「おいおい、葬式の帰りには、あそこも浄めることになってるのか、おばはんの郷里《いなか》では。まるで穢れの中でも、いちばん可愛いのが、あそこの穂先にひょこんと取り憑いて残っているような、祓い方だったじゃないか」

「いちばん可愛い、あはは、知らんわ、もう。情ない顔して店の前に立ったくせに」

「無常の風が身にしみますので、あねさん、今夜はひとつ、お頼み申します、と」

「おお、肌寒む。鳥肌が立ったわ、ほんとに。びしょ濡れで、じっと見てるじゃないの、恨めしげに」

「雨に濡れれば、誰だって、ちっとは恨めしげになりますよ」

「お通夜の家から、まっすぐ来たんでしょう。そうでしょう。でなければ、塩を弁償してもらうからね。たくさん、使わせて」

たしかにどこにも寄らずに、ひとりでタクシーに乗りこんだ。行先はいちおう告げたようだが、車が走り出すとすぐに眠りこんだ。この辺でいいかと運転手に聞かれて目をひらき、まだ旅先にある心地がして、金を払って路上に立つと雨がまた降っていて、手の中に傘がなかった。車のうちか、それとも乗る前か、と考えながら雨の中を歩いて、通夜の家の門を手ぶらでくぐった気ままそうな感覚を思出したとき、店の前に立った。陰気臭い笑いをひとりで浮べていた。

「誤解しないでよ。あたしたちみたいな者は、常連のお客さんが、お葬式とかお通夜とかから、まっすぐに来てくれるのが、いちばん嬉しいことなの。お目出たいことのあとなら、どこへ回ろうと、勝手だけれど」

女将が慰めていた。車の眠りの中では、しなびかけた、女人の白い腹を杉尾は見ていた。夢ではない。念頭にくっきりと、まだ赤い傷跡がひとすじ、涙のような透明な液を滲ませて浮びかかるのを、眠りの中へ押込み押込みしていた。黄ばんだ足が、その白さに惹きつけられ、去りがてにしていた。

「ハカユキが良いとも、申しまして」

「はい。ハカユキとはしかしました、露骨ですな」

「亡くなったお友達は、自殺でしょ」

　杉尾は顔を見た。なぜ、と訊き返す前に、まずむしょうに酒が欲しくなったが、女将は隣の席に坐りこんだまま、なにやらうっとりした様子で、腰をあげそうにもない。この安定を破ると、剣呑なことになりそうな気がした。

「どうして、わかります」

「顔を見て、わかりましたよ、杉尾さんの」

「ああ、自殺したように見えましたか」

「厭だわね、また。お葬式ばっかりの人生だったのよ、あたしは。いろいろな死に方があって、お通夜の客の顔つきが、いろいろになるんですよ。客の顔に映るのよ」

「どう、映るんだよ」

「訊かれても困るわね。たとえば年寄りとか、長わずらいの人は、通夜の客も、それらしい顔になるわ。だけど寿命の来ないうちに、ぽっきり折れた人は、客の顔が、どう言えばいいの、さっきのを枯れていると言えば、どこか、なまなましいの」

「なるほど……よくはわからないけど。しかし若くして病死というのもあるだろうが」

「病死は、いよいよいけなくなってからでも、なかなか、日数がありますから」

「昨日までぴんぴんしていたのが、急に行く場合は、どうですか」

「やっぱり違うわね。家族ならともかく、よその客はそういう場合でも、ほとけさんの最期に、そうそう悩まされないのよ。だけど、ああいう死に方だと、つい思い浮べますから」

「棺の中をか」

「莫迦だわね」

「成仏……」

「まず成仏させなくてはならないのは、集まってくるお客なのよ。それから家族、それからほとけさん自身、最後にほとけさんの古い女とか男」

「最後の順序がおかしいぞ。ところで、このお客さんはまだ、なまなましい顔をしとりますか」

両手で頬を挟んで見せる杉尾の顔から、奥の酒棚のほうへ目をそむけて、女将は笑った。めっきり肉のついた肩が揺らいでいたが、眉間にはうっすら皺が寄り、声も重たく、たったひとりの部屋の思出し笑いの響きがあった。白い大きな花が杉尾の目に浮んだ。雨霧に煙り花芯にとろりと赤紫を溜め、露の重みで傾いて滴《したた》るのを待っていた。髪のにおいがひろがった。硝子戸の外に黄ばんだ足が、人の淋しくなった家の内をのぞいて佇んでいる。髪を梳《くしけず》る女を無念そうに見つめている。笑い声がおさまっていた。

「杉尾さんのことで、悪い夢を見たあとなので、よけいにぎくりとさせられたんだわ」

「はあ、わたしは、死にましたか」

「ふうん、先月来た時に、ここにこうして坐って、ひとりでしいんと考えこんでいたでしょう」

「たいして心細いようなことも、考えていなかったがな」

「何となく印象が残ったのよ。それをそっくりそのまま、また夢に見ただけの、ことなんですけど」

「そう言えば、ああ、あの晩、あんなふうにしていたな、と夢の中でひとりで合点したわけだ。俺はあいにく、元気ですよ」

「だから、気にしないでよ。そうよ、この前の時よりも、顔もすこし若返っているぐらいだわ」

「そのな、いまさら若返って見えるというのが、あんがい危い兆候なんだとさ。つまり、顔の線と一緒に、生命力も柔《やわ》になっているしるしというわけだな」

「女の人たちが急に寄ってくるようになったり、昔の人とぱったり出会ったりするのも、身体に用心しなくてはいけない前兆なんですって」

「もうすこしのところで、行かせてしまったと、ほとけさんのかみさんは悔んでいるそうな」

「それは駄目よ。ほんとうに死ぬ人は、強情ですから」

「死んだ人間も、悔む人間も、強情だよな。なにも強情で死んでいるわけではないけど」

遠くへ耳を澄ますようにして、そのまま二人して黙りこんだ。路上から雨の音が聞えてきた。例の朝顔の女を杉尾はふっと探す気持になり、ただ暗い長い道をしきりにたどる、ひしひしと急ぐ感じだけがあって面立ちの影すら浮ばぬ、その記憶の空虚さを、これも幾分かは死の味かと思った。と、女将が腰を浮かし、中途半端な恰好でかすかなたじろぎを見せたかと思うと、ことさら大儀そうに、ゆっくり身を運んでカウンターの内に入った。

「酒をくれませんか、熱いのを」

「今夜はもう呑まずに、お通夜の酒で満足して、まっすぐ濡れて帰りなさい」

冗談かと見ると、流しに向かって後片づけにかかった顔が、静かになっていた。

「もう七年になりますか。一度きりというのは、かえって年月が経たないので、厭なものね」

杉尾の存在をつくづくうっとうしそうにつぶやいて、器《うつわ》を洗う手を早めた。

3

「さてと、泣き往生と笑い往生か、お前さんはどうだ。どちらがいい」

「俺か。それじゃあ俺は都合により、やっぱり泣かせてもらうか」

「おい、そちらはどうだ」

「俺は、そうだなあ、やはり都合により」と杉尾も笑って受けかけて、自分でも不意にしかつめらしく、見当はずれのことを口走りはじめた。「だんだんに、片づいていくというやつだな。喩えばの話、長年、取り散らかして暮してきたとする。それを心地良いとも感じてきた。ある日、何となく、一切合財を始末してしまいたくなる。なかなか片づくもんじゃない、と腹の中では思っている。ところがそのまま一年も暮して、気がついてみたら、まわりがよほど淋しくなって、片づいてきている。また一年もして、これはひょっとして綺麗に行くのではないか、とひそかに……まあ、往生のしかたには、別に注文もないけれど」

しどろもどろに立ち消えになったが、それにしてもたわいのないことには、自分の書斎の内を思い浮べていた。ごたごたした物が年々溜まって、ある日つくづく厭になり、それを境に、はっきりと捨てるという意識もなしに、おのずと物がすこしずつ減っていき、ある程度まで淋しくなると、やがて物を捨てることに、懐かしいような泣き濡れたような手応えがついてきて、果てはわずかな物だけが身のまわりに残り、この物たちは、自分が生き存《ながら》えるぎりぎりまで必要な物たちなので、自分よりも後までこうして残るんだな、と眺めやる。しいんと心が静まって、すでに往生に近い境かもしれない、とそんなことまで想像したものだ。

あれがもう十何年も前、三十あたりで考えたことで、杉尾は何を捨てるどころか、初めの子が生まれたばかりだった。まもなく手狭になった住まいから越して書斎も広くなり、これならまだ置けるぞと喜んで、読みきれもせぬ全集を三十何巻か買い揃えた。次の子も生まれて、家にピアノなどが入った。それから、勤めを離れた。学校を出て十年の職になり、これは捨てた。意外にあっさり捨てて、ひと月ばかりというものは働こうともしない。すぐ先のことも考えずに日暮しをつづける自分自身に、これは子供までありながらあんがい懶惰《らんだ》な、生活不能者の気《け》があるのではないか、と疑惑の目を向けかけた頃、虚脱の時期が過ぎて、馴れぬ生業《なりわい》を終《つい》の生業とするために、生活の時間は以前よりもよほど目が詰まった。何のことはない、生活者並みの忙しさになっただけのことだった。そのあいだに、女親を亡くした。

類縁の多い人間ではない。悪縁というほどのものも、さいわい、つくっていない。人とのつきあいも、整理したくなるほど頻繁でない。人にまじわれぬ性質ではないが、あまり馴れ親しむ、泥《なず》むほうでもない。人に借りもつくらぬ。部屋の中は、濃密に詰まった雰囲気よりはいっそ殺風景なぐらいのほうが性にあっているので、物への愛着も薄くて、もともと片づいたほうだとは言える。

だから一体、何をそんなに片づけたがっている、何を考えていることやら、と杉尾はその十何年か前のことを思出すたびに、現在の自分の不了見を見たように呆れた。しかし昔のことに呆れながら、近頃しきりと、手前の家の内で知らず識らず、何やら居ずまいを正している自身を見出す。

長いこと天候がぐずついたあと一転して秋晴れが続いた。空は高く抜けて、鵯《ひよどり》が来て山茶花の芯をつつき、最初の冷えこみの日に杉尾はあっさり風邪をひいた。熱はいまにも出そうで出なかったが、かわりに全身に熱っぽいだるさと、かすかな悪寒がいつまでも抜けなかった。そのせいかもしれない。ふいに背を伸ばして、体感を内へ澄まし、発熱のけはいを探っている。悪寒に撫ぜられて思わず身体と物と、椅子やら床との、接触をすくなくしている。

居ずまいを正すというほどのことでない。ただ少々姿勢が固く、かすかな緊張が、意識がこもる。たとえば椅子にただ腰を掛けている時やら、何気なく仕事部屋から、あるいは手洗いから出てくる時など、つかのま、何か切りつめたものを自分の物腰に感じて、おや、とあたりを見まわす。

場違いな、いわれのない反応である。家の内では杉尾は姿勢を保てないほうだ。仕事でなければすぐに寝そべってしまう。椅子やソファーにも長くは腰を落着けていられない。仕事の時には脚を椅子の上にひきあげて胡坐《あぐら》をかく。家の者と飯を喰う時にも、一家の主人《あるじ》がテーブルの下でそんな膝恰好をしている。膝頭の内と背すじの奥とに、風邪でなくても、物事に耽っている時のほかはつねに一抹のだるさがひそんでいる。肉体そのものにたしかに懶惰の気はある。腺病質の児が、体質が急に変って元気になったと思ったら、十五の歳に腹膜炎をわずらい、死にぞこねた。それからいよいよ健康になったかと思ったら、十九の冬に大腸カタルをわずらって、ひと月あまりで回復したが、あとにだるさがしつこく残った。翌年の夏にまた同じわずらいをした。自分の身体はもう一生、こんなものか、と二十歳の男が思いこんだものだ。それきり、病いらしい病いもしていない。まことに丈夫な、愛想もない身体になった。しかしだるさは芯に残った。女の前でもすぐに寝そべる。身体が物憂いばかりに、寝そべりたい一心で、男として振舞いかかるのではないか、と自分で疑うこともある。

子供の頃には立居にもっと、切りつめたものがあった。冷気に感応して発熱しやすい、腹もこわしやすい体質のせいだろうか。昔の住まいは、人の立居にすっかりは馴染まない、人の立居をすっかりは馴染ませない、冷たさ心地悪さをかならず残していた。あれは死の感触ではないか。

たしかに、むかし冬の夜の廊下をたどったあの感覚が、ささやかながら部屋と部屋との間にある板廊下を歩く時に、蘇ることがある。床の冷たさだけではない。何かもっとあやうい、身の危険のようなものを、そっと踏んで渡る心地がある。気がついてみると実際に、奥も引っこみもない住まいの中で、一歩ごとにひっそりと足を抜く歩き方をしている。

見も知らずの家にいる。ひょんなことから泊められることになり、夜更けにそこの家の者のように寛《くつろ》がされている。そんな居心地に通じるところもあった。見も知らず、そして同時に、深い見覚えがある。いまそこに居ながらに、遠い記憶の雰囲気が降りてくる。もう自分では思出せない過去に、この家で暮していたような。何のことはない、杉尾の家は半年ばかり前に越してきたばかりだった。それも目と鼻の先から、同じコンクリートの棟の内を七階から二階へ降りてきた。以前と似たり寄ったりの住まいだが、家具の向きなどが多少は違ってくる。電気のスイッチの位置がしばらく覚えられなかった。時計の掛っていない壁にぼんやりと時計を探していることもあった。しかし杉尾はあんがい場所には早く馴染むほうだ。場所にたいする最初の異和感の反応は人よりも強いかもしれないが、そういう神経はすぐに払いのける。何さまという、どこにでも居られるくせに、とその点では自身に邪慳にあたる。子供の頃から何度も越したせいか。以前の住まいは十年の住まいだったが、たった半年前までのことなのに、間取りも家具の位置も、思出そうとしても浮ばないことがある。他人が暮している。

夜が更けると、立居がまた変ってくる。風邪気味で体力が続かなくなったせいか、近頃は十一時よりも前に仕事を切りあげる。それから床に就く前の家の者たちとしばらくつきあって、寝かせたあとにまた一人になるわけだがそのあいだ、一日の労苦のぬけがらの状態のくせにともすれば口調と物腰に、不断の疼きを内にこらえて平静を保っているような沈重の感じがこもり、切なさのあまりひそかに長い息を抜く。刻々と耐えている。風邪気のだるさのほかは、ことさら何も耐えてやしない。たとえば外で取返しのつかぬ罪を犯して、身の始末を決意した男が家にもどって家の者にはひと言も洩らさず、穏やかな顔つきに頼らせて、残された日常にほんのりひたっている。家の者にはどうにかやさしくしたなと思いながら、心の底の酷《むご》さをひんやりと撫ぜている。とそんなことを家の者の前で想像して変な快感を覚えたのは、あれももう五年も六年も前のことで、今ではそれどころでない。身辺身中に異変が起っているわけではないが、とにかく、手前が年を取って行くだけで精一杯だ。にもかかわらず、とくに子供たちに物を言いかける時に、親としてけっこう無責任な冗談口もつつしまぬくせに、口調が端々で心ならずも、大切なことをそれとなく中渡す重々しさをふくむのは、これはどうしたことか。あとでかならず思出せよ、と言わんばかりの。苦りきって自分でまぜかえすことになるのだが、子供たちを笑わせる中にも、どこかしら泣き濡れたところがある。

家の者が寝間に引っこむと、ああ、終ったな、と思う。これがまた、雑駁な日常の反復としては、腑に落ちない。守衛ではあるまいし。いや、守衛ならば、仕事の始まるところだ。前の住まいからの習いで、杉尾は誰もいない居間に寝そべって本をひろげる。しばらくは几帳面に意味を拾っているが、あとは読むでもなし読まぬでもなしになる。ところが近頃、寝そべっていて居ずまいを正すもないものだが、腹をぺたりと沈めたなりに、やはり切りつめた——テーブルの上に書をひろげ、椅子にきちんと腰を置き、背をまっすぐに伸ばして瞑目する体感になる。その姿をまた自分で端から見ていて、あんなことをしだすとかえって危っかしいんだから、とつぶやいたりする。テーブルと椅子は実際にすぐそばにある。できるだけ固くて素っ気なく、かと言って武骨でもないのを選んだのだが、家の主人がそこに一時間と腰を落着けたためしはない。

それでもひろげた本のほうは、まったく字づらだけでもなく、言葉の流れをゆるゆるとくだり、意味のほうはだいぶ上の空ながら読み進む。そして耳を家の内に、それから家の外へ澄ます。静かさをたどって近くから遠くへ、地平のあたりへ、そしてまた遠くから近くへ、網をひろげては手繰り返す。どうしても汽車の音が聞える気がしてならない夜もある。ときおり萎《しな》びた手が伸びて、そろりと頁をめくるのが、我ながらけうとく見えた。そうして一時間も経ったかと、起きあがって時計を眺めると、やはり放心の間があったようで、二時間あまりも過ぎている。

それから煙草だの灰皿だの書込み用の鉛筆だの、まわりの小物を拾って、歯をていねいに磨き、ウイスキーを生《き》のままか、ひや酒を安直に喉へ放りこみ、そのあとで熱い番茶を啜ることもあり、これはもう長年の習慣で、物を片づける——酒を呑むのも片づけの内だが——その細かい順序もたいていおのずと決まっているのだが、これをすでにうつらうつらとおこなう動作の端々がまたどうかして、もうこの一回限りの、長いこと繰返してきたがもう二度とする必要のない、安らぎの感じをおびる。憂鬱げに眉をひそめながら、安堵に濡れている。いわれもない。

酒が回ってから、しまりのなくなった足をことさら重々しく踏みしめて、何カ所か戸締りを見てまわる。子供の寝息に、扉のところからちょっと耳をやる。玄関の錠の降りているのを確めたあとで、扉の真ん中の、レンズのはまった孔に目をつけて、おもての廊下をのぞくこともある。別世界に見える。その頃には静かさがきわまって、妙なことを始めようとする自分を自分で端から眺めるような、かるい離人が兆している。毎夜、何やらしきりと頭の中で指折り数えている。

あれだけ慎重らしく見てまわるのに、ある日、宵の内に家の者が締め忘れた玄関の扉の錠を、夜中につくづくとつまみの向きまで見つめながら見落したようで、朝刊を取りに行ったら鍵がかかっていなかった、と翌日子供に教えられた。

床に入ると、ずいぶんまた固い姿勢で寝ているじゃないか、と訝りながら、このところ莫迦に寝つきが良くて、ことんと眠ってしまう。寝たぞ、寝たぞ、と寝入りばなにつぶやいていることがある。

そう言えば、あの晩、死者《ほとけ》の妹も、風邪声だったな、とある夜、寝床の中で思った。なにせ降りが降りだし、大勢、人が集まるからな。

死者も風邪ぎみだったのかもしれない、とうつらとしかけてからまた思った。あんまりしつこい風邪っ気に業を煮やして、生き存える我慢をほどくということも、ありそうなことだ。それにしても晴天が続くな。明日はひとつ、気分転換に、競馬場にでも行ってみるか。

翌日は雨となった。昨夜半すぎから降りだしたと天気予報は伝えていた。通夜の時に劣らぬ降りに寒さも加わり、杉尾は外へ出かけるどころか、いよいよ発熱の兆しを感じて内の仕事も休み、泥まみれになって走る馬たちをテレビの前で毛布にくるまって眺め、夜は熱燗でもつけて久しぶりに早寝にするかと思っていたのが、夕飯がむやみに進んで、湯からあがって茶を啜るうちに風邪気が消えていた。その翌日も天気はぐずついて肌寒かったが、身体の内の悪寒はおかしいようにおさまり、暮れ方から空も白みはじめた。

また晴れあがった。陽ざしにはすでに枯草の、饐《す》えて甘いにおいがあった。熟れた堆肥か、抱かれ飽いた女の、髪のにおいにも似ていた。

週の初めに電話がつづけさまに来て、杉尾は四十日ほども籠りきりでいたことに驚かされた。家に居るといっても、結局は世を渡る仕事に追われているので、半月やそこら外に出なくても格別ひき籠っている気もしない。それに風邪気やら、足踏みがちの仕事は、とかく日数の経つ感覚を失わせる。外で人と会って済ます用を、身体の不調を口実にひきのばしてきたのが、ここに皺寄せされたと見えた。

「ああ、こんなお天気に、いい若い者でもないけれど」と最初の電話に杉尾は窓から空を見あげて、誘いがあれば今日にでも出かけるかとまで思いながら、身体の芯の感じを探って、用もない嘘をついた。

「いやあ、低空飛行をつづけてきたのが、一昨日ついに甲斐なく、熱を出しまして。一日で引きましたけど、足がまだ、ふわふわと、地につかなくて」

ふわふわどころか、身体は現金なように安定していた。ただ、しばらくはまだ外に出ると良くないことが起りそうな、禁忌めいた感情がめずらしく動いたものだ。

「こういう晴れた日に家に籠ってすごすというのも、僕なんかには、うらやましいな」

相手も妙なことをつぶやいてやや感傷的になり、秋の日の移ろいのことなどをしばらく話して、それでは来週にまた連絡しますと切りあげた。なぜ外へ出てはいけない、と杉尾はあとから首をひねったが、一度そう断わるとつづく三人からの電話にも、いかに情ないありさまで心細かったことかと、どういうものかしきりにあげてくる上機嫌を押さえながら力のない声で溜息さえまじえて訴えていた。おまけに、もう一週間すれば良くなるから、かならず良くなるから電話してほしい、とわざわざ自分のほうからうらめしげな熱をこめて、すがるように約束していた。四人目の受話器を置いてようやく、来週になったらこれをどう始末する、毎日のように出かけて疲れて人嫌いになってもどるつもりか、それにしてもここのところ自分としたことがまたわけのわからぬ、怪しげな芝居がかりがついたものだ、と頭を抱えこみかけるとまた電話が鳴り、たちまち勢いこんで電話を取ったがこちらの先を制して、例の三白眼の女のことを話した友人が名乗るやこらえかねたふうに笑い出した。

「いやあ、さすがに退屈した、死にそうだ、半月も寝ちまった」

若々しい声で、風邪をこじらせて肺炎になりかけた顛末を滔々と喋り出した。一時は熱に浮かされて、家のまわりをうろうろと、新宿あたりから這うようにもどってきたつもりなのだが、戸口がわからなくて、はてしもなくうろつきまわる夢にうなされた。それよりも恐かったのは、譫妄《せんもう》の状態ではけっこうまともな受け答えをしていたらしいのだが、それがおさまった頃になって、笑っていた家の者たちがようやく親父のありさまの変なのに

か、と眺めているのに、はっきり見えも聞えもしているのに、口がきけない。気がつくと気がついておろおろ騒ぎはじめる。こちらはそれが可笑しくて、いまさら、もってのほか、と眺めているのに、はっきり見えも聞えもしているのに、口がきけない。気がつくと切羽詰まった顔をしている。光のない目をあけてうらめしそうに見あげていたと家の者もあとで気味悪がっていた……。

半《なか》ばにしても厭な符合に眉をひそめたのはだいぶしてからで、杉尾は心をただ空にして引きこまれていた。いずれ何処からか来るべき報告であったような気もした。友人はなるほど後養生にあきはてた様子で、自分の話を終えるとさっそく、誰々はどうしているかと、まるで長らく旅に出ていたように次から次へとたずねまくり、杉尾はなにやら自身のほうの不調を言いそびれて、よんどころなく出づっぱりの役にまわらされ、四十日よりもっと前の、夏の終り頃の消息をいい加減に答えると、相手はそれでも満足していた。一時間もあれこれ楽しげな噂話につきあわされてから、杉尾はたずねてみた。

「ところで例の女《ひと》は、どうした、三白の」

「ああ、また逢ったら、そうではないんだな、三白では」

「すると早とちりだったのか、あの三白というのは」

「それが、むこうはいまや、自分でそうと思いこんでいて、感謝するんだよ、気づかせてくれたことに。鏡の前でどうも、目を剝くらしいんだな。そうなる目ではあるんだ」

「やはり気がつかずに来たんだろうか」

「知ってたんだろうと笑ってたずねてみたよ。いささか突っこんでもみた。最後には泣かれてね、知らなかったと言い張るんだ。変な具合になっちまった」

「百年目の男になったわけか、ここで会ったが。しかし恐いような話だね、大丈夫かい」

思いあたる節もあるようで友人はうすら寒げになって長話を切りあげた。杉尾のほうには上機嫌が残った。しぶしぶ机に向かうと、うつむきこむ顔がやがて大童《おおわらわ》らしくなり、進まぬ筆に気ばかりがいたずらに走りたがり、これさえあとひと踏んばり、片づけてしまえばめでたくなる。長い休みにでもなるような、燥ぎをわずかに押さえこんでいた。これが終えようとあれが終えようと何ひとつ片づきやしない、と舌打ちする心も、油断すると浮き立ちかけた。

気分がようやく不機嫌に落着いて、筆がはかどりはじめると、友人のことを思っていた。あの男、夏のうちにせっかく水を差してやったのに、逃げもせずに、肺炎にまでなりかけて燥いでやがる、棺桶に片足突っこむとはこういうことだ、と縁起でもないことをつぶやいて、満足感がひそかに差してきた。

朝顔の花が浮んだ。生籬《いけがき》の門の陰に置き去りにされて、陽もだいぶ高くなったのにまだみずみずしく、あどけないように咲いている。小さな女の子がその前にひとり、ちんまりとしゃがみこみ、尻を低く垂れて見つめている。鉢の内から何か厭なにおいが昇ってくるのを不思議がっている。

化粧代がかさむよ、あれは、ともう何年も前になるが例の友人が、若い知人の結婚相手の女性について、何かのはずみにつぶやいた。厭なことを言うな、と杉尾は思った。美人といえるぐらいではあるがそんな派手な性質にも見えない。化粧もあっさりして肌もみずみずしい。年にしては総じて子供っぽい。目鼻立ちの大振りなわりには顔の肉づきが薄かった。夫婦しごく円満と聞いて、三年ほどして、杉尾は街中で連れ立って歩く二人を目撃した。くっきりとした美人の顔が、顔だけが雑踏の空気を分けてしずしずと、表情の乏しい目を正面に据え、盆の水でも運ぶように進んでくる。その痩せ細った歩みに、脇から支えを添えるように足並みを揃える亭主のほうには、久しく見ないうちに妙にぶよぶよとした印象の肥満が始まっていた。

夜更けに一人になり、杉尾はくりかえし身の内の苦痛を探っている自分に気がついた。そのつど痛み疼きの影も今のところないことを確めて安堵していた。そのうちに苦痛のない状態が、それ自体すでに恍惚のように感じられてきた。無痛が質感をおびてほのかに光る、そういう幻覚を造り出すのが最高の麻薬かもしれないぞ、と埒《らち》もないことを考えたりした。一日中、芯が躁《さわ》いでいた。それだもので、平生よりも腰を落着けて仕事に向かい、家の者たちには頼もしげな口をきいていた。

恐いのは抑鬱などではない。狂躁こそがおそらく、真に陰惨な相貌をしている。

そうつぶやいて杉尾は仰向けに返り目をつぶった。身のまわりから静かさが戸外までひろがり、しばらくすると逆に、地平を囲むざわめきが輪を縮めてきた。押しもどされて静かさはいよいよ深くなり、やがてそのまま、雪崩れはじめた。動きもなければ方向もない切迫の感じが刻々とつのった。目をあければ、長閑《のどか》な時間でしかない。しかし杉尾はまた目をつぶり、安定した無痛の恍惚を狂奔のけはいの中へ漂わせた。ざわめきのひとつながりに満ちた空を、一機ゆっくりと横切って来る爆音があった。それを耳に捉えて、頭上を越しきるまでたどり、目をひらいた。

「苦痛と、恐怖だな、それさえなければ即《そく》、恍惚だ」

芝居がかった言葉に苦笑もせず、むっくり起きあがると歯を磨きに立った。

次の夜中に電話が鳴った。杉尾は寝床から暗がりへ起き出し、まだ覚めきらず、受話器を耳にあてたとたんに妙な静かさに触れた気がして声を出しそびれた。むこうからも声はおろか、息すら洩れなかった。いや、息づかいの影が感じられた。そして時計の音らしいのが、杉尾の部屋の時計とは別の音を刻んでいた。やがて受話器の中からさぁっと泡立つけはいがふくらんで、軒を叩く雨の音が聞えてきた。遠くで夜道を駆け出す足音がはぜた。

「また雨になりましたか」と杉尾はたずねていた。

それから我に返り、陰気臭い声に身ぶるいした。ひと息おいて、むこうで受話器がことりと降ろされた。

翌日、薄暗い寝床の中から雨の音を聞いて目を覚まし、居間のほうへ起き出してくると、硝子戸に陽の光が満ちていた。雲さえない。正午をとうに回っていて、家の中は静かで台所のテーブルの上に杉尾の昼飯の支度がしてあった。妻はデパートにでも出かけたと見えた。

飯を喰って珈琲を飲んで手洗いの中で雑誌を読み、さて仕事場へ入ろうとして、杉尾は机に向かう気力のないのを感じた。さっきから、家の者のいないのをよいことに、大きな声で独り言をいっている。力を内へ溜める堪え性のかすれたしるしだった。

何となく電話を待ってぐずついてから、杉尾は書置きをして出かけることに決めた。こちらから電話をして誰かを誘うほどの人懐しさもまだ湧かず、何処へ行きたいという気もしなかったが、とにかく出かけなくては埒が明かないと思った。妻が亭主の寝ているまに戸締りもして行ったので出がけの手間もはぶける。何処へ行くのかと訊かれても行くところがないだけに困る。気持の鈍らぬうちにと杉尾は着替えを済まし、こう支度をするとまた出かけたくもない、出かけないほうがよいような気もしたが、廊下の端に立って明るい秋の午後の居間をつくづくと眺め、またよく片づいたものだ、憎むみたいに片づけると舌を巻きながらおのずと足音を忍ばせて玄関へ出た。外から扉に鍵をかけてから、夕飯の予定を言っておくのを忘れたな、と引きもどされかけ、眉をひそめてそのまま階段を降りた。

途中気が迷ったりして、漠と思い浮べていた博物館の前にたどり着いた時には、閉館の時間も近くなっていた。陳列物を見てまわり、足の向くままいつまでも歩きまわるには体力が衰えたと若い頃とくらべていた。しかし昔よりは逸れやすい、どこへ迷い出るわけでもないが、立ちどまるとその時間の内部で微妙な断層ができやすくなっている、などと思いながら壺の前で長いこと立ちどまっていた。途中で閉館のベルが鳴った。見まわすと誰もいないことにかるい恐怖を覚えた。

行きつけの店の何軒かに足を運んだが、結局は誰にも会わなかった。それでも飯を喰ったり店の者と喋ったり道に迷ったりで、夜半近くになった。最後の店を出てもう一軒だけ例の女将《おかみ》のところに寄るつもりで車を停めたのが、坐席に腰を落着けるとにわかに疲れを覚えて行先を自宅の方向へ変えた。目をさますと車はもう自宅の近くを走っていた。

思いついて杉尾はまだ手前で車から降りた。大通りにそってしばらく気ままそうに歩き、公園の並木道へふらりと折れて電話ボックスに入った。ダイヤルをまわし終えて通話音を数えながら硝子の外へ目をやると、街燈の光に紅葉が白く照る夜の並木のかなたに意外と近く、杉尾の住まう建物が聳え立った。こちらの端の部屋なので、杉尾の窓も見える。まるで自分自身の、不在の部屋を呼んでいるような怪しげな心地になり、いや違うぞ、あれは三階か四階の窓のはずだ、と天辺から数えようとしたとき、むこうで受話器がはずれ、声になりかけの息が洩れて、すぐに呑みこまれた。時計の音がまた聞えた。それに水の流れるようなざわめきもひろがり、その中でもう一度、かすかな喘ぎがふくらんだ。やはりあの女だ、と杉尾は満足して受話器を置き、余った小銭をつまんでボックスを出た。

鍵を静かにまわして玄関からあがり、暗がりの中を仕事部屋に入って明かりをつけるとまもなく、寝間着姿の妻が扉のところに立った。薄気味悪そうに、亭主の頭の天辺から爪先まで見まわした。

「どうしたい」杉尾は電話のことを思った。「留守中に何かあったのか」

「あなたこそ、どうして、黙って出て行くの」

「ああ、紙を机の上にまで出しながら、書きおくのを忘れたな」

「あたしは、いたじゃないの」と妻は答えた。「六畳のほうで気分が悪くて寝てましたわよ。あなたが大きな声で話しかけるのに返事もしていたじゃありませんか。急に黙りこんで、歩きまわる足音も静かになったと思ったら、すっと玄関のほうに出て、錠の降りる音がするもので、走って行って窓からのぞいたら、いつのまにか着替えて出かけて行く」

杉尾は唖然として妻から目を逸らし、自分の部屋の内をあらためて見まわした。端々まで整頓されて、見馴れない感じがした。普段着も椅子の上にきちんと畳まれ、机の上には白い紙が一枚出してあった。

「こいつは、お前が掃除してくれたのか」

「いいえ、あなたでしょう。めずらしくあまり綺麗に片づいているものだから、何だか厭な気がして」

妻は両手を脇へだらりと垂らし、肩をかすかに斜めに揺すっていた。

4

鳥の声が耳につく季節になった。毎年この頃になると、年中じつは聾唖に近い状態で暮しているのではないか、と杉尾は自身を疑う。それほどに鳥の声は烈しい。一声ではるばると沈黙を地に張る。その中にあって杉尾はつかのま自身の耳の奥に、透明硬質の栓をされたような、無音の魂を感じる。追いすがって耳を澄ますと、沈黙の手応えはすでに失せて雑念のざわめきだけが残る。

秋の暮れから冬にかけて落葉樹は、遠くから眺めてその足で近くまで寄ると、いきなり消えてしまう。この錯覚の面白さは何年か前から思出していた。同じ樹の影《すがた》がまるで変わるのだ。遠くからは天を突く勢いも、近くではよほど貧しく見える。惹き寄せられてきて、一足ごとにまさる枝の張りのけわしさが、途中のどこかしらで失せる。境目は百から五十米の間とはわかっていて、変化の時をこの目で確めようとして来るのだが、その辺にさしかかると毎度、うつらと気が内にこもる。その境目の睡《ねむ》たさのほうが不思議で、大の中年男があの欅この櫟と、静かに近づいては繰返し騙されるのがおかしくて、仔細らしい顔つきで遊び戯れている。

　離人、という言葉を杉尾は近頃とみに、露骨な表現として疎むようになった。何をしても、何を思っても感じても、自分がしている気がしないという症状のことで、若い頃にはずいぶん関心を寄せたものだ。誰にでもひそむとは睨んでいたが、いずれ人の主観の、いわば勝手に病む病いだと高を括っていた。もともと、人はそうそう自身と重なりあって生きているものでもない。さまざまな方角へ遠ざかろうとする自身を、鵜匠みたいに、綱をもつれさせぬよう、引くばかりではなく弛める時には気長に弛めてひとつに束《つか》ねまた束ね、何知らぬ顔で歳を稼ぐ。自身ども、と複数で呼びたいぐらいのものだ。中年ともなれば離人は病気でも何でもない。前へ進もうとする欲がよわれば、束ねる力がやや寛ぐの道理である。腰痛の出るのと変りがない。つまり、自分が見えてくる。悟りではない。端的に自分自身の姿が、横顔がまざまざと見える。厠から大事のありげな目つきをして出てくる。つぎに何を始めるのか、どこへ行くつもりか、ほんとうのところ心が知れない。

　妻はやがて笑いころげたが、それ以来、用心しはじめた。のそのそと歩きまわっていたのが静かになって、人の居る家にでも空巣に入れそうな素速さだった、と何度でも呆れた。風林火山だ、と杉尾は苦しまぎれに答えた。しかし途中で妻に気づかれていたら自分でもさぞや、薄気味が悪かったことだろうと思った。厭な心地で出かけるところだった。

声に出していたのが独り言だったことには、妻もおいおい思いあたった。風邪の床から返事をしていたのも莫迦みたいなものだけど、あなたもあたしの返事に、答えてないでもなかった、いえ、鬼の霍乱《かくらん》かとたしかにつぶやきましたよ、という。そう言われてみれば杉尾のほうもあの夜、酒を呑んでいる最中に、同じ言葉を何度か口の中で、これはおそらく自身かあるいは例の友人のことなのだろうが、ひそかに転がしていた気もしないではない。

おたがい、近くにいながら、狭いようでも広いですな、と杉尾が挨拶すると、厭だわよ、と妻は眉をひそめた。

しかし用心をすると言っても、これはまた対象の漠としたことである。病人ではあるまいし、四六時中挙動を見張っているわけにもいかない。それでも仕事部屋からふらりと出てくるとか食卓から立ちあがるとか、居間の真ん中に何となく立ちつくすとか、そういう放心の瞬間に何かしら気配はあるらしく、気がつくと妻がこちらを見ている。杉尾も見られているのを意識するとまた、これを限りの、目に見えぬ境を超えようとしているような、影が薄れて家を抜け出していきそうな、切りつめた物腰を自身の内に感じ、いささかそんな気分にもなる。視線を合わせないようにしているので、二人して第三の影の怪しげな振舞いを窺う、待っているふうになる。何をしているんだか、と逸らした視線がたまたま出会ってしまい、大まじめな目礼のごときをかわしかけて笑ったこともあった。

昔、杉尾の父親という人は朝の出がけに、あれを持ってこい、これを出せと妻をむやみに走りまわらせなくては気の済まぬ人だったが、ある日のこと、出仕度を終えて神棚にいつもより長目に参り、妻に送らせて玄関まで出て、靴をはきおえてくるりと向き直ると居ずまいをただした。わたくし、これから何々へ回りまして例の件を処理し次第、至急、正午までには社のほうに駆けつけます、と口もともきりりと上申するや、勇んで家を出て行った。母親は玄関先に膝をついて、しばしぽかんとしていたが、やがて茶の間にもどると畳の上にうっぷして、あれで後から訊いても覚えていないんだから、と腹を抱えた。五十代の動き盛りだった。

たまたま読んだ週刊誌には、夜のうちに別室で妻が子を道連れに自殺したのを、夫は朝方にも気がつかず、一人で飯を済ませて会社に出かけたという記事が小さく載っていた。静まりかえる家をそっと出ていく男の、しょぼくれながらどこか気ままそうな、背が杉尾の目に浮んだ。

前の月と一変して杉尾は頻繁に外出した。閉居のうちに積もった不義理はすこしずつ日延べをすればいくらでも調整のつくものだったが、電話を受けると言訳するのが面倒になり、連日のように夕刻から出かけることになった。すると妻のほうも神経を遣わなくなった。出がけに杉尾は騒々しく振舞った。その勢いに乗って玄関を抜け、扉が閉まったとたんに陰気な顔になるのも厭で、足取りをゆるめず十五分あまりの道を駅まで歩いた。途中で前夜の疲れが身体にまわってきて、憂鬱さが剝出しになりかける。自分のふさぎ癖にたいして邪慳になってからすでに久しくなるので、そういう時には、あらわな肉の塊でも無造作にぶらさげ、うしろに引きずって進むふうになる。これがかえって子供っぽい。自分で自分の居所から追い立てられ、用もないのに用をつくって、駆けずりまわる姿に似ている。

電車の中で、にわかに目を見ひらいて、見まわすことがあった。あらゆる騒音をつつみこんで、妙に重苦しい静かさの感触があたりに凝《こご》り、その中で客たちが耳でも犯されたように、なにやら張りつめた目を間近からひたと話相手に据えて、瞳をときおり頼りなげに左右に揺るがせ、響きも抑揚もとぼしい大きな声で一所懸命に喋りまくっている、その呆然たる切迫感が、どこからか叫喚でも呼びそうにつのりかける瞬間があり、杉尾は自身の耳もとに片手をやり、指を鳴らしてみる。あたりはただの騒々しさにもどった。自分のほうが聴覚の異常、と言わぬまでも、余人と音声の明暗の感受のしかたにいささか狂いが生じているのではないか、という疑いがかすめた。しかし、あれはどう見ても耳の遠い人間の顔つきだ、と喋りまくる客の顔を眺めつづける。

人に会えば人懐しさが生じた。ああ、また埒もない雑談を人としているな、とおよそ見甲斐もない夢を見て、覚めて漠と人恋しくなるということは心身の弱った時にあるものだが、あれと似たようなことが目覚めたまま、現に人を前にしながらに起った。相手のほうにもいつのまにか人懐しさの潤みがあらわれるのが、なおさら不思議だった。感慨のあるつきあいでもない。人に泥《なず》むことがすくなければ泥まれることもすくない。四十日も引きこもっていた人間が出てくれば珍しいかもしれないが、しかし人づきあいに多忙な相手にとっては、杉尾が何十日閉居しようが、姿の見えぬのに気がつかぬぐらいのことだ。格別の噂でも立っていれば別の話だが。とすればまず杉尾自身の上にあらわれた人懐しさに相手が知らず識らず、別のわけあいから、染まっていると考えるよりほかにない。

「いや、ひどい目にあった。長い疲れがやはり出ましたかね。お互いさまだけど」

杉尾がまたそれに反応して、相手の潤みを裏切るまいと、病みあがりを演じていた。

「まだはっきりはしないんだけど、ぼちぼち外へ出るようにしてますわ。こうしても埒が明かないんでね。酒はさすがに、めっきり弱くなった。この夏頃までのことさえ嘘みたいに思われるな」

相手かまわず我身のことばかり訴える取りとめなさだけでなく、椅子に腰をやや斜めに入れてもたれこみ、いまにもずるずると滑り落ちそうで落ちないのをひそかに楽しむ、衰弱の恍惚までが病みあがりそっくりになった。片腕をながながと背もたれから垂らし、飲み物をそろそろと口に運んでは瀬踏みするふうに嘗《な》めていた。それにつれて相手も声から力を抜いて、同様に心細いようなことを答えながら、口調がどうかすると述懐めいてくる。ここまで足を運んだ用向きやら関係やらをそれで忘れるわけでもないが、しばしつきあって落ちこんでいる、時間の流れが淀んでいることは靄のかかりがちな顔にうかがえた。話が跡切れるたびに倦怠の息をついて、忙しいはずのがとにかく閑そうに、つくづく無聊をかこつふうにさえ見えた。他人をこうさせるところを見ればやはり、それだけの病いだったのかな、と杉尾も首をかしげた。

「風邪ではかなくなるんでは、これは、はかなすぎるからな」

昔、長い夜行の旅で、汽車が閑散とした深夜の駅に停まったとたんに、寝苦しい眠りから覚めた赤の他人どうし、たまたま目が合って、悲しみを滴らす声で話しはじめる。あれにも似ていると思った。

帰りはしかし連夜のように遅くなった。揺り返しに躁いで時を忘れるわけでもない。酔うほどに時間の流れは重くなり、血のめぐりが滞って節々は固く凝り、しまいにはただ坐っているのも苦痛になった。ところが馴れた寝床を慕うほどに、道中容易なことではそこまでたどりつけぬような憂さを覚えて、腰は逆にずるずると沈んでいく。そんな半端さを自分でごまかすために、尽きかけた話題を掻き起しては、いつまでもだらだらと喋っていた。

「さて、帰るか」ある夜、杉尾のほうから切り出した。「酒を呑んでも、近頃、あまり変りばえがしなくなってね、お互いに。弱くなったのではなくて、酔えなくなった」

そして店を出て近くの辻であっさり別れ、車を拾いがてら大通りに沿って歩くうちに、始終うかなかった連れの顔がまた浮んで、自分は閑だからいいけれど、忙しい人間にまたつまらぬ時間を過させたものだ、と悔んだとたんに、あの男も自分も、やることなすこと、すべて徒労に思われ、大の男が、冗談でなく、いかにもはかなく見えてきて、思わず涙ぐみかけ、これはと足をとめたものだった。

女から電話がかかってきたのは、閉居の間に積もった不義理をすべて片づけた次の夜だった。

夜明け近くに車の窓から細い月に伴われて杉尾は家にもどり、一日を朦朧と寝てすごした。正午頃に一度起き出して物を喰い、床にまた入って、さて片づいたのでこれから何をしたものかと考えるうちに眠りこみ、うつらうつらと物をまた考えはじめ、しつこいようになりかけてはふっと内容を見失って、日の差さぬ窓の移ろいを眺め、手足にひそむこわばりをほぐしてはまどろみして、日が暮れた。夕飯のあとで寝疲れた身体を床に横たえて、こんなに眠ったのは何年ぶりだろうか、それにしても白髪が一度に伸びそうな眠りだった、と首をかしげながら、背がまた床の温みに馴染んだ。一度、夢の像はなしに戦慄が全身を走った。指を内へ折って硬直した足の感覚に、憶えがあった。

睡気が落ちた時には、家の内は寝静まり、夜半を過ぎていた。汗まみれになった気分から、数日来垢をためこんでいたことを思出して風呂場の明かりをつけ、残り湯を静かに、貰い湯のようにつかううちに、わずかに揺れる湯の、桶を叩く音があまりにもひそやかに、奇妙な切迫感を孕んで聞えてきて、身動きがならなくなった。この家にはないはずの、黒光りする長い板廊下の一端が目に浮んでいた。

そそくさと湯からあがり、かすかな寒気を肌に残して、整えなおした寝床の枕もとに胡坐をかき、さて今夜はどうして眠ったものか、と思案しかけたとき脇の電話が鳴った。不意の音に神経を赤剝けにされて、陰気臭い腕を長く受話器のほうへ伸ばし、首を吊った旧友の、妹の足のこわばりを、さっきから想っていたことに気づいた。見た目を潰してやりたいような衝動に駆られ、自分の目かそれとも相手の目か、おぼろになった。

「夜分、申訳ありません」

女はいきなり詫びた。そして杉尾の名をたずねた。時計の刻む音がした。

「献血の時の、方ですね」

杉尾は言葉の跡切れたのを、こちらからいたわった。あの音はしかし近頃の水晶時計ではないな、とそんなことを思った。

「はい、井手、井手よしこと申します」

相手は神妙に名乗った。井手伊子という名は、最初に渡された献血カードに杉尾は見ていたが、次に逢った時には名を呼ぶはおろか、あらためてたずねた覚えもない。電話で呼び出した時にも、献血カードを預った者ですがと切出して、相手を確めもしなかった。

「お変りはありませんか」訝りの響きをいっさい抑えて杉尾はたずねた。臆面なさは行きがかり上すべて、男のほうがひきうけるべきだと考えた。

「はい」と女はすなおに答えて、声に安堵が聞き取れた。また黙りこむので、「それで」と促がすと、ひと息おいてたずねた。

「じつはいま……助けていただけますか」

平明な声だった。揺らぎも捩れもない。それでも杉尾は消えた声を追って、さすがに用心深げに受話器の中へ耳を澄ました。二度逢ったところでは、女として普通のふるまいとも言えないが、慎しみがちの女とは見えた。精神がかならずしも、正しい調子にないとも疑えた。しかし全体として女の行為というよりも存在に、わけはわからぬままに、杉尾は得心の行ったつもりでいた。

馴れ親しみの順序を飛び越して、何かの相性はあったのだろうが、とにかく汚くなることは避けられた。最後のところで女の内に動いた嫌悪に、杉尾が応えたものらしい。朝顔の鉢を抱いて外へ出た時には、片づいた、と息をついた。ずいぶん長い関係のように感じたものだった。

先夜の無言の電話は、一度は抱かれてもよいと思ったぐらいだから、それぐらいの迷いは起る。思わず悔んで声の詰まったところを、男に気味の悪い駄目を押されたので、あれ以来、関係の質を取られた気持にうなされつづけた。気迷いのもたらす結果に強情に従おうとする性質なのかもしれない。いずれにしても、後始末をつけるための電話だろう、と杉尾は思った。

沈黙の間がやや長くなり、ボックスの中で脅迫めいた通話音を数える男の目つきが浮んだ。さしあたり、他人事《ひとごと》のように感じられた。

「何でしょうか、いまというのは。できることなら、助けますが」

「はい、ご迷惑はかけません。わたし、いま、恐いのです。居ても立ってもいられないのです」

「ああ、恐いのですか」杉尾は驚かぬ自分自身のほうを怪しんだ。「それで、いまどこにいますか」

「自分の部屋におります」

「怪しい者がうろついていますか」

「そんなことはありません」

「何が恐いのです」

「ただ恐いんです。一時間前から、部屋の雰囲気が変りました」

「ああ、変りましたか」

変に落着き払って杉尾は受話器を耳から離し、自分の部屋の内を見まわした。輪郭の鮮明にすぎる女の声が耳についたほかは、じつは女の訴えることを何ひとつ思い浮べられずにいたが、書棚の上に並ぶ物たちの、何とはない静かさに目が留まって眺めるうちに、こちらはこちらの、かるい戦慄が背を走った。

「テレビかラジオをつけたら、どうです」

「つけましたら、声がよけいに恐いんです」

「部屋じゅうの明かりをつけたら」

「はい、ぜんぶつけております」

「戸締りは厳重ですか」

「はい、心配はありません」

「部屋の中は片づいてますか、妙なところに、妙なものが転がってませんか」

「はい、帰ってきて掃除を終えたばかりのところでした」

「何が恐いんです、一体」

「部屋の空気が硬く張ってるんです。だんだん硬くなります」

「ああ、硬くなりますか」

さっきから話が要所にかかると莫迦みたいな鸚鵡返しを繰返している自身を杉尾はようやく持て余し、いっそこれが悪戯であればいい、恐いのは、それは杉尾さん、あなたですよ、と女がけたたましく笑い出してくれれば片がつくのに、と願いかけたとき、女の息が顫えかけ、また静まった。

「それがいけないんですよ」杉尾はいよいよ鈍重な声で呼びかけていた。「息を詰めているでしょう。恐ければ、なに恐がることはない、恐いようにすればいい。取り乱せばい」

「はい……」と神妙らしい返事が、切羽づまった色を帯びた。やがて息の揺らぎがおもむろにあげてきて、性悪な燥ぎをふくむようで、これはやられたかと杉尾が笑いのはじけるのを待つうちに、しぼる喉を押し分けて、細く薄く掠れた声がその場から逃げるように流れたかと思うと、喘ぎに呑みこまれた。うつつっと洩れた呻きが、手でおおわれたようで、くぐもった嗚咽のうねりと、肉体のわななきが伝わってきた。女がひとり床に横になり静まった、あの朝の部屋のにおいを、杉尾は思出した。

喘ぎは止まずに続いた。杉尾は声をかけかねて、しかしまた黙って耳を澄ましているのも苦しくて、受話器を膝の上へ遠ざけ、そばにあった雑誌を引き寄せて、ぱらりぱらりとめくりはじめた。その横着らしい恰好がかえって所在なげな、いかにも途方に暮れた姿に感じられた。手の甲の白さから、顔にも血の気がいささか引いているのがわかった。

「おさまりましたか」しばらくして杉尾はたずねた。

「はい、ありがとうございます。だいぶ楽になりました」泣き疲れた声が、それでも輪郭をしっかり保って答えた。

「それでは、窓をぜんぶ開けなさい」と杉尾はまた指図をしている自身に、どうしてこういうものの扱い方を知っているつもりなんだ、と首をひねった。

「わかりました」と答えて受話器がことりと傍に置かれ、さらさらと歩む気配がして、窓が思いきりよく引かれ、反対側でももう一度同じ音がして、遠い街道のざわめきが流れこんできた。その果てを列車の轟きが渡っていくようだった。それから、水の落ちる音がした。顔を洗っているかな、と杉尾は耳を傾けたが、それにしては勢いよく、受話器の中から溢れるようになり、やがてふっつり消えた。とたんに、一度だけ入った部屋の間取りがはっきり浮んだ。

　手洗いに行ったのだろうか、と杉尾は舌を巻いた。

「落着きました」澄んだ声が受話器から響いた。「お騒がせしました」

「窓を開けたせいでしょうね。これからも恐くなったら、そうすればいい。ただしドアの戸締りだけは、変なのがいますから」

　杉尾はいまさらしどろもどろになった。すると女の声が急に柔かく、余裕《ゆとり》を響かせた。

「あたしは、頭がおかしいと、思いますか」

「いや、狂ってません」

「たとえばここで、裸でいましても」

「いいや、裸の人の声ではありません」

　ゆったりと断言しながら、杉尾は押しこまれた。

「それでは、もう一度、逢ってくださいな」

女は初めて笑いをそっと転がした。

都内の地図を杉尾は浮べた。新しい関係の始まりそうな時の習い性である。若い頃からそうだった。女のこともあり、仕事の関係のこともあった。

生まれ育って今も暮すこの都会の地理について、杉尾は日付けの二十年も遅れた概念図をまだ頭の中に、投げやりに皺苦茶に突っこんだままでいた。地下鉄は一本、せいぜい二本しか走っていない。その図で間に合わぬ時には抽斗の中からしぶしぶ地図を取り出すみたいにして頭の中に、その後の書込みも加わった新しい図をひろげてみるが、すぐに辟易して閉じてしまい、おおまかな見当をつけて歩き出す。都心のほうで迷ったり、知ったかぶりをして通り過ぎてしまったり、そういう失敗に皮肉なような喜びを覚えた。それでもまず迷わずにどこへでも行けることは行けるが、知らぬ土地はあった。知らぬ土地はいくら通いなれても、何年か住まっても、子が生まれても、知らぬ土地だった。吹く風に思わず眉をひそめたりした。

頭の中の原図のあちこちに塗りつぶしがあり、それぞれ記憶のさしさわりがあった。いくらの数でもなく、点にしてしまえば無きも同然だが、こだわりはその周辺から沿線にまでひろがり、そもそも原図そのものがたいそう狭くて、さらにその中で自分の行動範囲の内と感じられるところはいっそう限られた。結局、杉尾はどこにでも行ける男ではなかった。たしかに、車なり電車なりに乗ってしまえばどこにでも行ける。何度か通《かよ》って馴れればどこでも同じこと、その気になれば寛ぐこともできる。土地だの街だの地域だの言っても所詮この都会では人の流れの河床にすぎず、三尺流れれば紛れる。とそういう気楽さは日頃頼みとして暮すところだが、いざ一人に立ちかえると、こだわりの制御がはたらいた。とくに、前と同じ土地というのは忌み嫌った。

通り魔とか連続放火とか、精神の常軌を逸したはずの犯行が、新聞で見るかぎり、ある土地なり道筋なりの範囲をなかなか逸脱しないことに、杉尾は厭な興味を覚えた。

井手伊子については、杉尾は奇妙な電話の後でかえって、新しい関係が始まるようにも感じなくなった。むしろ長い関係の粘りがようやくふっ切れて名残りの段階に入った、だんだんにまた遠くなるために逢う、そんないわれもない疲れと優しさにつつまれている自分に気がついて訝ることがあった。肉体にたいしても、もうお互いに知り尽して、いまさら求める気にもなれないという、このいまさらという感じの起るのが不思議だった。

考えてみれば最初に酒場で井手のことに思いついた時にもすでに同じ気持でいた。繁華街から通りを隔てて住宅街のほうへやや入ったところに杉尾はいた。どの駅からも遠くはないが近くもない。ただ主要道路がほど遠からぬところで落合うので車の便は悪くない。繁華街のはずれとしてもいずれの土地に属すともつかない。そんな場所で店のほうも初めての女を呼出すような気の利いた雰囲気ではなかった。しかしそういう要領の得ない場所でなければ杉尾は呼出す気にならなかったかもしれない。井手は目標の建物と、折れる道のぐあいだけを確めると、繁華街で呑み馴れた人間ならかえって迷いそうなところを一時間ほどでやって来た。気おくれも見せずについと入ってきて、まっすぐに杉尾を見つけたものだ。車で家まで送る気になったのは男の卑しさだがそれでも、もう一度寝たらどんなものだろう、という名残りの情の粘りみたいなものが混っていた。

同じ店を杉尾は指示した。たぶん行けると思います。と井手は答えて電話番号も確めなかった。仕事の都合で八時過ぎがよいというので、その晩、杉尾は夕刻に知人と待合わせてしばらく呑み、どこかにいればまたもどってくると言い残してそちらへ向かった。車で早目に着いているつもりが、何となく電車に乗り、長い道を歩いて行った。

地方都市の目抜きに似た新しいアーケード街を、左右の路地の奥に残る場末の燈をのぞきのぞき抜けて大通りを渡り、勤め帰りの男たちと前後してやがて商店街へ折れ、宵の内から閑散とした吹抜けの一本道に足を速めようとして、ぽつんとあいた酒屋の前にかかり、煙草の尽きかけたことを思出した。

着ぶくれた老人が釣銭を揃えるのに手間取るあいだ、店の外へ目をやると軒の下へ差す明かりに照らされて、妙にくっきりと締まった横顔が、井手伊子が脇目もふらずに通り過ぎた。焦《あせ》りかけたところを、老人が札を取りに奥へ入ったのでまた待たされ、外へ出てみると、冷えこんだ夜に家路を急ぐふうな後姿が、人影のすくない道のすでにだいぶ先を歩いていた。

しばらく追って杉尾はその姿を失った。すこし先を黒っぽい背広の年配の男がひとり、酔っているのか、気づまりな時間を抜けてきたばかりか、書類袋を右腕にゆらゆらと、身もそれに振られぎみに、気ままそうに歩いていたかと思うと、急に小心な早足になり、十歩も進んでまたこれ見よがしのだらけた足取りにもどる。その繰返しが神経にさわって杉尾は女のことも忘れていると、男はついに羽目をはずして右へ大きくよろけかかった、と見えて地面をそっと蹴り、ひたひたっと前へ進んで止まらなくなり、その先に井手の後姿がまた見えた。

近づくにつれて男は膝のあたりがなにやら鯱張《しやちほこば》っておかしな小股の運びになり、何度か躓きかかるうちに浮立った小走りにそれなりの調子がついた。井手の背はすくんだふうもなく前よりもむしろゆったりと伸びて内へ静まっていた。あれはまずいな、かえって惹き寄せる、と杉尾も走る構えを取った。と、男は焦りがきわまって全身を掬いあげられたみたいなスキップに近い足取りになり、女のすぐ後に迫りかけたとき、足が微妙に左へ逸れるのが杉尾の目に見えて、やがて大袈裟に左へ飛びのくと女から一間も離れた、軒下に近いところから、脇を駆け抜けた。

井手の背にはわずかの変化もあらわれなかった。

その前方で男は踊っていた。左へよろけては蹈鞴《たたら》を踏んで身を揺りもどし、右の肩を首筋まで詰めてそちらの腕をながながと、あげるでも垂らすでもない半端な高さに浮かして、顔は寒空を振り仰ぎ、しかしお道化《どけ》るのでもない、脅《おど》かすのでもない、むしろ真剣に、泣き濡れて女の気を惹きながら、さらに十米ほども先に行って立ち止まると腰を右のほうへ引き、初老の横顔を見せて、大童に左手の路地の中へ駆けこんだ。

井手は変らず男の存在も眼中にない様子を保って、路地のほうへなかば目をやったようだが、歩みを弛めも速めもせずに通り過ぎた。まもなく男は路地を飛び出してきて、書類袋を股の前にあてていて、それに妨げられながらあたふたと女の後を追いかけ、最前よりも離れたところから女を追越し、また三十米も先に立つと片足でひょいと跳ね、小走りに進んでは剽軽らしい片足とびを繰返して、首を夜空へ向けてゆらりゆらりと揺すり、そのつど少年のように哀しげに振返り振返り、だいぶ先まで行ってまた路地らしいところに消えた。

井手はいよいよ静まり返って店の前にさしかかり、そこも通り越しそうに見えて扉に肩を寄せると、姿が内へ吸いこまれた。杉尾も店の前に着いて、扉の把手をつかんで道の先をまた眺めやると、男は電柱の陰に寄り、腰を低く屈めてこちらを見渡していた。女の姿がいきなり消えたことに、不安と期待とで打ち顫えるのが、苦しげな恰好から伝わってきた。やがて杉尾の目に気がついたようで、電柱のそばをふらりと離れ、ふてくされた背つきでことさらゆっくり歩いていたが、急に仔細らしい急ぎ足になって遠ざかった。

扉を押すと、使いに来た少女の顔を仰向けて店の者に物をたずねていた井手伊子が、首すじに風を感じて肩からひっそり振返り、苦痛の色の残る目で笑いかけた。そのまま胸から寄ってきかけたが、ふっと息をついて身を引き、近くの椅子の上に腰をのせ、膝をやや斜めにして姿が寛いだ。

朝顔の部屋のにおいがあたりにほのかに漂った。

5

並んで腰を掛けると髪がまた甘くにおって口中の怯えの味を想わせた。ほんのりと赤みの差した首すじに鳥肌のなごりが見えた。膝は寛いでいたが、まだ肩で息をついていた。

「恐かったですか」杉尾は横顔をのぞいた。

「はい」と声が掠れて井手伊子《よしこ》は頤をふわりとあげ、あいまいな笑みを宙へ浮べた。

「でも足音がもう一人、うしろに聞えましたから。杉尾さんじゃないかと、夏の朝の足音が耳に残ってましたので、ちらりと思いましたけど、もしも見ず知らずの人だと、振向くのは、ああいう場合、かえって良くなくて。助けてもらえるでなし。すこしでも乱れを見せれば前の人にはつけこまれますし、それに、近くにすこしぐらい通行人があっても、同じことなんです。ああいう人たちは。物陰からちらっとでも女の目を惹けば、それで満足らしいので」

「ああ、路地へ駆けこんだ、あれですか」

「莫迦なことをする、子供じゃあるまいし」

「しかしあなたは、落着き払ったものだった」

「もう馴れました、厭になりますわ」

「そんなに多いのですか」

「女の人にもよるらしいんですの。相性なんでしょう」

そう言って井手は苦笑を洩したが、襟をちょっと合わせるようにすると、説明しはじめた。

若い頃には話にばかり聞いていたのが、三年ほど前から自分自身、夜道にその種の男たちにつきまとわれることが頻繁になった。といっても年に四度か五度ぐらいのものだけれど、だんだんに相手が大胆に、しつこくなってくる。同一人物だったことはない。年配のもいれば若いのもいる。最初の時には、怪しみもしないで近くまで通りかかって、気がついたとたんに、足がぴたりと止まってしまった。ものの五秒と立ってはいなかったのだろう。ほんとうに、動きが取れなかった。そのすぐ傍を通行人たちが、なかには女性もいて、何ひとつ目に入れず過ぎていくのが、悪夢のようだった。

二度目の時にはもう、どういうものか、だいぶ手前からけはいが感じ取れて、目もふらずに脇を通り抜けた。何もしかけてはこなかった。それだけのことだと思った。

それから半年もしてある晩、考え事をして夜道を歩いてくると、似たような男が、くりかえし追抜いて行く気がした。外のことが目に入らない気分の晩だったので、それはそれきり、かすかな訝りのまま終った。ところがまたひと月もして、夜道で同じ印象を受けて、はてなと思いながら、ちょうど通りかかった路地の内へなにげなく目を投げると、そんなに奥でもない物陰から男がゆらりと、身をこちらへまともに向けてひらいた。憤然として目をそむけて通り過ぎたけれど、その前にほんのひと呼吸、足が止まった。視線を捉えられていた。捉えてから男は行為を起した。

部屋にもどって来てから、自分自身にたいして腹が立った。だけどこれであの病人たちのやり口は分かった、とも思った。

「さいぜん、うしろから、ごらんになりましたわね」井手は杉尾の目を見た。「やっぱり、杉尾さんの足音だと思っていたようですわ。歩調を合わせて、力を添えてくださったでしょう。ああ、見ていてくれるな、と感じましたから。この店の扉が近くなったら焦《あせ》って、忘れてしまいましたけど」

ああ、あの時に、自分の存在は消えたのだったか、とそんなことを杉尾は悠長なように思った。

「なんだか、わたし自身の何かが、誘い出すらしいんです」井手はつづけた。

外へ向かって絶対に叫び立てない。驚きなり恐れなり怒りなり、強い感情の動きを、普通の女性のように、とっさに表に出して騒がない。逆に一瞬空虚になって、すっと吸いこんで、こちらが悪びれたみたいに目を逸らす。動揺をつつみこんで、おのずと、相手の行為を人目から庇っている。

ひと頃、電話帳に名前を載せたばっかりに怪しげな電話に悩まされることがあって、これは女世帯にはどこでもあるのだそうだけれど、ある晩また掛ってきたところに、たまたま遊びに来ていた女友達がそばでこちらの応対を聞いていて、あなたは下手なのよ、知らず識らず相手を庇ってるのよ、だから手古摺るんだわ、とあとでいらだっていたものだ。

そんな性質を、歩く姿から、男たちは嗅ぎ取るらしい。いじめられ馴れた女の子みたいな、すぐにすくみこみそうな、うしろ暗げな姿が、自分でも見える気がした。

とにかくこれからはすこしの反応も見せてはならないと思った。うつむくのもいけない。顔をまっすぐ前に向けて、歩調を変えず、歩き抜いてしまうにかぎる。とそう考えて、次に出会った時にそのとおりにすると、相手はなんだかよけい夢中になって、先を行きながら一所懸命におかしな身ぶりをして、もうあわれっぽいみたいにこちらの注意を惹こうとする。目は血走っているのだけれど、恰好が剽軽で、顔もちょっと笑っているように見えるので、通行人もなんだか勝手にふざけているのだろうとぐらいに思うらしくて、怪しまない。

物陰へ視線を誘いこまれさえしなければ、汚されることもない。相手もどこまでも粘りつくわけでなく、しばらくすると用を思出したみたいな、実直な足取りで遠ざかる。それでも部屋にもどると芯から犯された気がして、湯に入って髪まで洗わずにいられなくなる。鏡をのぞくと、鬼のような面相をしている。そのくせ目の芯が、とろんと怯えている。これが惹き寄せる。男たちにとっては、物陰などへ駆けこまなくても、ひたすら見ぬふりをして進む女の怯えの前で存分に、醜いあわれな姿を露出させるだけで、満たされるのかもしれない。

「すこしも反応を見せないのが、いちばんあらわな反応になるとはわかってますけど、ほかにしようがありませんでしょう。言うなりにさせられた不快さが、どうしてもあとに残ります。あの人たちは手も足も出ない者にたいして悪い歓びを覚えているのでしょうけど、その時でも、なんだか自分のほうが追いつめられているような、目の色を見せるんだわ」

ひどい話をしながら顔が白く澄んでいく。額も頬も広くなり、肌が薄いようになり、渺とした表情を漂わせ、目も細く切れ長になった。こんなに綺麗な女だったかな、と杉尾は首をかしげた。こちらがたずねて、取りなす番だった。

「その男たち」と切り出して、杉尾は次の言葉を、井手のためにためらわれる気がしたが、思いきって口にした。「その変質者たちは、どんな男たちです。つまり、そのほかの点で、なにか共通点はありますか」

「育ちぞこねです、歳にかかわりなく」と井手は言下に答えて綺麗な面相の眉に皺を寄せた。

　笑いか泣きかされるような恐れから、杉尾はカウンターの下で女の手の甲に掌をかさねた。井手はそっと掌を返し、あらためてつつまれるままになり、睡《ねむ》たげに笑った。

「厭な話ですけど、見られましたから、もうすこし話しますね」

　どこで目をつけられるのか。たまたま夜道で不用意な背が、呼び寄せてしまう、とぐらいにはじめのうちは思っていた。ところがある晩、追い抜いた男が先のほうでこちらを向いたとたんに、さっき駅前の人込みの中ですれ違った男だと見分けた。途中で買物をしたので十五分ほども前になる。

　電車の中にいた顔だと見分けたこともある。降りる間際でもなかった。改札口を出た時には忘れていた。というよりも、最初から念頭に留まっていなかった。それをどういうわけか思出す。

　ほとんどかならず、見分けて思出す、思出して見分ける。どちらが先だかわからない。とにかくすこし前に、目が一度だけ合っている。その時からこちらの挙動がどうも、硬くなるとか張りつめるとか、そんなではなくて、自然に動作がいちいちつましいような、何というか……。

「切りつめた感じですか」杉尾はあてずっぽうに放《ほう》った。

「そう、切りつめた」と井手は手を握りかえして、また逃げるみたいにゆるめた。ちょっと間をおいて、話を継いだ。

視線が合った瞬間、相手の目が赤く光る。ほんとうに光るのかどうか、暗いところで離れていてもそう見えるし、明るいところでも光るので、気のせいなのだろうけど、とにかくいつでも、そのつど人も違えば歳もさまざまなのに、同じような目つきに出会う。目が赤く光って、むこうからまず、まるで立ちすくむように見える。前から振返り振返り行く時には、強い光は消えている。血走ってはいるけれど、穴みたいに陥ちこんだ目だ。

考えてみれば実害というか、汚いところへ目を惹き寄せられたのは最初の時と、それから路地の前で足を止めさせられた時と、二度きりしかない。あの時でもずいぶん暗かったし、近いといってもまだ距離はあったので、どうしてはっきり見えたのかわからない。そのほかも、こういう世の中だから、女が毎日一人で夜道を歩くのだから、そう頻繁ともいえない。一度だけ、これはあくまでも偶然の例外だと思うのだけど、三夜つづけて、それもそれぞれ別の場所で別の人間に、目をつけられたことがあった。もう何とも思わなくなったつもりだったけれど四、五日も無事な日がつづくとようやく、怯えに取り憑かれた。電車の中で観察すると、育ちぞこねの男たちが、まだ若いのも、もう立派な風体のも、あちこちにいる。目が腐りかけた傷口みたいに潤んで、子供っぽい怯えと、それから酷《むご》さを溜めている。皆、こちらを、見つけられるのを待っていたみたいに見る。ちょっと粘りついて、自信ありげに逸れる。まるで十日か半月、猶予をあたえておいて、こちらの力の尽きるのを待って、ぞろぞろとつきまとってくるような、女として世間にひき渡されようとしているような……。

「妄想です。腹立ちまぎれの。本気じゃありません」井手は振り払って笑った。「ひとり暮しの女が、そんな気分に振りまわされていては、とてもやって行けません。被害妄想というのは嫌いなんです。ただ、からだのほうが勝手に悪びれて、ちょっとした動作に、周りへ詫びているみたいな意気地のなさがつい、あらわれるんです、厭になりました」

　それが病院で杉尾に出会った頃にあたる。なにか人の為になる、と世間で思われていることを、心はこもらなくても、身をわざわざ運んで納めたら、そんな自分が可笑しくて気も楽になるのではないかと、献血にやって来たところだった。帰ろうと立ちあがって、ぼんやりしたところを、杉尾に見られた。見られているなと意識してからも、なんだか睡《ねむ》たくて、そのままになっていた。玄関を出たところで目の前が狭く遠く、足が長くなって、動けなくなった。初めての事だった。うしろから近づく足音だけに耳を澄ましていた。すがろうと思った。路上で倒れたくはなかった。

　別れぎわのことは、あれは狂っていた。人込みの中に入ったら急に怖気づいて、カードをあずければ守ってもらえる、そう思ったらしい。

「でもこの前の、朝方のことは、そうしてもらいたかったんですよ」とまた笑って肩をすくめた。「結局は、気が狂っていると思われて、いたわられまして。無理もないことですけど。おかげさまでその後は心も落着いて、身辺も無事平穏でした。あんな電話をさしあげるまでは。その罰みたいに、さっそく」

大通りで車から降りるときに、小銭まで揃えようとまごついて、かるい動揺を残したようだった。歩道にあがるときに腰がひけるみたいになって、ちょうど左手近くの角を急ぎ足で折れようとしていた男と、視線が合った。

男はぱたりと立ち止まり、目が赤く光った。泣き出すみたいな顔をした。こちらは足を止めはしなかったけれど、気おくれを感じ取られまいとして身をゆっくりそむけたのがまずくて、背を向けたときにはつけられるなと感じた。

ここの道へ折れたときにも、自分自身に腹を立てた。自然にまがればよいのに、ぎりぎりまでまっすぐ行くふりをして、いきなり消えるかたちになった。思わず小走りに浮きそうになるのをおさえおさえ、店までどれだけ距離があったか、思出そうとした。遠かったようでもあり近かったようでもあり、でも、たった十米でも遠い時には遠いんだ、と考えなおして足取りが落着いた。

酒屋の店先にさしかかったとき、ここで細かい物をあれこれ買って、男をやりすごすことはできなくても、杉尾の通るのを待てるのではないか、とちらりと考えたけれど、もう先に来ていればそれまでだとあきらめて通り過ぎた。うしろから、やましげな足音がはっきりと来ていた。

「また豪胆なものだな」杉尾はつぶやいた。自身その店の内にいて前を通る横顔を眺めていたことは、さすがに言えなかった。それにしても、井手につづいてまもなく通り過ぎたはずの男の姿については、印象の影も留めずにいたことが奇怪に思われた。

「いまさら恐いとも感じなくなっているんですよ」井手は答えた。「ほんとうは、恐いんでしょうけど、感じ出すときりがなくて」

恐いよりは、馴れているのを感じるほうがよっぽどそらおそろしい。相手が違うだけで、そっくり同じことが起って、同じように対応している。もう一身のことを超えた、役割みたいに思われてくる。男たちまでが、そのことを初めから心得ているみたいに安心してふるまっている。安心して、醜い怯えを剥出しにしている。何の因果で見こまれたか、死んだ親たちに申訳のない気がしてくる。ところが今夜は足音が小走りになったかと思ったら、いきなりばたばたっとまっすぐに迫ってきたので、内心蒼くなった。

すぐ背中のあたりから左へ飛んだときに、鉄を焼いたような、熱いにおいがぱっと降りかかった。剛《こわ》い白髪をとっさに想った。よくも姿勢を崩さずにいられたものだった。習い性のおかげか、それとも、あれが自分の怯えのかたちなのか。ほんの五、六歩のあいだと思うけれど、気は遠くなった。目の前の道の真中で、皺々の侏儒《こびと》が踊っていた。侏儒なのに大きく見える、などと不思議がっていた。たしかにどこかでそっくり見覚えのある光景だと感じた。それも五年十年の昔ではない。夢でもない。いまこの道をこうして、三十の女になって、歩いているのが夢でないように、夢ではなかった、とそんなことをつぶやいて、うつらと睡《ねむ》たくなりかけたとき、うしろに強い足音を聞いて我に返った。こちらにぴったりと歩調を合わせている。杉尾だとやはり思った。

あとは正面へ目をただゆるくひらいて、気色の悪い哀しいような踊りが消えたり現われたりするのを、遠いことと眺めながら、まっすぐに伸ばした背中に神経を澄ませて歩いた。そのまま進め、かまわずまっすぐ進め、とうしろからずんずん押してきてくれる。いつもとは違う。いつもはしばらく自分が自分でなくなって、ただの歩みだけになって、しのいできた。それが今夜は、背を押されて支えられている自分がちゃんとある。店の扉が目に入ったとたんに、杉尾が内で待っていてくれるように、そちらへ心が逸《はや》ったのは変だったけれど。

「後押しするなんて、そんな、見まもってはいましたけど。しかしあの男、女性のまうしろから人が来ているのに、なぜ控えなかったのだろう」

杉尾はそうつぶやいて、この訝りがなぜ、あの時に起らなかったのか、とそちらのほうを訝った。最初に女のために駆け寄るかまえを取った時のほかは、自分の存在が男の行為をいくらかでも妨げるとは、感じていなかった。おかしな片足跳びに行く男と、わずかな揺らぎも見せずに進む女と、二つの影を、自分こそ夢心地の明視でもっぱら眺めやっていた。女の身に危険が迫れば、あらためて存在を知らせる用意はあったが。

「臆病な上にまた怯えているくせに」井手はようやく腹立たしげに受けた。「あれで、人のことは目の内になくなるらしいんですよ」

「いくら昏《くら》んでいても、来る人間の姿ぐらいは目に入るでしょう」

「見えててもわからなくなるんじゃありませんか。そうとしか思えませんけど」

「ひとりの人間の存在しか、眼中になくなるのだろうか」

「あたしは、あの病人たちにとって、人でもないんですよ。ただ自分自身の怯えを勝手に投げこむだけのもので。あたしが無きも同然だから、通りかかる人も、あんな変な身ぶりを目にとめても、誰かにしかけているとは感じられないのではありませんか。もっと遠くにいる人に、合図を送っているとか」

「いや、違うな」杉尾は断言していた。「そうは見えないはずだ。あなたの背の、静まり方だって、普通じゃない。あれは目を惹きます」

「それでは、見て見ぬふりですか」

「見ぬふりというところまでも、おそらく行かないんだろうな。あまりあらわなので、驚き訝りがとっさに起らないということは、あるでしょう」

「人目の死角というのは、物陰や隅のほうにばかりあるんではないんですのね」

「あの男はとにかく、誰にも怪しまれないと感じて、奔放に狂い耽ってましたよ。怯えは怯えとして」

「ふだんは、人目を恐れてばかりいる人たちでしょうに」

「あなたが、外にたいしてあまりにも、静まりかえるので、連中の小心さを小心さなりに、奔放にさせるようですよ。こんなに自由にさせられて、苦しくてしようがないから、どうか罰してくれ、眉ひとつでもひそめてくれ、とあなたに訴えていたみたいだったな」

「あんまり内へこもって陰気臭いので、臆病者の、劣情を解放するわけですか」

耳ざわりな言葉をふっと吐いて、うっすらと、泣くような笑みを口もとに漂わせ、目を宙へあずけていたが、

「杉尾さんは、うしろからごらんになっていて」とたずねかけて、触れていた男の手を指先でかるくつまむと、そっと押しのけた。

「あたしはまるで、裸で歩いてましたか」

ひるんで醜くなるまいと、背をゆったり伸ばす裸体を、あの時つかのま浮べかけたことを杉尾は思出して、ひやりとさせられた。歯切れのよい、澄んだ声だった。こわばりもない。これはいい加減に取りなすにはだいぶ手ごわい、ほとんど明るいような自己認識に支えられているようなのを杉尾はようやく感じて、女と並んで視線を宙へ投げ、仏頂面を守って、自身の内にもそれだけの明るさが差してくるのを待った。やがて陰気な揺らぎのおさまったところで答えた。

「はい、堂々と歩いておられました。急遽、走り寄らんと致しましたが、なにぶん、犯しがたい姿で……犯しがたいというのは、ほんとうだ」

「寄る気にもなれないのも、犯しがたいことのうちでして」

そう切り返して井手はあいまいな笑みをまたひろげかけたが、つらそうな顔つきになり、ふいにカウンターの下で杉尾の肘に細い手首を巻きつけた。腋がかたくすぼまって、胸の奥から顫えが、押し殺された笑いが伝わってきた。

「厭だわ、重ったるい。さっきから女の、こんな話に相槌ばかり打っている」

そう言いながら杉尾の肩に頭からもたれこんできて、髪のにおいがまた濃く、間近から顔をひょいと振向け、眉間にかすかな皺を寄せて目をうすくつぶり、笑いをふっと息に抜くと離れた。はて、そんなに相槌を打っていたか、と杉尾は首をかしげた。しかしほぐれるものはあった。

「一体、サドなのかいマゾなのかい、あの連中は」

「あんな恰好を、見られて、喜ぶんだから」

「しかしあわれな獲物がすくむのを、見ても喜ぶのだろう」

「むこうこそ、あんなことをしかけておきながら、すくむのよ。目がもう、ひとりで追いつめられていて」

「笑いはしないのか」

「泣きそうなぐらいよ、笑っているつもりらしいけど」

「駆け寄って、ひっぱたいたら、どうだったろうか」

「あなたがですか、乱暴はしないでくださいな」

「はあ、庇いますか」

「わかりませんよ」

「用心棒に頼むつもりでは、ありませんでしたか」

「朝顔、さしあげましたね」

杉尾は絶句した。悪びれた顔つきになりかけたのが、我ながら心外だった。

「あの鉢は途中で、人の門の前に置いてきた」

「わかってます。どの辺でもてあまされるか、思いうかべて、寝てました。あたしが倒れたあたりまでは、抱いて行ってくれましたでしょう」

「どうして、あんな気になったの」

「おぶってもらいましたから。卒倒するところを、つかまらせてもらいましたから。裸みたいな気持でいたところを、見られましたから。それに、部屋の中まで入られたので」

「それは当方も、下心はありました、それにしても」

「厄払いみたいなつもりも、あったんです、ごめんなさい。あんな人たちに、かわるがわるまつわりつかれて、目に見えない汚れがからだのうちに溜まっていくような、それがまたぞろぞろと誘い寄せるような、気がしてきて。大道で倒れるような意気地のなさになったら、自分で自分をこらしめてやろうと、罰を加えようと、そうも前々から思っていたので。ゆるしてください」

「何だか知らないけど、無茶をする、世間も男もある程度は知ってそうな人が。相手があることだから、下手すると、殺されるよ」

「はい。いたわられて、内心、手を合わせました。つらがるほうなんです。もう何年もひとりで、せっかく静かに、生きやすく過してきたのに」

「あんな険呑なことをした、甲斐はなかったでしょう」

「夏から秋にかけて、すっかり落着いていたんです。それがちょっとしたことがきっかけで、また動揺が始まって、恐くなって、お呼び立てしてしまいました」

「それはいいけれど、ついでに例の、亡者まで呼び出してしまって」

「亡者……厭だわ、ほんとに亡者だわ。うらめしそうなんだわ。子供の頃に、お祖母ちゃんに聞かされたのと、考えてみればそっくりだわ」

　横顔が陰気になった。どうやら文字どおりの連想を呼びさましたらしいことに、杉尾はちょっと戸惑ったが、なに、同じことだ、この自分だってこの女を背負って、知りもせぬ道を勝手にふらついていたときには、下心も何も、自分の肉体さえ幽《かすか》になり、まるで昔の、生前の情欲の行為をただなぞっているような心地になり、まさに亡者だったじゃないか、あの亡者どももあんがい、手前の肉体が欲しくて、女につきまとい、女に見られたがっているのではないか、とそう思うとかえって淫らがましい気分になり、話を引きもどした。

「ところでたずねますが、あなたの同性諸姉のうちにも、あのような病いはあると聞きますか」

「男の人は、女が自分のからだをどんなものと感じているか、どうしてもわからないんですね」

また意外に辛辣な受け返しをしながら、声はやはりぼんやり陰《くも》って、同じことをまたつぶやいた。

「そうなんだわ、遠くからはお道化《どけ》て踊ってるみたいに見えるんですって。女の亡者の話は聞かなかったわ」

「女人はきちんと往生します」杉尾はまぜかえすことにした。「迷う時にもきちんと幽霊になります。男の如き因循なるよろぼいはありません。男を取り殺しもすれば、男と同衾もする。ひとり部屋の内で恨みに静まりかえって御飯を食べるのと、すこしも変りありません、生前」

「女の人を、幽霊にしたことが、あるんですか」

井手は目をあげて、笑みを浮べるので、気が逸れて冗談に乗ってくるのかと思ったら、杉尾の目の前で顔をかすかに赤らめた。

「見られていたみたい。つい先日、自分でも恐いみたいに静まりかえってしまったんです、お湯の中で」

「とにかくね」杉尾は話題をもどした。「あなたの、その、亡者につけられた時の、背の静まりかえり方は、さきほどうしろより見ておりましたが、あまり感心はしないな。かりに亡者たちの心になってみるに、何でもできるような気迷いに、ひょっとひきこまれる。追いこまれる、とあなたが言ったとおりなんだ。相手は臆病だけに、ひとつ間違えたら、恐いことになりますよ。今夜の男も、あなたのすぐ背後まで追って、自分で自分を、瀬戸際から脇へ突き飛ばすみたいだった」

「それは感じました。危険なことはわかってます。でも、ほんのすこしでも応えたくないんです」

「一度、思いきって騒いでごらん。取り乱せば、しぶとくなれるから」

「あたし、ああいう人たちにたいすると、あれで底意地が悪くなるんです。でも殺されはしません。絶対に、殺されるものですか」

井手はうつむきこんだ。梃子でも動かぬ頑固さが見えた。

殺されるものかとは、また大げさなことになった、と杉尾は息を抜いた。しかし先夜の、生籬の闇の底に倒れこんだ身体は、皺ひとつ苦しみの跡もない、何女でもあるような、安らいだ顔をさらして、地面を枕に、かすかな寝息すら立てていた。

近づく車の光に照らされて、あわてて抱き起そうとする男の腕の中で、あちこちへむやみに流れ垂れさがってはまた妙な方から粘りつきながら、淫らな感触はまるでなくて、あの夏の雨もよいの湿気の中で、重みによろける男はぬらぬらと脂汗にまみれているのに、肌がひんやりと静まっていた。

日頃張りつめて生きている、身を放る時のことは、殺されることまで想っているな、と杉尾はひとりで合点して、店の外の道に沿って耳を澄ますと、細長くつづく薄明の中を男と女と、そしてまた男が、前後しておのずと一直線につらなり、先の男は恍惚と舞い、後の男は茫然と眺め、両者の狂いがひとしく間を行く女に迫り、はてしもなく吸いこまれ、はてしもなく堪えられ、背がいよいよ静まりかえり……。

「ああ、気がつかなかった、腹は空いてませんか。酒ばかり呑ませて」

「はい、じつはお腹がすっかり空いて」

素直にうなずいて井手は店の者に注文をたずねさせ、煮索麵の出たのを喜んで、お米の御飯は人の目の前で食べるのが恥しくて、と湯気に目を細めて笑い、ひっそりと啜った。

静かに物を喰う女だな、と杉尾は眺めた。

ほんのひと息入れたところで、杉尾が目でかるく促すと、井手はそっと唇を拭って、裾を整えながら椅子から、斜めに滑りのくように降りた。寝に行く男女の呼吸になったな、かに添わせてきた。

と杉尾は感じて、店の者の目に残るものをうしろめたく思ったが、かるい焦《あせ》りを楽しみながら押しころす男の、間の抜けた物腰を変えられなかった。

「今夜は拒まれたと、考えます。あらためて口説きます」

夜道に出たところで目を見つめると、井手は爽やかにうなずいて、肩を触れるか触れぬかに添わせてきた。

駅の階段では途中まで早足で昇って振返り、下から思わず足を止めて見送る杉尾の姿を人込みの中に目ざとく見つけると、身をすっかりこちらへ向け、人の流れを平然と分けて、いつまでも頭をさげていた。ありがとうございました、助かりました、ほんとうに助かりました、といましがたの別れ際の、男を滑稽にしかねない言葉を杉尾は思出して、道をふさいで傍若無人な感謝の表現にまた呆気に取られ、早く行きなさい早く、痴漢にまた目をつけられるよ、と胸の内でつぶやいて手を振り、憮然として自分から先に地下道を歩き出した。

6

その夜、井手伊子《よしこ》と別れたあと、杉尾は友人の居る酒場にまわり、帰りはまた夜明け近くになった。翌日は正午すぎに目を覚ました。なにか厭な眠りだった。昨夜の所持品を調べるとシガレットホルダーがなくなっていた。

そんなものを、家では仕事中の煙草が過ぎるので杉尾は気やすめにつかう。外ではいかにも小心な不節制に滑稽さを感じさせられるので、持って出ることはまずないが、ときたま出がけに急いでほかの物と一緒に懐に入れてしまうことがあり、昨夜も地下鉄の中で懐に妙なものが紛れこんでいるのに気がついて、眉をしかめたものだ。井手の前では一度も取り出していない。そのあとも手にしたことはなかったはずだが、しかしどこかの店で、自分の部屋にひとりでいるような気分になり、ホルダーに煙草を詰めかけたことが、おぼろげに浮んできた。

そのまま午後から夕食を挟んで夜更けまで、二日酔を口実になまけてもいられない時期なので厭々仕事を引きずって、夜半にさすがに疲れて寝床に入り、うつらとしかけたとき、どこの店だったかを思出した。なにか不始末をしてきて早く取り返しをつけなくてはならぬ、そんなうしろめたさに促されて電話をかけると、女将《おかみ》が何用とも訊かずに忘れ物のことを言い出した。出て行ったあとですぐに気がついて戸をあけて呼んだのだけれど振向きもせず遠ざかったという。聞えなかったと弁解すると、いえ聞えていた、呼ぶたびに、耳の脇あたりで、いらんいらんと手を振っていたという。

次に行くまであずかっておいてほしいと頼んで床にもどり、近いうちに足を運ばなくてはなるまいが、しかしこんな悪い疲れ方をするようでは当分、出かけないほうが身のためだなと息をつき、手足を伸ばして、さしあたり宙に浮いたホルダーを目に浮べるうちに、わけのわからぬ嫌悪感が湧いてきた。しばらくして気がつくと、物を忘れたことではなく、泥酔のことでも女将のことでも、井手にまた会ってあんな話を聞いたことでもなく、もう半年近く前になる夏の朝の自分をいまさら嫌悪していた。

見も知らずも同然の女の部屋に、入ってもよいかとたずねもせず、女のあとにもっさりつづき、追いこまれた女のこわばりの前で、寛ぐようにしていた。

それだけのことであり、後悔に苦しめられたわけではない。格別の潔癖の欲求が萌したのでもない。ただ全身がひとりでに、泥のような不快感に満たされた。

繰返してきたことではないか、と杉尾はやがて嫌悪そのものの不快さにこらえかねて呻いた。女と、わずかな隙間から寄りあう。目が合って、うっとうしげに逸れて、黙りこむ。手が触れて静まる。髪に耳もとに息を近づける。境を越える、物陰に入る階段を昇る扉が閉まる、あの際《きわ》の自由感の、内容は何だ。忌わしいような行為だが、それ自体、何の忌むことがある、と思う。恥かしいような振舞いだが、それ自体、何の恥じることがある、と思う。誰にも見られていない、とその静かさを痛いように肉体の底に感じる。お互いさえもつかのま、人としては見ていない。しかし女は、嫌悪はどうでも、男からこの瞬間をかぶせられるのを、払いのけられないのではないか。そこまで考えて、いよいよ不快感がつのり、考えるのをやめた。

あとは眠りの中に、想念とも夢ともつかず、老若の男どもが無数にいて、顔かたちはないが、むつむつと物を眺め、物を言い、事に従い事に耽り、女ともまじわりながら、小児のにおいを滴らせ、それがひとつに融けあって、粘りつく怯えのひろがりとなり、おもむろにひとりの女の上へ傾きかかり、女は知らぬ顔をよそおって、肩のあたりに緊張をひそめ、ひとり行儀よくひっそりと、煮索麵を啜っている……。

それだけのことであり、井手からはその後連絡もなく、杉尾はあの晩の話を思うたびに、ひとりの男とこれから寝もするようなかたちで逢ったというそのことが変質者どもにたいして、しばらくは厄除の利益《りやく》をひくものだろうか、と首をかしげさせられたが、こちらからわざわざ電話をかけて無事を問う気にもなれず、おおむね出不精で、たまに街に出かけてもそのつど例の店へあずけ物を取りに寄ることを忘れて、なるほど年配は問わず育ちぞこねの男がむやみといるなと悟らされた気分で夜半には家にもどり、あくる日の寝覚めには嫌悪感を抱えて朝顔の部屋を思出し、ひきつづき病みあがりの、今の安穏をつくづく有難がる心地で、そんな見当の戒めを子供たちにもなかなか堂に入って垂れながら暮すうちに、仕事の疲れがまたたまって日々が睡たいようになり、窓にさす陽の光もめっきり弱くなって、年を越した。

年の暮れに一夜だけ、大晦日の前日に、電話を待つ気持になった。年を越す前に報告があってしかるべきだ、といきなり思ったものだ。人が付いたり離れたり、戻ったりするのにいかにもふさわしい節期《とき》だ、と物思わしさにいささかひたっていた。井手の身にまた何かが起るとすれば、やはり年の暮れかもしれない、と。

すなわち無事息災か、と待つのをやめたとき、すでに大晦日の未明に入っていた。戸外はさすがに平生より静かで、人はいさ　犯しやすらん、と杉尾は柄にもなく、つい数日前に目についた古歌のあたまを口にした。あとがどうせ出てこまい、と自分で意地悪くあしらううちに、冬くれば、と浮んで、物が考えられないようになり、としのみつもる　雪とこそ見れ、としまいまで出てきた。ぬうっと出てきた、その長い虫のような、隠れていた人間の首のようなあらわれ方に、杉尾は思わず喉の奥を低く顫わせ、眉をひそめてこらえ、人はいさ犯しやすらん　冬くれば　としのみつもる雪とこそ見れ、ともう一度さらってみると、あの晩の踊り男、あの晩の路地男がどこぞで居ずまいをただし、気をあらため、年越しの懐《おも》いにひたる姿が浮んで、たまらず声に発して腹を抱えた。笑いながら、どこかに陰気な声を聞いて、自身の頭に白いものが刻々伸びて行くのを感じていた。

それから笑いをとめて、井手にとって、晦日から松の内が一年のうちで、男どももいささかはあらたまるので、いちばん安心していられる時かもしれんぞ、と大まじめにつぶやいて自身の膝の太さを眺めた。季節にしたがって人の安否を思うのも、久しぶりのことだった。年越の夜は、子供たちのテレビを見る居間の隣で、宵から酒に酔って過した。

昼寝宵寝に正月を過して、五日に睡気が落ちてみると、頭の中から全身が空っぽになり、いかに年末まで疲れていたかがわかった。すでに寝ていられる時期ではなく、すがすがしいような虚脱をとにかく机に向かわせることから仕事は始まった。七日に、年内から予定されていた三人の来客があった。

その七日の夜明け頃に、新年の接待役《あるじ》を控えたせいか、それとも、すでにまる二日、取っつきづらい仕事から払いのけられまいと、せめて取っついた形を守って空虚な心身を日頃よりも端然と机の前に据えつけていたせいか、杉尾はおかしな夢を見た。羽織袴の正装をして、なんだか我ながら薄っぺらな感じで、寒い板の間の、同じ装束の年寄りたちの末座にかしこまり、俺はまだまだ若いぞと水洟をしきりに啜っていた。やがて呼ばれて正面の長老の座の前に進んで両手を前にひたとつき、神事の輔佐か何か、役を初めて授けられることになっていたらしく、長い誓言をおもおもしく復誦させられた。声がおのずと濁声《だみごえ》になっていた。

　そのうちに、この一年は忌み慎しみをしかるべく守ったか、とたずねられ、仕来りどおりに守りました、と答えて、旧友の通夜に行ったことと、井手の部屋に入ったことをちらりと思った。間違いはございません、と自分から太く言い添えて、頭をゆっくりと下げ、朝顔の鉢を門の陰に置いた時の顔つきをまた思出し、これだけの嘘をついたおかげで振舞いがよほど堂に入ってきたと感じた。

　つぎに、この三月《みつき》はしっかりと精進を致したかとたずねられて、潔斎怠らず致しました、と言葉を強めて答え、なるほどあれが知らぬうちに精進であったかと、まるで実際に朝夕冷い水を浴びて夜は固い清浄な床に臥したかのような、肉の締まった感触を腹に股に覚えながら、息を詰めて待つ女の寝床に寄っていく姿を遠くに浮べて、あれも精進のうちだぞ、と矛盾したことを思った。やがて満座の手打ちを受け、一礼して末座にすさり、さて、俺は役について何も知らんが、これはえらいことになるな、とまだ呑気そうにつぶやいて目を覚ました。

　歓待《もてなし》は無事に済んで、それから一週間かかってひと仕事掘り起し、月の半ばにこの前の客たちの一人に家に招かれたのが、その年初めての外出だった。途中、人込みを恐れるようになっていた。

足がいくらか萎えた分だけ、物腰は重くなっていた。このまま落着いていてほしいものだと、何にたいしてか、井手伊子のために願うことがあった。

電話がかかってきたのは、もう月末に近い頃だった。

「あの、夜分、たいへんに不躾で、ご不審かと存じますが、わたくし」といやにあらたまった口調で切り出しておいて、声が呑みこまれた。

「いや、かまいません、どうぞ」と杉尾は階段の途中でお辞儀を繰返す姿を目に浮べ、無造作に答えてから、井手の声ではないことに気がついた。

「萱島……お忘れかとも思いますが、昨年の秋に、死にました、萱島昭夫の、妹の國子でございますが、その節は有難うございました」

死にました、とその言葉にまず飛びこまれて、杉尾は遠い心地になり、

「ああ、それは、お懐しい」と阿呆みたいな返事をして、背中に戦慄が走った。

足労を乞われた場所に向かう地下鉄の中でも杉尾はまだ、呼び出したのが井手伊子であるような錯覚を払いきれずにいた。

助けていただきたい、話を聞いていただくだけでよい、と言う。昼は腑抜けのように暮して、夜が眠れない。そのことを思うでもないのに、息が細くなって、手足が冷くなる。胸の上が重たくなり、首から肩が固く締めつけられて、身動きがとれない。ほぐれて見る

と、両方の足が厭なふうに捩れている。その繰返しで、近頃では朝方に三時間ほど眠るだけになった。それがもう何日も続いて、まだ続きそうなのがおそろしい。霊に取り憑かれたとか、そんな妙なことは思いたくないけれど、身体《からだ》のほうは日に日に細っていく。

兄の死のことを話していた。歳はそろそろ四十の坂にかかる頃で声も物言いもそれ相応に落着いて、まず通夜の礼を丁重に述べ、その後いかがお暮しですかと杉尾に心配されて、直後のことを報告するうちに今の心境にも触れ出したので、話の移りとしてもそのかぎり唐突でもなかった。気を張りつめているうちはかえってよろしかったのですけれど、と初めはごく控え目に訴えていたのが、同じゆるやかな口調のまま、兄の死にうなされる自分の寝姿を赤の他人の杉尾の前にさらけ出していた。杉尾としても困惑はさせられたが話題が話題だけに訝りを表すわけにもいかず、かと言って他人の感情を一方的に押しつけられて辟易させられたわけでもなく、おのずといたましげに、我身にかかわりのないでもないように相槌を打つうちに、助けてほしい、会ってもらいたいと切出された。

重ねて不躾なことではあるがじつは自分は兄の死についていまだに悔むところがあるようなので一度経緯を人に聞いてもらえれば気が楽になるのではないかと、じつは杉尾さんがあの晩、どうかお達者でお暮しくださいと、ぽつりとおっしゃったのが耳に残りまして、とまで言い添えられて、あとに引けなくなった。翌日の正午過ぎの時間と場所をおずおずと言い出され、口をつぐまれた時には、杉尾のほうが相手の困惑を取りなすようにしていた。

井手から電話を受けた時と同じく、啞然とした得心の感じがあとに残った。まして井手の時のような取りとめもない感情の動揺は、すくなくとも声にはうかがわれなかった。話すこともそのつど唐突のようで、仕舞えてみれば首尾は通っている。肉親の自殺に、どういう事情があるかは知らないが自責の念を覚えはじめては、これは際限もない。いっそ遠い他人に話を聞かせて気持の整理をつけたくなるのも無理はない。今夜もまた眠れない、そう思って追いつめられることはある。しかしなぜ、杉尾でなくてはならない、とその訝りはあったが、すでに胸もとに飛びこまれた。むこうも電話をかけたからにはあとに引けない。恥をかかせるのは余計なこと、話を聞けば済むことだ。

それにしても井手といい萱島の妹といい、俺は人数《ひとかず》に入らぬ糞坊主みたいなものか、女の話をただ聞くための御精進だったのか、と地下鉄の中で杉尾はあらためて憮然として、萱島國子について思出せるだけのことを思出しておこうとしたが、その辺の記憶がまた白くて、やがて車の中の風景のほうに気を逸らされた。若い男はどれもこれも餓鬼臭くて薄汚くて、年配は年配でたいてい、手前の働きでもって居るところに居るので誰にも文句はつけさせないはずなのに、所在なげな投げやりな目つきをしている、なかには、あわれなところを弱い女に見られたがっている奴らもいる。

杉尾ひとりをロビーから載せたエレヴェーターは途中の七階で停まり、客室の廊下へ扉をひらいたが、あたりに人影もなく、すぐに閉のボタンを押したのにどういうわけかしばらく動かずにいた。十五階まで昇って午後の閑散として明るい、ガラスの外壁に沿った細長いラウンジを真中あたりまで進んで、おぼつかなくなって見まわすと、最初に目をやったはずの奥の隅のテーブルから女が立ちあがり、杉尾に向かって生まじめな感じで頭をさげ、そのままの姿勢で待った。そう言えば、まわりに人の流れこそないが、それがまたこの前の別れぎわの井手の姿を思わせた。今度逢ったときには抱くようなことを口走ったので、おそれて電話をかけて来ないのだな、とそんなことを考えながら杉尾は近づいた。

　挨拶を済ませて、視線のさわらぬ角度に坐りあい、杉尾はまた相手を見失った気になり無遠慮にたずねた。

「お幾つになられましたか」

「九、になりました。歳のことはもう、若くないということのほかは、わからなくなりました」

「同感です、ただやみくもに取っていきます」

「十歳上と言われても、そうかと思いますわ。そのかわり夢の中では十七の時もあるんですよ、この顔のまんま」

　話が通じるな、と杉尾は不思議なように感じた。こうして続ければいい、おたがいに何の用で会ったかを問わず、年齢のほかはおたがいが何者とも意識させあわず、どうでも相槌の打てる話をしばらくかわして行儀よく別れれば電話の始末は、生涯のささやかな気迷いのひとつの始末はつく。そう思って寛ぐと、相手はガラスのほうへ顔をなかばそむけ、杉尾は初めて姿をまともに眺めた。

膝の上に持物を小さくまとめ、椅子に浅く腰を掛けて凭れから背を遠ざけ、腋もすぼめて上半身をこころもち押しあげ、地を覆う汚れから接触をできるかぎり少くするような、これはまさに切りつめた姿で、哀しいみたいにすっきりと坐っていた。肉づきはそれでもまず年相応で、日に日に細ると電話で訴えたことに杉尾は苦笑させられたが、顔はたしかにやつれていて、もうすこしで老いの痩せ顔が際立ちそうな生彩の薄さの内から、なるほど、少女の面立ちが浮びかけた。息をつめて、横から眺められるままになっていた。話のほうもできるだけ切りつめたほうが相手のためだろうな、と杉尾は判断した。

「さっそく、お話をうかがったほうが、よろしいでしょうね。聞き手のことは、何とも思われなくても結構です」

「はい」と萱島國子はうつむいて、顔をあげると意外にはっきりと言い切った。「あたしのせいなどでは、やはり、ありませんの」

横顔がまた細った。そうですとも、あなたのせいではありません、と杉尾は鸚鵡返しの相槌を喉もとまで出しかけて、あの雨の夜にはもっと女として寛いでいたが、と眺めた。

「あたしは、入院中だったんです。まだ痛みが残ってました。病院から駆けつけたんです。お通夜の時にもまだベッドは確保してありました。結局はもどりませんでしたけれど。お腹を切ったことは、この前、あんな場所で余計なことを話してお耳を汚しましたわね」

そうですとも、誰の罪でもありません、人生、思いが間に合う時には何事も起らなくて、何事か起った時には思いが間に合わないものです。いっさい罪なしと死者《ほとけ》さまもきっとそう思ってられますよ、そんなにつらくなさらないでください、と杉尾はまた胸の内で浮足立って饒舌なまでになりながら、ひきつづき黙りこんで女の横顔のむこうの、もう春を思わせる光の満ちたガラスの外に、雨夜の闇の中に爪先立って拇指《おやゆび》の股をきつく締めていた、むっちりとした白足袋の影をふっと探すようにした。自身の靴の内には、春日和にすこしむず痒く、黄ばみ凋んだ足を感じていた。

「兄上も入院されていたと聞きましたが」とそれからたずねて我ながら、鈍獣が冷い鼻づらを近づけたような気色悪さを覚えたが、さらに無神経な言葉を継いだ。「われわれ四十男の、初老期鬱病というやつでしょうか」

「病名は存じません。嫂《あによめ》がいまさら、はっきりしたことを話したがらないもので。入院の事実も知らないでおりました」

萱島はついと下を向いて依怙地な目つきになったが、しばらくして頰をゆるめて、ひとりで微笑むようにしていたかと思うと、いっそ気持のほぐれた、ほとんど明るい声で話しはじめた。

「わざわざお呼び立てしておいてこれでは、しようがありませんね。それでは聞いていただきます。まず、兄が、あとで聞けば退院して間もなくだったそうですが、あたしのほうの病院に、よく見舞いに来てくれまして……」

手術の二日後にあらわれて、それからは毎日、顔を出すようになった。いろいろな時間に来て、話すことがなくなっても一時間ほどは壁ぎわの椅子に黙って坐っている。もう帰ったつもりになってとろりとして、目をあけたらまだ居たこともある。たずねようとしたら、宥めるように目でうなずきながら部屋を出て行った。これはもしや手遅れの病気なので、それで毎日たずねてきてくれるのか、とその時は疑ったものだった。それならそれでもいい、遠くなった肉親がまたもどってきて、おもむろに引導を渡してくれるのは、誰にされるよりも諦めがついてありがたい、とそんなことを思って涙を流したものだ。ほんとうは、四十を越して仕事もあれば妻子もある人が毎日、それもいろいろな時間にたずねてくることのほうを怪しむべきだったのに、なにぶん予後が悪くて痛みが残って、考えが自分中心になっていた。

ある朝、面会時間が始まると兄があらわれて、むやみと気をつかい、あれは欲しいかこれは要らないかとたずねるうちに、嫂が入ってきて、二人して黙りこんでいたが、やがて寄添うようにして病室を出て行った。そのあくる日、同じ時刻に今度は嫂が蒼い顔をして入ってくると、まず部屋を見まわして精根尽きたみたいに壁ぎわの椅子に腰を落し、上の空のお愛想を言いかけるそのうちに兄があらわれ、妻と妹の顔を見くらべて、なんだか白っぽい笑いを浮べ、その日も二人陰気に寄添って帰って行った。病人の息を引き取った部屋から出て行く夫婦のようだ、とその時は思った。

またあくる日、朝にはあらわれなかったが、日が暮れて病院の早い夕食も終わり、とろとろとしていた目をあけると、枕もとに椅子を寄せて、こちらの顔を見ていた。兄さん、あたし死ぬわ、子供たちのことよろしくね、と思わず訴えていた。いやあ、國子は死なんよ、と兄は答えた。その声の、宥めるでも励ますでもない、茫洋とした響きに、かえって切なさを誘い出されて、死ぬわ、死ぬのよ、と繰返すとそのつど、いやあ、國子は死なんよ、と同じ調子の同じ答えばかりがゆるやかに返ってくる。手を取って、泣いて、また眠ってしまった。老人みたいな手だった。

杉尾たち、兄の旧友がぞろぞろと実家の門を入ってきたのは、その夜の夢だった。玄関まで迎えに出て、式台の前に膝をついて、親たちはとうに亡くなりました、と挨拶するのに目も呉れず、ことわりも言わず、家の中を忙しそうに歩きまわりはじめた。

あくる朝、起きると身体が荷物みたいに重たくて、食事のあとまた寝床に沈んで、胸で息をつきながら、いっそ外へ走り出て中庭の池の中へ仰向けに浮いてしまいたい、などと思っていたところが、一時間もすると急に楽になり、起きてみると身体の軽さに、もううっとりとしたようになって、それがまた切ないみたいで、窓辺に椅子を寄せて外を眺めていた。

「ゆうべの夢を思出してひとりで笑ってました。何事ですか、おっしゃってください、何事なんですか、と杉尾さんのあとを追うのだけれど早くてつかまらなくて、ほら、この前のお帰りのときにちょっとお立ちになった縁側の廊下のところ、あそこに夢の中でもお立ちになったので追いすがって、何事ですか、と肩を両手でつかんで揺するんだけれどびくとも動かなくて、杉尾さんが今のお歳であたしが高校生だったり、あたしが今の歳であなたが大学生だったり、どちらの歳にも重ならないのがおかしくて、まさかお葬式になるとは、まさか……」

泣き出すか、と杉尾はおそれた。萱島はしかし力を抜いて喋っていた姿勢のまま目をガラスの外へあずけてこちらにすっかり横顔を向け、いかにもおかしそうに、ひとりで反芻するふうに笑みをひろげていたが、やがて背が徐々にまるくなり、首を長く伸べて、しきりに遠くをのぞくようにして目の光が鈍くこもり、面立ちが逆に、目もとや頤の線が強くなり男のようになり、これはと杉尾は思って膝に手をかけて揺すろうとしたが、老人の手を思出して忌わしく、どうしたものかとうろたえたあげく、スプーンを取って珈琲茶碗の縁を間遠に叩き出した。何度目かに萱島は顔を向け、まだ微笑みながら目を緩慢に、不思議そうに瞠《みは》った。

「帰りましょう。お話は聞きました。お家に帰らなくてはいけません」

あなぐらの外から呼びかけるように、杉尾はささやきかけた。萱島はうなずいて、膝の上の持物を抱えて立ちあがりかけ、腰のまわりを見まわして、立ちづらそうに眉に皺を寄せた。

「あの、これはあくまでも、僕の身勝手、と思って聞いてください」と、また坐りこまれて杉尾はおのずと口説く調子になった。「僕は小心なので、あなたをここから、ひとりで帰せないのです。間違いはないと思ってます、あなたに限って。しかしここから、どうか、タクシーで送らせてください」

これではまさに、端から見れば、まめ男が容色おとろえた人妻を口説く図に、見えるではないか、と口をつぐむと、萱島がひょいと首を大きくかしげて、いましがたとまるで違った、何とおっしゃったの、さ、もう一度おっしゃってごらんなさいな、となぶるような目で笑った。

「それは、お宅までは送るわけにいきません。お宅までまっすぐの、電車に乗るところまで、参ります。改札口の前で、挨拶してお別れしましょう。あとはかまわず、行ってください。僕は勝手に、心配性なので、電車に乗るまで見届けさせてもらうかもしれませんし、横着なので、行ってしまうかもしれません」

落着き払ったつもりが相手に口もとをたじろがず見つめられると、声が端々で上ずって、話し終えた時には喉に渇きを覚えた。黙って頭をさげてすらりと立って歩き出した萱島の脇に添った時には足もとがよろけた。エレヴェーターの中へ自分から先につかつかと奥まで入って振向くと、萱島は入口近くに立ってこちらに背を向け、閉まる扉に目礼するみたいにした。端と端に年甲斐もなく離れあっているのを杉尾は苦しがって、途中階のボタンがひとつ点燈しているのを、気を紛らわす救いのように見ていた。その明かりが消えて扉がひらき、たったひとりの後姿が廊下へ出て行くのを、杉尾はただ眺めやり、ほとんど見送りかけた。

客室の内には、すでに知らぬでもない、女のにおいが満ちていた。萱島は鍵と持物を寝乱れの跡のわずかに見えるベッドの上に置くと、カーテンの降りた窓辺に背を寄せて男のほうに身体をまともに向け、ひきつづき静かな声で話しかけた。

「兄は高校三年の時に、かっきり夏休みの間だけ、病院におりました。父の事業がむずかしいことになって、恐い男たちが家まで押しかけてくるようなことがありまして、父は立派にひとりで立ち向かってすべてを解決したのですが、その後で兄が、父の旅行中に、木刀をさげて夜明けまで家のまわりを、警固するという……妹のあたしの、まだ中学生でしたが、からだを、自分が守らなくてはならないと。その時なんです、杉尾を電話で呼ぶ、と兄が言い出したのは。あたしは、学園祭でお目にかかってましたね、あわてて兄の机の上から名簿を隠しました。あとで責められましたこと。奴の家の電話番号を知っているのだろう、いえ、知りません。そのうちにもう、自分でほんとうに知っていて、頭の中に浮かびそうで、一所懸命に押さえているつもりになったものでした。あとで名簿を見たら、あの頃のお宅に電話はなかったのですね。それからもう一度、その三年後に父が死にましてその半年ぐらいあとに、母とあたしをつかまえて、俺はとてもこの家を守れないから、國子は汚されない前に、早く結婚してもらえ、からだを許しても守ってもらうようにしろ。そのうちに、もう寝たのだろう、正直に言え、と責める……また杉尾さんと、なんです。あたし、日に三度も四度も、叩かれて蹴転がされました。ただ黙ってました。まさか、あの人に聞いてください、とも言えませんでしょう、兄は狂ってるのですから。あなたたちが大学三年、あたしが高校二年、覚えていらっしゃるでしょう、門の前まで送っていただいて……」

はて、と杉尾は額に手をやった。あの頃、萱島の父親が死んだという話は聞いただろうか。そのとき目の前で萱島國子が両腕を交叉させて胸を庇い、膝を折って腰を逃がし、杉尾の顔がおかしいとでも笑い出すのかと思ったら、崩れ落ちそうに顫え出した。そのままの恰好で、二十年あまり前に少女は甘たるい笑みを点じた目で訴えながら、杉尾の前からじりじりと後にすさり、厚い門扉のわきのくぐり戸から消えた。細くくねり逃れた腋の、生温い感触が掌の内に残った。

ふと醜い、息をひそめた男の手の動きを思出して振向くと、部屋の中ほどまでも進まず見届けたら踵を返すつもりだったのに、客室の扉は先刻閉じられた上に、錠までが降りていた。

7

待合せたのが一時半だから、部屋に入ったのが、あれで三時頃だろうか。

地下鉄に向かう道々、杉尾は益もないことを数えた。日は暮れていた。道を行く人間たちの顔が白く見えた。空を仰いだが残映もない。窓の白さが目の芯に留まったものらしい。途中でカーテンを半分ほどあけて、部屋の内は薄暗くなるままにまかせた。女は床の上に着のまま横になり、両の足首をかるく重ねて、みぞおちを間遠に上下させていた。大病をしたことのある、痛みを知った息のつき方だ、と杉尾は眺めた。やがて窓よりもお互いの面《おも》のほうが白く、宙へ浮き出した。

仕舞いまで明かりは点けなかったので、帰る時には暗がりの中から立ったはずなのに、長い廊下を抜けて地階まで降り、街頭に立ったとき、暮れていることに驚かされた。

女はまだ同じ恰好で横たわっている。死んでいる。しばらく死んでます、杉尾さんが遠くなるまで、と寝たまま見送った。起きたら部屋の中で物を食べて湯をつかってもうひと晩ここで眠る、眠れても眠れなくても明日になったら家に帰る。いま自分が何処にいるか、昨夜からもうはっきりしなくなっている。でなければ、杉尾がここに来ているはずはない、という。

いっそ気晴らしに旅行でもしてきなさいよ、と高校生になる上の娘にすすめられ、留守に泊まりに来てくれる知人もあって、三泊の予定で京都まで出かけたところが最初の晩にホテルで水の音やら、なんだかぶうんと唸る音やらが耳について、そのうちに一刻一刻がいまにもふっつりと緒が切れそうでおそろしく、自身を金縛りにして朝までこらえて荷物をまとめてフロントまで降りて来た時には人の話すこともよくわからなくて周囲の目も惹いたようで、午前中の新幹線に乗ってうずくまるようにして東京までひき返してきたはいいけれど、さてこのまま家に帰っては娘たちに面目ない、どうしたものかと都心のほうをとりあえず時間つぶしに歩きまわるうちに、何となくこのホテルにもうひと晩だけ我慢して泊まって辻褄を合わせる気になり、この部屋に案内されると独房みたいなのにどう馴染めたものか、日の暮れ前からぐっすりと、夜更けまで正体もなく眠って、目を覚ました時には、杉尾に電話をする気持になっていた……。

主人は一年前に、もう五十を越したのが恋をして、顔は一段と老けこんだくせに目が潤んで、女房に訴えるありさまで、こちらのほうでうっとうしがっているうちに家を出て行った。母娘ともに騒がないのを見かねた兄が間に入って、何度か呼び出して話したようだが結局、あれはどうしようもない、ひどい面相になっている、と首を振って、まもなくそういう本人が、後で聞いたところによれば、入院してしまった。その兄の葬式には知らせたが現われなかった。その前の、自身の入院のことは知らせもしなかった。娘たちは会っているらしくて、どこの老人かと思った、泣かれて、と眉をひそめていた。

まだ同じ恰好で横たわっている。足首を戒《いまし》めて、死んでいる。杉尾は横断歩道を渡り、人の流れの中に足を速めた。

「これで、杉尾さんと、寝たんですわね」椅子から立ちあがったとき、身じろぎもせぬ寝床から和んだ声が流れた。「故人には、嘘をついてましたとあやまりますわ。ほんとに抱かれてしまいましたので、もう隠しはしません、とうなだれます」

訝るよりも先に、杉尾は死者と逢うような物言いにおそれた。すでに壁のほうへさがりながら、どうか間違ったことはなさらないでください、と哀願していた。まちがいということは、身に似つかぬ言葉がひとりでに口から出てきた。

「ご心配なさらないで」声が笑いをふくんだ。「そんなこと、もう考えませんから。死んだつもりで、お呼び立てしたのではありませんか。助かりましたわ。どうか安心してお帰りになって。あたし、もうしばらく、杉尾さんが遠くなるまで、死んでます、このまま」

そうつぶやくと足首を重ねなおし、やや力をこめて片側へ捩り、濃い目つきで杉尾を見つめて、起きたら食べて湯に入ってまた眠る予定をあどけない口調で話した。杉尾はうなずいた。ひと言ごとにあたふたと、やましげにうなずいていた。部屋を出た時には女の素肌の、すこしざらついた感触をありありと身に覚えていた。下腹にまだ陰気に濡れた感触を、隠すようにしていた。

しかし寝てはいない、指一本触れてもいない。

いまさら憮然として杉尾は地下鉄の階段にさしかかり、足取りはゆるめず、まるで悪い夢から覚めたみたいな取り乱した安堵ぶりを自分で笑おうとしたとき、向かいから人の流れを縫って井手伊子、と似た年恰好の女が駆けあがってきて脇をすり抜け、鼻先で髪のにおいが鋭く弾《は》ぜたかと思うとそのあとからひときわ濃く、いましがたの部屋の、熟れて淀んだ空気が降りてきて、すでに深く馴染んで脱れがたく、下腹から足が徐々に重くなった。

みぞおちを窪めて顫えていた女の身体《からだ》を、もしもあの姿勢がもうしばらく保たれていたら、杉尾は近寄って胸から、斜めに逃がした腰まで抱きしめていたにちがいない。情欲というよりも、あらわになったものを塞ごうとする、怯えに近いものであり、触れたからにはおそらく、身体を重ねるところまで行かなくては終わらなかっただろう。膝を落してずるずるともたれこむ、お互いに逃げながら絡みついていく、息をひそめたもつれあいを杉尾はあの時すでに憂鬱な光景と思い浮べていた。ところが萱島は身を伸ばすと、もう一度杉尾のほうに向きなおり、かたい膝を運んでそろそろと寄ってきた。杉尾のすぐ前まで来て棒立ちになり、目の光が内にこもり、いまにもまっすぐに倒れかかりそうに見えるので杉尾が腕を差出そうとすると、膝をまたちょっと折って両手を胸の前で合わせ、拝む恰好をした。気がつくと白い喉もとへ押しあげるものがあり、杉尾が壁ぎわに身をよけると目の前をいっそう夢遊めいた静かさで通り抜け、浴室の前で蒼白な横顔がこちらを見ずに、お帰りにならないでくださいよ、恐いことになりますから、と嗄れ声につぶやいて、扉が閉まると、喉をしぼって吐く気配が伝わってきた。

静まったあとも、長いあいだ待たされた。杉尾は窓を細くあけて淀んだ空気を逃がし、また半分まで暗くして、椅子をベッドからできるだけ離して腰をおろし、することがなくなり、物音ひとつ立たぬ浴室へ耳を向けた。扉を叩いてたずねなくてはならぬか、フロントを呼ぶことになるのか、あるいはこのまま姿を晦ましたらどうか、と表通りをすでに気楽そうに行く姿をたどるうちに、扉がひらいて萱島があらわれ、いくらかむくんだ顔が、部屋の内に誰もいない、そんな疲れを剝出しにして、床の上へ流れるように倒れこんで仰向けになり、お願いですから心配しないでください、心配されるとよけいつらいので、とつぶやいたとき、杉尾はようやく、女の部屋に坐りこんでただ眺めている自分に気がついた。やがて痛みを抜くような声で萱島は喋りはじめ、杉尾をここに呼びだすことになった旅の経緯から、亭主に逃げられ兄に死なれたことまで切れ目なしに喋りつづけ、声がまたひとりきりになって二十年も前の話にもどり、杉尾に送られて帰った夜はせっかくおさまっていた兄の病いがまた暴れ出して、身に覚えもないことで夜っぴき責められ、門の前でいきなり抱き寄せられかけたときの驚きがまだ身体の内にあったのでよけいにふせぎきれなくて、守ってやろうとするそのお前が勝手に外に出て汚されてきてと罵られ、お前の汚れがこの家の不幸の源だとまで決めつけられ、そうかと思うといかにもやさしく、俺があいつを呼んで、いまからでも遅くはない、抱いてくれるように頼んでやるから心配するなとささやかれ、これにはとうとう堪えられなくて自分の部屋に走りこみ、追ってきて喚く兄の前で戸を一所懸命に押さえこみながら、もう裸にされてしまった、自分でもとても守れない身体になった気がして、そのうちにどう思ったのかあらあらしい足音を立てて家じゅう妹を探してまわりはじめた兄のことを、戸の前を通り過ぎるそのたびに、死んでくれればいい、もう来ないでほしいと……。

「来ないでください、そこに坐っていて」話の中から、いきなり杉尾に呼びかけたものだった。「来てもかまいませんけど、来るなら部屋を出て行くまでひと言も、口をきかないでください」

そして目をつぶり、全身が静まった。物を言いかけなくてはそばに寄るつもりと取られる、と杉尾はおそれたが困惑するうちにきっかけを失い、ひどい声が出そうな気がして黙りつづけた。女に恥をかかせている、という思いも頭の隅を横切ったが場違いな冗談にしか聞えず、腰をあげる気にもならなかった。腰をあげてからの行為が、女のそばに寄るにせよ、まっすぐ部屋を出て行くにせよ、ひどく遠いことにしか思われない、揺がしがたい釣合いの、ほとんど体感に近いものがあった。一端を女の仰臥に支えられ、もう一端をこちらの沈黙に支えられ、きわどい釣合いでありながら、両端をその場にしっくりと据えつけ、部屋全体を覆い、張りつめた静かさがつらい睡気を誘った。

とろりとしかけては窓の白さを見つめた。だいぶして、さっきまでたしかにかすかな寝息の立っていたのを感じて目をひらき耳を澄ましたが、遠くから伝わる車のざわめきが低くこもるだけで息をつくけはいすらなく、女だったのか自分だったのか、それとも二人ともだったのか、部屋の内は暗くなり、向かいの棟の窓からか、薄い明かりが床の上へ、女をつつんで蟠《わだかま》っていた。

それだけのことだった。それにしても前後二時間近くも、二人して黙りこんでいたことになるだろうか、と杉尾は呆れて階段を降りきり、足取りがいよいよ重くなって出札口のほうへ近づき、こいつは寝たよりもいっそうあとが粘る、あとが腐れる、と懐の小銭入れを探り、はて俺はこれから人に会いに行くところだがと首をかしげ、指先がまるい札に触れた。コインロッカーの鍵だった。

部屋の中で一度だけ、ほとんど暮れかけた頃に、坐りついた身体に情欲が満ちあげてきて、そばに寄るつもりはなかったが、ただ名を呼んでこちらを向かせ、目を捉え目で深くまじわって、相手がうなずいたら出て行こうと、しかし淫らに取り乱しはせぬよう力が芯までしっかりと満ちきるのを待つうちに、そのけはいがにおったらしい。

「テーブルの上に、ハンドバッグがありますけど」

女が話しかけてきた。鞄が重いので東京駅の構内にあずけてきたのが、昨日からそのままになっている、と訴えてロッカーの位置を細かく教えた。今夜のうちでよいから、取ってきてフロントにあずけてほしいという。

「鍵はバッグの中に、ありますので」

「あけても、いいのですか」

「どうぞ、お願いします」

「それでは、わかりました」

しかつめらしくも滑稽なやりとりが、杉尾の耳の奥に蘇った。両者ともおのずと押し殺した声がかえって細くうわずり、端々でややかすれ、その光景をどう思い浮べようとしても裸体、暗がりの底にお互いを紛らしながら徐々に近寄る裸体しか浮ばない。

「もうすこし、そこにいてください。ありがとうございました。お礼を先に申しあげておきます。フロントから連絡は要りません」

安堵した女の声を払いのけて杉尾は出札口を離れ、しばらく早足で進んでまた立ち止まり、知人と待合せた場所と時刻と、コインロッカーまで往復する道順と所要時間と、考えずともわかるはずのことを考えこんで片手に汗にまみれた鍵を握り、もう片手でいましがた懐に押しこんだばかりの切符を一所懸命のように探り、改札口に向かう人の流れの、道さまたげになっていた。

女物とはかぎらぬ白い鞄であったことには助けられた。それでも大袈裟な女の旅仕度を片手に提げてホテルのロビーに入ったとき、杉尾は駅のロッカーをあけた時のことを思った。狭い空間の内から、部屋にこもっていたのと同じ生温さがほのかに流れたものだ。膝頭がやましくなり、ゆっくりと鞄をひっぱり出すと、その重さをいかにも陰気なものと感じたが、ことさら気ままそうに前後にかるく揺り、変らぬ足取りで地下鉄にもどった。鞄ひとつであたりの人の雰囲気がいまにも一変しそうな恐れが、道々つきまとった。

ロビーまでたどり着いて、いくらか暗い照明の中を動く人影を見渡し、安堵を覚えたのも奇怪なことだった。ここはこの鞄の主の投宿しているホテルではない。あちらのホテルには途中寄る暇もなかった。人と約束した時刻にもう三十分も遅れている。大幅な遅刻というのは、言訳のために多少の私事を話さなくてはならないので好きでない。なぜ悠長に歩いてきたのか、と杉尾は舌打ちしてロビーの中ほどまで進み、こんな恰好を見られる前にクロークへ片づけて後で取りに来るかと思案して足を停めたとき、全身が硬く前へのめりかけ、焦りを抑えてひたすら歩きつづけてきたことが知れた。あいまいに踵を返そうとすると、奥のテーブルから知人がこちらの姿を見つけて、手をひらひらとあげていた。

旅行でしたか、と相手がやはり訝るのを、いえ、知人の家にあずけておいた物を取ってきたので、と杉尾は答えて鞄を足もとに無造作に落すと、女の衣類を想わせる音がした。一瞬、余計な粉飾を加えたい衝動に駆られかけたが思い留まって、遅刻を詫びて相手の足労をねぎらい、硬さの出る前に本題に入ることにした。いささかむずかしい面談で杉尾は人の申開きを聴くという馴れぬ立場にあり、こちらも筋から言えばあらためて少々問いただなくてはならぬ事柄も残していたので、そのことでも鞄の始末に困っていたのだが、この午後の出来事の、あらわな痕跡を膝の下に置いて、足の脇でときどき触れながら応対していると、何もかもがお話しにならぬ出鱈目と感じられてくるかたわら、おかしなことに、物言いが日頃よりもまた切りつめられて、端々が揺るがず呑みこまれず、事に即してまことに平明に、混乱をひとつずつさばいて、自分より年少の相手の困惑を片端からほぐしていた。不明瞭になりかけたところでは話を停めて、相手を追いこむのでなくて、事柄のために訊きかえす、という面倒まで惜しまなかった。

かわす言葉の平明さを損うこともなく、妄想がふくらんだ。ちょっと十分ほど暇をください、と鞄をもって立ちあがりフロントに渡してくる、空手でもどり言訳もせずまた同じ調子で話しつづけるうちに鞄は部屋に届けられる、女は床の上に中身をひろげて確めはじめる。あるいは、鞄を提げてふらりとエレヴェーターに乗って部屋まで行く、細く開いた扉から身をねじこんで閉めた扉のすぐ内で女とまじわって、言葉もかわさずにひき返してきて、女が床に這いあがって頽《くずお》れるあいだここでこうして淡々と話をつづける。そんな妄想が取りとめもなく過ぎるたびに、ここがあのホテルでなくて、車でも二十分は隔っていることを、わざと訝るみたいな心地にひたった。あたりの客の話し声の、ざわめきの満ち干の間に、細く流れる息を探っていた。

話が済んで外に出た時には、杉尾はそこで相手と別れてその足で鞄をとにかく片づけてくるつもりでいたが、ちょっとやりませんか、と相手は寒風の中に肩をすくめて人懐しい目つきで盃のかたちを口もとへ運んだ。まだ話したいことがある様子なのを杉尾は感じて、ここはまたこの男にどこかの店で待ってもらう、時間を縛ってもらうのが安全策かもしれないぞと思案し、ちょっと三十分ほど暇をくださいと喉もとまで出しかけたが、さっきの妄想の中と同じ台詞であることに気がついて戸惑ったところへ、手もとの鞄を眺められてつい調子よく、それはいいですね、参りましょう、と誘いを受けた。車に乗りこんで、萱島國子の宿といよいよ明後日《あさって》の方角へ運ばれた。

案内された店では荷物をあずけることになった。鞄が目の前から消えただけのことで急にもどった身の軽さを、杉尾はかえって持てあまし、盃がせかせかと進んでいつもより早く酔の燥《はしや》ぎがまわった。これであの鞄の前途は遼遠になりましたぞ、とやがて胸の内でつぶやいた。ここはまず無事だろうが、しかしもしも、もしもあの鞄をどこかに置き忘れることになったとしたら、そいつは自分の忘れ物ということになるのか、やはり萱島國子のか、と巫山戯《ふざけ》たことを考えながら燥ぎの芯が重く湿って、忘れるということのうしろ暗さを想っていた。

女はまた床に横たわり、男は酒を呑み、鞄が行方不明になりかけている。じつは、鞄はいずれたしかにあり、横たわる女が、酒を呑む男が行方不明になりつつある……。

連れの男の話が愚痴っぽくなってきた。傾きかけた勤め先の、うっとうしさを訴えていた。危機が素顔をあらわすほどに、気怠いようになるという。ときどき俄にどたばたと動き回りはじめる、いまさら甲斐もないとわかっていてもどうしても手を拱いていられない、何をしているんだと人にたいして刺々しい気持にまでなるが、そのうちに動きがぱったりと止んで、憑き物が落ちたみたいで、やりかけたことだから無意味でも一応の片はつけておくかと思っても今度は身体のほうがさっぱり動かなくて、また人と寄り集まって長々と、和気藹々の無駄話にふけりこむ、お互いにむやみとさまざまなことを思いつくが考えが考えとまでならない……。

杉尾は耳をあずけて穏やかな相槌を打っていた。変らず明晰なような声で言葉を添え、なりかわって話をひろげて嘆息を誘い出し、ときには同病相憫《あわれ》む口調になって、そうなんだ、考えが我ながらくるくる変って仕方のないもんだ、せめて一身の重大事と考えようと心がけても、実際にその通りなのに、危機感がずるずると遠のいていく、などと嘆きながら、ああ、またこんなところで、行方知れずが、人の打明話をもっともらしい顔つきで聞いている、と我身をからかった。口に出す憂鬱さは燥いで、胸の内でつぶやく軽口は鬱《ふさ》いでいた。

それでも、出口の手前で店の者に差し出された白い鞄の、女のにおいに杉尾は溜息をついた。まさか捨てて逃げるわけにもいくまいと引き取り、また気ままそうに右手に提げ、ぶらりぶらりと揺すって表通りまで出て、頭からもろに振りかかる車の音の中へ、顔をしかめて耳を澄ました。あの部屋の暗がりの中にも同じ、往来のざわめきが流れていた。横たわる女のみぞおちの、張りつめた動きが見えた。杉尾と同じく耳を澄まして、何かしら、あり得ぬきっかけを待っていた。

往来の動きがいっさい絶えるとき、と言わぬまでも、ざわめきが飽和してその只中に虚の静かさが生じ、その底にこの部屋が沈められるとき、瞬間がはてしもなく肥大して、息苦しさのあまり、たがいににじり寄り、恐れを重ねあわせ……。

妄想に引きこまれかけたとき、ざわめきがあらたにふくれあがり、耳を圧倒されて思わず鞄を斜めに大きく、放るように振ったようで、揺りかえしに片足を払われ、緩慢によろけて目を剝くと、信号へ殺到する車の真只中に裸体の、線だけに透けて、次から次へ車に通り抜けられながら、それも知らずに肌と肌とを、恐れと恐れとを押しつけあっている影が浮びかけた。淫らというよりも、知らずに強いられた自己懲罰のように生真面目で律儀で、哀れに見えた。

「よろぼい、よろぼい、ああ、大丈夫だ。君こそ疲れたようだから、今夜はまっすぐ帰って蒲団をかぶったほうがいい。先の見通しがつかなくなれば、しばし物が考えられなくなるのは、道理じゃないか。時間の、流れが病んでいるんだよ。人の心など病むほどのものでもない。流れが停まれば、気が狂うだろう。そばの女を押倒しても、流れをつくろうとするだろう。わたくしは、これから寄るところがありますので」

「今晩は、忘れ物を取りに参りました」

燥ぎをまだわずかに残して戸を勢よく引くと、客の誰もいないカウンターの奥の端のあたりに女将《おかみ》が、ちょうど戸口へ駆け寄ろうとしたその出鼻を挫かれて逃げ腰になった恰好で立ちつくし、ぼんやりと杉尾の顔と鞄とを見くらべ、肩から息を抜いたかと思うと邪慳な目つきになって小走りに寄り、戸を閉めようとする杉尾の後ろ手を払いのけて暖簾をそそくさと取り入れた。戸をたてなおして鍵までしっかりと掛けた。

「大変なお出迎えだな。一杯ぐらいは、まだ呑ませていただけますか」

「いいから、呑ませますから、そこに坐っていて」

「待人違いで、ありましたか」

「ちょっと黙っていて。でないと、あたし泣き出すから」

なるほど肩から腕にかけて、顫えを押さえるけはいが見えた。その分だけよけいてきぱきと、後片づけの残りをつづけていたが、水をつかう癇症な手の動きがそれでも音をよほどひそめていた。片づけが終えると、客のために燗の仕度もせずに、いくらか蒼ざめた丸顔が杉尾の前に来て照れくさそうに笑った。

「男の人の足はやっぱり早いもんだわ。足音がこちらへ、来るなと感じて、鍵をかけに飛び出したのだけれど、カウンターを回ったところでもう間に合わなかった。でも、いいところに来てくれた、助かったわ」

　これはまた、近頃よく聞く台詞だな、女たちが急に寄ってくるようになったら命に用心のしるしと取れ、とくに昔の女に気をつけろ、と言ったのはこの女将自身ではなかったか、と杉尾は内心ぼやき、鈍重な訝りを浮べて眺め返していると、四十女の顔にふと泣きべそのような影がひろがり、それを口もとから抜いて、唇を薄くひらいて上の空に笑っていたが、やがて杉尾に、もうふたつ隣の、戸に近いほうの席へ移ってくれるように頼んだ。

　泣き出すからと脅されたのがやはり利いていて、杉尾は訊ね返しもせず腰をあげ、椅子の下に置いた鞄のことは気になったが、灰皿だけを持って席を移すと、やや横顔の向きになったのを女将はしげしげと眺め、ちょっとうつむいてくれないか、とまた頼んだ。首をもっと低く前へ出して、いえ、うなだれるんじゃないの、頰の内をかるく嚙んで、眉をゆるめて、などと注文をつける。声がやや迫っているようなので言われるままに、そちらは見ぬようにして、いくらかはお道化《どけ》て従っているうちに、目の前にそっと銚子と盃が置かれ、やれ嬉しや、いつのまに燗をしたのだ、と銚子を手に取ると冷くて中は空っぽだった。さすがに疲れを覚えさせられて、銚子を手のうちにひねくり、また同じことをしている、これがいけないんだ、なんで女たちの、思うなりになる、と杉尾は陰惨なような気分になりかけた。カウンターのむこうから溜息が洩れて、もういいわ、と女将が呼んだ。杉尾はまたもっさり腰をあげてもとの席にもどり、椅子の下で鞄を両足にかるく挟んで、居眠りから覚めたふうな目をあげた。

「結構でした。面影代として、冷《ひや》でもいいから一杯、貰いましょうか」

「そんなことじゃないの」

「誰かいましたか、今の席に」

「いたんですよ、人殺しが」

きわどい冗談かと思って言葉のつづきを待ったが、相手は口をつぐんで視線を右のほうへやり、腋をすぼめた。つられて杉尾もそちらへ振返り、その動作そのものから誘い出された濃い雰囲気は覚えたが、思い浮べられたものといって、いましがたまでそこに坐っていた自身の、見馴れたといえばあまりに見馴れた背恰好だけだった。杉尾の来る一時間ぐらい前までそこに坐って物も言わずに二本だけ呑んで帰った、と女将が訴えた。四十前後で、景気の悪い会社勤めか、あんがい役所か、いずれたいした働き手でもなさそうな、まず貧相な風体で、とくに印象も受けなかった。帰る時にもろくに後姿を見送りもしなかったが、何だか、厭なにおいがあとに残った。何でもない手つきが変に目に粘りついた。だんだんに落着きがなくなって後片づけを始めた。厭な気分の晩だなと思って、そんなことを思う自分をまだ笑っていた。そのうちに手の動きが早くなって追われるみたいになって、あたしがまさか、殺されるわけじゃなし、と顫え声でひとり言をいっている自分に気がついたとたんに怯えを押さえられなくなった。息をつとめて整えるうちに、覚えのある足音がこちらへ向かってきた。

「おいおい、滅多なことは言うなよ、行きずりの人間のことにせよ」

「間違いありませんよ、人殺しだわ、あれは」

「どうしてわかる、殺されてみたわけじゃあるまいし」

「まず頰の感じだわね。冷くて固くて、黒ずんでいて、厚いんだわ」

「そんな男はいくらでもいるだろう」

「それから、手だわ。手は隠せないのよ。別の動物みたいに動いているわ。物にひたっと吸いついて、もわもわと動くのよ」

「それでは訊きますが、殺してきたのか、これから殺すのか、それとも昔、やったのかい」

「知りませんよ、そんなこと。とにかく、あたしは見たことがあるんですよ。子供の頃に、郷里《くに》の町で。御飯を食べてましたよ。通りがかりに窓の外から見て、恐いと思いました。まだ犯人だとは夢にも思っていなかった頃ですよ。町はずれで見も知らずの若い娘を殺して埋めたんです。中年の男ですよ。十日目に引っぱられましたけど」

筋は通らぬ話だが、言いつのる確信の強さに杉尾は舌を巻いて、うっかりすると同じ戦慄の中へ引きこまれそうに感じた。さて、どうして気をほぐしたものか、と途方に暮れ、ちりちりと怯えに燥ぐ女の顔を見て、七年前のことを思った。これと同じ般若の眉をして男の動きを両手で抑えつけ、自身の疼きの中へそろそろと、沈ませるようにして受けいれると、全身また勝気になったものだ。

「その男、あんがい、女と寝てきたところかもしれないぞ」

「そうかしら、あんな顔をするものなの、ひとりになると」

「それは、いろいろだから、墓場からもどった気がすることも、あるでしょうよ」

「殺してきた、ようなですか」

「ま、おたがいに、陰惨な寝方はあるだろうから」

「そうだわね、厭な寝方をしてきた跡かしらね、あのにおいは」

鼻をおもむろに利かす目つきをされて、杉尾は思わず椅子の下で靴をふくら脛のうしろにそっと掻きこんだが、女の目つきがやがて遠くなり、戸の外へ耳を澄ましたかと思うと、いきなり笑いへ弾《はじ》けたみたいに壁に飛びついて、電燈を切ったようで、店の中は真暗になった。

「何をばたついているんだ、莫迦、目が見えないじゃないか」

闇の中へおのずと声をひそめてたしなめると、奥の隅のほうの、床に近い低さから、蚊の鳴くような声がした。

「助けてよ、なに助兵衛なことを言ってるのよ、また来たじゃないの」

ようやく昏みの引いた目に、遠い街燈に照らされて磨硝子戸《すりガラスど》が蒼く浮び、その中に男の影が立った。閉じた戸をつくづく見つめている。

「さ、こっちへ来い。立てなければ、そうっと這って来い。よし、いいか、背中につかまっていろ。声を立てるんじゃないぞ。馴染みの客だったら、どう思われる。何年ひとりで店をやってるんだ」

失禁を思わせる、生温い怯えが背にまつわりついてきて、両腕を男の腰にきつく巻き、顔と胸とをそれぞれ別物みたいにぺたりと背に捺しつけて、しかも腰から下のありかを感じさせない。

一体どういう貼りつき方をしているんだ、と杉尾は懐から煙草を探って口に銜《くわ》え、鞄の上に片足をかるく置いてその柔かさをたしかめ、いつしか妹《いも》を手枕にせん……か、と妙なところで妙な文句を思出しながら、何だか棒立ちのまま身を前後にゆらりゆらりと揺すっている影に向かって、ライターをしゃきっと点火した。

煙草の火をゆっくりと三度までふくらませたとき、まさか外から見えもしなかったのだろうが、影は硝子戸の明るみの中から落ちた。

8

朝の十時前に杉尾はすっきりと目をさました。窓の外から音をひそめた塵紙交換の声が聞えて、何事もなく、手足の芯に穏やかな疲れの名残りがあった。晴天らしく、風もまだ走っていなかった。秋口からもう四カ月ばかり気がかりとはなっていた方角に昨夜ふたつながら、妙なはずみでいちおうの片はついた、女たちもひとまず得心みたいなものは行っただろう、とそう思ったのは謂れもない。もうひとり、井手伊子のことにまで一段落ついたように感じたのはさらに理不尽だった。

まだ何も始まっていない、始めるつもりもない、と寝床の中から杉尾は目を剝いた。それきりその夜のことは考えなくなった。女たちからも連絡はなかった。年々歳々、外にたいして物言いが分別づいてくるにつれ、自身にたいしてはますます遠慮なく、沈黙にふけりこむ傾きがある。いまさら孤独感の充足でもなく、鬱々ともしていない。たとえばひとりで飯を喰う、厠の内に屈む、あれと同じむつむつとしたものが、何かのはずみで沈黙をさらに底なしの感じで深めかける。

どうかして昨夜の顔が、誰とはわかっていても、顔として浮べられない。それでいて一向に焦《あせ》りもしない。

自身についても、昨日の今日、という連続感がしばしばかすれる。昨日と今日との間に、やや遠い記憶の靄がかかり、払えば消えるがまたまつわりついてくる。いま現在が、ちょっとした想念や立居の端で、記憶の色を帯びかける。

それが清澄感のごときをつくり出すのが訝しかった。空がひろがり、樹木が見える。これがよくも目に入らずに過してきたものだと驚かされるほど、鮮やかに立っている。存在することの戦慄さえ、離れていて伝わってくる。芯は騒々しい男が柄にもない、いずれまやかしの明視だ、と頭から用心してかかることにしているが、季節感はよほど蘇った。たとえば冬至が過ぎて幾日かすると、晴れた日には空が一変して春めいてくる。年を越して空っ風の吹く頃にはその中に土と、水のにおいがふくまれる。人体は寒さに屈まりながら活力が進みはじめる。芯が熱っぽく、鼻の粘膜が鋭敏になり、せつなくなり、たいていは風邪だと思いこんでいる。寒さの中で肌は毛穴がひらきぎみになり、たるんだところを風に叩かれて、ざらついて、またたるむ。汗ばんでは乾き、乾いては汗ばみ、内で進む代謝を外から抑えられて体液がやや煮つまり、おのれの濃さに疲れた起き抜けの隈が、装って街を行く女たちの顔にあらわれる。風の強さに眉をひそめ、髪を砂埃になぶられ憎むような顔つきをして、よく出かける。疎遠になりかけた知人をふっと訪ねてみる季節だ。

同じ疲れが、部屋の薄暗がりの中に息をひそめ、足首を交叉させて仰臥していた萱島國子の眉に浮いていた。窓の暮れていくにつれて刻々と濃さを深め、目のまわりへ流れ、表情を戒めている顔に、おのずと泣いている、ときに笑っているふうな翳を溜めた。それにひきかえ年の瀬の、井手伊子の顔は肌がひんやりと締まり、恐怖の名残りのにおいも細く冴えて、杉尾の関心をときに撥ね返すしなやかさがあった、とまったく別な女どうしであり、三十代の出口と入口と、歳も隔たっているのに、杉尾は季節のことのように思いくらべた。

萱島には指一本も触れていない、とやがてつぶやくのが我ながら、太い言訳と感じられた。

二月もなかばを過ぎて、杉尾が旅行に出る朝に、雪が降った。いっときは大雪の様相さえ見えて、東京駅へ向かう地下鉄の中で、二人の初老の男に出会った。どちらもどす黒く焼けて浮腫《むくみ》がちの顔が、かなり上等であったはずの背広をよれよれに着て、暇な青年みたいな濡れた口調で、あやしげな金集めの情報を熱心に交換していた。ブローカーのような商売か、宿酔のにおいがした。昨夜の酔いなどというものではない。長年の疲れが体内に溜まって靡爛《びらん》を起しかけた悪臭で、聞いているとどうもあまり見通しもなさそうな、金額ばかりがむやみとでかい、与太に近い儲け話に、お互いにときどきちらちらと用心を見せながらそれでも和やかに、けっこう気が燥《はしや》いでいた。海千山千といわれるのも、あんがい子供っぽい人生なのかもしれないな、と杉尾はひとり合点したが、なにさまひどい、こちらの内からも同じ腐れを誘発しそうな悪臭をこらえこらえ、乗換えのホームに降りてようやく、馴れぬ早起きのむかつきを出し抜いて細い息をつくうちに、通勤者たちでごったかえす空気の中にあまねく同じ糜爛の生温さが立ちこめ、やがて電車が近づいて、地下道から吹き寄せる風の中に、雪の湿りがはっきりと嗅ぎ分けられ、その内からさらに甘く、いっそう深い腐れの臭いかと思ったら、沈丁花の香がほのかにふくらんだ。満員の車内に押しこまれたあとも雪と花の香が、客ひとりひとりの服にわずかずつまつわりついて運ばれてきたものらしく、いつまでも漂っていた。客たちの顔がどれも灰色に見えた。

家の内で仕事に追われるうちに三月に深く入り、ある晩、たまたま切符が手に入ったので杉尾は能の会に出かけて正面の最後列に近い席から舞台をはるかに、索漠とした心地で見おろしていた。何もかもが恍惚に見捨てられて、徒労と感じられた。いまどき上手の舞いか知らないが、袖のひと振りが、まわりの空気からわずかな濃さもまつわりつけてこない。館内は相変らず殺風景な空間をさらしている。囃子はただけたたましく、天井にはねかえる。地謡には戦慄もない。そして客席は、内心騒々しいのが行儀良く口を閉ざしているだけで、沈黙と言えるものもなく、とても恍惚の器ではない。これにくらべれば朝夕の、駅の地下道をひたひたと進む人の群れには、どれだけ深い沈黙があることか。熱狂も憎悪も、恐怖もひそむ。あれこそ恍惚の器だ。あの中で舞えば、舞いが舞いでさえあれば、おのずと宙に白い花がひらく。

恐怖のひそまぬところでは、どう舞えば恍惚が袖にまつわりついてくるという。笛の音は何を誘い出す、鼓は何を叩き出す。謡《うた》は何を舞いのために集める。

しかし花か、とそこまで来て杉尾は眉をひそめ、舞台の上から思いを逸らされた。花は近年、気味が悪い。妙に色が濃くて肉が厚く、気候の変化にしぶとい、しぶとくうつろい残る。枝についたまま、腐るまで散らずに粘る。

二月の末から日和がつづき、杉尾が坐業に就く前に出かける公苑では梅の一部が咲きはじめ、残りも一両日のうちにひらくかと思われた頃、天候が冷えもどった。早咲きはこれでひとたまりもない、咲きかけも枯れるかもしれない。と杉尾は思った。たまたま五日ばかり散歩にも出なかった。次に来てみると花はしかし変らず咲いていた。花弁の縁がいくらか枯れているが、紅いは紅いなり白いは白いなりに濃い艶を見せて、梅にしてはぼてぼてと枝についている。半開きのもそっくり半開きのままでいた。また三日ほどおいて来てみるとやはりうつろわずにいる。さすがに呆れて、健気なものと眺めようとしたが、しかし濃い艶はあたりへ照らない。あたりの空気を染めず、賑わいもなく哀しみもなく、ひとりで盛っている。樹下にはほとんど落花の跡も見えなかった。

暮れようと明けようとおそらく、照りも霞みもしない。それ自身の、依怙地な匂いを集めている。

そんなことに悩まされていたのか、この無風流者が、と杉尾は苦笑して、ひそめていた眉をほどき、舞台の上へまた心をやると、舞いは佳境にさしかかり、索漠とひろがる空間の中にぽつんとうち捨てられて、さすがに袖の流れにかすかな恍惚をそよがせ、ときたま戦慄もつかのま走り、ああ、それでも咲いているな、風に揺れている、とようやく惹きこまれかけたところへ、またしてもうつろわぬ、冷い艶が念頭にふさがって、こいつは照らない、霞みも褪せもせず、ただもう真剣に、ひたすら時を凝らしている、と息をついて払いのけたとたんに女の髪の、頭痛と吐気と、苦悶の匂いが額の奥でふくらんで、鼻孔を抜けて客席の人いきれの上へぽっかり掛かり、笛の声にも揺がず、白く静まった。女の恐怖の面相の、あの夜杉尾の背に貼りついた感触が、前方の宙にくっきりと浮んだ。醜怪な侏儒の踊りに向かって、たじろがぬ項《うなじ》が進んでいく。重ね合わせた足首から、腰をつつんで胸へ、蒼い喉までひろがった静かさの、なにやら恨みのけはいが伝わってきた。

辛夷《こぶし》の花が咲いていた。夕日影の中で白い艶がきわまって、花弁の舌をすでに長く垂れ、いまにも枯枝から一斉に舞い立ちそうに咲き乱れ、そのまま、寒風の中に五日も十日も残っている。

これはやりきれぬ幻花だぞ、俺は一体、女たちにたいして何をしてきたという、と杉尾は目をつぶり、けたたましく昇った鼓の声に耳をあずけた。

例の夜のことで杉尾がときどきふいに頭を抱えこむようになったのは、三月も末に近い頃だった。つかのまの気迷いみたいなもので、そのあとできまって、俺が何をしたというとつぶやく声は横着なぐらいだった。平生はまるで気にも留めなかった。

連日また寒い降りがちの天候が続いた。辛夷はさすがに散ったが、梅と連翹《れんぎょう》は咲いたきり平然と残っていた。おまけに桜までが蕾を気色の悪いほど大きくふくらませた。あれを喰ったら山うどの芽の香がするだろうか、頭痛の味がするだろうか、とそんなことを思った。

記憶の失せた心地がしないでもなかった。しかしそんなうすら寒さは疲れているときによく起るもので、何事にも記憶の奥というものはあり、自身の行為の由来は半分ほどもわからない。また記憶は本人の体験ばかりで成り立っているものでもなかろう。とにかく四十を越せば手前の意識の底を詮索している閑はそうそうない。穿《ほじ》り返そうと、振りまわされるときには振りまわされる。それどころか、ひそかに内を探っている間に、隠されているつもりのものが本人の顔にあっさり露呈して、鼻をそむけたくなる悪臭を放っている、じつは本人も知らずに鼻をそむけている、とそんなものだ。

しかし背中にくっきりと固く、怯えてうしろからへばりついた面相の感触が残った。眉間に盛りあげた皺までが感じ分けられた。そのけわしさにひきかえ目はよわよわしく、ちらちらと細くつぶっていたようだった。唇は厚く張っていた。腰から下のありかはおろか、貼りつけていた胸も、巻きつけていた腕もいつのまにか落ちて、顔面だけがぽっかり背に捺されて、どういう恰好で床にへたりこんでいるものやらいよいよ見当がつかなくなった。磨硝子戸の中から影が消えてみると、店の中は一寸先も闇だったのが不思議なぐらいの明るさで、戸の格子もけっこう太いのに男の影がああもなまなましく映ったことさえ訝かしく思われたが、とにかくここはお互いに、二度と躰を重ね合わせるつもりはないのだから、こんなあらわな恰好は見るのも見られるのも避けたほうがいい、と杉尾はそう分別して、振向かずに背をすこしずつ前へ傾け、それでもまだ粘りついてくる顔面を今度はかるく押返して、

「おいおい、もう仕舞いだ、とうの昔に行っちまったぞ。何が人殺しだ。立って明かりをつけろよ」

誰もいない硝子戸のほうへ声をかけると、背中から顔がそろそろと剝がれて、離れた瞬間、いまさら鬼気みたいなものが背すじに染みこみかけたが、やがて薄暗がりの中に、やはり硝子戸のほうに向いて、ほつれた髪をゆっくりと撫であげる、寝起きに似た生白い横顔が浮んだ。

「さすがに疲れたんだわ、この商売に」電燈がつくとすでにカウンターの内から、一度に老けこんだ顔がこちらを向いて、言葉をかけておきながら杉尾をしげしげと、そこにいる

ことを不思議がるように眺めやり、眉間に赤い皺の跡があり、ようやく照れ臭そうに笑った。「それは十何年間、女ひとりですから、もっともっと恐いことはありましたよ。今から思えば何度か、それこそ殺されていても不思議はないところだったわ。なにせ最初っから無理がありましたからね。すべてに追いまくられて、恐いことも恐いと感じなかった。それが今夜なんか、宵の口から、あのお客もふくめて何人来たと思います。たったの三人、杉尾さんが四人目ですよ。もう十日もこんな不景気が続いているんだから。花も咲くという頃なのに。三日ほど前からもう、恐がりはじめていたんだわ。頭の中がしいんとなって、何だか知らないけれど、恐いことを自分から待っていた」

花も咲くという頃なのに、とあのとき女将《おかみ》はたしかにそう言った。まだ一月の末なのに、杉尾のほうもその言葉を訝りもしなかった。お互いに、どういう錯覚だったのだろうか。夜半近くから空気が湿って、ぬるみはじめてはいたが。肘からカウンターにもたれこんで歎く女将に、杉尾は仔細らしい相槌を打ちながら、その脇をかすめて長い腕を伸ばし、ありか知った酒の瓶をつかみ出して手もとにありあわせの茶碗についだ。日頃はカウンターの内を客に触れられることを何よりも厭がる女将が、それも目に入らぬ様子なのを、あわれとも思ったが、相手の疲れにおのずとつけこんでいた。

「過去にひとつ、占いによりますと、感心しない男関係がありまして」声が急にほっそりと唄うような調子になった。「それが順々に、万事にすこしずつ、悪く響いておりますのです、と。拝見するに、はて、長いとか深いとか、そういう卦は出ておりませんが、なに、一度っきり、後悔もしなかったけれどやらずもがなの、はあ、それそれ、その一度っきりの、ふむ、未練はないらしいが、悪い縁というのはとかくそういうもので、その目に見えぬ名残りが一日一毛の疲れとなって溜まり、年々つもれば、はては商売のほうが投げやりになる。それじゃあ、先生、その男といっそ、もう一度寝てしまいましょうか、厄払いに。いやいや滅相もない、今度は生命にかかわりますぞ、いやじつにもう、悪い縁だ。厄払いを受けてきましたよ。お水なの、呑み薬、厭だわねえ」

冗談かと思ったら、ほんとうに苦いものをふくまされた、しかめ面をしていた。杉尾の口の中で酒の味が変った。

「それで、いただきましたか、そのお薬は」

「いいえ。何なら、さしあげましょうか」

「いや、薬というものは、人に融通してはいけません。しかし、理不尽なことを言うな」

「済んだことですのに」

「ああ……家まで送ります。部屋に入るまで、車の中から見ていてやるよ」

「悪縁というのは、親切なんですよね」

「恐がっているととかく、恐いものをまたひき寄せるから」

「先生もそうおっしゃってました」

しかし杉尾を待たせて跡片づけの残りをしまい、大きな布の袋をさげて杉尾の脇に立った姿は、あんがいに小柄でぼってりと着ぶくれて、なんだか都会に出て来たての田舎娘の、男の酒をしまえるのを隅っこでおとなしく待っていたような感じがあった。戸口のところから並んで振返ると隅々まで癇症らしく片づいた店の中の、たった一点の汚れとして、呑みさしの茶碗が放り出されたままになっていた。おもては雨が落ちはじめていた。「また春ですね」と女将はたしかにまたつぶやいた。まだ寒の内であることを杉尾もやはり忘れていた。

しかし何事もなかった。車の中で女将は杉尾の膝の上の、萱島國子からあずかった旅行鞄の端にかるく肘をかけていた。ときどき瞼を垂れてはどんよりと剝く目の内に、怯えの名残りが見えた。近頃どんなにつまらぬことで人が殺されることか、と杉尾は世上の事件をあれこれ数えあげながら、もしもこの鞄の主のことを忘れてこの女に降りぎわに渡してしまったら、どうなるだろう、と自身もとろんとしかける目を、膝の上の白い荷物にかろうじて瞠っていた。夜半も過ぎかけているのに、鞄がフロントに届いていないので、焦《あせ》りはじめているだろうな、と思いやるほどに睡気が降りてきた。

さっき乗った界隈で今夜、妙な事件が起ったとか、そんな話は耳にしなかったか、と杉尾はいちおう運転手にたずねた。

「あのお客はやっぱり何でもないんですよ」と女将のほうが引き取った。「明日の暮れ方か晩まで、誰にも知られずに、お店の土間に倒れている自分のことは、前々からよく想像するんだわ、こうしてひとりで帰る車の中で。毎夜毎夜の、幻があらわれたみたいなものだわ。ま、殺されたと思って、明日からまた気を取り直して働きますけど」

すでに杉尾の存在は眼中にない様子だった。マンションの前に車を停めさせて、ここから見ているから早く部屋に飛びこめ、ともう一度言ってやると、女将はうなずいて降り、道の左右を見まわすや浮き足立った小走りになって、大きな荷物に振られそうになり建物の中へ駆けこんだが、あとは階段をゆっくりゆっくり、ひとり疲れにひたって行く姿が、団地式の吹き抜けを通して、踊り場を折れるごとに黄色い明かりの中にぽつんと見えて、やがて三階の部屋に消えた。しかし見送らせているにしてはいつまでも無事の合図もなければ電燈も点かない。部屋の暗がりの中に荷物を放り出してあらためてへたりこんでいるような気がして、運転手にクラクションを鳴らしてもらうと、窓に臙脂《えんじ》の光がふくらんで、カーテンの端を細くめくって人影が、間違いなく本人の影が、身じろぎもせず表情らしいものも見せず、こちらの動きをうかがうようにしていた。かまわず杉尾は車を出させた。

「恐がっていたねえ、大丈夫ですか」と運転手がたずねた。「顫えていませんでしたか」

膝の上に白い鞄が残った。たえず意識してきたはずなのが、いまぽっかりと、長い紛失からもどった気がした。あとは目的地までまっすぐ走る車の速さがまがまがしいように感じられた。部屋の中で、足首を交叉させて両手をみぞおちの上に重ね、同じ息づかいを守って横たわる中年女の、さらに刻々と静まっていく肉体が目に浮んだ。少女の頃の身体《からだ》に、家の門の前で、杉尾から何をされたつもりか、どれだけの傷を受けたつもりか知らないが、二十何年も経って、また陰惨な勘定合わせをする。駅のコインロッカーの、冷えきった箱の中から、穢《な》れた体臭がほのかに、杉尾のやましい顔を撫ぜたのは、あれも女の企んだことで、あたしは死にました、あなたが、見つけましたよ、という意《こころ》ではなかったか。発見者のあなたには証人もアリバイもありません。あたしと逢った申し分けも立たない。昔の罪を咎めに呼出すと書き遺しておきました。だから、あなたが殺したのです。だから、もどってきてもう一度、きちんと殺しなさい。

僕はあなたをね、殺す理由はないんです、なぜと申して、昔殺していませんので、とわけのわからぬことを白い頭の中でつぶやき、杉尾は閑散とした深夜のホテルのロビーの縁に立った。ものの三分もあれば済むことなのに、車を待たせずに行かせてしまったことが、ほそぼそながら続いた好運《つき》の糸を手放したみたいで悔まれた。高い円蓋のはるか天辺あたりから、水の流れるのに似たさざめきにつつまれて女の、喉を細めて唄う声がきれぎれに降りてくる、そんな幻聴の、さらにまた影みたいなものにつきまとわれて、誰もいないフロアを斜めに横切りはじめると、腕にさげた荷物がにわかに重みを増し、片側へ傾《かし》ぎかける身体が一足ごとにエレヴェーターのほうへ逸れていきそうなけはいがあり、フロントの男はなぜ呼止めない、この怪しい姿が目に入らないのか、とようやく不安になった。

萱島さまから、お言付けはございませんが、とフロントでは答えた。杉尾は困っているわけにもいかないので、ほどほどに事情をつくろって、とにかく荷物を渡そうとすると、夜分ですがお部屋まで御連絡いたしましょうか、杉尾さまでございましたね、とフロントはたずねた。それには及ばぬと断ろうとしたが、なにやら不審げな目を向けられて、掛けさせることにした。

やや間があって電話は通じ、杉尾さまうんぬんの説明を皆まで言わされず、はい承知いたしました、はい、とフロントの男はうなずいて受話器を置いた。萱島さまのお荷物、たしかにお預りします、明朝お部屋までお届けします、と鞄を受け取り、いまでは杉尾の不安の臭《にお》いの染みついていそうな、輪郭のやや崩れた女物を奥へ運びこんだ。

手ぶらになって杉尾は玄関のほうへもどりはじめ、静かさが身のまわりにあらためて降りてきたが、見あげれば天井は円蓋などではなくて、そう高いというほどでもなく、女の唄声の影も滴らず、ただ水の流れるさざめきだけがあたりに低く続いていた。給湯の音が壁という壁に伝わってロビーの空間にもかすかな振動となってあまねくこもるのだろうか。何事もなかった、と安堵のつぶやきが、索漠とした時間のひろがりを前方にのぞかせた。部屋の中で、廊下のほうへ耳を澄ましていた女がまた瞼を降ろした。

そら見ろ、何事も起らなかったぞ——季節はずれの槿《あさがお》か木槿《むくげ》か、白い花の揺らぐのを浮べて杉尾は外へ出た。

肌寒いような曇りつづきの天候の中で桜の花が咲きはじめた。彼岸桜もそめい吉野もほとんど同時だった。梅の花がまだ残っていた。連翹の黄に雪柳の白が向かいあってこぼれている庭もあった。脆《もろ》い木蓮の花さえいつまでも落ちきらず、桜と咲き競っていた。花はどれも平年よりも色が濃くて、不透明に感じられた。早くも萎《しお》れかけたふうにひらいて、冷い湿気の中でひと花ひと花、重たるい艶を増していく。雨霧に濡れてにおいはじめる、疲れた女の髪を思い出させられて杉尾は眉をひそめた。

悔恨めいたものがひきつづき起った。自身のおこないを悔むとか恨むとか、そんなはっきりとした感情でもなかった。何事に関するかもよくは知れない。たとえば鈍い腹の疼きに似て、みぞおちあたりから重くなり、膝の関節を萎えさせかけて消える。ほんのわずかな間だが、周囲の眺めが精彩を失って灰色がかる。

罪悪感の、けはいがあった。たしかに女たちにたいして、最初《はな》っから受身に回らされていたとはいうものの、あまりきれいな対し方ではなかった。しかし罪悪感というほどのものを抱く謂れは、あるといえばあるが、そこまでかかずりあっていては際限もない。いっそ、二人の中年女を何となく抱いて、お互いに済ませられる、滅多にあるはずもない機会を、再三再四の憂鬱な反復のごとく、落着き払ってむざむざとやりすごしたその仏頂面を、まだ逃げ腰ながらようやく悔んでいる、とそう考えたほうが、よほど気味が良い。あれだけ重々しい年齢はなかなか、かまえて抱けるものではない。重い年齢が重い年齢を抱く、文字どおり、抱きかかえる。

お互いに醜悪さを知ったどうし、目をそむけて触れあう。しばし惜しみあう。誰も見ていない、自分たちも見ていない。何もなくて哀しさだけがある。と一度は暗黙のうちにかわされた了解を、男として年の取り甲斐もなく、青年振って、もっともらしい禁忌の情を楯に取り、踏みにじったことになりはしないか。すでにまじわったも同然のところまで許した女たちを、中途半端にうち捨てて、重ねるべき醜悪さも重ねず、汚れぬうちに塞ぐべき恥も塞がず。女たちは訝しげな目をちらりとやったきり、恥を流して静まり返った。まだ静まり返っている。

なぜ、黙りこんでいる、電話一本ぐらい寄越して無事を知らせない、死ぬの殺されるのと口走っておきながら、とある日、胸の内で叫びかけて杉尾はひとりで笑い出した。この自分が、女たちの、無事を問うとは、何たる滑稽さ、何たる陰惨さ、とつぶやいていたが、ひとしきり笑うとその感じ方の筋がつかめなくなり、何のことはない、と思った。一人は亭主に逃げられたとはいえ主婦だから、こちらから電話をかけるべきではない。お互いに、何事もありませんでしたね、などと確認をもとめたりすれば脅迫になる。もう一人は、十何年に一度の取り乱しを、見て見ぬふりをするのが心づかいというものだ。なれなれしく心配すれば、厭がられる。何よりも、覚えのある肉体を、厭がられる。

しかしお前、ほんとうのところ、何をしたんだよ、とある夜、浅い眠りの中で杉尾は自身にたずねた。何もしてない、ほんとだよ、とそれにまた自身でむきになって答えていた。詰問するのが二十歳ぐらいの青年で、否定するのが現在の四十男で、その逆転が夢の中でも奇怪なことに思われたが、どうしても直らない。何もしていなければどうしてこんな、変なことになる、と眺めやるのも青年なら、それにたちまち追いつめられて、変なことって、何だい、と口ごもるのもやはり中年だった。やがて青年は溜息をついて背を向け、まっすぐに遠ざかっていく。その後姿へ、もう声も届かぬ距離から、何もしていないはずなんだがな、と中年が首をかしげると、青年の行く手から夜の空が赤く焼けはじめた。青年がこちらを見ていなくても、後姿がこちらから見えているかぎりは、まさか正体をあらわすわけにもいくまいな、だいいち、あらわす正体もないではないか、とそんな矛盾したことをつぶやくうちに首がひとりでに垂れて腰は屈まり、厭な怯えの臭いがぽたりぽたりと滴って、足もとの影が濃くなり、空はいよいよ赤く、頭上まで染ってきた。

青年は身代りに罪を負いに行った、とそう思って目をさまし、冗談じゃないと払いのけた。

空が晴れあがり、花は一斉に咲き盛った。風はまだ芯が冷たいが、陽ざしはすでに強く、その中で花は三日のあいだ満開のままほとんど散らずにいた。色はやはりいくらか濃いようで、開ききっても全体として重たるく、内へこもりがちで、あたりへ白く照りひろがらなかった。

人影のまだすくない午前の公苑の、満開の樹下で老人たちの一行が、輪をつくるでもなく、あいまいな一列につながって、笑いらしいものも見せず、テープの民謡に合わせて行儀よく、てんでにゆらゆらと踊っていた。

四日目になるといよいよ開ききった花の、芯が剝き出されるせいか、ひとつひとつに灰色の眼があるふうに見えてきて、頑なままに、ちらほらと散りはじめた。翌日にはさほどの風もないのに、狂ったように散っていた。杉尾はようやく恍惚感を覚えた。

光の中に長く舞って花はようやく白くほのぼのと照り、頭痛のほぐれていくのに似たやすらぎがあった。眺めつかれて杉尾は睡気をそそられ、視線をゆるく伏せ、身のまわりに花の流れをさらに感じて歩きつづけるうちに、また白く光る地面の内に踏み入り、やがて老いに老いた樹の根もとの前まで来て足をとめ、額に手をやった。皺々に節くれた太幹の、木洞《うろ》になりかけた窪みの縁からひょろりと、これも蘖《ひこばえ》というのか、若枝が細く生い出て、その先端に三つばかり大きな花を、いまひらいたばかりのように、今年初めて見たように、みずみずしく咲かせていた。

少女の姿が浮かんだ。杉尾の右腕の、肘のあたりを押さえた手が顫えて、腰を遠くへ逃がし、白く静まった。血の気の引いた顔がうつむいて、息を殺し、薄暗がりの中でかすかに笑っていた。間をおいては顫えがまた走り、一点へ、みぞおちのほうへ集まって、ひっそりとこらえられ、そのたびに目のまわりに苦悶の色があらわれ、また笑みの中へほぐれた。

かるく引き寄せようとしたら、すくんでしまった、と今の記憶にはある。あれは、抜けかけた魂をかろうじてつなぎとめている女の顔ではないか、と杉尾は自身の手を眺めた。ひとりでに動きまわる、陰気な生き物に見えてきたが、それ以上は思出せなかった。

「お忘れですか。この前のお約束に甘えまして、また至急逢っていただかなくては、済まないことになりました」

半月ほどもして井手伊子から電話が掛ってきた。妙な求め方に杉尾が呆れていると、これは脅迫みたいなものですから、と相手は笑った。

9

井手伊子の電話を受けてから、さらに十日も経った。至急逢ってもらわなくては済まないことになった。と杉尾に一瞬何事かと思わせた切出しが、これは脅迫みたいなものですからのひと言で冗談となって紛れた。変った事が身に起っているわけではない、と井手はすぐに取りなした。ただそろそろまた、もう四月《よつき》あまりになりましたので、話を聞いていただいたほうが楽なのではないかと、ひとり勝手にそう思いました、という。

無事である旨を、杉尾は念を押してたずねた。ただの挨拶や照れ隠しでもなかった。はい、無事でおります、おかげさまで、こうなったからには急がなくなりました、と井手は答えた。またすこし奇妙な相手の物言いに杉尾は戸惑わされたが、ここしばらくは仕事場を明けられる見通しも立たなかったので、もしもほんとうに緊急の用でなければ一週間後にまた連絡してほしいと頼んだ。用ではないんですの、と井手伊子は笑った。待つことはいくらでも待ちます、ときたま気狂いみたいな電話をかけさせていただきますかわりに。

それが週のあたまのことだった。そのあと杉尾はまた日々仕事に追われ、心の底でたえずかすかに訝りつづけていた。女から逢いたいとの電話を受けて、こちらも下心こそ消えているものの顔は懐しい。こうもひさしく見ずにいることをおぼつかないようにさえ感じているのに、ちょっと先のことがとっさに考えられないばかりに一週間も先へ延ばして平気でいる。そう言えば近頃は、知人とのつきあいの上でも、人に会うことを、時のはずみか至急の用でもないかぎり、声をかけられてから七日も十日も先へ送る。すると時間が三日五日とまとまって、ぽろりぽろりと落ちるみたいに過ぎていく。忙しさのせいばかりでもない、人嫌いなのでもない。年を取りかけたしるしだろうか。人への想像力が衰えはじめたということか。もう四月あまりも井手伊子の身を気にかけながら、机のそばの電話に手を掛けようともしなかった。もしも相手がその間ずっと待っていたとしたら、日一日と電話を待っていたとしたら、やがてつらいのを通り越して心身の芯が静まりかえる。静まりかえって待たれるというのも、想像してみればまたおそろしい。日々にわずかずつ、知らずに力を吸い取られて生きるようなものだ。

とそんなことを考えながら、いま現在の井手伊子のことは思いやらず、忙しく日を送って、電話が来ないままに次の週の月曜火曜と過ぎると、ここですれ違ってまた半年ばかりは声をかけて来ないのではないか、こちらもたぶんかけない、とすでに長い沈黙を思いはじめた。

水曜から木曜への、きっかり夜半に井手伊子から電話があった。お忙しいようでしたら、また先でもかまいませんけれど、と落着いた声で言う。そう遠慮されてみれば杉尾のほうも、仕事の見通しのつかぬことは先週とまるで変りがない。これを放り出して人に逢いに行くなど、いかにも非現実なことにさえ思えてきた。しかし、このままでは、きりがないぞ、と杉尾は思い直した。反復の際限のなさそのものにたいする、焦《あせ》りのようなものに取り憑かれた。それでは金曜の宵の口はどうかとたずねると、それでは金曜でけっこうです、と井手伊子はあんがいそっけなく承知した。

「また例の店ということになりますが、夜道が」

「大丈夫です」

「表通りの角か、それとも駅前で待ち合わせますか」

「大丈夫です」

「そう、そんなことを心配していては、きりのない話でね」

「はい、大丈夫です。それではかならず」

逃げるようにして電話を切った。あいだに一日、何事もない日のはさまることがほんのしばらく、苦痛に感じられた。われわれは初めから、もう済んだみたいなものだったではないか、とあとは漠とした訝りばかりになって、雨の音を聞いていた。五月に入って、初めて出会ったときからまもなくまる一年になる。

時間が一刻ずつ、いわば粒立《つぶだ》って、緩慢に傾いてこぼれていくのを、永遠に過ぎ去らぬ苦のごとくうっとりと受け止めている、そんなことがあったな、とその翌日の仕事の最中に、手はやすめずに杉尾は思った。まだお話しにならぬほど若かった頃だ。つぎの時には許すと約束した恋人に、いよいよ逢いに行くその前日の暮れ方か、その当日の正午を過ぎる頃か、そんな時刻だ。昏をもどかしく触れあって、相手にはっきりとうなずかせておきながら、温い女の身体がいまこの腕の内にあるのに、わざわざ十日後だとか、二十日後だとか、思いきって遠くへその日を定める。あれが、いまから思えば、豪勢なものだった。十日、二十日という時間を、人を思う心で一色に染める了見でいた。日一日と思いが濃くなり、草が伸びて木の葉が暗くなり、雨が降って女の身体の中でも思いが熟れていき、しかもお互いに濁らない、ますます醇化した力を集めていくと感じていた。逢う前日の暮れ方に、ここまで来て時間がもう半歩も先へ進まなくなった、そんな静かさが降りてきて、雲が紫色に焼けはじめる。それすらお互いの思いの色の飽和と眺めることができた。

老いるのはまず心身だが、それぞれ時間そのものが老いる、とも言えはしないか、と杉尾は考えた。年月ばかりがとめどもなく過ぎて、じつは時間が前へ流れにくくなっている。往々にして逆流しかけて、やがて身のまわりにゆるやかな渦を、とぐろを巻く。十日前だとか先だとか、いや、どうかすると昨日明日の区別さえ、頭で確め確めしているだけで、ほんとうのところ、自然にまかせれば、よくは感じ取れなくなっている。腔腸動物の類いが游走期を終えて、時間の流れのゆるやかな、海の底に沈着する。生長しきると、流れはさらにゆるやかになり、わずかに、熟れた触手がゆらめいている。あれで餌だけは、獰悪《どうあく》なぐらい素速く胎内に取り込む、他者の時間を。

しかし喰って生きる動物の時間もまた考えてみれば空腹と満腹の、晴れ陰《くも》りみたいな循環で、一瞬にして餌を獲る反射運動も空腹の影みたいなもので、全体としてはやはりとぐろを巻いているのではないか。人間の毎日毎日の稼ぎもときおりの飢餓の、その一瞬の冴えによるささやかな獲物の、取り入れに暇がかかっているだけのことかもしれない。

時間が巻くのだか、身が巻くのだか、そこのところはどうもおぼろだけれど、とにかく、おのれの巻くとぐろに擦《こす》られて、おのれが磨《す》り減っていく。

火宅、などという言葉が頭にちらついた。あれは、おたがいの愛着《あいちゃく》がたえず心身を掻き乱して苦しい、ということでもないらしい。うちつづく出来事は、それはそれで過ぎ去る。事が反復するのも、過ぎ去ることのうちだ。火が立っていてもいなくても、同じことらしい。たとえば酒にあさく酔って、さしあたり無事安楽な畳の上に寝そべり、家の者の声を耳にしながらとろりとしかけるとき、その一瞬一瞬のうちに永劫の、苦が感じられることがある。大げさなことではない。端的に苦しくて、そして静かなのだ。目のすぐそばの畳に沿ってはるばると、なにやら果しもなく、苦しくて静かなのだ。ときどき家の者の名を呼んで、ちょっとした用を言いつける。呼ばれた者は返事をして、言われた用を投げやりに片づけ、意識にも留めていないのだろうが、とにかく自分が何者であるか、そのかぎりで保証された。ところが呼んだ本人は、自分が何者で、ここが何処で、いまが何時だか、ふと遠くなる。

むかし、杉尾の父親なる人も家の者の詰《なじ》り呆れるその真只中で、しばしば肱枕をついて酔寝をしていた。まるめた肩の辺が依怙地なようにも子供っぽいようにも見えた。ああして無責任をきめこんで、甲斐もない騒ぎをやりすごしてひそかに、さらに先のことか、あるいはもっと元のことを思案しているのか、と少年の杉尾はそうも眺めたものだが、今になってみればさしあたり、何も考えていなかった。打つ手もなし逃げるもならず、ただ火宅の中に横たわっていた。こうして片目薄目に眺めれば狭い家もなかなか荒涼として広いものだ、と思っていたかもしれない。

木曜の夜、飯のときに酒が意外にまわり、居間に転がってだいぶ眠ったあともまだ目がはっきりとあかず、杉尾は身体をくの字にまるめて、うつらうつらとしていたがそのうちに、さっきから居間の外で妙にひそやかに続いていた話し声がやんで、ふっと目をひらき、台所で向かいあう妻と中学生になる娘の、横顔を眺めた。頭の高さが変らない。年齢も同じ、とはさすがに言えないが女どうしの、しかつめらしい緊張が顔と顔の間に張りつめていた。何事かと思ったら、ひと息入れて話はまた始まり、なんだか普段とすこし変更の出た明日の朝の予定の相談らしく、おたがいに取りとめもない口調だったが、杉尾は珍しくもない顔をさらに眺めつづけた。いましがた、ひらいた目をそちらへやった瞬間、昔もう昔、初めて出会った頃の、冬の日の暮れる海へ額を向けていた、まだ少女に近い面影を、娘のほうにではなくて母親本人に見たという、当り前のことを怪しんでいた。娘のほうはやはり一瞬、真似ずともよい杉尾の或る面立ちをいやにはっきりとあらわしながら、見知らぬ顔に見えた。やがて母娘は揃って視線を左のほうへ移し、廊下にいるらしい下の娘に物をたずねかけた。杉尾のところから姿は見えない、まだ小学生の甲高い、さすがにたどたどしい声が、自分のほうがよく知っていることをひとつひとつ出し惜しみぎみに教えているせいか、言葉を跡切る間際に女の、分別の色をふくませた。

子供に悪さをしかける男が近頃、この界隈に出没する、としばらくして杉尾のそばに来て坐った妻が教えた。朝方、トレーニングウェアを着て走ってくる。被害にあうのは小学生の、それもおもに低学年で、中学生となるともうそれらしい姿を目撃した子さえいない。女の子と男の子との、見さかいもない。被害といっても、身体に触れられるのではなくて、どの程度のものなのか、なにしろ低学年の子のことなので、たずねてもはっきりしないという。微妙なところもあるらしい。とにかく子供は立ちすくむ。先週あたりに、朝の運動をしていた近所の御主人がその場に通りあわせ、若い男を追ったが、四つ目の角で姿を見失った。それからつい一昨日、犯人が別の現場を押さえられて、二十歳の浪人で、追われた日のことも白状したのでよかったけれど、その御主人はそれまでずいぶん間の悪い思いもしたらしい。

中年の男だった、と目撃した少女は言ったという。青に白の線の入ったトレーニングウエアだったという。ありふれたジョギングスタイルなので、その御主人も同じものを着ていた。ただ色が違う。御主人のが青で、逃げた若い男のは臙脂《えんじ》だった。ところが少女は同じ青だという。青年が捕まったあとで、警察は念のため少女に顔写真を見せて確認した。何枚かのうちから少女はその顔を正しく選んだ。中年かとたずねると、そうだとうなずいた。お父さんは中年かとたずねると、そうだとうなずく。それじゃこの小父さんはと若い巡査を指差すと、考えこんだという。

「どういうことかしらね」と妻も首をかしげていた。「あたしたちの若い頃には、変質者と言えば、若い男の人を思ったでしょう。頬がこけて、顔色が悪くて、髪はぼさぼさ、目ばかりが光って、よれよれの……あなたがあたしに近づいてきたときにも、そう言えば、よれよれのダスターコートを着ていたわね」

「おいおい、滅多なことは言うな。捕まったのは若い男だろうが」

杉尾は苦笑させられたが、たとえば通り魔というものがしきりに新聞に報じられて若い世代の兇暴化が深刻に憂慮されたのはもう二十年も前、杉尾たちの二十代の頃のことで、そんなあやうい雰囲気が実際にあったからこそ杉尾はこの女を、逢うたびに家の前まで送って行かなくてはならなかった。夜道で立ち止まることがあり、そのおかげでこういうことになった、と言えないでもない。

「しかしそこの御主人はいまでもちょっと、ふっきれずにいるだろうな。なにしろ一週間、かりそめにも、かすかにも、疑われたとなるとな」

その影は影で、自分から独立した存在となって、まだ捕まらず、勝手に歩きまわるよう な、悪夢にうなされつづけていはしないか、とそんなことまで想像したが、これは口に出さずにおいた。杉尾と同じ年配のうちの大勢の男たちがあの二十年前頃に、やはりよれよれに暮して先の見通しもつかなかったところを、ちょうど拡張期に入ったあちこちの組織に吸いこまれ、十年十五年と、とにかく小綺麗に喰えているのが年々不思議な心地で、投げやりに見えて実直に働きまくってきたところが、いつのまにか、いまさら余計者として扱われている。すでに外へ押し出されたのもあり、まだ内に留保されているのもあり、心身ともに相変らず忙しいのも、じつは心だけが忙しいのもあるが、いずれにせよ、心ならずも人生の休暇、のようなものを取らされている。先々のことで途方に暮れる、それもそうなんだが、とそういう憂き目にあった知人が言っていた。それよりも、やっぱりと得心してしまうのが、我がことながら無責任のようで情ない。二十年来の曖昧な夢が破れて大学のアーケードの求人の貼り紙をまた見あげているような錯覚に、心身ともに陥ることがある、という。

中年の妻子ある男が、やや長く関係のつづいた若い、といってもその間にかならずしも若くはなくなるのだが、ひとり暮しの女を殺す、という事件が近頃よく新聞で見かけられる。女にまつわりつかれて、責められて、思いあまって、というのが以前ならば相場で、杉尾のかつての職場にもそんな運命をたどった男がいたものだが、近頃はたいていそうではない、その逆だという。男をようやく見限って、ほかへ去ろうとする女を、たとえば結婚しようとするのを、四十五十の男が人に渡すまいと、思いあまって、殺すという。そして妙な冷静さがはたらいているが全体としてすぐに露見しそうな、お義理なみたいな隠蔽の細工をほどこして、邪魔物を片づけたかのように、逃げるでもさまよい出るでもなく、自宅にもどって平生の暮しをつづける。だいたいが家庭を大事にする子煩悩な、自身もだいぶ子供っぽい男で、事件の後あまり様子も変らない、とか伝えられているけれど、それは事実か、それとも中年の記者が我身に照らしての想像か、とにかく女の容色よりも甚しく男の精神は衰えやすい、女の執着を恐れるうちに自身が小児の執着の中へ退行していたということはありうる。しかしもしもその男が芯でさらに深く、静かに狂いつづけて、女を殺したそのことを忘れたとしたら、どうなる……。

「あのコートね」妻がつぶやいて、肱枕の上からきょとんと目を向けた杉尾を、逆に何よと見つめかえした。その目の光が遠くなったり近くなったりした。「あれは、汚なかったのよ。あのコートに自分から手を触れるまでに、あたし、ずいぶん間がかかったんだわ。あれから後のほうが馴れるのに早かった。物が考えられなくなったもの」

そう言うなり立ちあがり、隣の部屋に入って髪をささっととかし、明日は子供が早いからと蒲団を敷きはじめた。

その翌日は正午頃まで雨が残り、杉尾はいつものとおり午後から机に向かったが、動き出した仕事がまた一時間ほどもすると詰まるともなく停まった。わずかな分量が果てしもなく、広大に見えてくる。この停滞に焦りもしなくなり、むしろ寛ぐふうになってから、何年になるだろうか。髪をさわさわと吹いて、時間がひとまとまりに流れていく。いくらか放心して身もあまり動かさないので、窓に映る影はいまや佳境と見えるかもしれない。自身ではしばしば、むかし畑のほとりの借家で暮していた頃、午《ひる》さがりに窓からよく見かけた、畑の中ほどで鍬をついて腰を伸ばすお百姓の姿を思出したりした。あれもまた長いこと、風の中で身じろぎもせずに突っ立っている。あれだけの畑がどんなに広大に、果てしもなく見えることだろうか、とあの時は人のことを思いやって眺めていたものだが。

三時頃になって電話が鳴った。出ると森沢という旧友からだった。昨年の秋口の萱島國子の兄の通夜に集まった高校の同窓のうちの一人で、今日は午後から時間があいたので、こんな平日の昼間に家にいるのは杉尾ぐらいだと思って電話をかけてみた、と言うのを聞いて杉尾は出張で東京に出てきているのかと思ったが、そんな往来のあったのはもう十年も前までのことだった。いまは都内に住んでいる、ということも知っていた。

じつは石山、ほら、この前の通夜にも来ていたあの男、と友人は切出した。あの男が入院しているので、これからこの足で見舞いに行くところだ、なにしろ一度思い立ったのを逃したら最後、ずるずるになる年頃だからな、行く義理はあるんだよ、俺には、と言葉を跡切った。病気は何だ、とたずねると、検診のために入っているということだがそれにしては長すぎる、癌の疑いもあるらしいと聞いた、と答えた。

この前の通夜には来ていなかったが、その石山の親友という同窓生がひと月ほど前に石山に呼び出されて酒を呑んだが、その別れぎわに、内臓の調子がはっきりしないので近々入院する予定だが自分は癌だと思っている、とあっさり打明けられた。返す言葉もない親友に、石山はしごく平静に、今夜来てくれたことを感謝した。その三日後に入院していた。親友は十日過して腹を据え、石山宅に電話して入院のことを確め、見舞いに行きたいのでと病院のほうの都合をたずねた。ところが断わられた。じつは病人が、あなたにだけは会いたくないと言っている、お名前を耳にするだけでつらそうな顔をする、訳もわからなくて困るのだけれど、動揺もしているようなので、どうか許してやってほしい、と細君がおろおろ声で詫びた。それはもちろん遠慮しますが、しかし癌のどうのと、この前会った時に、と親友はおそるおそるたずねた。はあ、そうですの、打明けましたの、と細君は得心の行ったような息をついた。病院のほうでは五分五分の疑いだと見ているが、本人は絶対に違うと確信しているという。それだけのことを確めて親友は電話を切り、さすがに心にかかって、石山に近い同窓生二人ばかりに電話をかけて、それぞれ日を置いて見舞いに行ってもらったところが、病人はすこぶる元気で、立居もまったく自由で、いくらかやつれてはいたが、こんな入院もとぼけていていいよ、この辺で少々は休ませてもらっても罰はあたらない、ほんとうは精神科へ行くべきなのかもしれないが、などと呵々大笑していた。個室から大部屋のほうへ移っていたという。

「その、最初に頼まれたのが、じつは小生なんだ」と友人は笑った。「思わず尻ごみ、お役を人に譲っちまったが」

「それならしかたないな。ま、まわりまわって我身のため」と杉尾も苦笑して、石山という男とはもともとあまり親しくないので、それではひとつ、俺からもよろしくと伝えてくれ、と喉もとまで出しかけて、ちょっとためらったところへ先手を打たれた。

「そこなんだよ。忙しいだろうが、な、頼むよ。心細いんだなあ。病院は苦手なんだ。それに一対一では、お互いに、意気が揚らないではないか。一緒に行ってくれよ」

「そうだな、忙しいことは忙しいんだ。それで、病院はどこだ」

杉尾はたずねていた。杉尾の家から急げば一時間ほどで行けるところだった。やりかけの仕事をちらりと眺めやると、すでに今日のところはこちらの粘りを受けつけぬ顔をしていた。井手伊子との約束は七時だから、それまでの時間は、陰気ながら、すくなくとも紛れる。そう見きわめて、それでもまだ逃げ腰のまま、で、あんたはいまどこにいるの、とたずねると、もう病院が道の先に見える、電話ボックスの中にいるという。

「ああ、見える。隠れもなく見える。これから駅まで引き返して、待っているから頼むよ。一歩も先に進めんのだ」

「相変らずだな、お前だろう、むかし萱島の國子さんと逢うのに、俺をだしに使ったのは」と杉尾はすっかり忘れていたことを思出した。

「何を言う、あれはお前が、結局俺をはずして、二人っきりになったのじゃないか。あの帰りに、國子さんに、何をした。ま、どうでもいいけどその罪亡ぼしに、駅前の喫茶店からのぞいているので、どうか、俺をはぐれさせないでくれよ」

「よし、わかった、すぐに行く。一時間とすこししたら駅前に立つから、そちらこそ、ぼんやりしているなよ」

そう答えて受話器を置いた手に、なにやら勢《いきおい》がこもった。目つきもおのずと、大事に駆けつける色になっていた。男の人というのは幾つになっても意気地のないもんだわね、と話を聞いてしきりに感心する妻を残して、杉尾は十分足らずで家を飛び出した。途中、ひたすら急ぐ心をゆるめず、駅前の人ごみの中から笑って現われた友人に向かって、仰々しくうなずいたものだ。

　案内でたずねて三階まで昇り、まだひとり気負いこむ足を病室の並ぶ廊下のほうへ向けかけたところを、うしろから袖を引かれ、友人のそっと指差す先へ目をやると、右手に奥まった談話室の手前の、壁ぎわにぽつんと置かれた赤電話に取りついている、青っぽいガウンの姿が見えた。ひょろりと細い背をまるめこんで、受話器を頬に押しつけ、台の上へおおいかぶさるようにして話しこむ皺ばんだ顔から、濡れた少年の面《おも》が浮びかかり、一瞬、杉尾の目には二重の相に映った。二重でしかも曖昧ではなく、変になまなましく感じられた。そろそろと近づく客に、気づきそうな様子もない。二人はすこし離れたところから、心ならずも立ち聞きするかたちになった。

そうでなくても声が大きくて、発音もむやみと明瞭で、説教の口調で病人は話しかけていた。女子供相手の物言いとも違う。勤め先の、たぶん若い者へらしい。道々、森沢から聞いた話では、石山は三十過ぎに大会社勤めから逸れて社員十何人程度の商会に移り、そこでだいぶ奮闘して、いまではリーダー格になっている。会社も三十人の規模まで成長して、景気もひきつづき悪くはなさそうだが、そこからもうひとつの飛躍がなかなかむずかしい。危険も月々伴う。そんな修羅場みたいなところにいるのに、会って見ると昔とあまり変りがない、昔よりも神経繊細なぐらいだ、と森沢はついいましがたまでしきりに感心していたところだった。

「それは、お前な」病人は人を戒めていた。「何から何まで人並みになろうとするから、人も物も見えなくなるんだ。たとえば音痴がいるさ、そいつに無理やり歌わせる、それが学校だ。歌えないなんてこんな貧しい人生はありません、さあ、皆と一緒に歌いましょう。これが今の世の中だ。そりゃ音痴は哀しいわな。若い頃ならひけ目を感じる。しかしそれで僻み者にならず、まっすぐに、四十まで来てみろ。人並みのつもりの人間たちのことが、よおく見えてくる。もう悪意も感じやしない。人情がただ面白い。いいか、手前の泣き所を通して、人が見えてくるんだ。そうだろうが。その泣き所をすべてなくそうとして、どうするんだ。すべて人並みだと安心したがるので、物がうすらぼんやりとしか見えんのだ。お前はどう思う、言ってみろ。うん、そのとおりだ、うん。なに、人並みの幸せだと、なに言ってやがるんだ。人並みとはな、お前、幸せのことでなくて、人の道のことなんだ……」

呆気に取られて杉尾は眺めた。脇を見ると森沢はうつむいて貧乏揺すりをしていた。この男は昔から説教さえ聞けば、自分に向けられていようと他人事だろうと、居心地の悪くなる性質《たち》だった。そう言う杉尾自身、面相だけはずいぶん神妙らしくしていた。それにしても病人の口調には、ほとんど不安に近い、もどかしさがあった。どうやら相手はろくに話を聞いていない。忙しくてそれどころじゃない。ひたすら相槌を打って話の尽きるのを待つ、そのけはいがおのずと伝わって、病人はよけいに言葉を畳みかける、よけい重々しい説教になる。切られまい、そのきっかけをあたえまいと焦《あせ》っている。見ると手の内に、どうせ長話になるのなら百円玉を用意すれば世話ないのに、どこで掻き集めたか、十円玉をいっぱい握りしめて、きしきしと揉みしだきながら、その手でまた器用に二、三枚ずつ電話の中へ落していた。

「ま、勤務中に長電話も何だから」しばらくして病人はようやく疲れたようで、自分から話を切りあげる糸口をつくった。「だいたい、返答がしゃきっとしないからいかんのだ。相手の言葉を芯で受けて芯へ打ち返すもんだ。俺は、仕事のことには一切口をはさまんだろう。やるときはやる、まかせるときは黙ってすっかりまかせる。大事なのは精神だ、だいたい俺などいなくても……」

また語りつのりそうになったが、急に光の濁った目をせつなげに宙へ瞠り、ま、長くなるといかんから、とひとり言に近くつぶやいて、受話器をそこだけはいかにも恬淡らしく置いた。そして舌打ちをして、すこしふらつきぎみの足で電話の前を離れ、壁の前に立つ二人の前を通り過ぎかけて怪訝そうな、次第に恐怖めいた色が目の内に動いた。やがていましがたの説教中の顔つきにもどり、重々しくうなずいた。

「ああ、世の中で大事な年の人がふたりも揃って、こんな時刻にわざわざ、職場の人に申訳がないな。そんな、人を煩わすほどの重病じゃなし。ま、有難う、さあこちらへ」

談話室に案内した。薄汚れたソファーに、間近から向かいあうと、背から首まできちんと伸ばした病人の姿がまた一段と年寄りめいて、いかめしいように感じられた。どこぞの人嫌いの老地主、と杉尾はそんな連想を喚び起されて自分で首をかしげた。病人は客の名を口にしなかった。縁の薄い杉尾の来たことを怪しみもせず、口調を改めて見舞いの礼を述べた。連れの友人はと見ると、病人とは年頃付合いがあるはずなのに、杉尾より固くなっていて、こちらも他人行儀な口上をぼそぼそと述べ、見舞いの品などを差し出した。病人は受け取って礼をくりかえし、品物を膝の上に正しくのせて、その上に黄色っぽく乾いた、これもまたいかつい手をのせた。しばし三すくみの沈黙があった。それから病人の顔に、にやりと顰め笑いの、お道化《どけ》た影が走ったように杉尾は感じた。はっとして構えると、さらにいかめしげな、陰惨なぐらいの顔が、客のことをどう思ったか、さきの説教のまさにその続きを始めた。

「いや、じつに困ったことだ。病院に入っていても、今の世の中のことを思うと、何とも索漠たるものじゃないか。今の人間はだいたい性根が据《すわ》っていないものだから、人も物も見えない、振舞いもはっきりしない。性根とは何だ、我身に避けられぬこと、それをしっかり見据えることではないか。ところが、まるで避けられないものなどはないかのような了見で生きている。考えてみろ、生まれを避けられたか、親を選べたか、心身を選んで生まれてきたのか、身の病いを……女だってほんとうに選んだわけじゃない。過去がそうならば、将来《さき》も同じことだ。避けられないことは避けられない。だから余計なことは避ける、慎しむ。これが人の判断だろう。その性根が据ってないので、やること行きあたりばったりで、取りとめがなくて、大事なことは見まい考えまいと、根が逃げ腰で、ここの年寄りたちをたまさか見舞いに来る中年どもを見てみろ、いい年をして、つぎは手前の番だというのに、目がちらちらと落着かなくて、半時間もするとほっとして、永遠に解放されたみたいな顔で帰って行きやがる……」

延々と続いた。声も言葉も歯切れそのものは良いのだが、全体として抑揚にとぼしい。口からするすると吐くようで、おのずと陰々と沈みがちなのが、力はこもっているので、ときおりそのまま、話す内容にかかわりなく、いっそう陰々とした可笑しさをいまにも誘発しそうに聞えた。森沢は目を伏っぱなしで、杉尾もそうしたいところだったが、二人揃ってうなだれていてはまさに説教を受ける図となり、病人の熱舌をますます煽ることになりそうなので、つとめてたじろがず視線を引き受けてうなずいていたが、こちらがうなずくたびに、おごそかに応える病人の目のうちにつかのま、最初に杉尾たちを見たときと同じ、訝りやがて恐れる、ほとんど怯える影がちらりと動いた。これはいったい何者だと、ようやく怪しんでいるのではないか、と杉尾は思った。いや、誰かということより先に、何事かを思出しかけている目つきだ、とそんな気がした。そして病人にたぐり出されつつある自身に、自分でもなにやらおぼろな心地になり、いつのまにか病人の言葉に惹きこまれていた。

「すべて因果なんだ。不自由なんだ。しかしそう知ったところで、俺たちに何がある。神仏は知らん。あるのは節度、辛抱だけだ。しかし節度というのは、これは気が狂うよりも、狂おわしいものだぞ。自分がなくなって、なくなったところが白く輝く、だが辛抱だけはあるんだ、永遠に……」

本心、杉尾は耳を傾けた。自身のうちに病人の言葉に触れて動くものがあり、いまのいままで話の筋道をしっかりとたどっていなかったことを悔みさえした。ところが病人は今度は怯えの色をはっきりと見せ、その目を逸らして口をつぐんだ。そして廊下のほうを眺めやり、左のほうからカタカタと近づいて来る物音に耳を澄ました。

「萱島な」とつぶやいたものだ。「この頃またよく思出すよ。あの男にはあの男の、運命があったのだろう。神経の病いぐらいで大の男が死ぬものか。それよりもあれの妹、國子さんのことな、俺は学生の頃から、どういうものかあの人のことが……あの人こそ自殺すると、そう思いこんでいた。一本筋の因果で生きているような、そういう人間がいるだろう。遠縁にそっくりなのがいた。しかしわからんもんだ、あの人が年頃の娘の、母親になっているとは。俺も人の生き死にのことに関心をもつようでは、まだなかなか、元気なんだろうな。ああ、夕飯が来たようだ」

壁の角からぬっと、廊下に現われて停まったでかい食事運搬の台車を、杉尾は迷いこんできた鈍獣のように眺めながら、なぜ病人の口調が急に変った、正気づいたのかと思った。森沢も背をゆったりと起して、お互いについすっかり話し込んだという目つきで、病人と一緒に、同じ困惑の笑みをうっすらと浮べて、てんでに膳を取りに出た病人たち年寄りたち付添の女たちの、賑やかな行き来を眺めやっていた。ひょっとして三人のうち杉尾だけが、思出すべきことを思出していないので、以心伝心のやりとりからはずれていたのではないか、とそんなことまで疑ううちに、病人たちの流れはたちまち引いて、食器の音が遠くで谺《こだま》して、からっぽの台車に一人前の膳だけが残された。暮れかけた廊下に丼の白さが遠くからもほんのりと見えて、その中に盛られた柔らかな飯の、だんだんに冷えていく白さを、一粒ずつ匂うように、杉尾は思い浮べた。二人は静かな声で知人たちの近況を話していた。

だいぶして廊下を看護婦が通りかかり、談話室にいる病人に目をとめると、まだごく若いのが膝をちょんと折って小首をかしげ、「石山さあん、石山の小父ちゃま、今夜はいい子だからお喋りをやめて早く食べましょうね、看護婦さんが運んであげるからね」と大まじめにあやしかけ、台車からアルミの盆を取ってまたにこやかに、ちょっとヒステリックな目で招いた。あんがい恥しそうに、もう一度年寄り臭く、病人は腰をふわりと浮かした。足の早い看護婦に追い立てられて病人がしまいには小走りに病室へ消えるまで、廊下から見送り、エレヴェーターのほうへ向かったとき、杉尾はいましがたまで若い女の後姿を、丼の中の飯粒の白さを思った時と同じ、病み衰えた体感で見つめていたことに気がついた。

「ああ、抹香臭い口をきくようになりやがったなあ、あの男。それにしてもあの尻のまるさよ」

病院を出てまだ明るい道路端に立つと友人が、手前こそ柳の下に浮んだ幽霊みたいな、長い歎息を洩らした。なに、元気さ、あいつは、とそれからつぶやいて、通りかかった車を停め、あんたはどこへ行く、とたずねるので、しかたなし井手伊子に逢いに行く最寄りの駅を杉尾が言うと、それなら俺が奥だ、とさっさと乗りこんだ。杉尾の恐れたとおり、車はたちまち渋滞の中に入りこみ、一寸刻みにしか動かなくなった。あれは尻につながれるというやつだ、などと病院の最後の場面にばかり笑い興じていた二人もいつのまにか黙りこみ、たてこんだ車と車の間に薄い夕闇が降りてきた。半時間もかかってようやく渋滞の中心を抜けて、やや淋しい道を走りはじめた頃、友人がたずねた。

「いっそ一緒に呑んでしまいますか、それともやはり」

「それぞれ、思うところに、やはり参りますか」

昔、この男と同じようなやりとりを、もっと暗い調子でかわしたことがあるようだな、と思いかけると、車は見覚えのある四つ辻にゆるりと差しかかり、やがて約束の店への曲がり角が、そこだけほの白く暮れ残って人が立っている、そんな表情で見えてきた。

10

腋をすぼめた女の肘の、細い感触があいだに点っていた。いまさら動きをいましめて床に長く沈む男の腕の、上をどう越えてその影が差してくるのか、杉尾はさだかにも分けられずにいた。お互いにこの一点のほの暗さで接して、さしあたりまた身体《からだ》の絡みどころもない。ただわずかに、こうして並んで横たわるとさすがに大ぶりな男の腰のあらい輪郭が女のおだやかな温みの中へ、わきから融けかけていた。

乳房を庇って、膝はあいまいに、こちらへ寄せていた。

枕上の窓がかたりと鳴り、硝子に力が張ってからひと息おいて、軒の間を風が吹き抜ける。どこにあるのか松の木らしい、甲高い音色を芯につつんだざわめきが斜めに降りかかり、また雨に紛れるそのまぎわ、女の声のなごりが部屋の内から引いていくように感じられた。街道の車の往来が遠くに、信号のありかまで聞き分けられた。抱かれるあいだ何度か女は息をつめた。やがてひっそりともしなくなり、しばらくこらえて苦悶の色が唇にあらわれかけたころ、目を細くひらき、ちらちらと顫わせてこちらを眺めやり、皺々に笑いながら哀願しながら光が遠のいて、瞼をおろすと全身がこわばり、肌がまた冷いようになり、下腹からこまかい波がくりかえし中途まで走って、深い息とともに声が洩れた。息のひろがりの中へ薄く伸びて、息のかすれと紛らわしく、部屋の中に低く満ちて相手も知らず自身の所在も知れず、どうかすると、遠くから伝わって部屋そのものとひとりでに共鳴する声にも聞えた。

葉音が傾いて雨の奥へ引きかけるそのたびに、声が続いているのか止んでいるのか、分明でなくなる境があった。やがて長い吹きの中で声は止んでいた。女は両手で杉尾の腕を挟みつけ、膝にも力をこめて動きを封じ、わきへ退こうとする男の身体を押さえこんだ。遠くへ耳を澄ましていた。

節度というものは、これは狂うよりも、もっと狂おわしいものだぞ、と病人の声が聞えた。自分が無くなって、無くなったところがただ白く輝く。なるほど、白く輝くか、と杉尾は答えていた。一刻一刻、過ぎ去らない、自身は過ぎても苦は過ぎない、と感じるのがおそらく、節度の至りつくところだろうから。

朝顔ににおいはあったろうか、とまた考えた。季節はずれの部屋に鼻をふくらませかけて、お互いの裸体の黙りこんだにおいは嗅ぐまいと逸らした。

井手伊子は口をきこうともしない。約束の酒場には先に来ていて、かろやかに笑いかけた。お疲れですか、と杉尾の顔色を気づかった。自分のほうは、年末に逢ってからもう四月《よつき》あまり、それまでとくらべると不思議なぐらい、夜道が平穏だった。おかげさまで、とまたその言葉を口にした。静まりかえって呼びこむのがいけない、叫ぶも走るも勝手だと思って芯でゆったりかまえていればよい、と杉尾に注意されたことをおいおいまもるようにしたことが、効果があったらしい、目の光も自然に人の関心を押し返すようになった、といわれて杉尾はまたずいぶん危っかしいことを忠告したものだと自分で呆れた。考えてみたら、人に身を気づかわれることが久しくなかったんです、とひとりで微笑む顔が年末よりもあどけないようになっていた。

気づかわれてみると、はずかしくて、とそれから杉尾の目を見あげた。何が、と聞き返すと、逃げ場を失って肩で悶えるようにして、だって初対面と同じだった杉尾さんにあんな、ことをして……もうそろそろ一年近くなりますね、と胸もとに目を落した。血を採られた日から数えればね、と杉尾は困惑してよけいな訂正をした。はい、と相手はうなだれた。高い椅子の上で背を伸ばし、胸を細めてみぞおちを引いた恰好が、乳房ごしに下腹を見つめる姿を想わせた。

この前にお話を聞いていただいてから、杉尾さんにははずかしいばっかりで、とそのままの恰好で口調が改まった。すぐにでもお逢いして、どんな言訳でもしたいと幾度も思いましたのですけど、お声を聞くとまた頓狂なことを口走りそうで、とまた一人でほんのりと笑った。でも、はずかしいはずかしいで、日は穏やかに過ぎました。

これで身体を触れあう可能性はまずなくなった、と杉尾はあのとき安堵したものだ。いくら何でも、罪というものはある、とひとりごちながら、井手伊子がそうして日を送っているあいだその羞恥に向かって遠くから、やはり劣情めいたものを抱いていた自身を、おもむろに愧《は》じた。おもむろに、小出しに、黒く濁らぬよう、過度にざわめかぬよう、むしろ惜しみ惜しみ、楽しむようにして愧じた。露悪のほうへ打って出る神経のやさしさはもはや煩わしい。一人の男の劣情の影が女に寄添って不特定多数の劣情の波からまもる、すくなくとも、ほんとうにこの女を抱くだけの情熱しかくぐらせぬ綱を張る、そしてその中で女の身体が日に日に綺麗に、犯しがたくなっていく、とそんな想像に、これもかなり怪しげなところがあるとは思ったが、ひたらせてもらうことにした。

ところがそうして一時間も話すうちに杉尾はふいに、あれは、病院のことを思出したのだ。説教をする病人の、首すじに垢がたまっていた。いや、そうではない。全体に清潔にしていた。髪も乱れていなければ髭も伸びていなかった。首まわりの肌がただこころもち黒ずんで、それでも一見皺ばんだ顔の印象にくらべれば生白いほどだが、ふたすじほど寄った皺のうちが、たぶん目のせいだろう、赤く爛れたように見えて床ずれのにおいを想わせた。それから井手伊子の横顔がすっと陰《くも》って、女の首すじを眺めながら病人のことを想っていたことに杉尾は気づかされた。

井手はひとりでまた煮索麵を食べていた。杉尾に頼んで注文させたときには、お酒の途中で、悪い癖があるんですと顔をあからめて、この前のを食べたいとささやいた声にもどこか秘密めかした色があり、熱いのを出されると、お米の御飯は人の目の前で食べるのがはずかしくて、とそっくり同じことをつぶやいて器の前にかしこまり首を垂れて啜る、その姿を杉尾はまた、妙に静かに物を喰う女だなと眺めるともなく眺めていたのだが、気がついて目をそらすよりも先に、湯気の中へうつむけた眉がひそめられ、宙に浮いた箸の先がわなないてそっと器の中へもどされ、しばらく思いあまったふうにしてから、眉がほぐれて腫れぼったいような顔つきになり、一段とひっそりと食べはじめたが、それきりまともに口をきかなくなった。

ひとしきり杉尾は気を惹いてみた。しかし上機嫌に喋る男と、その前で口もきけず涙さえ浮べそうに、中身のなかなかなくならぬ器に向かう女と、すぐまわりに人もいる中で、すでにのっぴきならぬ事態になっていた。どうしました、とすぐにたずねぞこねたこともある。一度間《ま》をはずすと、いかにもあらわな、口に出しにくい問いとなり、人目に立たぬよう、杉尾も黙りこまなくてはならなかった。とりあえず戸外へ逃れるために、女のしどろもどろに食べるのをじりじりと、思わずむごいような気持で待った。

食べ終えてひと息入れたところで杉尾が目でうながし、井手はそっと唇を拭って裾を整えながら椅子から降り、業を煮やした男に順《したが》う女の姿になって戸口の隅に控え、これもこの前と同じかたちになった。帰りはいつでも、店の内から見れば、寝に行く呼吸になる、とこれでたったの二度目なのに杉尾は顔をしかめて五、六歩も歯切れよく進んでから、なにか気にさわられましたか、といんぎんにたずねると、いいえ、そんなことありません、とたじろがぬ声が返ってきた。やや安心してわきを見るとしかし一歩遅れて杉尾の影に寄添い、こちらが手を触れようとすればおのずと男の魂胆をあらわさなくてはならぬ微妙な隔りを保って、腰から背から首までがひとすじに伸びて肩が静まり、目をひたと正面に据えて何も見ていない、むしろ後へ長い裾に似た体感を引く——あの夜、同じ道を逆の方向へ、男に前から後からつきまとわれ、脇目もふらずに進んだときと同じ姿勢で歩いていた。

男と井手と自分と、三者の間隔がそれなりに縮まらず、自身も足をゆるめられぬのを、杉尾はあのとき頭の隅で訝ってもいた。井手の背はあくまでも平静で、前方を避けようともしないのに、男はいよいよ苦しげな片足跳びを繰返し、意《こころ》ならずも遠くへ運ばれていく。男の疚しさの露われたものとばかり杉尾は眺めていたが、あれは井手の足の速さ、前へ向かってくる容赦なさに、男が浮き腰で押しまくられていたのだとわかった。

冬の夜気の中へ喘ぎが白く立ち昇りそうなのをおそれて息をつめ、遅れまいと自身もたゆまず足を運んでいたことを、杉尾はあの夜とは一変して生ぬるい雨ぶくみの空気の中で思出した。口をきけば声からまずうわずりそうな足の速さだった。乱れまいとして歩みがあまりに一体になり、羞恥さえ動かなくなった。そのまま二人は路地を抜けて表通りへ折れ、すこし先の横断歩道を渡って向岸の賑やかなアーケード街に入ろうとして、おのずと人目を避けてひとすじ手前の裏路に入った。酒場の軒の間を抜けて暗がりにかかり、さすがに汗をかいたか女の肌のにおいがひろがり、汚水の臭気がどこからともなく漂って、連れこみ宿の灯の前を通り過ぎた。もう一軒過ぎてから杉尾はそこから出て来るときの寒い安楽さを想った。まだ床の中から戸外をゆううつに、しかしこがれるように想う心地まで、まざまざと身に感じたものだ。

駅前広場に出ると杉尾は雑踏に耳を聾されて、一転して女に身体のことを問いかけていた。気分はどうだ、悪酔いはしなかったか、腹は空いていないか、調子が良くなかったのではないかとたずねまくり、井手がそれにいちいち、いいえ、そんなことはありませんと輪郭の鮮明すぎる声で答えてこころもち白くなった顔でひきつづき静まりかえっているのを、お互いにあらわでも、もう済んだあらわさとして、そのなごりを我身のほうへひきうけて井手の硬さを人目からかるく庇い、人中にある気楽さにひたっていた。駅に着いて、さて別れぎわの言葉にはよほど気をつけないとこの先また相手の神経をよけいに苦しめることになるからと思案しかけると、井手はいきなり小走りになり、改札口の人込みの中へ逃げこんだ。

出札口の自動販売機の前へ駆け寄ったのが見えた。小銭を掻き集める背に焦りがあらわれていた。ホームへ逃げこむにはなるほど自動販売機の遅さがまず隘路となる。悪夢の中の緩慢さに苦しめられているにちがいない。男がその間に改札口の前へ寄ったら逃げ場は失われる。それでも逃げられないわけではないけれど、眺める男の目の前に身の狼狽をさらさなくてはならない。となりかわって無念な気持で見まもるうちに、井手は改札口のほうへ足を運びかけて視線を振り切れぬと観念したか、向きを転じ人の流れを分けてこちらへ近づき、杉尾の十米も前に人の道さまたげとなって立ちどまり、お願いですから、もう後をつけないでください、と訴えたように杉尾には見えたのだが、心得たとうなずき返す視線を払いのけるとまたつかつかとすぐ前まで寄り、二枚ある切符の一枚を差し出した。

手を出しかねた杉尾から目をそむけ、どこか遠くを見つめて、唇からぼってりと、顔が嫌悪感にふくれあがり、杉尾がしどろもどろに、摑みかかるように切符を取ると、後も振返らず改札口へ駆けこみ、階段の人の流れの中にまた静かな背をあらわした。

「来てくださらなければ、寄ってきた人の言いなりになりますので、想っていてくださ い」そうつぶやいて切符をいまにも手から落しそうにしたものだ。

ちょうど入ってきた満員電車の、井手の姿の消えた扉の内へ間一髪の差で杉尾は身を押しこんだ。息の乱れを整えてから、身の自由になる範囲で車内を探すと、戸口からかなり奥のほうの男たちの肩の間にはさまれて、蒼ざめた顔がうつむきこんでいた。

角度のせいか、頰が落ち窪んで、頤がかすかにしゃくれて見えた。眉のひそみの下で目がかすんで、口もとに笑みのような影がときおり動いた。駅ごとに杉尾は近くへ寄ろうとしたが、揉みあいがおさまってみると隔りは変らない。井手のまわりの男たちの顔がぎごちなくなっていることに、やがて気がついた。中年たちがそれぞれに、身動きの取れぬ迷惑さをことさら顔にあらわし、かるい痴呆感を目に点じていた。その内からさらに、黒目をちょっと内へ寄せて、ゆらめきの兆しがのぞいては消えた。憤怒のつかのまの発作にも似ていて、そのあとでひとり笑いなどをしていた。

あれほど周囲を無視して沈黙に耽りこむ姿もないものだ、と杉尾は眺めた。勝手なところに真空をつくっているようなもので、周囲の人間たちの、辛抱のつりあいを揺がしかねない。ましてや、あのままますっとあげた目と、たまたま目の合った男のうちでは、堪忍の緒が切れて、何が噴き出すかわかったものでない。劣情というよりは、最初はほとんど、義憤に近いものかもしれない。やがて自虐と他虐とのあわいに、うずくまりこんで啜り泣く、小児か年寄りの哀しみが、醜怪なふるまいを支える……。

いくつ目かの駅でようやくそばまでたどりついて肩を寄せると、井手は杉尾のほうを仰ぎもせずに、肘のあたりをつかんで身は背のほうに逃がし、差し出された肩に斜めうしろから額をあずけてまた動かなくなった。まわりから関心が一斉に引いていくのが感じられた。この肩の感触からどんな男の影が井手の内に差しているものやら、と杉尾はまた先行き煩わしい気もしたが、とにかくいまは酔った女にしがみつかれて外へ無表情な目を瞠る滑稽な男の立場にそれなりに落着いた。車内がすいてくると井手はさすがに杉尾から身を離して寒そうな立ち姿になり、目のまわりに薄い隈を浮せていた。いかにも憑き物に去られて所在なげな姿に見えて、むかし街で抱いた女の子を遅い電車で郊外まで送ったことを杉尾が思出していると、杉尾のそばを離れて近くにひとつあいた席に腰をおろし、目的の駅のもうすぐ手前なのに男の存在も知らぬ顔で目をつぶった。

杉尾はあいまいにその斜め前に寄り、吊り革につかまって目を窓の外にやり、ここで自分がこっそりいなくなればすべてが円くおさまると思いついて、気がついても井手は探しもしないのではないか、と女の横顔を眺めやるうちに、奔放な自由感の中から逆に、女にいまのところすこしも勘づかれずに後をつける男の、刻々とつのる不安が乗り移ってきた。電車が目的の駅について、井手が目をひらいてこちらをまっすぐに、たしなめるふうに見あげるまで、ざわめきは続いた。

「家までお願いします。なんだか、一人になるところを、どこかから見られているようで」

駅を出たとき井手はひと言つぶやいた。疲れのこもった声だった。あとは自然に口をつぐんで、ゆとりのある足取りで夜道に杉尾を案内した。こちらをいたわる節さえ見えて、最寄りの駅に着くと女というものは、こんな変なものを引っぱってきていても、もっともらしい歩みになるものだ、と杉尾はおかしいように眺めながら帰り道のことを、駅前から車が拾えるか、それともまた電車で引き返すことになるか、都心にもどって呑みなおすにも十分早い時刻だが、と思案していた。

角をまた折れて、見知った道に出た。杉尾は足を止めて人影のない四辻を見渡した。去年の夏、街道のほうから、酔いつぶれた井手を背負って、正体のない女の下腹の平べったさを自身の腰の上にあわれなように感じながら案内もなしにふらりと勝手に入ってきた道だった。どんな勘がはたらいたものか。周辺の住宅街にくらべて、とりわけ暗くも淋しくもない。むしろ蒼い薄明りが、どういう光の加減か路上にあまねく柔らかに漂って、かなり先のものまで近く見せるかわりに手もとのほうは、自身の顔さえやや遊離して感じられる。この道はどうだろう、心に怯えのある男を自由な気分にさせる何かがありはしないか、と話しかけそうになって目をやると、井手はこちらを向いたまま後ずさりしかけたところで、杉尾の目に触れられて腰からすくみこみそうになったのをこらえて踵を返して駆け出したが、たちまち苦しげな小走りになり、下半身の意識があらわになり、すぐ先で膝をすぼめて道端にしゃがみこんだ。

呆れて近づく杉尾に、うずくまった恰好から顔だけを向けて、勘弁して、来ないで、と訴えんばかりの目つきをした。杉尾は依怙地な気持になり、さあ立って、立ちなさい、と無表情な声で命令をくりかえしながら、もうすぐ先に見覚えのあるアパートを眺めやり、あの夏の夜にちょうどこのあたりで、背中で正体もないはずの女からいきなり、あのおたずねしますが、といんぎんな声をかけられたときの戦慄を背すじに感じていた。

うながされて泣く泣く中腰まで立ちあがったのを、杉尾は腋に片腕を入れて起し、アパートの前まで引きずって行った。屋外階段の下で息を切らしてまた尻を垂れそうになったのを揺すりあげ、背を邪慳に押しやると、井手は階段をあたふたと駆けあがり、扉の前に腰を屈め、肩で視線を払うようにして、焦りに焦って鍵をあけ、部屋の中へ飛びこんだ。片づいた、と杉尾は太い息をついた。さあ、酒だ、と陽気に怒鳴りたくなるような活力が全身にみなぎり、通りかかる人間たちの目もいっこうに気にならず、すでに歩き出したところだった。駅前のどこかの店で酒にありついて首をかしげる自身の姿を目に浮べていた。去りぎわに駄目を押すつもりで部屋のほうをちらりと眺めると、井手の姿の消えた扉が細くひらいて、かすかに揺れていた。

路上にまた立ち止まり、杉尾は腕組みをして、進退きわまった。窓には内で明かりの点った様子も見えないが、人のしきりと動きまわるけはいがかすかながら伝わってきた。そのうちに細かく泡立つ水の音がはっきり聞えてふっつりと止み、やがて扉がゆらりと、もう一寸ほど外へひらいて、生白い影がこちらを半身《はんみ》にのぞき、杉尾がけわしい手真似で鍵をかけるよういましめると、内へ消えて扉が三分ほどにひらいて残された。首からひろがる白さが裸体を想わせた。四辻のあたりまで人の足音が差しかかっていた。

狭い玄関の土間の暗がりに立って、杉尾は道を過ぎる足音に耳をやり、うしろ手で扉を閉め、把手の中の錠のへそを押していた。同じ陰惨な手がまた勝手知った顔で、奥へ声もかけず右側の壁の上をじわりと探り、知りもせぬスイッチを見つけ出してひとつずつていねいに押したが、どこにも明かりは点かなかった。電源のヒューズかブレイカーをおろしたな、としかしすぐに判断をつけて揺らぎもせず、靴を脱ぎはじめた。

台所から敷居に足を摺り、ひときわ暗い居間の、衣裳の香りの中に踏みこんだところで、女の肉体につまずきそうな恐れに取り憑かれた。名を呼んではならない、声を出してもならない、と畳の上に膝を落して手をゆるく前へ伸ばすと、蒲団の端が触れてきた。きちんと敷かれていて、手の届くかぎり平らかで、乱れも温みもない。そのまま闇に馴染むまで目を瞠らずに寝床の裾に坐っていた。誰もいないと確められたあともしばらくは訝りもせずに待っていた。それから、いましがた玄関に立ったとき、ここよりも強く女の肌の、裸になりたてのにおいが床《ゆか》にわだかまっていたことを思出して、もっさりと腰をあげた。台所にもどり、小窓から薄明りのこもる、いかにも潔癖なたたずまいを、手洗の扉から浴室の扉から調理台に至るまで、なにやら渺茫たる広さの心地で見まわすうちに、さきほどスイッチを探ったのとは反対側の壁のつづきの、小窓の下よりも奥に、床に流れる光に紛らわしく、頽《くずお》れているものが目にとまった。

壁の隅に積まれた箱の間に、頭を膝に埋めて、信じられぬほど小さなまとまりに、うずくまりこんでいた。肩から腰まで同じ細さに巻いて、まるい尻と片方の足の裏をうしろへ残し、近寄られても動揺も見せない。手を触れると肌が芯から冷えて、しっとりと水に濡れていた。

両腕に抱えあげると、それなりの重さがまた不思議に感じられた。蒲団の中へ寝かせたときにも、されるがままに身体のかたちを変えて、反応らしいものもあらわさなかった。しばらく眺めて、一度は着のままそのわきへ添った。それから、床の中にいっこうに温りの来ないことを怪しんで、服を脱いで素肌を寄せた。水気を帯びて吸いついてくる冷たさに思わず目をつぶると一面に、冬枯れの葦の立つ光景がひろがった。風がふっと止んで、いましがた葦の底のどこかで一点、何かが首をひょいともたげたけはいに、耳を澄ませた。近かった、と不安が刻々つのってきた。つめていた息をゆっくりと抜いて、硬くなった肱枕をつきなおそうとすると、女が大きな目をあけてこちらを見ていた。表情の影もなくて、ただまともから見つめていた。それが苦しいばかりに、乳房からやがて股間へ手を滑らせたが、目はかすみもしなかった。上へ回って膝を割り、唇にかるく触れると、かすかな息が洩れて女は目をつぶり、かわりに眉間にまた翳をためて、腰を片側へそむけながら迎えた。やはり水を浴びたらしい湿りが太腿のつけねにもあった。

しまいまで肌の芯が温もりきらずにいた。男の身体を押しのけようとこわばる下腹から、動きが止んで細かい波が短く走るたびに、また別の冷たさが差してくる。そのたびにまた葦の底の、水鳥の姿が浮んだ。ひょいともたげた首をそのままにまだ人に勘づかれぬ静かさの中へ差し伸べている。自身は虚になり、逆に周囲の葦の穂ごとに不安がふくらんでいくのを感じている。それが飽和してつかのま凝《こご》る瞬間を、翅に力をためて待っている。

この自分に抱かれてこの女は大勢の男どもに、すでに引き渡されたつもりなのか、それとも匿われたつもりなのか、と杉尾はやや離れて考えた。ひとりの男の不安のざわめきにつつまれて、その陰の内から、岸に目を赤く光らせてうろつく男たちの姿を、無防備な首を長く伸べて、うかがっているのではないか。

身を引き離したときには女の身体が、力ずくで押しひらかれたままの、醜怪なかたちにこわばって残った。腕はまだ影にすがりついて宙へ曲げられ、目をまたあけていた。見かねて手を添えて自然な仰臥になおしてやり、はずれた枕を頭の下に入れてやると、瞼をおろしてすぐに細い寝息が立った。触れていたときには感じられなかった穏やかな温みがわずかながら膝のほうから寄添ってきた。

そのあとも再三、首をいきなりもたげてあたりをうかがうけはいを、杉尾は並んで横たわる肉体のあわいに覚えて、肋《あばら》のわきにかるくあたる女の肘の、一点の感触に神経を集めた。まだ人に見られていない、自分も見ていない、誰も見ていない、と緊張の中からつぶやくものがあった。女の身を案ずるつぶやきと聞えた。

そのうちに女の寝息が細くかすれ、喉にからんで跡切れそうになってもうひとつ、喘ぎをふくんで長く曳き、遠くから風よりは重いどよめきが地を渡ってきた。たちまち葉音が寝床の上へ傾いて、あたり一面さわさわと細かく砕けて降りかかり、睡気にひきこまれた杉尾の念頭に、前方はるかまで暗い水がみなぎった。わきかえる雲から垂れる靄を受けとめていよいよ黒くうねり、その手前にひとすじ延びる渚の、砂が白々と、狂ったように輝いて男の影がひとつ、殺生のいかつい手を茫然と垂らし、烱っていく空と水を仰いで立ちつくし、その背後の葦の繁みの中で水鳥が一羽、首をひときわ高くあげ、風に向かって翅をなかばひろげて、胸を張ったまま静まりかえり、そのまた背後の繁みでもう一人の男が、虚無の緊張に堪えかねてうずくまりこんだ。うつらと一瞬に見た夢から目をひらくと、部屋の内の闇が妙に蒼く、ひきつづき切迫感がつのって家具が静かに鳴りはじめ、窓のほうをうかがう間もなく床から梁へ揺れが突きあげた。身を寄せてきた女を胸に抱き取ると、肌が熱く火照って、細かくざわめいていた。

突きあげは一度だけだったが、そのあとも長いこと小刻に横に揺れつづけた。遠くに地鳴りに似たざわめきが鈍くなって残り、街道の車の音とひとつになった。

「これだったんだわ、これを感じて硬くなっていたんだわ」井手が胸の内から見あげた。耳をまだ澄ませていた。「何時間も前からおかしくなることがあるの。でも今夜のはひどすぎた。かえって地震だとわからなかった」

「店の中から……」

「話をしなくなったでしょう。頭に血がかたまって、手足が冷くなったの。杉尾さんから、逃げられなくなったのかと思った」

肌がまたはっきりと熱くなり、体内にこもった熱が一度に発散する様子で、汗さえ噴き出して胸の奥が走り、豊かな息がふくらんで、やがて和んだ嗚咽に変わった。隣室から耳を傾ければ、さっきのは声をひそめたもつれあいで、いまようやく心から潤んで抱きあっている、とそう聞えるだろう、と杉尾はこわばりのひいた薄い背をさすっていた。啜り泣くだけ泣くと井手は男の胸の内にぴったり入りこんで小児の温みとなり、今度は深い寝息を立てはじめた。

杉尾も呆れて眠った。だいぶたって目をひらくと、井手がまた胸の内からこちらの顔をめずらしそうに眺めていた。なぜ抱かれる気になった、とだしぬけにたずねると、だって初めてのような気がしないんだもの、初めて見られたときから、と答えた。血を採られているときから見ていたのか、と腰に手をまわすと、うん、あんまり見るんだもの、と唇を合わせて、もう抱かれてしまった気がしたものよ、こうなったらきちんと抱いてもらわなくてははずかしいと思ったぐらい、と腰を逃がした。

もう一度、抱きなおして、とそばからついと離れたのを、しばらくして近寄ってあらためてつつみこもうとすると、もう四年も知らないので、やさしくして、と哀願した。たしかにさっきの烈しさと一変してたどたどしい、生まじめにたどりたどりするような息づかいでひかえ目にこたえていたが、徐々に不安の粘りが薄れて腰のよじれが伸びていき、顔が誰とも知れぬうりざねになり、透明な女の熱のにおいが、またこころもち冷く締まった肌からやわらかに昇ってきた。

帰るから、と服まで着こんでから、また眠りこんだ女の肩をつつくと、寝床の上にゆっくり起きあがり、自分の部屋の暗がりを訝しげに見まわし、それからあらわな膝の上へ目を落して、ひとりで何度か、ほっそりとうなずいていた。その肌が、窓の端から滲みはじめた白さを吸って浮き出す時刻になっていた。

「なにか持っていって、また途中で置いてきますか」

立った杉尾を見あげて、裸のまま、あどけない顔で笑った。

11

女の部屋からの帰り道、五月の季節はずれに朝顔の花はさすがに浮ばなかったが、植木鉢から昇った物のにおいは鼻の奥に蘇った。土のにおいに米の飯と味噌汁と、除虫菊のような、女の肌のにおいがした。今度は物を貰ってこなかったが、折角封じたものをまた自分から解いてしまったうすらさむさは伴った。明けきると小雨が降っていた。その朝じめりに触れて後悔は身の衰弱感と紛らわしかった。肩と背は年寄りめいて腹の内には小児の、寝冷えをした内臓のあやうさが潜んでいた。そのまま来た道をたどって駅まで歩き、朝の電燈の点った軒で燕たちの噪《さわ》ぐのを見あげて一番電車に乗りこんだ。冷い湿気につつまれて隅の席でしばらくまどろんだ。

正午近くに自分の寝床の中で目をさまして、あれは肉体労働に疲れた女の、深夜のにおいではないか、と妙なことをつぶやいた。日ねもす水汲みに薪割りに腰を傷めつけ膝を苦しめ、三度の飯も落着いて喰わずに人の床に就いたあとも働きまわり、垢の浮いたぬるい仕舞湯をさっと浴びてようやく息をつき、薄暗い部屋にへたりこんで疲れと睡気と下腹の重苦しさを夜更けそのもののように滴らせている、いくらかむくんで熱っぽい肉体の筋道の通らぬ連想だった。まだ三十一か三十二になったか、井手伊子は今の世で長く自立して生きる女としてさまざま悩みわずらいはあるだろうが、昔の嫁のごとき肉体労働の日々は送っていないはずだ。腰から背を伸ばす歩き方からしても、それは見える。身体のほうも表面はどこかくすんだ蒼白さにつつまれているとはいうもののまず健康で、まだ消耗を知らぬ張りに満ちていた。生理的に乱調のありそうな濁りも感じられなかった。杉尾自身も触れあったときにはむしろ相手の肌の冷たさのほうを訝っていた。

それに考えてみれば杉尾はどこでそのような、来る日も来る日も重労働と睡眠不足と栄養不良とに生理まで壊されかけた女の夜更けた姿に近頃、この十年二十年、身近に接したというのか。その昔、母親なる女の深夜の姿は、何度も小児の寝覚めの目で床の中から眺めた。寝るが極楽、寝るが極楽と、ゆらりゆらりとつぶやいていた。よその母親と夕暮れ時にすれ違うときにも同じにおいがあった。すこしでも年のかさんだ女たちのほとんどすべてが、日が暮れるとそのような、病いのような生温さを滴らせてはいなかったか。

久しく忘れていた感覚を思出させられたかたちになるが、それにしてもその仲立ちとして井手伊子の存在はふさわしくない。昔の女たちと、まず苦しみの質が異なる。杉尾の帰りぎわに、われとわが裸体に向かって細くうなずきつづけていた姿に、それらしいにおいがわずかにまつわりついている。その一場の印象がいつのまにか前夜の全体を、うっすらと覆ったのが腑に落ちなかった。辛抱している女にたいして、険呑なことをした、と物憂さがようやくひろがってきた。

一日、身の内に残った女の肉体の暗さを、どうかして井手伊子のことは忘れて、思いつづけた。小児の頃に眺めた女たちの、下腹の疼きを溜めるように腰を引いて板床にひたと吸いつく足で動きまわる姿がさらに浮んだ。夜が更けると山間の合掌造りを思っていた。莫迦でかい藁葺屋根の下で、囲炉裏の煙を天井まで昇らせて、大家族が暮したという。訪れたのは夏の盛りの、またとびきり照りつける午後だったが、眺めるだけでも冬場の寒さが身に染みた。仏壇の立派さが目についた。間口一間の金ぴかの荘厳だった。この仏間と客間だけに粗い畳が敷かれていた。家の女が一人でじっとしていられるのは仏間しかなかった、とそんな話を聞かされたことを思出した。

あるいは女にとって、家の者たちから不当な仕打ちを受けたときには、仏間にやや長くこもって音も立てず、ひたむきに仏を頼みすがりつづけるということが唯一可能の、示威行為だったのかもしれない。死者たちとじかにつながる、あの世とつながる、いまにも境を越して渡ってしまいそうな雰囲気をそこはかとなく身に漂わす。つまり生きながらにいささか幽霊めくことこそがわずかに、男たちを畏れさせるたよりではなかったか。

自給自足の暮しの、豆腐をこしらえる道具と、紙を漉く道具までが見えた。どちらも責め具のごとくいかついい造りだった。囲炉裏の間のつづきの、寝間というところをのぞくと、十畳ほどの広さもあろう板床がいくらかさがっていて、どうやら藁を一面に敷きつめたその上に掛蒲団だけかぶって寝たものらしい。おそらく家族全員がひとところに寝たのだろう。老夫婦、中年夫婦、若夫婦、子供ら、それに独身の小姑ら。独り離れてはとても眠れた寒さではなかったか。女たちは、闇の中で、息を殺して抱かれる。囲炉裏の置き火からかすかに赤い光ぐらいはさしたかもしれない。男がひと寝入りしたところへ、仕事を仕舞えた女が脇に入ってきて、こわばった足腰を伸ばして極楽極楽と、すぐに眠りに落ちると、女の肌の温もりを感じて男が目をさます。眠ったまま抱かれて、夜が明けて眉をひそめる。考えこむこともあっただろうか。

妻と娘たちと、女三人の狭い家の中を歩きまわるその素足に、ときたま目がおのずと行った。何とはよく知れないが、憂鬱ながらにしきりと杉尾を感心させるものがあった。時代環境は変り、面相さえ昔と違ってきた今でも足には、昔の女の肉体苦が留まるものか。ろくに労働も知らぬ子供たちの足までが、気楽なことを口走りながらときおりひたりひたりと、冷い板床でも踏む忍従めいた色を見せかける。そのままふっと怨念がこもっても不思議はない。それにまた近頃の人間はなかなか、夜が更けた顔にならぬものだが、黙って歩きまわる女の素足は深夜のけはいを滴らせる。無意識のうちにも何がしかの訴えはある。口をあけて眠る男《あるじ》のまわりを毎夜、家の女どもがぐるりと三度ばかり無言のうちにめぐり、揃って斧のようなものを打ちおろすしぐさをして、それぞれの床に就くという、そんな風習があったら面白かろう。

夜が明ければもう相手の肌も顔もない、ただ素足にだけほの暗くお互いの覚えが残る、という性が昔は多かったのではないか。

夜半になり、井手伊子にやはりこちらから電話を掛けるべきかと思いはじめた頃、それよりも先に、萱島國子から電話があった。

「夜分、申訳ありません。石山さんという方、御存知ですね。入院なすってるそうですね。昨日、お見舞いに行かれたそうで」

だしぬけに畳みかけてきた。いったん床に就いたのがなにやら思いあまって、受話器を取った様子なのが声の爛れに感じ分けられた。杉尾は杉尾で、昨日と決めつけられたとたんに、咎められるだけのいわれがあるような気になった。

「何の御病気なんでしょうか」ようやく息を静めて萱島はたずねた。「あちらこちら検診のためとおっしゃってましたけど」

「癌の疑いがあるそうです」ひきつづき気おされたかたちで杉尾は率直に答えてしまってから、これはもしや取返しのつかぬ失敗《しくじり》をやったのではないかと畏れた。

「そうでしたの」とつぶやいた相手の声にはしかし、死病を耳もとでささやかれた驚きよりも、むしろあてはずれの、腑に落ちぬような余韻があった。

「何かあったのでしょうか」杉尾は折返したずねた。

「いえ」相手はためらった。「じつは、お電話をいただきまして、石山さんから。昨晩と今夜と二度、どちらも宵の口でしたが。病院からだそうで。どうも、どういうおつもりのお電話だか。死んだ兄のお通夜に来てくださったそうですが、お名前にあまり記憶もなくて。兄とほとんどつきあいもなかったと御本人も最後にそうおっしゃってました。それならなぜお通夜に。ましてや……」

昨年の通夜のことから切出されたので萱島としてもあまり深い訝りは抱かなかった。故人のために旧友たちが集まって何かをしてくれる、その幹事役かと思ったという。故人のことをなつかしそうに話していた。そのうちに、自分も具合いが悪くて、いま入院中の病棟から掛けている、とふっと打明けた。いや何でもありません、ただの中年の疲れです、なにぶんここ十五年ばかり息つく閑もなしにやってきましたので……ただこうして病んでみると故人のことがしきりに偲ばれて、故人も自分も同じ道をやってきてたまたま左右に分かれただけのような気がしまして、と言う。それから、残された萱島の身をあれこれ気づかいはじめた。人生は辛抱だ、辛抱よりほかに道はない、とくりかえし強調する。どうも話がすこしくどくて、こちらの内面にも立入りぎみなので萱島はようやく困惑させられて、しどろもどろに礼を言いながら用件を待ったが、その夜の電話はそれで仕舞いになった。頑張ってください、私も元気で、辛抱しておりますので、とそう言って相手は受話器を置いた。

「その前に、小銭が尽きたので切ります、とおっしゃったのが、あとで耳に残りまして」

そう言って萱島は口をつぐみかけた。「よくはわかりませんが。それにしても、夜になってからも赤電話のかけられる、そんな場所がその病院にあるんですか」

「それは、ありました」と杉尾は神妙に答えていた。

「それで御本人はお気づきですの、重い病気の疑いに」

「本人は否定してます。知ってはいるようです」

「そうですの。それでは動揺なさるのも無理はありませんね。なんだか、兄のことがあったばかりなので、縁もない方の身の上でも、ちょっとした兆しのようなものが、おそろしくて」

自殺のことを萱島は直感的に思ったらしい。昨日は明け方までまんじりともしなかったという。顔も思い浮かべられない人だけれど、あの受け答えでよかったのか、なにか間違いはしなかったか、突き放すようなことは口走らなかったか、ともう後悔のような気持にさいなまれて夜中に何度か、杉尾の意見を仰ごうと思って受話器に手までかけたけれど、どうにもならなかった。これを第三者に知らせて訴えたら、おそろしいことが実現してしまう、というような気持が手を押さえつけたという。

「ほんとうに、杉尾さんのほうからたまたま、掛けてきてくださらないかと、そう願ったほどなんですよ」声があどけないようになった。「通じませんでしたけど。通じたら大変ですけど」

今日は一日、病人からの電話を待ったという。とにかく昨夜の今日の無事を知りたくて、遠い女性のところにそんな電話をかけてくる奇怪さには思いが及ばなかった。病気は病気でも、精神を病んでいる、と電話の声の色からそう感じていた。たぶん病院にもいない、あれは戸外のボックスからで、もしかすると街の中をあてもなく歩きまわっている、遠い土地からかもしれない、と想像した。赤の他人と縁が近づいて、交差する日があるとすれば今日だ、今日一日は病人の身に何かが起ったら、自分の身の上にのしかかる、明日はもう知らない、とそんなことまで思ったという。

日の暮れるまで待って、昨日の電話のあった時刻を過ぎた頃には、取返しのつかぬことになったような哀しさがあった。一日抱えこんでいた不安の、その遠い果てのほうが静かになって、もう何もかも起ってしまった。縁もない人のことなのに、たった一度の電話のために、また一生悔まなくてはならないのか。兄が林の中に入った朝にも、病院にいて急に静かになった。軽くなった身体にうっとりとしていた。と後悔のさしこみに、もう拗ねるような気持で部屋に閉じこもって、昼間の疲れからとろっとしかけた頃、廊下で電話が鳴った。同時に廊下へ走り出た娘を目で制して受話器を取り、昨夜の声だとわかって思わず、お変りはありませんね、お元気ですね、と勢こんでたずねると、わたしは元気です、変りはありません、なんにも、心配はありません、と落着きはらって答えた相手の声が、いつのまにか横柄なようになり、気がついたら、こちらが説教されていた。

これがおわかりですか、わかりますか、と何度も駄目を押されたあげく、相手がくりかえし口にしているのが、生老病死の四苦と、ひさしく耳にしたこともない言葉だとわかった。病人を恐れうとむことの不心得を諄々と諭されていた。何もかもから逃げられる、というような了見で生きているのが、今の世の人間の大間違いだという。どうせ世の中は変わる、物事の値打ちも動く、人情も違っていく、だからたいていの悩みは放っておけば時の流れとともに御破算になる。たしかにそういうふうにしのいできた、そういう世の中だった。昔のことを思えばありがたいことだ、私は保守じゃない。さまざまな価値が壊れていく。人はけっこう高を括っているけれど、これからこそいよいよ侵蝕が進んでいく。人は老いぬがごとく、病まぬがごとく、死なぬがごとくに物事を処理していく、逃げて逃げて、そのあげくが何だ、生老病死が、あらわになるだけのことではないか……。

萱島は呆気に取られて聞いていた。そのうちに病人はまた、死んだ兄のことを話しはじめた。声がいくらか濁って、どうも話の道すじがよくはたどれない。死んだ兄の内面によくよく通じたようなことをいう。辛抱して辛抱して生きたあげく、辛抱がきわまって、白く輝くところがある、とそんなことをいった。それが必然というものだ、必然の中で人はようやく自由になる、という。萱島君はきっと最後にあなたのことを、あなたが明るく透けるまで、思ったことだろう、という。それからだしぬけに、昨日の夕方、杉尾君ともう一人がひょっこり訪ねてきた、病人たちの飯をつらそうに見て帰った、と関係もなさそうなことをとろんとつぶやいた。

萱島君はあなたのために、あなたを生かすために死んだと考えなさい、とそれからまた重たるい説教口調にもどった。だから今度はあなたが彼のために、生きなくてはならない、という。苦しいだろうが、けっして間違ったことはしてくれるな、故人の辛抱はまだ、あなたにたいして生きつづけている、あなたがいなくなれば、その辛抱が宙に迷う、とどうやらこちらの、自殺を惧れて戒めているらしいので、萱島もさすがに気味が悪くなり、兄とはそんなに、深いおつきあいがおありでしたの、とたずねると、いえ、つきあいらしいつきあいもありゃしません、一度お宅にうかがったことはありますが、と矛盾したようなことを答えた声の、呂律《ろれつ》がもうまわらなくなっていた。言葉が跡切れると、寝息のようなものが伝わってきた。酔っているのではなくて、これは薬のせいだ、と萱島は判断した。彼女自身、子宮の手術をしたあとに精神がいくらか不安定になってそちらの薬をもらっていた時期があって、呑んでもすこしもきかず頭がさえざえとしてくるぐらいなのがいっときを境に、ほんとうに人と話をしている最中に、ことんと頭を垂れる、そんな体験があるのでわかった。わざわざ声をかけたくもなし、受話器を置いてしまうことも酷いようで、困りはてて耳を澄ましているとまもなく、電話の遠くで女の人の声がして、それに答えて病人がそちらへだだをこねるように叫んで、叱りつけられ、こちらかまわず受話器を置いた。

「病院からだと今度は思いました。女の人の声に、なんだか長い廊下のような、響きがあったもので。そちらの御病気なら、私、気に留めまいと思いましたの。私だって同じようなことを、杉尾さんに、してますから。人の気迷いは、心に残さないようにしてます。あれこれあとから考えるのは、自分でも厭なんです」

「それは、私も、そうです」杉尾は絶句しかけた。「しかし、おかしいですね。私が昨日の暮れ方に参りましたときには、それは、妙な説教癖は見えましたが、まさかそんな、縁もない女性のところへ……」

「杉尾さん、なにか私のことをお話しになりませんでしたか」萱島はついと切りこんできたが、弁解まではさせなかった。「いえ、お声をうかがって、そんなことはないと得心いたしました。いっときは、秘密を守れない方、私のことを人に売り渡したと、腹を立てたんですのよ。だって、おかしいんですの。あの方、私にいま主人というものがいないということを、まるで前提にしたみたいな話し方をなさるんです。主人が家を出たことを御存知なのは兄の旧友の中では杉尾さん、あなたお一人のはずなんです。いえ、そんなことよりも、あの方、もっぱら旧姓でお呼びになるのは兄の関係者ですからいいとしても、あたしのことをときどき、未亡人のようにおっしゃるの。ええ、妹だとはよくわかっておられるのだけれど、なにかのはずみに、ふと混同なさるんです。操、などという言葉を一度おつかいになりました」

「そういう錯覚は、あるものなんですかね」杉尾はこの女を旧姓でしか意識しない自分のことは棚にあげ、操のことまで言いつのったらしい病人の、重々しい顔の惑乱に眉をひそめた。遠い女の腹にすがるようでは、あの男はやっぱり死ぬのだろうか、とそんなことまでちらりと思った。「それよりも、石山は一度、お宅にあがったといっているようですが、御実家のほうへ」

「それなんです」と答える声がいくらか遠くなった。「お通夜のときのことかと、ついさっきまで思ってましたが、それではいくらなんでも、話が変ですね。でも私の覚えているかぎり、石山さんという方が家にお見えになったことは、……兄はもう高校時代の末頃から神経の具合の良くない時が多くて、めったにお友達を家へお呼びしなかったし、たまにおいでになったときにも、私たち、母と私ですが、それこそ障子の陰から耳を澄ますようにして気を配っておりましたので、思いあたる節といえば一度、これもいつぞやお話したと思いますが、兄が大学の三年生で、私が高校の二年生で、父がなくなりまして、そのあとで兄の状態がとくに悪かった時期に、あれも夏でしたか、兄の高校時代のお友達がお二人、とつぜん見えまして、おあげ申したのですが、兄はとてもお相手できる状態ではなくて、私がそばにぴったり付き添っていたことがありました。あれは地獄でした」

声の色が変って杉尾を驚かせた。いまさら訴える、聞きようによっては責める調子があった。言葉を跡切ってなにか答えをもとめているけはいを杉尾は感じたが、過去のことはいいながら相手の身内の病いにかかわることなのでなまじな相槌も打ちかねて、話のつづきを待った。黙殺して先を促すかたちにもなった。

「家の虚栄心なんです」萱島は自分から突き放した。「病気の影も人前に洩らすまいと。兄は家の主人《あるじ》然とした堂々たる腕組みなんかして、でもずいぶん頑張って姿勢を守ってくれました。あたしはお客さまの目をできるだけこちらへ惹きつけようとして、精一杯お喋りして、はしゃいで、しまいには蓮っ葉みたいにふるまって笑わせて、なにがなんだか頭が混乱してしまいました。お帰りになったあとは、もう死にたいような」

「それで、その客の一人が、石山であったような記憶が」と杉尾は思わず遮ってたずねていた。

「いえ、石山さんではありません」萱島はきっぱり否定した。「一人は多田さんという方です。覚えてます。お通夜のときにも見分けはつきました。もう一人は、どうやら兄の様子にお気づきで、あたしがはしゃぐのを、それとなく目でいたわってくださってました。わかった、もうそんな無理はしなくてもいい、と。でも、いたわられていると感じれば感じるほど、哀しくなって羽目をはずしたんだわ。兄がしまいに眉をひそめていたぐらいで。杉尾さんだったと、長いこと思いこんできましたんですけど」

「それは、私ではありません」そう答えて杉尾は、事実は事実にしても、我ながらいかにも滑稽で陰惨な答え方と感じた。そう言えば、ああ、そんなことがありましたね、すっかり忘れていた、勘弁してください、と嘘でもいいから答えれば、すべてが円くおさまるのに、と考えかけて自分で首をかしげた。

「あんまりはしゃいだので兄が、変なことをまた思いこんで」萱島はかまわずつづけた。

「それであたしを責めつけたと、そう長年記憶していましたけれど、お通夜の席でお目にかかったとき、顔も覚えていらっしゃらなかったのですものね」

「あれは兄上のことで頭が一杯だったもので、いや、すぐに思出しました」杉尾はまたしてもおかしな言訳をかさねた。

「この前お会いしたときにも」と萱島はさらにつづけた。

「ひとり勝手な話ばかりして、いまかいまかと、お顔つきの変るのを待ってましたのに、もしも間違いだとしたら兄の友人とはいえ人さまにたいしてとんでもないふるまいをしていることになると、自分の思いこみにすがるようにしていましたのに、結局は私の、長い思い違いでしたのね、家の門の前まで送っていただいたときのことのほかは……」

そして言葉を跡切り、半息ほど喘ぎを洩らしてつくろいもせず、先を杉尾にあずけて黙りこんだ。暗さをましていく部屋の窓の白さを杉尾はまた想った。しばらく死んでます、あなたが遠くなるまで、と寒く満ち足りた声がつぶやいた。これで、寝たんですわね、故人には嘘をついていたとあやまります、と目が和んでいた。あのとき自分はまさか、うなずきはしなかったか、杉尾はおぼろになった。手も触れていない、とあらためて安堵するそのあとから、しかし受話器を握る手が汗ばんで悪びれてきた。門の前の薄闇の中で顫えていた少女の肌の、感触が掌の内にあった。目をつぶり、下半身のほうへつらい感覚を凝らしている、渺とした表情が見えた。一本筋の因果に生きているような、と病人は言った。

「石山君のことは、私が何とかします」と杉尾は答えていた。

「また電話が来たら、どうしましょう」と萱島は声をひそめた。

「もう一度だけ、気をつかってやってください。その上で率直にお断わりになればそれで済むと思いますが、あなたの安心が大事ですから、近いうちに誰かと相談してみます」

「いえ、人はあいだに入れないで。杉尾さんおひとりで、おさめてくださいな。辛抱しろとおっしゃれば、あたし、いくらでも胸のうちにつつみますので。亡くなるかもしれない方のことですから」

「わかりました。考えてみます。今日のところはこれで電話を切りますが」

「あの、病院のほうから電話があったら、また杉尾さんのところへ、御報告してもよろしいですね」

「そうしてください」

「はい。それではあたし、眠ります」

中年女の太い眠りまでたちまちあずけられた気がして杉尾は長い息をついた。何とかします、考えてみます、と請けあったものの、事をおさめる心あては、友人を通してとぐらいに思っていた道を萱島に閉ざされて、まるきりなくなっていた。自分こそあの病人とは昔もつきあいが浅かった。人と一緒だったとはいえ杉尾のごときがいきなり見舞いに来たことを、病人が訝らなかったのが不思議なぐらいだった。遠い知人があらわれたことを、あるいは病人は暗い予兆と感じて、昔の少女のところへあんな電話を掛けるまでに追いつめられた。すくなくとも、呼ばれもせぬ杉尾の来訪が病人のうちに、萱島國子の姿を喚起したとは考えられる。とすれば、自分で播いた種を自分で刈ることになった、とそう取れば取れないでもない。それにまた、萱島のところに電話をするたびにおそらくこらえ性をなくして衰えていく病人の身を、このままに打ちすてておくことはできない気もするが、しかし一人でまた病院を訪れたら、今度こそ病人は何と思う。死神のごときものと見るのではないか。杉尾のほうとしても、面と向かって何をどう切出したらよい。あの人が恐がっているので、手を引いてくれ、気持はわかるが、どうか分別してあきらめてくれ、とでも言うのか。

まず行きはしないだろう、と杉尾は先の見当をつけた。何ひとつ手も打たず、ただずるずると憂鬱な時間を稼いで、自然に片がつくのを待つだろう。萱島から電話が来るたびに気ながに話を聞いて、重たるい相槌を打って、もうしばらく待ってほしい、辛抱してやってほしい、何とかしますから、と請けあいつづけたあげく、埒が明かなくなれば病人ではなくて萱島のほうに会って、重ねて身上話を聞くことになる。はてしもなく聞きつづける。

我に返ると手がひとりでに動いて、置いたばかりの電話のダイヤルを回し、井手伊子を呼んでいた。まるで牛みたいに歩むではないか、と自分で呆れるうちに受話器がはずれ、杉尾ですと名乗ると、

「ああ、電話くれたの」と長い沈黙の粘る声でそっとたずねてから遅ればせに、素肌に触れられたような細い悲鳴が洩れて、苦しげな笑いの顫えに変った。

12

昨夜《ゆうべ》のことはなかったことにしても、逢うことはこれからも絶えきりにしないで逢うと、そう約束してくだされば、それで結構なんです、と井手伊子は恨みがましくもなく言った。これきり先がないとなると、今が重くなってしまいますので。でもしばらくはお逢いしないつもりでいます。前に出たら、どうしたらいいのか、わからなくて。ずいぶん羞かしいことを致しました。なに知らぬ顔でしまっておきたい。これで男の人を知らない身体《からだ》に、かえってなったような気もします。なんだか杉尾さんにさえも見られたくない、奪われたくないような。とにかくひと月はおとなしくしていますので、そのあとでまた、お電話を差しあげてもよろしいですね。

それだけの約束をさせられて、井手の電話は済んだ。女のほうからのまことに寛大な取りなしであったが、そのあとで杉尾もやはりかえって一生のこだわりを約束させられたような、際限のなさを覚えた。女がまつわりつくとか男がまつわりつくとか、そういう騒ぎよりも、もしも井手がほんとうにあれきり、杉尾はおろか男との肉体関係をすべてしまえて、昨夜の感触を保ちつづけるとしたら、そして処女のごとくに生きる意志だとしたら、おそらく杉尾に生涯、そのことについての確認をもとめつづける。あの夜のことは男の知らぬ、男を知らぬ、一回限りの夢か儀式であったというような……。

そんなありそうにもない、女の辛抱につけこんだ男の勝手な想像を、我に返って笑おうとすると今度は杉尾の目に萱島國子の、恨めしげな顔が立った。こちらはどういうものか、むかし少女の肉体に触れられたことを、いまさら訴えている。その傷跡が二十年あまり経っても、結婚して男を知っても子を産んでその子がすでにあの年頃に育っても、それらすべてに塞がれず血でも流しつづけているかのように。子宮を切っても兄に死なれても。その訴えに迫られるたびに杉尾の内で順々に、少女の恥部へ手を伸ばしていく姿が浮んだ。股間の感触を覚えているかに思われた。しかし手がいかに怪しげに、うしろ暗げに見えても、たしかにあの時のものである一瞬の緊張、魂の抜けかかった腫れぼったいうりざね顔のむこうはやはり、偽記憶の雰囲気に支配されていた。しかも少女を抱きすくめているのは二十歳過ぎの青年ではなくて、いくら思い浮べてみても現在の四十男でしかない。気の失せた少女をおもむろにおもむろに、いたわるように犯している。

しかし杉尾の前にやがて塞がって動かなくなったのは、病人の影のほうだった。その背後に女たちの存在はひとまず隠された。病人は皺ばんだ顔に派手な青いガウンを着こんで、その裾から細った毛脛を出していた。陰気な老地主を思わせる、いかめしく狂った目でこちらを見おろし、肉の落ちた手がまた大振りで、手つきもいかつく、節度というものはきわまるところ、気が狂うよりも、狂おわしいものだぞ、と戒めては怯えの色を目に点ずる。それを困惑まじりに受け流し、さしあたり待つよりほかにない病人の心中を思いやろうとしながら杉尾のうちに、いきなり跳ね起きて撲りかからんばかりの衝動が動いた。妄想でしかないのに、触れてはならぬものに触れた、厭な感覚がそのあとに残った。

寝床に入って身をわずかに動かすと、温った蒲団の中から、汗と糞尿のにおいをひとつにまろくしたような、萎えのにおいが流れ出て鼻の奥に深い覚えの感じを起すことがあった。病人のにおいではない。病人は杉尾から離れてきちんと腰をかけ、身綺麗にしていた。身のまわりの始末はすべて自分でつけられるし病院で風呂にも入れるという。

杉尾自身の発するものと考えるよりほかになかった。仕事机に向かっているときにも、やや没頭して両脚を椅子の上に引きあげて胡坐をかき、足の先が汗ばんでくると、同じにおいが昇ってくる。そんなとき、杉尾の腕の中で眉に深い皺を寄せて息をつめていた女の顔が見えた。早い夕食時にかかった病院にあまねく漂っていた、飯と汁と煮物と、微熱のにおいも一抹その中に混っている気がした。

井手伊子の部屋にも独特な雰囲気があった。外食はなるべく避けていると言っていたようだが、炊事のにおいも薄かった。女の裸身の精気のほかは、水のにおいがひんやり淀んで、昼間は不在のせいか、かすかに金気をふくんでいた。流すときには癇症に、よほど念入りに流すのか、汚れの生温さも感じられない。清潔さそのものが一種の臭気となっていた。おのれの生活の痕跡を、現にその内にありながら忌み嫌う。そんな暮しの、内に押入ったというのもまたあぶない話だ。しかし部屋から外へ出たとたんに、物のにおいが鼻の奥でふくらんだのは、どういうことだろう。土のにおいに、米と味噌と、除虫菊のような……。

最後にはまた病人の姿が残った。夕飯もとうに済まし、長い夜の時間を前にして、寝床に静かに横たわっている。いかつい手を組んでみぞおちのあたりに置き、裏のほうから肉の落ちて頼りのなくなった膝をゆるく立てている。おのずと人を戒めるふうな、骨相の露呈した頤に刻々と、白いものを混えて剛《こわ》い鬚が生えていく。ひたすら硬貨のことを想っている。今日も硬貨を掻き集める苦労で終った。なにかと口実を設けて売店まで足を運んでは要りもせぬ物を買って来るが、釣銭もそうそう溜まるものではない。寝床の脇に品物ばかりが溜まって、見るのも不愉快になり、家の者が見舞いに来るたびに、厭がるのを無理やり、物を粗末にするもんではないと叱りつけて持って帰らせているが、ああして女子供たちの信頼感に汚れが染みていく。百円銀貨ならよほど世話はすくない。実際にそれぐらいは使ってしまうのだが、ダイヤルをまわすときには長電話をするつもりはまったくない。長電話は好きではない。相手が悪いのだ。どいつもこいつもまともな受け答えひとつできないので、それをたしなめるうちに時間が経ってしまう。なぜ病人をこわがる。人間が総じて幼くなった。急所をつかれているのに、他人事のように、わけ知り顔に笑う。悪い笑いが蔓延している、いずれ命取りになるところで……。

枕の下に敷きこんだ硬貨の残りを目に浮べている。百円銀貨も何枚か混っている。刻々と、ただこらえている。何のあてもない。このまま眠ってしまうことだ。二時間も眠ればもう一時間は茫然と過ぎて、睡気が落ちたときにはもう夜更け、宿直の目につくので硬貨を余していても何もできない。何もできないということには、こうして見れば、途轍もない自由がある。いくらでも人を想える、人にまつわりつける。

先日の客たちは、妙なにおいを運んできた。隠れて悪癖《わるさ》にふける子供のにおいだ。もっともらしくしていたが所在なくて悪びれて、自分の温みの中にうずくまりこんで一心に手を動かすみたいな、泣き濡れた甘酸っぱさをまつわりつけていた。辛抱ということの恐ろしさもまだ知らぬ小児だ、二人とも。

そう憫みながらひとりでにどす黒い味が鼻の奥から口の中までひろがって、眉をきつくひそめ、歯を喰いしばり、苦悶の顔つきへ歪んでいくかと思ったら皺が妙なふうに崩れ、ひょいとお道化づらが顔面に跳ねて歯を剝いて笑い、押さえこまれては跳ね押さえこまれては跳ね、険悪な目つきで剽軽に首をかしげて奔放醜悪な踊りへ誘う。踊りながら向う岸へ、みずみずしい花のいっぱいに舌を垂れているところへ渡ろうと誘う。しかしわずかも動くまいと刻一刻こらえつづける。躁《さわ》ぐだけ躁がせておくとやがて辛抱がきわまって、身の内が白く透けて光りはじめる。

あれはほんとうに、せつなさのあまり身の内が透明に張りつめて、輝きだすのではないか、と杉尾は思った。自身がなくなり、その無が輝く、と病人は言った。在るものは何ひとつ片づかず、その釣合いをわずかに保ちつづける中心のほうが、やがて支点としての働きだけになり、存在の幅とひろがりと、質感を失っていくということか。持続を思えなくなる頃、時間も停ったと感じられる。このまま永遠に、平静を保つ無として輝きつづける、と思われる。それから頭をひょいと浮かし、まだ宵の内であることを確めて、枕の下の硬貨を握りしめる。

宵の廊下のはずれの赤電話のところまで行くことを、おそらく本人が思っているほどに、宿直の看護婦たちは怪しんでいない。中年男がひと月あまりも入院して埒が明かなければ、夜になって家のほうのことが気がかりになるのは道理であり、すくなくとも今は扱いの上で重病人ではない。夜中にだってひとりで手洗いに立つ。それでもおのずとやましげな、戦いに屈して引かれていく背つきになって廊下を行く姿を、おい、そんなにうしろ暗くなるのならやめておけ、傷口をひろげるな、電話を掛けるほど狂っていくぞ、と杉尾は思わず小声で制する。しかし電話の前に立つとまた堂々たる姿となる。

ひとりでに過度になっていく想像に杉尾は悩まされた。我に返ると同じ恰好のまま、半時間あまりも経っていることがあった。腹でゆっくりと慎重に、体感を出し抜くふうな呼吸をしていた。そんなときに、持て余した想像を払いのけるために、あれは被害者の萱島には気の毒だが、はたで騒ぐほどのことでもない、とそう思った。中年に深く入って病めば誰しも一度や二度、あるいは三日や四日、狂うことはある。辛抱強い人間ほど、わずかながら芯のほうが狂う。その狂いをあんがい身近の人間には見せずに遠い、縁のあるかなきかの人間に伝える。はじめからしまいまで狂うわけでなくて、何度かに分けて一瞬ずつ狂いを露わす。あるいは、話すことは終始ほとんど常軌をはずれないが、そもそも電話をかけるということに狂いが露われていて、受けた人間はあとから首をかしげる。

自殺のことはともかく、赤の他人と縁が接近して交差する一日がある、と感じた萱島の勘はたぶん当っている。相手が狂っていると直感しながら気味悪がるより先に、相手の身を案じて我身を責めたのは、肉親に自殺された萱島の傷のやさしさにちがいない。しかし何も起りはしない。二度目の電話の途中から、薬がまわったせいもあるか、病人がおのれを保てなくなったのは、あれは何事にもある過剰というやつだ。二度あれば三度あり、限りなくつづく、と受ける側が追いこまれるのはもっともだが、おそらく、あれきりになるのだろう。生涯に三日とか四日とかいう危機だ。それきり連絡がぱったり跡絶えて、本人はあんがいまた平常に生きつづける。萱島と杉尾さえ黙っていれば、誰も知らないことだ。現にあれから二晩、萱島から連絡はない。

現にあれから三晩、あれから四晩、と杉尾は日々に数えて、病人のために姑息な安堵を覚えた。そのかたわら、まだ三晩まだ四晩と日の浅さを思うと、遅々として進まぬ時間に焦りを覚えて夜の静まった廊下の、人影も落ちぬ赤電話がなにやら奔放な表情を帯びて浮び、その周辺の空間が、寝床の中から病人に見つめられ刻々こらえられて、ぎりぎりの緊張をはらんでほのかに光りはじめ、その中を半透明の、女の素足がひたりひたりと、夜の更けるにおいを滴らせてあてどもなく歩きまわり、ふと立ちどまり指の股を締めて爪立ちになったかと思うと、炊きたての飯の艶をした花がぽっかりと宙にひらいて揺れ、猿の足をした男の喉の奥から陰気な顫えが押しあげ……気がついてみると、病人に力でも添えるみたいに、杉尾は姿勢を固くただしていた。

「お前ら、いくら家の中だからといって、そんなに遠慮もなく寛《くつろ》ぎおって」とある日、仕事部屋から居間のほうへ立ってきた杉尾は、並んでソファーにもたれこみ両脚を前の低いテーブルの上にのせて本を読む娘たちの、あけひろげの裾を目にとめてはじめは冗談半分にたしなめるつもりが、いくらか真剣なようになった。「いよいよ身体《からだ》が苦しくなったら、どうするんだ。じっと寝ていてもせつなくて、助からんときもあるんだぞ。仰向けになったりうつ伏せになったり、これ以上は安楽にできないのが、うらめしいぐらいなもんだ。節目をつけろ、節目を。人間、普段からすこしずつ、立居に身を苦しめて、辛抱の癖をつけておくもんだ。いずれ苦しむんだ、誰でも。期限つきの辛抱ではないぞ。きついのがほんとうなんだ。きつくないのは、夢みたいなものだ、人生、刻一刻……」

両脇へ寄るべなげに垂らした手がいつのまにかいかつい鷲掴みの形になっていた。笑って膝を引いた娘たちは、珍しくいかめしい説教がいっそう可笑しな冗談へ転じるのを待つ様子だったが、手のほうへ注意の逸れた父親に妙な顔を向けて、裾をまたそっと整えなおし本へ目を落した。話しつづけようとして杉尾は言葉がすっかり消えていることに驚いた。目になにやら渺茫とした、病人そっくりの、怯えの色の点じているのがわかった。

八日目の晩に萱島國子から電話があり、病院からまた電話があった旨を伝えた。おかしなことを言いましたか、と杉尾は思わずあらわにたずねた。それが、どう言ったらいいんでしょうか、と萱島は困惑した。おかしくないと言えば、お話しのかぎりはすこしもおかしくなくて、この前の晩のようなこともまるでなくて、でもそうなるとわたし、何者として、あの方に話しかけられていたのかしら、とたったいましがたの電話のように、どこかしら面映ゆそうに訴えた。

昨日の昼の、二時頃だったという。受話器を取って、名乗られたときには、萱島はさすがにこわばった。杉尾が行ってくれて、よけいむずかしいことになったのではないか、とそう思って、しどろもどろにもなった。二言三言、もうすこし言葉をかわしたか、どうにかゆとりを取りもどして気がついたら、相手はこの前と一変して落着いた、人のことを思いやる声で、こちらの暮しの苦労のことをあれこれいたわっていた。普通に暮すということとがあれでいちばん大変なことです、外で働く男もこんな時刻に、来し方行く末のことを考えこむもんですよ、自分がなに思いなく送っている生活が急に危っかしく見えてきまして、と言う。

それでもいたわられつづけたら萱島も怪しみはじめたところだったろうけれど、相手はそれからまたひとつ豁達な口調になって、じつは今日面白いことがありました、と話を転じた。午前《ひるまえ》に会社の者ではないが、仕事の関係でいろいろと物を教えた若い者が、近くまで仕事のついでがあったのでと言って見舞いに寄ってくれた。三十過ぎのいい年をして、人の家をたずねるなら食事時を考えるだろうに、病院は生活の場ではないとでも思うのか、病室の入口に立って、ベッドの上で食事をしているこちらといきなり顔がまともに合ってびっくりしている。手招いてやるとおそるおそる入ってきてベッドの足もとにぬうっと立つので、脇へまわらせて椅子に腰かけさせた。ゆううつそうに、人の食べるのを見ている。食事が済んで、若い者にはこうした修行もさせてやろうと思って、この膳をさげてきてくれと言うと、あんがい困った顔もしないで指図どおり廊下のはずれまで出て置いてきた。それからこちらはわざと寝そべってベッドの上からあれこれ人や仕事の消息をたずねたが、どうも返事がはかばかしくない。やはり気づまりそうに見えるので気の毒になって、君、そろそろ飯を喰って仕事に向かわなくてはならんのだろう、と放免してやろうとすると、もうすこし大丈夫です、と答えてぐずぐずしている。さては立ちそびれたか、どうすることかと眺めているうちに、ふっと椅子の上でかしこまって、ひきあげる口上かと思ったら、あの、石山さん、元気に見えるのはもう危いっていうのは、ほんとうですか、とまわりに重い病人もいる中で、そんなことをだしぬけに大きな声でたずねるので、今度はこちらがびっくりして床の上に跳ね起きた。

いったい何事だね、君、とたずねると、じつは僕も子供が生まれることになりまして、それでついいろいろと先のことを、と恥かしそうに笑う。それはおめでとう、しかし何事だね、いまのは、と重ねてたずねると、いえ、そう言われてきたんです、知り合いのセールスの人に……いまどき、社員たちが莫迦に元気にはりきっている、社内が変に和気藹々の、そういう会社は、裏にまわってみるとたいていが先行きどうも思わしくない、社員が八方塞りみたいな顔をしているところのほうがだいたい先の備えはできていると……もう二十年もセールスをしているベテランで、あちこちの社員たちと雑談するのが商売だと言っている人なんです、さっきまで喫茶店で話してました、とそう答える。

なぜってそれは、ふくらんだものをつぼめて生きながらえる世の中だから、減量などと外からはひと口で言えるが内にいる人間にとっては、ずいぶん忙しくしていても、長年の習性となった活力を何分の一がところ殺さなくてはならない、それはまだしも、何人かに一人が余計者になっていて、それが零《こぼ》れ落ちていくことに大局的な、会社の存亡がかかっている、その零れるのをお互いに、誰っていうことでもない、黙って待っているという辛抱くらべが実相だから、そこから目を逸らしている会社は、どういうもんだか、ひと昔ふた昔前の上向きの会社と雰囲気が似て、押せ押せの元気で、総じて社員がおしゃべりでよく笑う、ときどき取っ憑かれたみたいに働きまわって目さきのものを摑んでは傷口を大きくしている、にっちもさっちも行かなくなる瀬戸際まで仲良く燥いでいたところもあったな、とそう言うんですよ、と。

それで、どうおっしゃいましたの、石山さんは、と萱島はたずねていた。何のことはない、と病人はひきつづき楽しそうにしていた。笑ってやりましたよ、君はいったいいままで何を見てきたんだと。そんなことはもう十年も前から、だから君が就職した頃から、始まっていたんだと。俺の苦労を何と思って聞いてきたんだ、と。先々の計算をきびしく立てれば、とうの昔に絶望している。ただ周期的にどこかで興奮剤が打たれて、そのおこぼれが、めぐりめぐって、ちょっぴり利いてくる。その汐に乗じて、絶望のはずのものをとにかく乗り切ってしまう。そしてやれやれと思った頃には、薬が切れて禁断症状が始まる。その繰返しだ。君が聞かされてきた危い兆候というのはその禁断症状の興奮の、空騒ぎのことなんだろう。それは妄動せずにじっとこらえるに越したことはない。しかしそれもある程度、余力のあるところの話で、われわれみたいな、君のところもそうなんだろうが、ふくらますにも縮めるにも、もともと基礎体力のないところは、のべつ瀬戸際で元気にやるよりほかはない。零れ落ちるというのは、もうすこしましな器《うつわ》の場合にいうことだ、と。

おわかりでしょうか、とそれから萱島に向かって語りかけた。家計をふくらますのは簡単だが元へもどすのは容易なことじゃない、とこれは女性の方もよく御存知ですが、われわれの場合はそれ以上に、ふくらますよりも縮小するほうが、前提として、金が要るんです。手元に金がなければ縮小もできない。拡大して当面の矛盾を解消するというやり方のほうが、長いあいだ、まだしも楽だったので。結局は矛盾も拡大しますけど。世の中には、二種類の男があると思ってました。陰気な顔をして辛抱を守っているのと、いっそ陽気な顔をして駆けずりまわっているのと。禁断症状であることは同じで、どちらも本人の選べるものではないと。わたしなども、病院に閉じこめられても、しかく騒々しいほうで。

その言葉を耳にして萱島は、いままで病人にすまないことをしたと思ったという。この前の電話はたしかにおかしかったけれど、これは狂った人の口にすることではない、と。そして電話をかけてくるそのことの不穏当さには、また考えが及ばなくなった。相手がしばらく黙ったのも、長年の感慨に一人で捉えられているしるしとして、自然に受け取った。かちりかちりと硬貨をもてあそぶ音だけが続いた。

ずいぶん御苦労なすったんですね、としばらくしてこちらから先に声をかけた。

いいえ、苦労なんぞ、感じている閑もありはしませんでした、人と我身の区別すらつかなくなる忙しさで、と相手はやや強い声で答えた。走っている者の脇にバイクを寄せて、苦しいか、と耳もとでささやくようなもんです、それは。

すみませんでした、と萱島はあやまっていた。

いいえ、そんな個々人のことじゃあないんですよ、と相手は憮然とした声になった。誰を恨むってことでもなし。世の中の景気の動きに、誰でも、支配されているんです。独立独行のつもりの人間でも、世間とじかにわたりあわぬ人間でも。起きていても寝ていても、飯を喰っていても風呂に入っていても。天象に支配されているようなもので、ある天候気候の下では人がよく死ぬといいますでしょう、死ぬ当人はそのせいとも知らずに死んでいくわけだ、それと一緒のことです。事柄としては俗の俗でも、そのはたらきたるや、玄妙なものがあるんです。

御婦人のほうのことでも、私の知合いに、もう長年タクシー稼業をしている男がおりますが、それがこれまでの体験をまとめて言うには、女性のお色気、というものはおよそさまざまで、それが豊かな人もあれば、まあ、ほどほどの人もあり、同一の人でもこれはもちろん時と場合、相手によりけりの事柄なんだけれども、しかしそういう区別をおしなべて、社会のその時期その時期の、女性全体に通じるお色気というものは、お客としてうしろにのせていると、たしかにある。昼の客あり夜の客あり、年齢階層さまざま、用向きもさまざま、一人もあれば同伴もあり、色っぽい情況もあれば、病院へ駆けつけるなどという場合もあるが、総じてのお色気はあきらかに、失礼なようだが、世の中の景気の動向に相連れる、と。もともと美貌の人が、とくに色っぽくしていて、ついうち眺められるものの、どこかしら何がしか、目の隈とか、とくに声のよじれなんだそうだが、索漠と乾いて険の立ったものが感じられる。それとは逆に、そんな気分にもなさそうで何心なく乗っている女性から、ほんのりとしたものがおのずと流れる。ことに普通の家庭の主婦らしい、色香も過ぎかけた女性に、それがある。

どちらにしても時期時期の、出会う度合いのかたよりからすればどうも、個々の女性の人柄やら心境やらによる以上に、世間の汐の満ち干が深い影響を、女性の心身に及ぼしているとしか考えられない、と。マスコミに伝えられる甚しい紊乱《びんらん》は、あるには違いないが、あんなものはアブクみたいなもので、それより暮しの底のほうでじつにゆるやかに、伸びたり縮んだりして、進行している侵蝕が世の中を変えていく。とくに長い不景気からの、ちょっとした上がり目に、いっときの陽気に誘われて、それがあらわれる……。

そんなものなんでしょうか、と萱島は口ごもった。うっかり聞いているうちにもう立入られてしまって、何をたずねられても払いのけられない、誘導されてつぎつぎに恥かしいことを答えさせられていく、そんな気がしたという。

あなたは、脇へ目を振る人ではありません、と相手は重々しく言いきった。

もう四十ですので、と萱島は逃げた。

もう四十になられましたか、と病人は額面どおりに取って、声にいくらか茫漠とした、また睡気に似た色が差した。もう四十ですか、お通夜の廊下に立っておられた姿はとてもそんなに、とつぶやいて、関心がふっと萱島の上から引いて自身の内へこもったようだった。もう新緑がだいぶ濃くなりました、私もいつまでもこうして、病院にはいられません。朝夕はまだ身の弱りを覚えますけど昼がさがると、ああ、もうじき復帰するんだな、あの世界にもどっていくんだな、また十年二十年、と溜息が……病院に閉じこめられても、こうも落着きがないようでは、もともと休めない人間なんですわ。三日とじっと寝いた気がしません。もう退院いたします。ああ、すっかり大事なお時間をお取りしてしまって。

そう言うなり、自分から受話器を置いた。忙しい人が騒々しい駅の構内などから掛けてくるときと、同じ切り方だ、と萱島は思った。

「そうですか、元気になったようですか」

「そう感じられましたけど」

「退院と言ってましたか」

「働き盛りの男の人は、ゆっくり休ませてももらえないんですのね」

「退院したらたぶん、電話はもうかけて来ないでしょうね」

「わたしもそう思います」

「それなら結構じゃありませんか。電話の件は忘れてやってください」

杉尾はひややかに言った。はい、とつぶやいて萱島は黙りこんだ。うらめしさが声に混ったが、しかし電話のあとで精根尽きはててふさぎこんでいる病人の顔が浮んで、あれをほんとうに元気と取ったらしい女の神経に杉尾は舌を巻いた。女の関心を話の内へ巻きこんで、きわどいようなことにしかつめらしく耳を傾けさせ、いささか興奮させるところまで運んだものの、ひとりでどぎまぎしている女の存在の太さに、結局振りまわされて力尽きたのは病人のほうではなかったか。それも一週間あまりの、せつない辛抱の積重ねを一度に棒に振ってしまって。いっときの元気に欺かれたらしい。むごい話だ。

「あの、また電話が掛ってきたら、どうしましょうか」

「厭ならきっぱり断りなさい。聞く気があるなら、辛抱なさい」

「お怒りになりましたの」

「何を怒るんです」

「あたしが、ご病人の話にいつまでも、お相手していたことを」

「それがなぜ、いけないんです。あなたのお気持次第です。病人の心が落着くまで、あくまで辛抱なさるかどうかの」

「あたし、あんなもの、とても辛抱できませんわ」

あんなものですか、と胸の内でつぶやき返すと杉尾の目の前に、爽やかな少女の顔をつけたまま女の存在がにおうように肥大していった。豊満な身体《からだ》をして両足をかたく揃え、膝をやや折り気味に、梃子でも動かぬ様子でこちらを向いている。それがふいに気を逸らされて遠くへほっそりと頤を差し伸べ、さらに爪先立ちに伸びあがり、すっかり備えをなくした全身を見られるままに、雨靄の立ちこめる暗い庭のはずれの、狂い咲いた木槿《むくげ》の花をひきこまれて眺めた。その姿を杉尾の背後からもう一人、おそらく通夜の祭壇に近いほうから、眺めていた者があって、いまだに記憶に留めている。その影が二人の前の硝子戸に映っていはしなかったか、と杉尾は自身の手を見つめて考えこみかけた。

「会って話を聞いてはくださらないのですか」

助けを求める声を杉尾は遠くに聞いた。あんなふうに叫ばせておいて、すぐに答えないのは、沈黙を塞いでしまわないのは険呑なことだな、とそう思いながら、ひきつづき通夜のときの、病人の立っていた位置と視線の来る感触を探っていた。それから溜息をついて答えた。

「もうすこし時間をください、考えさせてください。どうも僕のほうの、昔の記憶がもうひとつはっきりしない。何かがあるようです。僕の顔を見たときに、あの男の目の内に、なにか妙な色が動いたような、そんな気がいまになってしてならないんです。とにかく、死病の疑いをかけられた人間だということは忘れないでください。会いに行く時には行きますが、滅多な軽はずみはできません。これきり電話がかかって来なくなれば、それで済むことです」

「はい、わかりました」と低く答えた声に一瞬、動揺がふくらんだが、萱島はそれ以上は訴えず、また病院から来たら報告してもよいかとたずねて約束させ、長電話を詫びた。そう詫びながら自分のほうからさっさと受話器を置くのではないか、と杉尾はふと意地の悪い気持に捉えられて、声の消えた受話器に耳を澄ましたが、杉尾の置くまで、むこうでは切らずに待っていた。

　十分もしてから杉尾はほうと息を吐いて、あれは病人ではなくてわたしに逢ってまた話を聞いてくれという願いではなかったか、とそう気がついて目を剝いた。病人のことを考えていた流れの中で起ったとはいえ、我ながら図太い勘違いをするものだ。そう思い返して感心するうちに、かたわらの電話が鳴って、待てよ、井手伊子からかも知れないぞ、と落着きはらってつぶやきながら、手はすぐに伸びて受話器を取ると、

「なによ、長電話なんかして。どこの女とよ。どうでもいいけど、こっちには見舞いの電話一本よこしもせず。お店はまたがらがら、あたくし、酔ってます。お通夜の帰りとか、女の鞄をさげてしか来ないんだから。はは、ちゃあんと気がついておりました。ところで、起りましたよ、はい、立派に起りました、人殺しが。れっきとした、女の人が殺されました。いいえ、殺されたのは、あたくしではありません」

　突然けたたましく笑い出した声が、なにやら勝ち誇っていた。

13

はあい、あたくしではありませんでした、ともう一度、やや重たるくつぶやいて、うつらと揺らぐけはいがあり、受話器がおろされた。殺人と聞いては捨ててもおけず杉尾はすぐに店へ電話を折返したが、ダイヤルを回す指先にせっぱつまった、それでいてやはりうつらと、睡気の中へのめりそうな硬さがあった。

沢山の水で血の跡をようやく洗い流した、底冷えのするような店の中で、女将《おかみ》がひとりぽつんとうつむいて、これからここでまた商売を続ける思案に暮れている。そんなありそうにもない光景が見えた。白い顔が静まり返って電話の鳴るのも顧みない。それにつれてほかの女たち、萱島國子と井手伊子の顔も凄惨になっていく気がしたが、電話に出た女将の声はいましがたと一変して疲れに乾いていた。

とにかく店に来てくれないことには、と杉尾の関心を素気なく払って、それがいつどこで起ったのか、どれほど我身に迫ったのか、事件の片端も口にしなかった。こちらが黙りこむと、むこうも黙りこむ。それで商売のほうは、つづけられるの、と杉尾はつい自身の想像を釣出された。いまさらほかに何をして、生きて行くんですか、と相手はかるい笑いを放ると、とにかく来たら報告します、と受話器をまた置いた。

　杉尾が店へ足を運んだのは、それから四日後だった。最初は翌日にでも駆けつけようと思ったのを、意外なことに、萱島國子への気がかりがひきとめた。今日明日のうちにも萱島のところへ病人から、今度こそ決定的というか、狂いを露呈して萱島を追いつめる電話が行く、という危惧がしたものだ。そのとき、取り乱して訴えてくる萱島を、もしも杉尾が家を明けていて受けとめられずにいると、次の電話で防禦にまわされた女が病人の、傷を深く抉《えぐ》ることになる、というような事態を漠とおそれていた。今日明日という根拠は、考えてみれば何もなかったが。

　ふた晩はその危惧によって足止めされるかたちになった。夜が更けると仕事がいくらか上の空になり、病人の目にしんと浮ぶ赤電話がまたこちらの頭の隅にもぽっかりと浮んで、まるで病人の先を越せとせかさんばかりに、萱島からの電話を待っていた。その一方でまた、女将が夕刻に店に出ると女の影が土間の隅に倒れている。その影のそばをひっそりまわりこんでカウンターの内に入り、しばし思案に暮れてから、まず手を洗いはじめる。いっときは立てこんでいた客がだんだんに引いて夜半が近くなると、客に気づかれるともなく、土間の隅のけはいがまたわずかずつ濃くなる。やがて残りの客も帰り、暖簾を入れていったん内から錠をさし、カウンターの内を片づけて土間の隅から隅までていねいに無念無想で掃く。またカウンターの内に入り、土間に背を向けて化粧をゆっくりとなおし、息を整えるようにしてから、ひときわ濃くなった影のそばをまたひっそり、裾をすこし取ってまわりこみ、店の外に出る。戸の前に腰を屈め、同じ恐怖の反復を長く耐えるよりほかにない人間の、こころもち惚《ほう》けた従順の眉つきで鍵をかけて、内へ耳を澄まし、にわかに息を乱して、ついと足早に離れる。男に抱かれるときと同じにおいが襟から立ち昇る。

三日目には萱島國子への気がかりもぼけてきて、それにつれて女将のほうのことも、事件から日が十分に隔ってから行って話を聞いて笑ってやろう、どうせその程度の事柄なのだろう、とそう思いはじめた。さしあたり店には顔を出さぬことに一度は決めた。こうしてすり抜けていく、あらかじめ想像で神経を悩ませて、その過剰さに自分で辟易して、それで人のことを忘れて通り過ぎる、とやり口が我ながら見えた。四日目の夕刻に、行かずとも済むほかの用事にかこつけて出かけることにしたときには、ひどく気紛れな行為と感じられた。

夜更けに店の戸をあけて、ほぼ満員の客の熱気を顔に吹きつけられたとき、杉尾は思わず、凄惨な光景でも目のあたりにしたかのように、息を呑んで立ちつくした。道々、何を考えて来たわけでもなかったが、最初の想像が意識の底に持越されて、正反対の賑わいに触れてあらわれたものらしい。想像の中と店の造りが寸分と変らない、とあたり前のことが不吉なように感じられた。さいわい、客の中に見知った顔はなかった。

「なに、びっくりしてるの。この店が繁盛していることが、そんなに珍しいですか」

女将は何かを見抜いた様子で、人いきれの中から薄い笑いを浮べて杉尾の顔を眺め、陽気な声で客を順々につめさせて、奥の端の席を杉尾のためにあけた。

「ここでは、なかったのだろう」お銚子が前に来たとき杉尾はようやく、ほかの客たちがひと塊になって燥《はしや》ぎ立てた隙をとらえて、声はあえてひそませずにたずねたが、相手の顔に反応らしいものがあらわれないのでついもどかしく、カウンターの下あたりの土間を指先で二、三度、つつくようにして差した。

「まさか、縁起でもない」女将は眉をかるくひそめて杉尾の前を離れ、ほかの客たちのほうにつききりになり、陽気に喋りはじめた。上機嫌にしている客たちの前にいましがた、どんな陰気臭い顔をさらしたものやら、と杉尾はうしろめたくなり、居心地の悪さを覚えた。隅のほうで一人おとなしく呑む客にたいして、その顔つきが何となく目ざわりなばかりに、あいつ早く帰らないかな、と心の内でじりじりと待つということは杉尾自身にもまれにはあった。

しばらくして客たちがひきつづき上機嫌に立ちあがり、揃って帰りはじめた時にも、杉尾は自分のほうが先に立ちそびれて居残ったことに、またうしろめたさを覚えさせられた。女将は戸口に近いほうのカウンターの端から身を乗り出して一度に若返り、嬌声さえ混えて、外に出た客たちと手を振りあって戯れていたが、戸が閉まると笑いを払い落し、そのまま同じところにぼそっと立って杉尾のほうへ寄って来ようともしなかった。気づまりならば手もとの片づけでもして紛らわせばよさそうなものを、ただカウンターの縁に両手の指をかるくかけて杉尾のほうに横顔を向け、背をこころもち硬くして、依る壁のないのが心もとなげな、少女めいた細ささえ頤のあたりに見えた。黙っているわけにもいかなくて杉尾は遠くから、躙《にじ》り寄るふうな声をかけた。

「あれは、嘘なんだろう」そう言って、お前、近頃、誰かと寝たな、とそんな汚らしい言葉を連想したものだ。「店が閑なので、退屈して、小生を担いでくれましたな」

「嘘じゃないのよ」と姿どおりの幼げな声が返ってきた。「住まいのほうなの。同じ建物の、上のほうの階の」

「天井からぽたぽたと、血でも滴ってきましたか」

「厭だわね。鉄筋コンクリートのアパートですよ。それに、三階と五階ですよ。真上のことは真上なんだわ」

「中一階を通して落ちてくるなんぞは豪勢じゃないか」

「だいぶ日が経っていたのよ、発見されるまでに」

「で、いつのこと」

「見つかったとき、それとも」

「いや、どちらでも」

「いつだった、と思う」

思わぬ逆襲に杉尾はたじろいだ。たずねられて、いつと、とっさに答えそうなものが内にあった。いつと答えようと、いずれ恣意勝手にすぎない。そんな出鱈目が、人ひとりの死に関しても口をついて出ようとするものなのか、と呆れていると、女将はふっくらとなった顔をこちらへ向けてゆらりゆらりと揺すり、何を考えているか、わかってますよ、と答えをはげますように微笑んだ。

「わたくしが知るわけはないでしょう。それとも、何ですか、わたくしが下手人でしたか」と押返して杉尾はこの冬の、殺人者の影に怯えるこの女を車で住まいの前まで送った夜のことを、ひそかに考えかけていた自分に気がつき、勝手な想像とは言え、四カ月もの経過を思って、口の隅に皺をきつく寄せた。

「ほっそりとした美人なの、楚々とした」女将はいよいよふっくらと笑った。「三十なかば過ぎというけど、せいぜい二十五六、どうかすると二十ぐらいに見えるのよ。ごく地味な恰好しかしないのだけど。ひとり暮しで、何をして食べているんだか、家に隠《こも》りがちに暮していたらしいわ。男の人も、以前には来てたそうなんだけど、ここ何年かは人の出入りする様子も見えなかったんですって。月の世界から来たみたいな、青く透きとおった感じの人で、あたし、あの人が男の人に愛されるところの想像には、同性ながら、心を惹かれるわ」

「売春でもやってたのじゃないの、あんがい。女が同性を褒めちぎるのはどうも、険呑でいけない。それも、あはれ、殺された女を」

「流れるように歩くのよ、ほんとうに、風に流れるように。道で出会うでしょう。こちらの顔ぐらいは知ってるわね。もの静かに微笑んで、足音も立てずにすれ違ってほんのしばらくするとうしろで、細い息がかすれるの。甘い香りがほんのりふくらむの。心臓を悪くしているんですって。階段でさえ、流れるように昇るのよ。途中で立ち止まって息を整える後姿も、なんだかそのますすっと、押しあげられていくみたい、首をほっそり差しのべて」

「女将さんの、お好みですか。わたしは御免です。執念深そうで」

「あの首へ手をかけるんですから、ねえ、男の人ってのは。お風呂場に倒れていたそうよ。冷いシャワーが出ていて、からだの上を越してタイルに落ちていたんですって」

どうにか切返そうとしたその矢先に、あまりにあらわに放り出された光景の一端を、杉尾はかえってひどく錯綜したものを口に嚙まされたごとく、おもむろにおもむろに思い浮べたが、おそらく裸体の下をくぐり、髪の毛をゆらめかせて、排水孔に流れ集まる水の濁りまで、浮かべきる前に肩をすくめて払いのけた。人の気の絶えた部屋の中で落ちつづける、水の音だけが耳の奥について残った。女将は遠くからこちらへ首をかるくかしげ、カウンターの端に寄せた身体《からだ》のほうは相変らず硬く静まっていたが、何を考えてますか、とまた言わんばかりの楽しげな目つきで杉尾の仏頂面を見まもった。

「実際の話、いつのことなんだよ」と杉尾が業を煮やしてたずねても黙って微笑んで、ゆらゆらとうなずくようにしていた。

「で、犯人は捕まったのか」と杉尾が問いを変えると、ふっと吹き出すふうにして目を戸口のほうへやり、道を近づいてくる足音に耳を澄ましてもう一度杉尾の顔を眺めやり、捕まったかどうか、ひと言で答える閑は十分にあるのに、もう燥ぎ輝く顔を人影の乱れて映る磨硝子の戸へ向けるその間際、「いっそ部屋まで、今夜、来ませんか」とかすれ声をあさっての方角へ洩らした。

五人の客が入ってきて、騒々しい出迎えとなった。なかでもずんぐりと小柄の醜男《ぶおとこ》と、女将はカウンター越しに手を取りあい、胸まであずける真似をして嬌声をあげ、いい年をして、いくら好きな男たちがたまに揃って来たからといって、みっともないぞ、とほかの男たちにからかわれた。隅の席で杉尾は酒をあてがわれて粘る男のかたちになった。いましがた女将から放られた、藪睨みの牽制に、さすがに膝のあたりがざわめいて、仕掛けられた悪い冗談をどう切りぬけるかと思案しながらおのずと、こうして邪魔にされても蔑《ないがし》ろにされてもしんねりと粘ってさえいれば今夜はどうにかなるかもしれない、とそこを一途に憑《たの》む、悲しげな魂胆の翳りが目のまわりから頬へ、酒を呑む口もと手もとまで、いじましく滴り落ちていく。このかたちは、心外と言えば心外だが、悪くはない。このみっともなさを詫びに置いて、敵に辟易していただいて、この場をとにかくのがれる手は、正解と言えるぐらいなものだ。とは思うものの、事件の日付を教えられぬことに、どういうものか、すっかり繋ぎとめられていた。近頃のことなのか、それとも長いこと横たわっていたのか、とそんな我身にはさしあたり関りもなさそうなことを、ひと言でも聞きたいばっかりに、まるで今夜の承知をじりじりと待つみたいに、身体が芯からこわばった。ことさらもっさりと、緊張を出しぬいていないと、顫えでも来そうなけはいすらあった。

色男役を押しつけられて仲間の肴にされている男は、眺めるとその役割をおおように受け止めて神経のよじれも見せず、人の楽しむのを自分でも楽しむという、男としてなかなか見どころのある、この場の杉尾にとっては羨ましいような豁達さを保っていた。女将のほうもそれに依りかかって、あたし、この人がひとりでふらりと入って来たら、今夜はわからないわよ、それを何ですか、こんな用もない男たちをひき連れてきて、そんなに、恥かしい、などと率先して浮かれていた。杉尾は銚子が空になると黙って台の上の、マッチなどを盛った籠のそばから、ちょっと離して置いた。女将はしばらくそれを無視してから、ついでみたいに、新しいのを運んでくる。そのつど、一言二言がかわされた。

「あの電話の、それでは、前日あたりだろうね、騒ぎの起ったのは」

「いえ、静かなものでした、あの日はもう。その三日も前ですから、知らされたのは」

「はあ三日もね。眠れなかっただろうな、皆さん」

「いいえ、暮すのに忙しい人たちばかりですから、そんな余裕《ゆとり》は。お店が空っぽのほうがおそろしいぐらいで」

　女将はそのつど、まるでむやみに内輪の口をきいてまわりの気を惹きたがる厭味な客を振り払う態で杉尾に背を向け、あちらの客たちに付いていよいよ燥ぎ立て、杉尾のほうもそうあしらわれると実際に、性懲りもない厚顔の阿呆の心地になり、その心地が良くてそちらへのめりこんでいきたがるものさえあり、相手が前に来て逃げかけるとすかさず、なつかしげに寛いだ、秘密めかした口調で切出した。

「病身だったとか、そのせいでは」

「それも半分あるとか、聞きましたけど」

「微妙なところ、なんだろうな」

「どうなんでしょうかね」

「わからんもんだよ、本当のところは」

「うっすらと、あったそうですよ、ここんところに」

「それだけなの、しるしは」

「人が入ったのを、見た人があるそうですよ、その前に」

「はあ、その間にな、だいぶ前のこと……」

女将はむきな顔つきになり、いまにも答えかけて、目の隅に笑いをふくませて杉尾の前を離れた。杉尾は影でしかない男を弁護、というよりは、そんなものは影もなかったがごとくに言いなしたげなけはいのあった自分に首をかしげた。女将のほうを眺めやると機嫌良く火照った顔の、喉の脇にいましがた兇行の跡をちらりと示したときの、人目をはばかって鋭角の動きになったせいか、癇症の勢《いきおい》がつい爪先にこもったか、うっすらと赤い痣がひとすじ浮いていた。燥ぐほどに赤味を増しはしないか、と杉尾ははらはらして見ていたが、相手がその視線を感じるのか無意識のうちにか、しきりにこちら側の肩をあげて首すじを庇うようにするので目を離して、酒にも呑み厭いてさすがに所在なく、客たちの声が耳にこもり、盃を片手にゆらつかせて、いじましげな舟を漕ぎはじめた。だいぶ経って女の影が前を通り過ぎてカウンターの奥から何かを取り出したようで、また前をそろそろと抜け、焦りのようなにおいが立ったとき、杉尾は目をひらいて、こんなところでもひと眠りのせいで下腹に力がふくらんでいるのに舌を巻きながら、またぬけぬけと相手をいたわりにかかった。

「大変なことでしたね」

「いいえ、そんな、たいそうなことじゃなし、馴れましたので」

「去る者は日々に疎し、ですか」

「なんですか、それは」

「だんだんにね、馴れるんですね」

「どうして、だんだんに」

「においましたか」

「におい……お食事中ですよ、お客さん」

忿怒の動きが小声ながら凛と響いて、あとにかるい喘ぎが半息ほどに洩れた。群衆すら静まらせそうな烈しさがあったのに、すぐ近くにいる客たちのざわめきはすこしも揺すられない。これは大声で叫んでも聞えないぞ、聾啞のごとき狂躁ではないか、と杉尾は呆れて、それでも神経のやさしそうな男たちの顔を遠く眺めるうちに、背すじをすくっと伸ばして歩調を変えずに直進する井手伊子の、その前方で醜怪な侏儒踊りを舞いながら退《すさ》っていく痴漢の姿が哀しいように甦り、あれもたったひとりで耳の奥にこんな、狂躁のざわめきが満ちて、恥の念を麻痺させていたのか、とひとり合点したかと思うと、去りかけた女の襟首あたりに向かってぼそっと呼びかけていた。

「ああ、さきほどの話ね、あれ、承知しました」

ひと声で女の足は止まり、杉尾は自分自身の声の、生煮えの下腹からじかに洩れたような濁りにおぞ気をふるった。静まった背が一瞬、肩胛骨の突起をあらわして、奇怪な鋭さで捩れかけた。

「わかりました」すぐに背すじを伸ばし、ほとんど明朗な、敵意を湛《たた》えた声で答えた。

「それでは、あまり、お呑みにならないでくださいな」

ゆっくり離れる足にそれでも小走りを押さえこんだけはいが見えて、カウンターの遠い端でまた一段と甲高く、こころもち細くなった声が客たちの談笑に雑《まじ》った。客たちは相変らず、聞きようによってはあれだけ露骨な、ろくに声もひそめぬやりとりにも、杉尾の存在を気にとめる様子を見せない。痴漢を取り巻く静かさか、と杉尾は苦笑して、これ以上は女の動揺を追わないというしるしに、両手で頬杖をついて目をつぶった。なるもならぬも、寝て待つか、と呑気はきめこんだものの、この相手とまた肌を合わせることが、ただの劣情のうながしとしても、どうにも現実の側のこととは感じられず、ということはまず、ならぬしるしと踏んでよかろう、としばらくして高を括って睡気の中へまたひたりこみ、客たちの笑いの間に女の声が高く立っては、困ったことに、末がすこしずつかすれ、だんだんにしどろもどろな響きになり、おのずと男たちにつけこまれてあからさまなからかいに手もなく笑わされているのを、自分の存在は棚にあげて、あわれな、いたましい、なんとか助けてやりたいことと聞いていた。そのうちに、眠ったつもりもないのに、どうも自身のものらしい寝息が安らかに立っているのを耳にして、なにやら大問題のごとく、しきりに考えこんでいた。店の内の声がぱったり止んでいた。一同うち揃ってこちらの、あまりにもひどい、汚い居眠りを、さすがに眉をひそめて眺めている様子だった。俺は現にこうして眠っているんだから、かまわないけど、しかし一緒に眺めている女将は嫌悪でやりきれないだろうな、とそう思いやって、目をつぶったままでいると、

「鳴ってるな」

「火事だわね」

溜息をふくんだ、たった二人だけの、つぶやきが聞えた。

「遠いかしら」

「近づいては来ないようだ」

男のほうの声はいましがたと替ったが、やはり二人きりの、夜の更けるにおいが滴っていた。

「だいぶ前から聞えていたようだけど」

「あちこちから来るな。近づきそうになっては逸れる」

「北から西のほうかしら、それとも南かしら」

男の声がまた替り、女のほうの喉の奥に、ひとしきり愛撫をうけたあとの、潤みに疲れたざらつきが感じられた。杉尾も耳を澄ましたが、はるか遠くまで、サイレンの影さえ聞き分けられない。耳もとで指先をかるくこすり合わせてみたが、酔いの鬱血はほぐれていて、戸の内なら身じろぎひとつ、衣ずれひとつ聞き取れそうなのに、戸の外からはサイレンはおろか、やや遠くからすでにひとつに重くわだかまる車の往来のざわめきのほかに、

表情のある音のはしくれも響き出して来ない。耳の内を塞いでいた聾唖感が、おもてのほうへ移って四方をはるばると覆ってひろがり、さらに揺がしがたく凝って、それにつれて店の内は赤の他人たちを留めたまま、険呑なようにひそやかに張りつめていく。

「どのあたりになるかしらね。皆さんの、御屋敷のほうかも知れませんよ」

「あれはね、放火ですよ」

「どうして」

「どうしてって、われわれが、火を付けて来たもので」

「あら、ずいぶんまたごゆっくりと、火の手があがったこと」

「途中でもう一軒、寄ってきたもんで」

冗談にもならぬ、投げやりな答えに、誰も笑わなかった。あんがい真剣な余韻があとにこもった。そのまま、また耳を澄ますふうな沈黙があって、杉尾にもサイレンらしき音が遠くに聞える気がしはじめた頃、先の声がその間に一度に粘りを増して、仲間にからみ気味にたずねた。

「そうだな、俺たちが火を付けてきたんだな、あの騒ぎは。おい、色男」

「火付けか、困ったなあ、それは」

「困ったもなにも、マッチをすっておいて何事だ。おっと、ライターだったか。襟拭きのベンジンがひと瓶と」

「おいおい、外に聞えるじゃないか」

「聞えてかまうものか。さあ言え、わたくしが、火付けをやりました、年は三十九になります、と」

「はい、わたくしが、やりました」と相手は意外にまたおおような声で、はっきりと答えたものだ。

「おねしょの癖が直りません、と」

「おねしょの癖が、直りません、と」

「ママに見せるために、やりました、と」

「ママに見せるために……ああ、もうねむたくなった」

　肩を揺すられて、カウンターにうつぶせた顔を起したときには、客たちの姿はなかった、暖簾も取り入れられていて、女将は杉尾の背を離れるとそそくさとカウンターの内にもどり、むこう端に行って跡片づけを続けた。さきほどは耳を澄ましても影ほどにしかふくらまなかったサイレンの音が、今度は幻聴らしいのだが、細くしつこく耳についた。もうねむたくなったな、と縁もない客のひと言でことんとまた眠りの中へ、頬杖まで崩してのめりこんだ、その反応が我ながら不可解だった。

「またぬけぬけと、眠ってくれましたね」カウンターの端から、片づけの手は止めずに、声をかけてきた。「どうでもいいけど、困るじゃないの。人前でいきなり、人を裸にするみたいなことを言って」

「裸になんかしやしないさ。帰ったのか、火付けの連中は」

「あの人たちにはそれぞれ、口説かれたことがあるんですよ、率直に。真中にいた小柄な人のほかは」

「ああ、そういうわけか。で、寝たのか」

「冗談じゃない。八年前のことだけでも、この稼業に、一生の疵がついたと、舌を噛み切りたいぐらいなんだから。口説かれもしないのに、自分で根負けして、その場のきまりをつけたいばっかりに。触りもしないで、寄添ってくる」

最後のひと言でまたしても、睡気が一度に差し返してくる横着さを、杉尾はおかしいように感じたが、視線を宙に保つのもつらくて目をつぶった。遠くでさらに、あれからこの店と関係のない人とは何度か寝ましたよとつぶやく声に、男に抱かれる誰ともつかぬ影を眺めて、まどろみの中から重々しげな相槌を打っていた。サイレンの空耳が続いた。四方に赤い小さな火の玉と思い浮かべられて、それがいくつも地平のあたりをうろうろと往きつ戻りつ、ひょうろく玉のお道化《どけ》た表情になり、笛太鼓の音が流れて、男たちの間伸びのした叫びがあちこちからあがり、やがてざっざっと、砂利道のようなところを進む大勢の足音がなだれ落ちてきて、あれは何だ、祭りかな——この寒い季節に何かしらね、そろそろ初午だけど……。

「初午ね」と声に出しつぶやくと、睡気がはらりと落ちて目の前に、カウンターのむこうから怯えた女の顔が窺っていた。

「なにが、初午よ。寝惚けて」と目をそむけて前を通り過ぎ、もう帰るばかりの荷物をさげていて、カウンターの端をこちらへまわり杉尾のうしろをすり抜けて隣の席に腰をおろすと、こちらに背を向けて着物の襟をゆるめ、白い肩を差し出してきた。

「すこうし、おさえて、いただきましょうか」

「それは、つかまらせていただくことに、やぶさかではありませんが」

「お色気は抜きにしまして、とりあえず」

「ところで、いい加減に、出し惜しみはせずに、いったい、いつなんです、殺しのあったのは。私も率直に、もし、おたずねいたします」

「ですから、肩をおさえて、くださいな」

こだわりの筋を握られたことはもはや確かなようなので、杉尾は観念して女の背のほうへ向きなおり、身は寄せずに腕先だけひょいと伸ばして中年女の、気味の悪いほどに張った肌を食指と拇指との腹で順々に、そこは肩凝りに苦しむ同士おのずと筋はたどれて、耳のうしろからうなじへ肩へと押さえていくにつれ、相手もそれに合わせて首をゆるゆると左右に振り、肉の軋む感触を指先に伝えてきた。

「わかるでしょう、肩に触ってみれば」声がけだるげになっていた。「冷いでしょう、ほんとうに、冷く凝ってくるのよ」

「やはり、大変でしたか」

「なにせその下で、寝起きしているんですもの」

「はあ、それでは近頃のことだな」とつぶやいて杉尾は自身のあんがいな執念深さに、ふっと驚いた。

「さて、どうでしょうか」相手はかすかな笑いを洩して、うなじから背をゆるくもたれこませてきた。目は薄くつぶっていた。「着物にもお肌にも、においが、染みついてはおりませんか。どこかで梅の香がしてましたっけ、あの晩は。お食事は済みましたけど、ひょっとして御不快では」

「いえ、そんな」と杉尾はさらにもたれてくる背に片手を添えて支えた。「わたくしに、嫌疑がかかっておりますか」

「そう、思いますか」大きな顔がひょいとこちらへのけぞり、片目をあけて杉尾の顔をのぞきこみ、もとへもどると、背をもうひとつ深くあずけて息だけの笑いをつづけた。

「先々週のことなんですけど。一週間ばかり、そのままにされていたそうです。金曜あたりになるかしら、あくまでも推定ですが」

「夜更けから雨がまた強く降り出した、風も吹いた……」

「あら、よく御記憶のこと。それでは、あの後でまた部屋に忍びこんだのも、あなたでしたか。心やさしいのは結構だけど、シャワーぐらいとめて行ってよ。あの音は壁にこもって、どうかすると、離れた部屋まで伝わるんだから。話を聞かされたとたんに、逆もどしになって、耳について仕方がなかったじゃないの。まるで一週間、毎晩その音を聞いて眠ったような。寝覚めに雨の音と間違えることもあるんだから。でも、よく晴れた日だったそうですよ、その日は」

「どうでもいいけど、その、首をこちらへ垂れて、ゆらゆらさせるのは、やめてくれよ」

そう言ってから杉尾は口をつぐんだ。相手はいままでは背を細いようにそらして杉尾の右腕の内に入りこみ、首からすっかり力を抜いて、椅子に浅く腰を掛けて女を片腕抱きにもう片手で肩を押さえる苦しい恰好の杉尾の鼻先で、髪のにおいが揺れはしたが、しかしあれきり、さらにのけぞってこちらを眺めることはしていなかった。なんだか少女の顔を思い浮べていたようだな、と自分で唖然として眺めると、肩を押さえる動きの止まったのを相手も感じて首の揺すりを止め、ひと息おいて、想像していたとおりの、しかし中年女の広い顔がこちらへのけぞり、疲れの濃い瞼をゆるくおろし、唇をかすかにひらいて、これこそ何女でもありそうな、ぼってりとした面相をあらわした。

「何でもないことなのよ。死ぬほど怯えても、三日もあれば、過ぎてしまう。その部屋でだって、ほかに場所がなければ、暮せるつもりよ。でも過ぎてみたら、杉尾さんにもう一度抱かれるつもりになっているから、厭じゃないの。また同じことをするなんて、想像するだけでもう……どうしたらいいの」

「天変地異みたいなものでも起らなくては、お互いにどうも、二度とは」そうつぶやいて、下腹から引いていくような、また差しても来るような力を杉尾ははかった。「そんなことを言って、別れたようだな、この前は。近所で女がひとり殺されたぐらいは、天変地異の内にも入らないが、とにかく俺は、ここで粘っているわけだ」

「悪いけど、そうしてもらうわ、形だけでいいから。あたしだって、せっかくここまで来て、煩わしいんだから」

そして顔がまうしろへさらに傾いて、唇をうつむければすぐに触れられる近さまで頤が来たが、口もとにあいまいな表情がちらちらと動きつづけた。

「しかし、笑っておられますな」

「具合が悪いですね。それでは、きっかけをつくりましょうか。さ、始めますよ」

「おい、何を始めるんだよ」

「この前の、白い鞄の人と、あたしと、どちらが美人ですか」

「美人だなんて、無理するな」

「あたしと、そう変りない年でしょう。あなたが鞄をもてあましているところを見まして、そう感じましたけど」

「年齢の話は置きましょう、この際」

「あの晩、寝ましたか」

「手を触れたこともない」

「寝ましたよ。あたしはずっと、そう思ってきましたから、四カ月」

それきり額に筋を寄せて瞼を長く閉ざし、やがて眉をほどいて冷いように静まっていく顔を、杉尾はまだ片腕抱きに、右腕につつみこんで、かるい怯えのために目が澄んで、つくづくと眺めた。おかしなことを言い出すとさっきは呆れたが、こうして見るとこの女こそ、昼間はともあれ夜々、美人の面相をひとりでに蒼く浮かべて眠る女なのではないか、とそんなことを思った。

とうに忘れた肌の感触を床の中で引き寄せようとして、枕がみの窓から流れる薄明りがにわかに気にかかり、片肘をついてそちらへ目をやると、カーテンの合わせ目からのぞくレースがけうといような白さをふくんで、遠くにまたサイレンの音が聞えた。床に入るまでは頭痛がすると眉をしかめてろくに物も言わなかった女が、声をひそめて喋りはじめた。上の部屋へ耳を澄ましてみて、と言う。

三十前のやはりひとり暮しの女性なんだけれど、大柄で立居があらくて、こちらが眠りかける頃になるときまってのそのそと歩きまわり出すので、日頃からなやまされていたのがあれ以来、ほら、あのとおり、ひっそりと歩いているでしょう。あれがよけいに耳につい て、それに、いつまでも落着かないの。例の部屋がすぐ真上にあたるので、無理もない

んだけれど、寝床からいきなり跳ね起きるのまで伝わってくるのよ。人を苦しめていると
は、思ってもいないんだわ……。
　夜中をもうだいぶまわった頃に、こうしてうつらとしかけると、シャワーの音がさわさ
わと降りてきて、ああ、こんな時刻に水浴びなんかしている、と耳をやっているうちに、
天井でいつもの足音がはじまって、ひしひしと歩きまわる、電気掃除機を使っている、洗
濯をはじめる、そのあいだずっとシャワーの音も、すこし遠のいてつづいている、そんな
晩が何度かあったんだわ、知らずに聞いていたけど……。
　とそんなことを、まだ手も触れられていないのに息を走らせかけては、またほそぼそと
喋りつづけ、いつまでもやめず、そのうちに遠いと思われたサイレンが向きを転じて近づ
いて来たのも、耳に入らぬ様子でいたが、やがて音がある距離からそれ以上は遠近の聞き
分けられぬ表情で漂い出した頃になって、また火事だわね、近いのかしら、と枕の上から
窓のほうへ顔を仰向けて、腰から寄添ってきた。
　早く済ませてしまいましょう、と怯えのこもった声でささやいて胸の中へ、さすがに前
の時よりは輪郭のかなしげになった身をまるめて、するりと入ってきた。
　あれでまだ遠いんだろうな、と女の身を受けとめてもう一度レースの白さへ目をやる
と、ひそめぎみの息と同じほどの間合いで、それとはわからぬぐらいに、赤い光がほんの
りと差してはひいた。途中で気がつくと女の額から、痣の跡のまだうっすらと残る首すじ

にまで、ほの赤いものが流れて、床のまわりもいつのまにかよほど明るく、窓のレースはくっきりと細長く染まっていたが、外には声も立たずやはり近間でもなさそうなので飛び出してのぞくわけにもいかず、この雰囲気の変化にもまるで触れられていない、女のたいらかな眉が、空恐ろしいものと眺められた。

天井の足音はその間もつづいて、窓のほうへ寄らぬところを見ると、同じく遠い火には気がついていない様子だった。

14

どこかで火のひとしきり盛《さか》った、その間のことだったか、と建物を出て杉尾は思った。早く帰って、ね、と女はひとりうずくまりこんで促がした。幕の隙間から戸外をのぞくと見渡すかぎり騒ぎの跡らしきものもなく、夜はまだ明けていなかった。それから水を浴びてきた。

水のにおいが肌に残った。襟の内からほのかに昇ってくる。鉄《かな》っ気と、それから、ぬらりと粘りつくものがあった。ときおり草の葉の香をあざむきかける。それが不思議で杉尾はにおいをしばらく身のまわりに溜めるように、車の走る表通りのほうを避けて、知りもせぬ裏道に入った。住宅の間をゆるくうねってつづく狭い道には人影もなくて電柱の太さが目に立つばかりで、全体として相貌の静まったあとにもうひとつ皺っぽくゆるんだ寝顔を思わせ、どこまで歩いても埒は明きやしないぞと自分で眉をひそめるうちに、背後から光が差して車が近づき、空車の表示が見えて、脇へゆっくりと寄って電柱を背に立つと、まだ乗るつもりもなかったが運転手と目でも合ったみたいにおのずと迎えるかたちになった。

「こちらを見てますよ」と車を出してから運転手は教えた。「うしろの角んところから、あれは私服だな。ああ、振り返らないほうがいい」

あたしが来なけりゃ、ひと足違いで呼びとめられるところだった。尋問されると面倒だからね、となかばひとり言につぶやいた。首すじのあたりから五十がらみと見えた。車は狭い道をかなりの速さで走っていたが、それにしては裏道はなかなか尽きず、ますます見知らぬけわしさを帯びて、あのまま歩いていたらどこへ迷いこんでいたものやら、と杉尾はいまさら心細くなった。

「人殺しかなにか」

「いいえ、放火ですよ」

この春先からあのあたり、といってもかなり広い一帯だが、火を付けてまわる者がいるという。頻発というほどでもなくて、新聞にもろくにのらない小火だけれど、同じ手口はたどれるらしい。時刻は午前の二時前後の一時間ほどと決まっている。早ければ盛り場のほうに近くて、遅いと住宅街に入る。今夜は二時過ぎに、めずらしいことに、表通りに面した五階建てのマンションの、屋上から火があがった。よほど管理のいい加減なところと見える。何が燃えたか知らないけれど、いっときはちょっとした火柱が立って、道路端で休んでいた運転手たちは、初めびっくりさせられたが、大事になりそうにもないので、しまいにはげらげら笑って見あげていた。梯子車が来る頃になっても、明かりの点かない部屋がある。留守かと思って見ていたら、火の消えた頃に窓が明るくなって、寝巻らしい男と女が通りの騒ぎを不思議そうに見おろしていた。犯人は、とぼけた野郎もいたもんで、屋上にていねいな焚火をこしらえて行ったものらしい。これはと気がつくそのだいぶ前から、近くのビルの壁に赤い影がちらちらと動いていたようだ、とあとでいう運転手もいた。もう一時間以上も経ったので、あんなところを犯人がうろついているわけはない。

そこまで話したところで車は裏道を抜けて大通りに入り、かえって速度をゆるめた。いったん盛り場のほうへ返すかたちになるな、と方向感覚も蘇って、前後して往く車の列に目をやり、安堵感がみるみる差してくる、膝頭さえ甘くたるんでいくのに杉尾は呆れた。

「それで、なに、犯人は中年男だと、目撃した者でもいるのだろうか」

「さてねえ、タクシーで逃げたりはせんでしょう」運転手は妙な答え方をした。「あの辺の住人ですよ、どうせ。家賃も高いだろうがね、あの辺は」

声が素気なくなっていた。これにくらべれば裏道を抜けるまではまるで気を許した、親身といえるぐらいの口調だった、と杉尾は黙りこんだ背を眺めた。粗暴らしいところはない、話好きのやさ男に見えたが、世馴れたはずの女たちが深夜に一人で車を拾うのを厭がる、そういう運転手がいるもので、恐い男かと聞くとそうでもなくて、むしろ女性的で、物によく気がつきそうな、苦労人風だと答えることがあるが、あの類か、と杉尾はひそかに想った。背中からおのずと関心が女のほうへにじり寄り、まつわりつき、撫ぜまわす。今夜は何をしてきたか、身体のぐあいはどうか、人にさわられたか、と責めんばかりに。とそこまで想像すると、我身のほうがにわかにうしろめたく、斜め横顔の翳を見れば昔はかなり遊んだ、荒淫の相のごときも感じられ、それがいま夜明け前にむつむつと人を運びながら、水に洗いながされ残ったにおいに、どんな女であったか、汚い関係ではないか、と昔の勘を澄ませているところではないか、と腰の落着きも悪くなった。

馴れぬ女と寝たあとと、物陰にひそんで火を付けたあとでは、似通った興奮のにおいがするものだろうか、とそんなことを思った。

重病人のささやきかけるような、ひどく間伸びのした嗄れ声が運転席のあたりから流れた。車は街道に入って速度をあげ、細くあけた窓に乱れるざわめきに紛れて、声はいっそう幻聴めき、あああ、ううう、と語尾をことさら長く引いて内容はほとんど聞き取れないが、この神経にさわる呼びかけの正体を杉尾は知っていた。警察からの緊急手配で、運転手たちに協力を求めている。運転手たちを身の危険から守る役にも立つ。うしろの客に心あたりがあれば、運転手は素知らぬ顔で非常燈のボタンを押す。どこにいてもわずかの間にパトカーがすり寄ってくる。忘れ物の手配のように聞えるが、そこは符牒をつかっているという。それにしてもこれほど奇怪な声のひそめ方をしては、心に不安をもつ客の耳をかえって惹きそうなものだが、たしかにしきりと耳について厭な心地にはさせるものの、気にかけるほどに非現実めいて意識の反応を起させない、むしろ頭の中を空にする、そんな催眠がかったはたらきはある。いろいろと工夫も積んでいるのだろう。

「例の手配だろうかね、運転手さん、火付け男の」

「いや、関係ありません」

「どこそこの路上で降りたが、じつは乗ったで、天井燈がくるくると」

「心配なら、近くの運転手たちの顔を見てごらんなさい。ほれ、対向車の」

「あとでいちおう、報告はするんだろうね」

「お客さんみたいのまで、いちいち報告していたら商売ができなくてね。相当に臭いのでも、人とかかわりあいになりたくない気分のときには、忘れることにすることもあるし」

黙りこんだ背の雰囲気がまた変った。物を思っているらしい。それも、この客をどう始末するかと、すぐ先へつながる思案でもなさそうで、そういう張りつめたものは感じられず、ややぼんやりと、目の前の運転に神経を集めて遠いほうのことをさぐるけしきが横顔に見えた。室内鏡には目もやらず、気管でも患っているのか喉の奥のかすれが長い息づかいを伝えていよいよ物思わしく、どうかして意識の明るさを保ったままの寝息のように聞えた。いまにも振向いてこちらの顔を見る、その顔も一変していて、病院にいる旧知の面相をつけている、と奔放な想像が杉尾の背を撫ぜた。

「お客さんには、その影もないね」運転席から陰鬱そうな声がした。「あの界隈に土地鑑もありゃしない。歩き方を見れば、それぐらいは商売柄、わかります。空車の来るのを頼りにして、あなたまかせに歩いていたね。遠いところでやればよさそうなものを、知らない土地、縁のない土地ではたいてい、やらないもんだそうでね、あれは。馴れた輪の中から、なかなか出ないもんだそうで」

こいつはひょっとして、いまわしいようなことに、なったのかもしれないぞ、と杉尾はあやぶんだ。車は環状道路に入ってさらに速度をあげ、左手の空が白みはじめていた。乗りこんだ初めが初めとは言え、こんな事柄で、これは話が通じすぎる。赤の他人の運転にしばし命をあずけるのはかまわないが、相手にいよいよ、こちらへ心をひらきかけるような、そんなけはいがある。こういうことは慎しむべきだ、ろくな結果を呼び寄せない。話を聞いたが百年目ということもある。とさすがに疲れのせいかいささか迷信がかった惧れにさいなまれ、この睡気に似た疎通の空気を打ち払おうと、冗談口のひとつも叩こうと焦《あせ》ったが、その種に思いつく前に、相手はぼそっとつぶやいた。

「火付けの顔を見たことがあるんですよ。火を付けるところを」

取返しのつかぬ言葉に聞えた。しばし呆気に取られて、相槌を打って乗り出したものか、まず結末をたずねておくべきか、手もなく戸惑ううちに、相手の舌はほぐれて、じつは下町のほうで店を出してましてね、もう何年も前に間違いがあって手放してしまいましたが、とすでに打明け話の中に入っていた。その頃のこと、あたり何町内にわたって、正月から二月の、木曜の未明ごと、やはり二時前後に、放火が続いたという。

で、警察にまかせておいても一向に埒があかないので、店ごとに男手を出して町内の自警にあたることになった。寒い盛りではあったが、週に一度と曜日も決まっていれば、時刻も午前の二時をはさんでほぼ一時間と、几帳面に限られていたので、たいした苦労もないようなもので、あちこちの角に着ぶくれた男どもが三、四人ずつ、茶碗酒も入って、被害といってもまだ小火程度だったので、お祭り気分で屯《たむろ》していた。皆まだ若かった。だいたいが四十過ぎの、中年の遊び盛りの頃で、時代も景気が良かったせいか、寄るともう女の話になる。話に興が乗れば角から角へ往ったり来たり、もう騒々しいものだった。これでは警戒にもならないと言い出す者があって、一人ではなんだから二人ずつ、物陰にひそむことになったが、ほんのしばらく静かにしていたかと思うとあちらでぽかり、こちらでぽかり、煙草に火が付く。口もとが変に赤く浮ぶもので、火付けと見分けがつきやしない。しようがないねと笑いながら結局また四、五人ずつにかたまって、熱心に猥談をはじめる。そうこうするうちにしかし、かならずどこかの町内で火が付けられるから、不思議なような話だった。伝令が来ると、すわと打ち揃って現場へ駆けつける。何にもなりはしない。ひとしきり勝手に興奮して騒ぎまくって、和気藹々の顔でそれぞれ家にひきあげる。

ああいう雰囲気の中では手前の妙なことを誇りたがるもので、ひと月のうちに町内の旦那どもの浮気はあらかた、本人の口から知れてしまった。人の隠し事となると女房に口の軽い男もいて、女房から女房へと話が伝わって、あれから一年ぐらいは町内軒並みに悶着が起こったようだったけれど。

「手前の古女房と、どう寝るか、熱心に話す男もいたもんだ。しかしなまじの浮気話を聞くよりは、情景が浮んで浮ばないようで、かえって気を惹くもんだねえ」

浮んで浮ばないようで、ともう一度節をつけて口ずさんで、なるほど昔は色事を好んだらしい、知合いの女房でも狙いかねない、酷薄な白面の影を目尻のあたりに残した皺顔が、前方の路上に向かってにたりにたりと、まるでそこで善良なる夫婦たちが幾組も十年一日の、習いによって思わず熱心なまじわりを繰返しているかのように、ひとりでちょっと凄惨に笑いつづけた。白面のままに年を取って、よけいに皺ばんで、飄々とした人あたりの良さの下に険悪さを隠す顔だ。その方面の関心か、と杉尾はひとまず安心した。猥談ならば、気も向かないが、さしあたりつきあえる。どこか人の劣情を惹く喋り方をするのは、これは女衒《ぜげん》の性《しょう》というものか。荒淫に頽《くず》れて早く老いた男には、おのずとその性がつくものか。人を見れば頽したがる。しかしこれがもしも女衒の性だとすれば、この獲物を、誰に引き合わせるつもりだ。むろん女ではない。火付け男だ。火付け男に合わせると最初に約束して、道々、手前の身上の一端をゆるゆると披露しはじめたのではないか。

こちらの関心を引きこんでおいて、舌なめずりして、ぎりぎりまで身上話につきあわさせる了見かもしれない。そう考えるといかにも厄介な、あと十五分ほどで家に着くとはいうものの、とにかく自身を質に取られた気がして、杉尾はわざと睡たげな声でたずねた。

「それで、火付け男はどこに」

「会ったんですよ、このあたしが、ええ」

「どこかで、ぱったりと」

「いいえ、あたしのほうが嗅ぎ当てて、あとをつけました」

「で、捕まえたの」

「はあ、なんでお客さんに、この話をする気になったかな。もう長いこと、思出しもしなかったのに。女とひどいことになる、その直前のことだったな、あれは」

あの女将も最後まで、犯人が捕まったのか捕まっていないのか、はっきりとは言わずじまいにしたな、と杉尾はちらりと、かすかな憎しみをこめて思った。車は赤信号にかかり、見れば路面も明けかかり、こんな時刻にどうしたことか一人で歩道を行く若い女の顔にも同じ白さがふくらみ、やりたいねえ、と運転手はそのスラックス姿をしばし剝出しの目で追っていたが、ハンドルにちょっと身をもたせかけて長い息をついた。話を続けるけはいが消えていた。そのまま黙って車を出して最後まで口をきかなくても不思議はない。前方に見える立体交差の、脇へあがって橋を右折すれば、この時刻の道ならもう十分とかからない、と杉尾はかるい焦りのようなものを覚えたが、それを呑みこんで目をつぶり、そう言えば話好きの運転手というのは一般に、話題を急に変えたり切ったりする癖《へき》があるな、別々の客に同じ身上をきれぎれに話すのはどんな気分だろう。夜っ引いて喋りまくっているような気になるものかしら、などと思いながら、女と寝てきた身体にようやく本物の睡気も差して来るようで、発進した車の動きに背をゆだねた。

「どうして、わかったんだろうね、あたしに」また物思わしげな声がして、車は立体交差脇の坂をゆっくりと、こちらも物思わしげに登っていた。「放火の犯人などに、関心もなかったものね。手前の家もあるのに無責任のようだけど。顔やら風体やら、思い描いたこともなかったね。それが、すれ違ったとたんに、お客さん、ピンと来たんですから。いえ、あたしのほうも一人で歩いてました。持ち場を抜け出して、隣町のむこうはずれのあたりを。じつは女がこの夜中に、家の近くまで勝手に来てしまいまして。例の警備に就いて、路地の奥で人のお色気話を聞いていたら、角のところから顔が、こちらをのぞいているんですよ。目が光るんだ。気狂いだったね、ほんとに、あの女は。あとで咎めたら、寝床の中で放火の話を急に思出して、タクシーを飛ばして見に来た、あんたの姿をあちこち探した、お宅ものぞいた、とそう言う。よくも人に気づかれなかったもんです。誰《だあれ》も気がつかなかった。で、その場を言いつくろって、女を遠くへ連れ出して公園の暗がりで、ま、いろいろします。なんとか女を宥めて帰らせて、急ぎ足で引き返すところでした。それは、あたふたしてました。このさまを巡査か隣の町内の者に見られたら、何を疑われるかわかったものではないぞ、とそんなことを思って、道を一本避けて角を折れたそのとたんに、いえ、若いといっても、けっこう年が行って見えました」

坂をあがりきって車は陸橋のたもとで停められた。信号を待つあいだ話が跡切れるのを、あるいは車を運転する者の習いかとも杉尾は思ったが、流れが絶えておのずと人の目人の耳を憚る、落着きの悪さを覚えさせられて、明るさを増していく外《おもて》をしかつめらしく見まわした。やがて車は右へ折れて橋を渡り、交番の前を過ぎて、速度をあげるかと思ったら、道の左側に寄って、ほかの車につぎつぎに追越され、取りとめのない感じでゆるゆると走った。すれ違って、角のあちらとこちらに姿が見えなくなったとたんに、ぴたりと足が停まって、もともとそんな殊勝な了見もなかったはずなのに、踵を返して後をつけはじめた、という。出会い頭だったので、顔は見た。それなのに一瞬、顔を見られた、とそう悔んだ。相手の驚きが乗り移ったのだろうか。角まで返したときには、相手はそのあいだに足を速めたようで、かなり遠くまで行っていたが、後姿にはすでに見覚えがあった。角に差しかかるたびにどちらかへ折れる。その筋道のなさから、これはもう間違いないと思った。角ごとでこちらも姿を見失うまいと足を速めるので、間隔はまた詰まった。

「もういけない、もうどうにもならない、完全に二人っきりになってしまった」

運転手は低く呻いた。喘ぎを殺す色が声に混った。歎きに近い物言いだった。人通りがまったくないではなかったが、しかし、どうしようもなかった、という。速い遅いののべつ変ってしかも淀みのない、妙な歩調にうしろから合わせるのがもう精一杯だった。それどころか、たまに人とすれ違う、前の男の足取りがさすがに硬くなる、するとこちらはことさら公明正大な歩みになり、通行人の目をこちらへ惹いて注意を逸らす。そんなことをひとりでにやっている。自警団の姿が遠くに見えることも再三あったが、男は巧みに道を選んで、もうすこしで合図の届きそうなところまで寄っては脇へはずれる。配置を確めて穴を探っているらしい。一度も振返らない。足を速めたり遅めたりするのは、こういう場合に身についた習性か、どうやら全体にたいする用心らしく、それでいて人につけられていることにはたしかにまだ、勘づいていない。あれだけ張りつめた神経に、まだ勘づかれていない、とそう思うとかえって空恐しい、あやういことをしているのはこちらの気がして、いよいよ男の歩調からはずれられなくなった。男が物の陰についと添って、足音をひそめると、こちらも同じようにしている。しばらくすると先のほうの明るさの中へ、別人の後姿になってぽっかり浮ぶ。亡者に引かれて消えるというのはこういうことか、とそう思うと、いまさっき別れた女の尻がむやみと恋しくなった。

息をつめて喋りつのり、背は静まった。言葉が跡切れて、ハンドルにかけた手はほとんど動かず、車はほんのわずかだが、左右に振れて歩道沿いに進んでいた。早く相槌を打つか質問するかして、我に返らせてやらなくてはならないな、と杉尾は思いながら口をひらくの物憂くて、前方へおそらく内にこもった目を向けている運転手の顔を、誰かどこかで、見咎める者はいないだろうか、とそちらのほうを気づかった。対向車の目にはつくだろうか。先を行く車の、バックミラーには映るものだろうか。考えてみればすぐ近くを、それぞれ車の内に籠って、けっこう大勢の人間が往来している。天井燈を点滅させて注意してやらなくてはならぬように感じられた。

うしろの席で腕組みをして目を大きく剝いている客の顔も見えるだろうか、とまた思った。これをあらわに眺めれば、運転手が客にうしろから、呪縛をかけられている、という図になる。その光景がほかの運転手たちの注意の隅に運ばれて、あとであちらこちらでかすかにでも訝られてはかなわない。だいいち何の力……誰の力によって、呪縛をかける、と胸の内でつぶやくと、ふっとさらにうしろを振向きたくなるような、うそ寒さを杉尾は覚えて、そんな力はすくなくとも俺には、かりそめにもありゃしない、と最後のところは口に出してつぶやいていた。

「かりそめにも、ねえ」と運転手は答えて、辻褄はまるで合わないがとたんに背にまた精気が差して、ハンドルから身を引き離すと車の速度をややあげた。「いえ、とうとう勘づかれてしまいました。とある角をこちらが曲がりきる前に、ひとつ先の角に敵は消えてました。あわてて大股の歩みで、その角をあてずっぽうに折れて、前方にもう影も見えないので駆け出して、もうひとつ折れてすぐそばの電話ボックスのわきを走り抜けようとした

ら、中から見てるんだな。受話器を耳にあてて話しこむふりをして、横目をつかってい
る。厭あな目つきだった」
「そいつは、百年目だったね」と杉尾はようやく相の手を入れた。
「それがおかしいんだよ」と運転手はまた一変して陽気な、素頓狂なぐらいの声を発して、車を内側に入れ、またすこし速度をあげてほかの流れに合わせた。「こちらは思わず立ち止まって悪びれたみたいになったのが自分で業腹でね、わざとゆっくりわきを抜けて先の角っこまで来て、どうせ気づかれたんだからと、おおっぴらに振り返ったものさ。敵はまだ同じ恰好をして、さっきあたしが莫迦みたいに駆けてきた角のほうを横目で見ている。なにをいつまで、隠れん坊やってやがるんだ。飛び出す隙を狙っているんだろうが、こちらはまともに見てるんだから、油断のしようもないじゃあないか、とそう思ったけれど、それが違うんだ。妙なんだね、あたしに気がついていないらしい。あたしのいるのと反対の方角を窺っていた目がそのうちに、念には念を入れ、物陰から物陰へ、だんだんにこちらへ移ってきて、あたしのいるほうをまたじいっと窺っている。それはもう不安そうな、物に警戒する野良猫みたいな目でした。それが、もう逃げも隠れもしないで路上に突っ立っているあたしの姿がどうも入らない様子なんだ。どうしても気がかりが残るらしくて、受話器を耳から離してしまって顔もはっきりとこちらへ向けて、くりかえし道を見渡す。緊張しきった目が、右から左から、遠くから近くから、あたしのところまで来ると、

光が薄くなって、微妙にそれるじゃないか。あれは、どういうもんだろうね」

「わかりますよ、それは」杉尾はたのもしげに受けてから、しどろもどろになった。「つまりさ、あまり影に怯えると、かえって物が見えなくなる。たとえば、人のけはいにあんまり敏感になると、そのけはいがあたりに充満してしまって、そこに現に立っている人間が、そいつはけはいではないので、見ていて感じ取れないとか、ま、そういうことだ」

「野郎だって、人さまの家に火を付けるという、大それたことをやろうとしているんだから、死物狂いのはずなんですがね」

「その死物狂いというやつがいろいろと、あやしげなところがあるわけさ。声だとか影だとか、雰囲気だとか、そんなものにばかり動かされる」空恐しいようなことを口走っていると杉尾はひそかに思った。「人ではなくて、けはいに追いつめられている。けはいに追いつめられて、火を付ける。後をつけられている気がして、振り返ると、人がいる。これがひとつにつながらない。同じように、ゴミ箱に火を付けて来たら、やがて遠くで火の手があがった。これがひとつにつながらない。あまり予感がぴたりと当ると、現実のことと感じられないだろう。あれを甚しくしたものなんだろうね」

「そんなものかねえ」と運転手はますます陽気な声で受けて、いささかでも得心したかどうか、それはあやしかったが、話の調子さえ合えば中身はどうでも思いはひとつになるという、あの意気投合の感じで燥《はしや》ぎ立ち、疾駆する車の勢に気持がすっかり乗ったようで、いまやあたりでもっとも荒っぽい、傍若無人の運転になっていたが、腕はたしかそうだった。「とにかく、あれはあたしをまくための、芝居じゃあなかった。ボックスを出て、また慎重に左右を見渡して、そこからもう忍び足で歩き出したものね。あたしのすぐに見える角から、路地の中へすっと入って行きやがった。それからまた後をつけて、いや、走りまわったこと」

あの界隈の、そうでなくとも入り組んだ、狭い路地から路地へ縦横無尽に、足音も立てず、走るでもなく、ただ歩く影がそのまま前へついついついと、押し出されていくみたいな、不思議な速さで進み、ふいに横へ流れて角に消え、こちらは小走りに追っても離されがちで、のべつ間合いをはずされ姿を見失い、一度などはこちらが路地へ飛びこむのと同じ呼吸ですぐ隣の角からすっと出てきたのに、五、六歩も行ってからはっと気がついて引き返すありさまで、うっかりすると追うよりも追われるかたちになりかねない、よくもまあ、出会い頭にならなかったものだ。いや、かりにそうなっていても、邪魔はなかったかもしれない。

とにかく敵は取っ憑かれている。振向きもしなければ、もう左右を見まわしもしない。後姿がまったく変らない。そのうちにこちらも憑き物が、足から乗り移ってきたらしく、姿を見失ってもいっこうにあわてず、急がばまわれ、引き返したり立ち止まって思案したりしたらいけない、ひたすら勘にまかせて角から角へと進むと、なるほどこういうところに火は付けるものだ、とそんな場所も目についてきて、しばらくするとかならず敵の姿と落合う。二度や三度はこちらの姿も見られているはずで、何のために後をつけているのだか。跡をつかめさえすればほっとして懐かしいような、八百長みたいなもんだった。

遠く路地のおもてを、自警団の連中やら私服らしいのやら、ときには制服の巡査まで、あけひろげに通るのが見えたけれど、なんとか知らせなくてはと焦りもしなくなった。男は足を止めて物陰にかくれる。こちらはこちらで、勘ははたらかなくなる、残された身の置きどころはなし、やはり物陰へ窮屈にへばりつくことになるので、迷惑なぐらいに感じた。通りのほうはああもまめに巡回するくせに、肝腎の路地の奥へはわざとのように入って来ないものだ。これでは餓鬼の夜遊びではないか、とそう呆れながら、しかし願いが届いて連中がこの路地に入って来たらどうしよう、物陰から一人の袖をひょいと押さえて、口に指を立て目くばせするだけですぐに伝わるものか。そうこころもとながるまた一方で、もしも合図が伝わって連中が一斉に鋭い目をあたりにやる、殺気のようなものが走る、そのさまを思うとなんだか、弱い者にたいして無残な裏切りでもはたらく、厭あな心持ちがしてきて、自然に息をひそめていると、いつのまにか、男がいまどのあたりに身をひそめているか、においでわかるような、獣めいた気分もしてくる。

男がどのあたりにいるのか、わからなくなったのは、また後を追って小走りに回ってい る最中だった。姿を見失っただけでない。勘もふっつり絶えていた。かわりに、においが残った。気分ではなくてはっきりと生温く、いましがたまで人がそこにうずくまっていたにおいが、立ち止まった足もとから昇ってきた。ここは何処だ、いまは何時だ、何曜日だ、とそんな悠長なことを思ったものだ。それから、弾かれて、駆け出した。足音を殺すゆとりもあらばこそ、ばたばたと一方へ駆けては身を翻して駆けてもどり、左へ走ってはたちまち手応えをなくして右へ取って返し、結局は同じところをうろうろと、離れるに離れられず、立往生して小便を洩らしそうな不安の中へひきこまれかけたとき、ある路地の光景がぽっかりとうかんだ。子供の頃から見馴れた場所のように感じられた。はっとしてすぐ目と鼻との先の角から中へ飛びこむと、壁に寄せて廃物を積んだその陰に、赤い顔が見えた。一心にうつむきこんでいた。あれでは近くの人の足音も聞えない、それでかえって人に勘づかれない、とそう思った。その顔はいまでも覚えている。目をつぶればすぐにうかぶ。

「もし、運転中に、目をつぶらんでくださいよ。顔のことは、いまはいいから。それで、取っ組みあいになりましたか」

「いいえ、通り抜けなので、逃げられました。それは、あなた、逃げられますよ。追いかけようとすると、まず火を消さなくてはと、気持が分かれますから。いやあ、必死になって火を踏み消したこと。いや、それがまた妙でね、犯人のほうを見てもいるんですよ、いや、誰にも見られていないみたいにゆっくりと路地を出て行くんだな。角を左へ折れてから、もう一度姿をあらわして、右のほうへ行きました。まるで違った顔に見えたね。だけど同じ人物とわかった」

だけど、火がすっかり消えてから、叫ぶんだから、あたしもおかしかったよね、と運転手がひと息入れて笑ったときには、車はすでに杉尾の住まいの、近隣といえる区域に差しかかり、立てこもって暮しているつもりでも近隣となれば、こうして帰ってくる目に妙なふうに粘りつくものだ、と杉尾は思いを逸らされてつくづく眺めた。自警団の連中がたちまち駆け寄ってきて、こちらを疑ったりはせずに、話した状況をすぐに呑みこんで八方へ散った。それを見て、早く叫べばよかったと悔んだという。あたり一帯が大騒ぎになり、この町内では初めての事だったので、家々に燈が点った。例によって自分の町内からも救援が駆けつけた。犯人の風体を、あまり詳しくも話せなかったはずなのに、それらしい姿ならいましがた自分も見たという者が何人か出てきて、そういえばなにか気になって男の去る方角をちらりと確めたという者もあり、その後からも見かけたという伝令が次々に届いて、その界隈もかさなり、いっときはついに獲物を輪の中へ追いこんだような、気負った空気がみなぎったが、時間が経つにつれてそれもぼけて、莫迦話が出はじめた頃、まるで見当違いの、手前たちの町内から火の手があがった。

「驚いたね、まったく。なんであああも大胆になったことやら。物干しに登って、鍵のかかってない窓から、火を放りこみやがった。警備がすっかり留守というわけでもなかったんだがね。ま、そういう時は、上のほうには目が行かないもんなのだろうが、部屋の内は乾いているからたまらないや、二階が半焼しました。あの時刻に、どこに隠れてやがったんだと思われるぐらい大勢の、顔も見たことのない弥次馬が集まったもんです。あの頃にはもうアパートが、はずれのほうから建てこんでいたからね。しかし二階半焼でも、人は死ぬもんなんだね。死人が出るとたいてい、こういう連続放火はやまるもので、これで犯人をあげそこねたか、と刑事は渋い顔をしてました。ああ、どの辺ですか」

ああ、まっすぐにやってこの先の三叉路を、まっすぐに渡って停めてくださいな、と普段なら指示するところまで車は来ていて、杉尾はこれで話も尽きたかといま一度疲れを覚えて、馴れた寝床を慕ったが、ふと思い直して、やや手前から左へ、公苑前の並木道へ折れさせた。車稼業の者たちがよく仮眠を摂る場所でもある。車を停めると相手の背はすでに、途中いっさい話をしなかった表情になっていた。金を渡して釣銭を受け取り、扉がひらいて、杉尾もなぜこんなところにわざわざつけさせたか了見がわからなくなり、ほっとして浮かしかけた腰を、何を思ったかちょっと依怙地なふうに、また座席に沈めた。

「それで、捕まらずじまい……」

「いや、捕まりました」と運転手は答えて、眉をひそめたのが見えた。「よしゃあいいのに、もう一度やりやがった。現場を押さえられました。目撃者があんがいに多くて、本人もあちこちの件をいっさい吐いたそうです。町内の現場検証に来たのも見ました。二十八の大学出で、引かれ者の神妙な顔つきをして、自分から指を差して説明してましたけど、しかし似てなかったね、あたしの見た顔とは」

「で、そのことは、話しましたか」

「どうもよくわからないと、それだけ答えておいたね。顔をはっきり見たとは、事件の夜から、人に言ってなかったんでね。くわしく話せったって、あの顔の印象はねえ、話せば何の特徴もなくなってしまう」

「しかし、そいつは寝覚めが悪いやね。で、いったい何年前のことなの」

「供述はいちいち、警察の気がつかなかった点まで、ぴったり合ったそうですよ」

「合いすぎるのは、まずいんだな」

「そんなこと、いまさら言われたって……お客さん、すみませんが、そこを降りてくれませんか」

「ああ、これは悪かった。こいつは酔っぱらいが、大事な商売のさまたげだ」

言葉のゆとりのわりにはそそくさと車を降りて、考えてみれば五月も末に近く、雨を経て緑の濃く繁る欅並木の下を抜け、いましがたの大通りから、車の去った方角を確めもせず三叉路を過ぎて夜明けの団地を目にしたとき、その監獄の壁に似た堅牢さがいかにものどかで、とたんに遠く近くから鋭く叫ぶ鳥の声が降りかかり、こちらに向かって窓がひとつだけあいていて、内に白っぽい人影があるようなのを、杉尾は立ち止まって見あげた。

とその目の前を、やさしくにおう、赤馬のでかい図体が通りかかった。血管を浮かせた長い脇腹を揺すり、かすかに露に濡れて、くすんだ早朝の空気の中へ甲高く、輪郭正しく足音を響かせ、また一頭首を長く垂れたのが通りかかり、大勢の馬たちの蹄の音もいまさら聞えて、眠れぬ夜の明け方と同じく、世にも安らかな声として、つくづくと耳を傾けさせながら、あまりにも鮮やかで幻聴のおもむきがあった。窓のほうはいつもながらの、朝帰りの錯覚だった。

廊下まで上がってもう一度、朝稽古に向かう引き馬たちの、従順な列を目にしたとき、免《マヌガ》レテ無恥《ハジナシ》なる言葉が唐突として浮んで、これなんだよ、俺たちは……ほんとうに、いまからはや懐かしくて、もう泣きたくなるほどの自由なんだよ、と頭《かしら》をゆるく振りつぶやいた。

15

玄関の扉を引くと同時に仕事場の電話が鳴りやんだ——そんな気がした。もともと音量を細く調節して小布団の上にのせてあるので、聞くほうの状態にもよるのか、どうかして蟋蟀《こおろぎ》ほどの声でしか呼ばない。扉を閉めてあらためて耳を澄ますと、静かな中に余韻《なごり》が潜んでいて、どうやら幻聴のようだった。遠ざかる馬たちの蹄の響きが聞えていた。何事もない。それきり、もしも空耳でなければこの時刻に誰からだろうと考えもせずに杉尾は床に就いた。すぐに眠りこむその直前に、一頭だけ遅れて行く、赤い赤い馬が見えた。

日がまた流れ出して、むやみと晴れる六月かと思っていたら、ようやく梅雨に入りかけた。ベランダの箱の中に種《う》えた朝顔の、発育がおかしくて、葉ばかりひろげてなかなか蔓を伸ばそうとしない。こいつは芋なんじゃないか、と杉尾は子供たちに笑ったりした。他人の庭に見る紫陽花も今年は盛りのうちから腐れて見えた。風のない日には近くの公苑の林が梢のあたりに白い靄を溜めた。その下を通ると頬や首すじに落ちかかる滴が、昔の山登りでは雨天のほうをむしろ好んだぐらいだったのに、ひどく陰気な、腹の中から疼きを呼びさましそうな冷たさに感じられた。

うつむく目の左上隅あたりから斜めに、うっすらと青味のかかった、淡い明るさが射すことがあった。睨む文字がその明るさを受けて左肩のあたりからわずかずつ掠《かす》れる。長年の疲労がいよいよ飽和したか、と厭な思いはしたがまた一方で、身の内が実際に白んで、雨天が晴れるような心地のするのが理不尽だった。そんなとき、鬱蒼と樹の繁った崖の下に自分は暮したことはなかったか、とまた奇妙なことを杉尾は考えた。記憶をたどるまでもない。崖の上はあるが、下に住まったことは一度もなかった。

虫に螫《さ》された跡が桜色に腫れあがり、おそるおそる掻いていると内から疼きを持って、首やら腋やら股やらの腺がぷっくりと痼《しこ》る、あの小児の体感はどこへ行ったか、とその名残りも今はない図太げな腕の、上膊の蒼さを眺めたりした。全身に化膿の濁りがまわり、頭は重く目もどんよりとして、鼻や口の粘膜が爛れたように敏感になり、物のにおいが芯にこたえる。飯と汁のにおいが、空腹にもかかわらず、つらく感じられた。糠味噌の茄子《なすび》や瓜の香が露に濡れた夏草と同じ鋭さで胸を衝いた。糞壺の中で蠢《うごめ》く蛆どもの、白い精気を想わせた。

それに水のにおい――水に合わない、水にあたった、と親たちには言われた。戦災を受けて疎開した城下町のことだ。水の豊かな町だった。しかしどんなに清い水にも、それ自体の濃厚なにおいはある。それが四六時中、掘抜きの井のさざめきとともに家の内に満ちて、乾いた畳の上へ坐りこんでも身のまわりに寄ってくる。それに負けて、それを憎む、そんな体感でもってしばしば、家の内を忙しく歩きまわる女たちの着物を、着物とモンペを、同質の感触のものと眺めたものだ。

黄燐焼夷弾というものが庭先に落ちたことがあり、大きな穴があいて水溜まりになった。その水がいきなり火を吹く。それをまた寄ってたかって水をかけて消す。しばらくするとその水がまた燃え出す。その炎のにおいが半月あまりも、女たちの着物に染みついていた。飯や汁のにおいともひとつに融けた。結局、あらためて家は焼き払われたが。

女たちからの連絡はなかった。病人は落着いたらしい、と杉尾はそれだけのことを思った。日々に索漠と癒えていく、なにさま壮健な顔も見えた。退院のことも嘘ではなくて、たった一日の辛抱が境だったかもしれない。萱島國子のところへ電話をかけるという少々の狂いを病人が断念すれば、萱島と杉尾との継ぎ穂も断たれ、接近しかけたのが三者三様の、先の長い軌道にもどる。とまるで三者の間に深い経緯でもあった心地がして、首をかしげさせられたが、経緯と言えるほどのものはなくてもささやかながら危機であったことには違いがない。病人がまず忘れる、その病人のために萱島が忘れる、その萱島のために杉尾が忘れる、最初からほとんど何の役割もない端役が最後に退場する。あるいは病人が萱島のことを忘れる、萱島が杉尾のことを忘れる、そして杉尾が病人のことを忘れる、とこれなら完璧だが、それにしても、忘れるにも連環が必要だとは矛盾みたいな話だ、とまた首をひねった。

あとの二人の女たちについては、連絡のない日が重なるにつれて杉尾は自身の存在を、それぞれの肉体の内で日々に薄れる汚れの跡として感じることがあった。どちらも長いこと保った芯の静かさの、犯罪者でもおのずと呼びそうな深まりを恐れて、あれは情欲などというものではない、目をつぶって乱れを引き寄せた。どれだけ揺がされたかは知らないが、とにかくそれで恥辱の心を更新して、男の存在は遠くへ遣り、わずかに肌に残った痕跡をもう悔みも悪《にく》みもせず、かえって憫《あわれ》んで、たわいもなく薄れていくのにまかせてまた長い沈黙を取り戻していく。一人はすぐさま自身の内にうずくまり男に帰りを促した。一人は、そそくさと服を着込んで目の前に立った男を裸のままあどけない顔で見あげて、また途中で置いてきますかと笑った。どちらにもすでに男を拒む沈黙があった。ひと眠りして目をひらいたときには、さらに深まっていたはずだ。

人は消えて、しかし抱かれていた、犯されていた、犯させていた影は白く残る、ということもあの気丈な女たちなら可能かも知れない、と杉尾はまた考えた。押しひらかれた膝を見苦しくあげて迎え、肌も締まるおぞ気の中からそれでも、まるで身も世もあらぬ、どこの男にたいするどこの女でもあるような、息を走らせる。そのすぐまわりからしかし闇がひろがり、誰にも見られていない、誰にも聞かれていない。そのままひとり、血の気のさがった冷い身体で床の中から起き出して、すぐに働きはじめる。ひとりで物を食べる。もともと男の跡が残るほどには、片づいた部屋の中を歩きまわらせなかった。ほとんどまっすぐに自身の、恥辱のほうへ導いた。一日だけ陰鬱な身体をひきずって、もうひと晩眠れば、あとはまた日々に真剣に暮しつづける。変質者のことも殺人者のことも眼中にない。しばらくも時間を淀ませない。物事をそのつどてきぱきと始末して、身を動かさぬときにも気を先へ働かし、不断のゆるやかな緊張の中で心が寛《くつろ》ぐ。暮しの真剣さを保ったまま床に就き、緊張に支えられて安眠する。その間際にあの影が浮ぶ。淫らな光景だが、人もなく情もなく、白く透けて、ひょっとして病人の言った、節度の極地に似ているかもしれない。

或る日、たまたま仕事場を出て台所を通りかかると壁のインターホーンが鳴って、行きずりに受話器を取ってたずねると、運勢判断と扉の外では答えた。巡回して、気軽に、見させてもらっている、家庭訪問の占いだという。まだ若いようだが商売柄なかなかの弁舌で、顔の見えない主人のことを、福相のある声をしていると褒めるので、こいつは乗せられたら仕事の妨げだぞと杉尾は面白がりそうな気分を戒めて、あんがいしどろもどろに断り、おい、セールスの八卦だと、驚いたな、俺の商売はまだまだ甘いぞ、と妻に声をかけて仕事場にもどったが、仕事がまたすこし進み出すと、どういう心の習いか、易者に門前払いを喰らわせたことにしつこく気が咎めた。うらない　あきない、あきない　うらない、と語呂を深刻げに口の中で転がすうちに、それは人の懐の、余りをあてにした生業《なりわい》だから、余りが世間全体としてすくなくなれば、坐って待つばかりでは立ち行かない、まめに自分から出向かなくてはならぬ道理だ、人の不安に乗ずるのも危機感がまだまだ上機嫌のうちだからな、と長嘆息させられ、旅の僧を邪慳に払ったような疚しさはそれでおさまったものの、今度はいましがたの声の燥《はしや》ぎが耳について悩ませた。それは燥ぎますよ、燥がねばなるまいさ、とつぶやいていた。

一人でやる商売は、正直のところ、心細いもんだが、しかし苦労は苦労として、いつまでもやはり、子供っぽいもんだね、と例の病院に向かう道で杉尾は友人の森沢に言った。いやいや、それは俺たちも一緒だよ、と長年会社に勤める友人は首を振ったものだ。四十を越すと年々歳々忙しくはなる、仕事も家の経済もきびしくなる、今に比べればつい五年前まではまだ気楽な青年みたいなものだったと懐かしくなるぐらいなものだけど、それとこれとはまた別で、外のすべてがきつくあたるにつれて、内面どころじゃない、その内面が何というか、自分にかまわれなくなって、子供っぽいところが出てくる。いや、男の仕事というのはもともと、大まじめでも子供の戯れみたいなところがあるのではないか、精根磨り減らして駆けまわっているけれど長い目で見れば十中八、九、動くために働いているみたいなもんで、その残りの一、二が恐いんだけれど、と笑う顔を見ると、髪の半分近くが白くなっていて、それに照らされて、たしかに数年前に会ったときよりもふくよかに、昔の童顔があらわれていた。この切れ目なしの忙しさを走り抜けたその先が、もう老年ということなんだろうな、とさらに含羞《はにか》むようにした面立ちはずいぶんと男臭くて年の皺は隠れもないが、眉からの目のまわりの線が柔らかくて、殆《あや》うい ようにさえ見えた。

そんなことを訝っては、杉尾は期限のある仕事から逸れきりにはならず、女たちのことをまた切れ切れに想った。ひきつづき、真顔《まがお》に暮している。誰でも暮すのは真顔に違いないが、遊びのすくない動きの中でふと立ち止まり、腰を引きぎみに思案する姿が浮んだりした。おそらく特別のことでもない、日常決まりきった段取りか何かの思案なのだろうが、静止の中でつかのまはてしもなく深まりかけるものがあり、茫然とした裸体が透けて見えてくる。その沈黙が杉尾の内から、こちらも浮かれて躁《さわ》いでいるわけではなく、負けずに真顔で仕事に向かっているというのに、おもむろに力を吸い取っていく。いま頃は何知らぬ顔で人に立ち雑って平生のいとなみをつづける女の、衣服につつまれた裸体の感触をどこまでも慕う、ごく若い頃の情欲と似ていないでもない。あの肌にまためぐり合ってこの肌を合わせることが、十日十五日の後と決まっていても、奇跡のごとくあの頃には思われたものだが、今では肌の覚えが、いささかは生温く穢《な》れたままに、遠くにあって寒い風を呼びこむ穴のように感じられた。虚脱感のあまり甚しくなりかけるときには思わず淫猥な呪文でも唱えたくなった。淫猥な気持はしかし動かない。息をついて想いを払いのけると、我ながら見馴れぬ神妙な姿勢を取っている。仕事を急ぐということができなくなり、体力の限界をわずかに越えないぐらいのところでゆるやかに持続されることが日常となってからというもの、この数年、仕事に向かう姿勢はたしかに以前よりも、外から眺めるかぎりよほど峻《けわ》しげにはなっている。外は峻しげに内は息を長く保って、すこしばかり睡《ねむ》たい。これをさらに先まで行ったら、といってもだいぶ先だろうが、離魂みたいなものが起るだろうか、男が仕事によって離魂されやすい時期はあるものか、誰かに背中を叩いてもらわなくてはならぬか、と戯れに考えることもあった。

女を抱く時の年配の男には、どうかすると仕事に集中する時と同質の張りつめた空虚が生じて、身は働きにまかせて魂はここにあらず、睡気のごときにさえつつまれ、女はそれを何とは知らず感じ取る。明晰で放埒な、愛撫にも残虐にも同じ表情あるいは無表情で向かいそうな力を、それで女たちはどこか気味悪げに、戒めるように抱えこんで、みずから敢えて乱れることによって宥めようとするのか。

女のただ静かに歩きまわる足音がする、それだけで男は夜々やつれていく、と怪談の一節らしいものを、いつどこで聞いたものやら読んだものやら、杉尾は思出した。履物の音を響かせるというような賑やかなものではない。うらめしげでもない。日常の立居のけはいにすぎない。男の睡《ねむ》りを妨げまいと心もつかっている。とすれば、幽霊である必要もないわけだ。呼びつければ、何でしょうかと顔を出す。水を持って来いと言えば持ってくる。床へ来いと命じれば裾のほうに屈んで帯を解きはじめる。端正なように乱れて、男が飽くと、そっと起き出してまた働きはじめる。うるさいから歩きまわるなと怒鳴りつければ、ハイと返事して一室にこもりきり、さらりとも音を立てない。その静かさがまた男にとってひとりでに凄然の気を帯びかかる。たまりかねて部屋を忍び出し廊下を渡って、はたして妖しの影の黝く揺らぐ女部屋の障子をがらりとあけると、針仕事の上からあどけない顔がふわりとこちらを仰ぐ。居眠りをしておりました、と赤らめた眉のあたりにたしかに、さきほど男に荒く扱われた疲れが滴っていて、虚をつかれた首をほっそりと伸べ、さらに頤を茫然と宙へあずけている。お前は俺を……俺に殺されて幽霊になる了見だな、と男はついに絶叫する。子供たちはというと常日頃、母親の沈黙に一体のごとく、安心して寄添っている。

俺がこの話にケリをつけてやろうか、と杉尾は自分で敷衍しておいてちょっと依怙地になった。亭主は手前の妄想の奔放さをつくづくあさましいと思いながら自滅していくのだが、事実は、まんざら妄想でもなかった、と。何夜かに一度は女房のところへ、男が忍んでいたというのは、これはまた別の趣きの話で、そうではなくて女たちが寄り合っていた、この家の亭主とそれぞれに関係のある女たちが、とすれば話はいくらか面白くなる。狂いかけた男をどうするか、その相談だが、駄目な男のことで徒労な思案をめぐらすうちに、集まること自体が楽しくなったとする。女たちが寛げばやはり物を喰う。茶を啜り駄菓子やら芋やらを摘む。興に乗ればこの家の女房が台所に出てちょっとした物を拵えたりする。女房が深夜まで行ったり来たり立ち働くのもこの寄合いの接待のためで、亭主に呼ばれて床を勤めるのも、女たちの懈《けだる》い歓笑を中座してのことだ、と。女たちはそれぞれこの家の亭主の癖をよく呑みこんでいて、男が癇癪を起す間合いも兆しも心得ているので、身を隠すのは造作もない。お互いに智恵を融通もしあうので、なおさら抜け目はない。男のほうも、盲点と言えばこれほどの盲点もなし、だまされるのは是非もない。おまけにこの男、ひそやかな音には病的に敏感なくせに、あからさまな音にはかえって鈍い。どの女の足音でも、ひそめさえすれば同じに聞く。そのことも承知の女たちはだから、この家の女房にかわって台所まで立つこともあり、亭主に呼ばれれば物陰から返事ぐらいはする。帰りには湯まで貰っていくありさまで、そのかわるがわる入っていつまでも続くさざめきを、亭主は興奮の引いた寝床の中から、女房が冷えた仕舞湯をもう焚きつけもせず、いつまでも温まらない身体を潰している、とそう思いこんで、さすがに不憫と聞いている。この男の唯一責められるべき迂闊さは、女たちが深夜に物を喰うために日の経つにつれて肉がついていく、幽霊の肥立ちが莫迦によろしい、とそのことにまるで気がつかなかったことだ、というオチはどんなものか。

昼の仕事中にも鳥の声がまた耳につくようになった。かならずしも季節によるものでもないらしい。山の中で聞いた時鳥と一瞬、鳴き出しのそっくりな声もあった。雨の中を駆け出した子供の、甲高い叫びがにわかに哀しく耳の奥に残ったりした。戸外の声につられて家の内へ耳を澄ますと、家の者たちがどうかしてひっきりなしに動きまわっている。足音を忍ばすわけでもないが、あんがいにひっそりと歩いている。それが跡絶えると杉尾は奇妙な心地へ引きこまれ、妻と子供たちの、日頃見馴れた姿とは別の、もうひとつの姿がいまにも見えてきそうな気がした。日常の顔つきのまま静まりかえっている。その静かさに、なにやら、おもむろに前へのめっていくけはいがある。何事でもない。異ったものがあらわれるはずもない。けっこう頓狂な声などがすぐに聞えてきて、杉尾はまた仕事に心をもどすことになるが、耳を細く澄ますとすぐ身近かな人間でも幽霊めいてくるものだ、とひそかに舌を巻いた。そこまで耳を澄ますということは、人としてよくよく慎しむべきことだ、とさすがに薄気味も悪くてみずから戒めたが、それでも機縁は外の声にあって自分の意のままにはかならずしもならないことかもしれないとも思った。

ある晩、仕事場の電話が鳴り出したときにも、それがきっかけであったかどうか、杉尾は扉の外に聞える家の者の、誰かが湯を浴びる音に耳をまた澄ました。一日のうちに何度も呼ぶ電話で、別に予感らしいものもはたらいた覚えはなかったが、受話器へ手を伸ばしかけてつい眺めた。そのまま、耳をよそへやり目の前の音を見つめるかたちで、もう十月《とつき》ほども前になる。井手伊子に初めて怪しげな呼出しをかけて酔わせた夜に、井手から聞いた話を思った。台所で水を使っていたら居間のほうで電話の呼ぶけはいがした。水をとめて襖のところまで出て見ると隣の電話と聞えた。安普請で壁が薄いうえに隣では電話の音を低く調節していないので、何度でも聞き違えて跳ね起きたりさせられる。それでもしばらく眺めていたという。それから台所にもどってまた水を流しはじめたが、いつまでも呼んでいるのがやはり気にかかった。もう一度水をとめて居間をのぞいたのは、念のためというほどのつもりだった。それが、敷居の前に立つとわからなくなった。見つめると音が遠くなる、目をゆるめると近くなる。そろそろと近くに寄って、急に胸を衝かれて受話器を取った。もしもしと相手の声が聞えてきたときにも、まだなにか大きな間違いでも続けている気持で、今度は音の消えた部屋の中を見渡した。夕刻に頂いたお電話のことではありません、という。

よほど広いのですか、あなたの住まいは、と杉尾はたずねた。いいえ、六畳ひと間です、と井手は答えた。それに台所と小さな浴室と手洗いと、そんなことまで初対面同然の男に教える顔を、杉尾は眺めた。そいつはあぶないな、気をつけたほうがいい、音の遠近のそんなに狂うのは、あまり良くない兆しだと聞きましたけど、とそれからつぶやいた。興味を惹かれると同時に、すでに逃げ腰になっていた。

こいつはあまり良くない兆しだぞ、と杉尾は鳴りつづける電話を眺めた。そう言えばこの狭い住まいにまるで長い廊下あり広い板敷あり、奥座敷あり土間あり、人も大勢いるとでもいうような、はるけき気分で耳を澄ましていることもあるな、と受話器を取って耳にあてると、もしもし、夜分失礼します、わたくし、森沢だが、とこれも親疎のいくらか狂った、友人の声がした。

「じつは石山の、ことなんだが」と相手は早々に本題に入って陰気な口調で切出した。

「あの男な、結局、癌ではなかった」

「そうか、癌ではなかったのか」杉尾もその口調に染まって、しばし絶句するかたちになった。「そいつは良かった」

「うん、そいつは良かった」

「で、もう退院、したのか」

「うむ、転院、させた。精神科のほうに」

「どうした」

「口をきかなくなった」

「よく喋ったじゃないか」

「あれが変だったわけだ。あんたの言ったとおりだ」

記憶を探ると、はっきりと覚えはないが、帰りの車の中で何かしら、精神のほうの病いをほのめかすことを口走った影はあった。死病に取り憑かれたと疑われている人間にたいしても、不謹慎なことは言うものだ。

「しかし判定に、そんなに日数がかかるものなのか」

「かかったみたいだな」

「みるみる進行するというじゃないか、俺たちの齢では」

「どういうもんだかな。そう思いこむと、医者にも見分けのつかないほどそっくりの症状があらわれることもあるらしい」

「ひと月もふた月も、むごい話だな。それだけで、俺なら、死んじまう」

「白と判定が出たとたんに、物を言わなくなった」

「それは、いつ頃のことだ」

「さて、十日も前だったかな、俺が呼び出されたのは。一昨日転院させた。それまで何度足を運ばせられたことやら」

この友人と、それから病人のやはり旧友二人と、それぞれ前に見舞いに行ったことのある三人が或る日、病人の細君に電話で泣きつかれて、翌日病院まで足を運んだという。病院の応接室で三人落合って細君から事情を聞き、ちょうど来てくれた医者からもいくつか助言を受けてひとりずつ、たまたま寄った振りで病室に向かう道々、病人は医者看護婦患者はおろか家族とも意思の疎通が跡切れている、子供の顔を見てもにこりともしない、勤め先の人間たちの顔を終始怪訝そうに見ていた、ただ旧友の名前だけをときたま口にする、と聞かされていたのでずいぶん心細く、どうせ徒労だと思われたが、病室をおそるおそるのぞくと、病人は羞かしそうに笑って迎えた。床の上に起き直って、ぽつりぽつりと口もきいてくれた。

この前の時のような、いかめしげな顔ではなくて、十七、八頃の少年の顔をしていた。言葉にも人を脅す調子はなくなり、神経繊細なぐらいで、この点では平常にもどったように思われた。狂った印象は受けなかった。むしろ病みあがりの感じがあった。ところが話を聞いてみると、まずこの病院にいる理由と経緯が、月日の経過ともども、分からなくなっている。三日前に正気に返った、まだ物がよくは考えられない、という。迷惑をかけたようだけど、早速よく駆けつけてくれた、と感謝した。ほどほどに合わせてさらに話を聞くと、どうも歳月が大幅に、二十年ばかりまとめて、そこのところが微妙なのだが、飛んでいるようでもあり、まるきり飛んでいないようでもあり、妻子もあり仕事もあり中年に深く入っていることはおのずと踏まえているようでもあり、それがすっかり落ちているようでもあり、とにかく、いま本人の心にもっとも懸っている、この病院へ入れられた所以と本人の思いこんでいるものは、いまをほんとうのところ何時《いつ》と思っているかは別として、どうやら二十代の頃の事柄らしい、とすこしずつ見えてきた。

なにかの事件を起したので、ここに入れられている。自分としてはちょっとした間違いだったのだが、被害が幾人かの人に及んだらしい。何はともあれその人たちに会いたい。話をすれば自分もすべてを思出せるだろうし、かならず釈明もできる。だからその人たちの所在を教えてほしい、とまわりに頼むと、そんな事実は一切ない、とまわりは否定する。医者とも患者とも思われない人間たちが交代で四六時中近くに詰めているところを見ると、事はすでに検察の手に委ねられているようだけど、しかしそういう事ではない。自分の頭で記憶を起せないのがもどかしい。もともと法律沙汰には馴染まない、心の奥の問題なのだ。心が心を傷つけた、それを償うのも心しかない。見も知らない人たちだけれど、心と心が底でつながっているからこそ、傷が伝わった。ほんとうの痛みは自分たち同士にしか通じない。邪魔さえ入らなければ話しあえる事柄なのだ。それをまわりの連中は、出来事そのものから否定しておきながら、まるで被害者たちがすべてもう、話しあうにも取り返しがつかなくなった、とでもいうような事後処理の冷やかさで、こちらが物を言いさえすれば調書に取りかかる。話すこととまるで違うことを、勝手に書きこんでいる。それはかまいやしない、制裁はいくらでも受ける、逃げも隠れもしなかったではないか。ただ、被害者たちへ、道を閉ざさないでほしい。

「教えてくれ、と俺にまで頼むのには、往生させられた。聞いていてやはり、狂ったなとは思ったよ。しかし、気味が悪くはなかった。不思議だね、あまり迷惑な気もしなかったもんだ。全体にこう、穏やかな心づかいがあるんだよ。言いつのるのでもない、ただ歎くのだ。これにくらべればこの前の、あのいかめしげな説教のほうが、ああいうのは苦手だ、なんだかグロテスクでな」

「それで、何をした、そのほかに」杉尾は探りを入れた。大きな影となって電話の上にかぶさり手の内の硬貨をきしりきしりと揉んで囁きかける病人の目つきが浮んで、いまさら、あれきり連絡のない萱島國子の身が案じられた。「その、妄想だか、何時のことだか、相手のあることだか、分からない事件のほかには」

「何をしたかって……病気だろう」

「いやさ、妙なことをしたので、そちらの病気が露見したわけではないのか」

「叫ぶとか暴れるとか、不都合なことをするとか、さて聞いていないな。心あたりでもあるのか」

「いや、何もない。あるわけがない」

思わず払い方がけわしくなり、杉尾は口をつぐんだ。もしもあとで、どこかへ電話を頻繁にかけていたのが始まりだったというような証言が出たとしても、このまま口をつぐむことになるのか。この友人はこれからも杉尾に病人の経過を報告しつづけるつもりか。そもそも、なぜこんな細かいことを報告しに来たのか、とようやく訝りが頭をもたげた。

「その過去の出来事にしても、具体的には何をやったわけでもない、とそう言うんだ」と友人はやや訴える調子になった。「ある日、部屋の中でじっと坐っていた。つらくてつらくて、身の置きどころもないのを、もう何日も何日もこらえていた。ぎりぎりになってからも長いこと静かにしていたのだけど、とうとう辛抱が乱れて、叫んだ。それで事が起った。被害が人に及んだらしい。部屋の中から走り出したりはけっしてしていない、と言うんだ。どういうことだろう」

「加害妄想というやつか。いまどき珍しいような気がするな」

「本人は周囲から追いつめられているつもりでいる。検察と病院が一緒になって、どえらい事故を捏造して、自分をその犯人に仕立てた上で、心神喪失を理由に不起訴にして辻褄を合わせようとしている、と疑っている。不起訴処分だなんて、考えるだけでたまらない、と顔をしかめていた。加害妄想なんだろうか被害妄想なんだろうか」

「死傷者の出た惨事を思っているのだろうかね。しかしその事故の存在は否定するのだろう」

「それは否定するが、もっと大きな、心の罪を犯している、と言うんだ」

「加害者のつもりでも、誰でも我身は可愛いからな。罪の意識は意識として、おのずと潔白の心地ではなくては、一日も生きられないというところはあるな。で、家族の顔はほんとうに見分けられないの」

「だから、そこが微妙なところでね。家の者たちも、この自分の身を守るためではあるが、周囲の策謀に荷担している、と囁くかと思うとまた一方で、家族の存在が意識から落ちているようで、まんざら芝居とも見えんのだ」

「ふうん、あんがい造作もないことなのかもしれないな、身近の人間の、顔が見分けられなくなるのは。すると、転院の世話は君らがしたわけだ」

「長い責任の取れない他人が、それをやるのは、あとあとのことを考えると感心しない、と医者も危惧したのだけど、我が子にたいしてまで返事をしないようではな。旧友以外には梃子でも口をきかんのだ。しかたなしに、細君は裏に回って、われわれ三人が新しい病院へ運びこんだ。安心して従いてきてくれたのはさいわいだった。四人でひとつ車に乗って、道中、皆青年に返ったみたいに喋っていたものさ。しかし、閉鎖病棟しかあいていなくてな。本人がすっと中に入って、ちょっと心細げにしたそのうしろで、鉄の扉は閉まる、面会は一週間後と申し渡される、細君は泣き出す、俺たちもそれは、寝覚めは良くないやね。前の病院へ三度も四度も足を運ばされたそのあとなので、ほっともして帰ったが。一昨日のことさ」

「そんなものかね。現在に行き詰まると、思いきり過去の関係に頼るものかね」

「ひとつだけ困った」相手の声がふいに変った。

「どうした」杉尾はたずねていた。

「杉尾を呼んでくれ、と言うんだ」

「なぜだ、それはまた、無縁の俺を」

「なぜ、人が通るようなことでは、初手からないんだよ。とにかくキリのないことだと、俺たちは思った。で、外国に行っている、と答えておいた」

「得心してくれたのか、それで」

「ああ、三年五年と言っておけばよかったんだがな、大した嘘はつけないもんだ、一年ほ

しまった」

くれ、とそう言うんだよ。車の中のことだったが、これには三人とも、しばし黙りこんでしまった。帰って来たらすぐに会わせてくれ、病院まで来るよう頼んでくれ、とそう言うんだよ。


「長いと思っているんだな」

「道々、癌で死に損ねたんだからもうひと月ばかり辛抱せい、次には俺が入らせてもらうから、というような調子に乗ってやって来たもんでね」

「まさか例の事件の、関係者の一人ではあるまいね、わたくしは」

「さあ……この前、顔を見たせいだろう。思いつくんだよ、いろいろと細かい、遠い事どもを。積年の謎が解けたような顔をするので、こちらもちょっと、引きこまれるね。いま頃はもう忘れているだろう。病院の渡り廊下でもう一度、同じことをたずねたけど、粘りつきはしなかった」

「どうしたもんだろうね」

「行く必要はない、とそう思うよ。俺たちも役目はもう済んだと思っている。責任の取れない立場で深入りするのは危険なことだとやはり感じさせられたね。結局は奥方に、皺寄せが行くのだから。とにかく、こういうこともあったので、耳にだけは入れておこうと、電話したわけだ」

「ああ、手数をかけたな、忙しいのに」

「いや、自分の一存で、あんたを外国へやっちまったのも、後味が悪くてね。そういうわけだからなにとぞ御了承を。ところで、その後、元気ですか。なかなか色っぽいような顔をしていたじゃないか、あの日は」

それきり友人は話を転じて、この前たしかに病院の帰りの車の中でそれぞれ心あてのありげな軽口を叩いて別れたようで、中年どうしによくある、お互にどうせ乏しい艶福をからかう調子で、車の方角が俺もそうだがあんたもちょっと違っていたようだなと高笑いも混えて、もう一度病人のほうへもどりたがる杉尾を追っ立て追っ立て喋りまくり、上っ調子のきわまったところで、とにかくそういうわけなんで、よろしく、とまた陰気な声になって電話を切った。その声と最初の、早々に本題に入ったときのじわりと低めた声が、ひとつながりになって杉尾の耳に残った。あの男も、昔と変らず神経はやさしく臆しやすく、その分だけ頓狂なところもそのままだが、それでも長年、黙っていればたちまち押しこまれるような場で人と渡りあってきたに違いないな、と杉尾は思いやった。おのずと相手を牽制しながら言うべきことは言って引く、たいていの場合でも引分けぐらいには持込んで別れるすべは心得ているらしい、黙りこんでいても暮せる人間とは積み重ねた鍛練が違う、としきりに感心するうちに、しかし考えてみれば病人だって、よけいにきびしく人と渡りあってきた男ではないか、と気がついて、病気すら長年の習いを受けてけわしく外圧に向かって突っ張っている、女子供の狂うのとわけが違う、とまたいかめしげな、いまにも義憤のごとき火に燃えあがりそうな目つきを想いながら、手はひとりでに動いて、萱島國子の家の電話番号を半分まで回していた。

ふむ、自分から呼ぶまいと誓っておきながら、こんなものまで憶えこんでいやがったか、とつぶやくと、次の数字がおぼつかなくなり手が停まった。何を話すつもりか、何を話さずにおくつもりか、どう切出すべきか、そよりとも思案が動かない。そればかりか、相手の顔も浮ばない。降ろした受話器にそのまま手をかけ力をこめ、呆然と扉に向かって、湯をつかう音に耳を澄ませていると、やがてその扉がひらいて湯あがりの女の、髪を濡らした寝巻姿が立った。

「あたし、すっかり忘れていた。一昨日《おととい》のお午前《ひるまえ》に、そこの電話に、男の人がかけてきたの。まだ休んでおりますが、と答えたら、ちょっと考えこんでから、それでは結構ですと切ったけれど、なんだか、ずいぶん差迫っていたようだったわ。名前を聞くひまもなかった。ざわざわしたところからかけていたわ。またどなたか、亡くなったのじゃない」

受話器を押さえつけて静まりかえっている亭主を、ふと怖気づいて眺めた。

16

地下鉄に杉尾は乗っていた。やがて接続の駅に差しかかり、電車がプラットホームに滑りこむのとほぼ同時に、すぐ反対側に黄色の電車が同じ方向から入って来た。そちらの扉のほうがわずかに早く開いた。乗換えはこちらからがあらかたで、大勢の客がもどかしく溢れ出し、こちらがすこし先のほうに停まるので、端からだんだんに、全体がおのずと右のほうへ斜めに駆けて行く。心ならずも揃って目標の前から流されて行くようにも見えた。終点までの杉尾は坐りこんで眺めていた。

動きがおさまりかける頃にもうひとしきり小さな、あわただしい動きがあるものだ。閉まりかけたむこうの扉から最後にひとり、若い女が零《こぼ》れて走り出した。杉尾の正面からいくらか後部になり、そのまままっすぐにこちらの電車へ駆けこめばよさそうなものを、やはり右のほうへ斜めに長く、すでにベルの鳴りやんだ中を浮足立って絶望したみたいに流され、スカートの裾を翻し、膝の裏の白さがほのかに見えた気がして杉尾の目の隅からはずれた。扉は思ったよりもひと息長く開いていた。

その間、杉尾は視野をゆるく前へ捉えて左右に振らずにいた。これはもう久しい、疲れた身体で人込みの中に出るときの習い性であり、目と心を正面へ向けて空虚にして、外界の物をどれと絞らずに、針穴写真函《ピンホールカメラ》の形で平淡に映している。そうしていると目の静かさの底に、ここしばらく自分でも意識せずに興奮の弱火《とろび》に炙られて暮していたことが、かるい爛《ただ》れとして感じられる。いましがたの女はたぶん、こちらからむこうへいったん駆けこんだのが、間違いに気がついたか、気が変ったか勘が狂ったか、間一髪弾《はじ》き出されて駆け戻ってきたのだろう、とそう想像した。根拠もない。自身の状態を勝手に見たのかとも思ったが、若い女の挙動に身を投影する齢でも柄でもなし、だいたい近頃行き迷っているとも思えなかった。

電車は終点に着き、杉尾は客の列に付いて長い急なエスカレーターに運ばれた。右手の高みから下りの客たちが運ばれてくる。上り下りと、妙な角度で対面する形になり、とくに降りてくる客たちが多勢に無勢のせいか、下半身をさらすことになるせいか、緩慢な流れの中で、動きへ禁断症状に嘖《さいな》まれるみたいな、所在なげな目を徒《いたず》らに瞠っている。額に炎天の火照りが見える気がした。上から眺めれば下の客も一緒なのかも知れない。こういう長いエスカレーターに、莫迦面《ばかづら》さげて運ばれていると、やにわにマシンガンを乱射したくなる、と言った男がある。

高さはこれまでに何度か気紛れに左手の階段を歩いて昇ってみて百にいくつか足りぬ段を数えた。いまもそちらを何人もが昇っている。従順に運びあげられる大勢のすぐ脇を追い抜いて行く。肩から上だけが見えて、大童《おおわらわ》なのがふいに壁の陰に沈んで、踊り場にかかるらしく、ひと息ふた息おいて後姿となり先のほうに現われる。歩けばエスカレーターよりは早く着くがいくらの違いもない。健康の為とは言うものの、どこの地下鉄の駅でも貫徹する者はすくない。あれはたいていその時の気分で、エスカレーターの列からひょいと逸れて階段のほうへ行ってしまうものだ。あとは徒労と思いながら最後まで辛抱するよりほかにない。ちょいのま零れたのにも似ている。体調の芳しいときの気紛れとは限らない。

それにしても、見え隠れに歩む姿というものは、壮健な早足で進んでも、立派に肥えた腰をしていても、どこだか蹌踉《よろぼい》の群れを想わせる。遠くから野越し藪越しに眺めるわけでない。すぐ近くを元気に掠めて踊り場に隠れ、また先のほうへあらわれる後姿がそのつど一抹、やつれて見える。遅速の差もまた、いささか異った境《さかい》を成すものらしい。すっかり外側からこれを眺めれば、茫然と運びあげられて行くほうに、幽鬼の群れの気味はあるのだろうけれど、と考えるうちに、ぱたぱたと左手の背後に小刻みな足音がして、あれは無分別だな、駆けるほどに階段が長く、反りかえるぞ、初めに定めた歩調を守るのが肝腎だ、と自身の昇ったときの膝のつらさを思っていると、女の髪の揺らぎがにおいそうな近くまで来て沈んで消えた。大勢の黙りこむ中でひとりけたたましい足音が続いて、まもなく先のほうにあらわれた背は肩から喘いでいた。喘ぎに揺すられ足もとはもつれ、膝を醜くしながら、それでも速さはゆるめずに、こちらを引き離していく。堅実に昇る男たちの傍をしどろもどろに、いまにも竦みこみそうにすり抜けて前に出るとあんがい傍若無人な、焦りの色を外目にさらして、また不連続な感じで駆けあがっていく。ああいう女はいるものだ、あんな手前勝手に取っ憑かれて人中を駆けながら、あれでけっして人にぶつからない、人目もさほどに惹かない、と眺めるうちに、女は階段を昇りきり、つかのまぼんやりと、後から続く男たちの道をふさいで前方を見渡し、左の人込みのほうへ小走りに消えた。

まもなく杉尾も上まで運びあげられ、それにしても平行に昇っていてあちらには途中にいくつも踊り場があるとすれば階段の角度はどうなっているのだろう、とそれだけのことを訝って、左へ向かう人の流れに付いた。

不安に似ているがそれ自体は空虚な緊張が始まったのは、人に雑《まじ》ってさらに階段を乗換えのホームに降りてきたときだった。杉尾は早足になっていた。こちらの地下鉄は階段のかなり先に停まるので、どうかするとホームに降り立ってひと息ついたところを走らされることがあるが、その間合いは客たちが心得ているようで、流れに従ってさえいればまず間違いはない。そう分かっていながら、足がひとりでに速まり、人を追い抜いていく。背を伸ばし、落着きはらった大股の歩みでまっすぐに進んで人をよけようともしないのに、先の女ではないが、おのずと行く手に道がひらける。あまりの順調さに、静かさが降りてきた。あれだけ一心に前方へ焦りを向けて、人目にさらされた背にはまるきり意識がないということは、考えてみれば空恐しいことだ、と怪しみながら、自身は後方へ神経を凝らそうともしなかった。

やがて静かさがやや濃い雰囲気を帯び、病人のことを想っていた。相変らず、辛抱をひとつ失ったばかりに遠くに惨事を惹き起して人を巻きこんだ、と身の罪を訥々と訴えるよりほかのことをしないという。事故そのものはやはり否定して、しかし心の上ではそれに劣らぬことを犯したと主張するのが、狂いきれない哀しさか。加害の関係妄想だと医者は言っているらしい。腹が痛いのは腹痛だと言うみたいなものだが、妄想よりも先にまず妄想の雰囲気が生じるという。向う臑をかっ払われたあとの、せつなくて懐しい、いや恋にも似た気分かもしれない。しかも一身の気分を超えてあたりにはるばると立込める。心が頽《くずお》れ和んで、まだ犯した罪の内容も分からないのに、どこかですでに啜り泣きが流れる。我身が泣いていて、そして大勢の人が泣いている。そのまま人中を歩きつづける。背は立て両腕を脇へ長く垂らし、いかつい掌を歩調に合わせてゆっくりと結び開き、もはや殺意はほぐれたと示すがごとく、白っぽい顔でひとり微笑んでいる……。

歩きながらにとろりと睡気が来て、ふいに脇を掠めて人込みの中へ紛れた影を見送るような呼吸で、雰囲気は落ちた。電車の停まるその先まで来てしまったか、人のすくなくなったのに気がついて立ち止まると、そんな豪気な関係妄想は俺たちにあるものか、妄想だって日頃の関心の、あんた、甲羅に合わせてつくるものだぞ、と侘しいつぶやきが洩れて鉄《かな》っ気の風が吹き寄せ、電車が近づいて来た。進入の勢いに辟易させられて一歩さがり、しかつめらしく待つ恰好になったとき、人に見られている気がした。

ふた駅で降りるということもあって杉尾は客たちの列の尻について乗込み、まだ開いている扉口の真中にホームのほうを向いて立った。最後に乗った役前として入口を取り仕切る、そんな顔をしてここで仁王立ちになっている客がよくあるものだ。と、斜め左手の、柱の前にぽつんと立った女が、杉尾と目が合うと柱を背で押して離れ、視線をひややかにたぐってまっすぐに、発車前の静まりの中を足取りも乱さず、すぐ最後部にいる車掌の目をあきらかに縛りながら近づいて来て、扉の閉まる寸前にするりと杉尾の脇へ自然に寄添った。

「しばらく御一緒させていただきます」

井手伊子は窓の外へ目をやり、ホームに沿って人の姿を探すふうにした。杉尾もつられて張りつめた目を滑り退いていく表にやり、いましがたまで寝床の内で馴染んでいたような、濃い肌のにおいの覚えを戒《いまし》めて浅く吸込みながら、柱のところから近寄られすぐ前に大きな顔となって迫られるまで、それと眺めながら井手とは見分けずにいたことを、我ながらけうとい反応と感じた。すぐ目の前から杉尾の顔を仰いで一瞬、扉の外で完全に立ち止まったものだ。

「いつ、気がつきましたか」明るさが断ち切られると窓に映った顔に向かって杉尾はたずねた。

「お宅の前から、跡をつけたと思いますか。あたしも、人に逢いに行くところなんです」

そう答えて井手は杉尾の肘の上に指先をかけ、かるく摘んだかと思うと服の上から爪を立ててきた。絡みつくけはいはなくて腰のありかも遠く、細い爪の先だけがくっきりと一点、揺るぎのない力で杉尾の肉に喰いこんでいた。口を封じられたかたちになって窓に映る顔をまた眺めるとなるほど、さきほどすぐ目の前で異様に大きく感じられたのもまんざらこちらの狼狽のせいでもない。少女の俤《おもかげ》を残してやや貧しく負けぬ気に締まっていた顔が、目も鼻も唇も、いや面相全体がよほど大ぶりになっている。頤《おとがい》の線も豊かだった。中年にさしかかった女に良く見受けられる変貌だが、二カ月足らずのうちに起るとは驚くべきことだ。体臭もよほど粘りをまして、この前電車の中で並んで立ったときとはまるで違う。床の中でひと眠りして、帰る男に起されたときと同じけだるい濃さがある。あれをその後ずっと身にまつわりつかせて暮してきたのだろうか。いや、その間に男関係が復活したのだろう、と杉尾はそう呑みこんで声をほぐしてたずねた。

「僕は次の次の駅で降ります。すこしなら時間はありますけれど」

「はい、あたしもそこでおります。時間はありませんけど」

妊娠しているのではないか、と杉尾は唐突として思った。

かすかなやつれをにおわせてその中で安らいだ声の、穏やかな拒絶に触れたせいか。余裕《ゆとり》のある鸚鵡返しの答えに、自身の行きどころのきっぱりとあることがかえって感じられた気もした。心なしかこちらもひとまわり豊かに不透明なようになった腰を、杉尾は目の隅で盗んで、この腰の行く跡をしばらく、自身は影となって追ってみたいものだと遠い心地になりかかり、それから途方に暮れて視線をまともに垂らした。相手はそれを感じたようで腰をもうひとつ遠くへ逃がしたかと思うと、またさりげなく寄せて、今度は脇をつけて肌の温みを馴染ませ、耳もとへ唇を近づけてきた。

「萱島さんにね、逢いに行きますの、これから。萱島國子さん、ご存知でしょう」

「はあ、知ってましたか」

「それは知ってますよ。昔のことは知りませんけど、あなたを知る前から、知ってましたよ、あなたがあたしを知るよりも先に」

「さては待ち伏せたな、ここに居るのは」ひっそりとすり寄せて笑いを殺しているふうな女の身体を、思いきり締めつけてやりたい衝動を杉尾は覚えて、昨夜の電話の萱島の声に耳を澄ませた。それではよろしく、お願いしますわね、と最後に萱島は言ったものだ。

「さて、どうでしょうか。どこで待ち伏せましょうか」そう答えて井手は杉尾の耳の内へ息を遊ばせた。「あの人を、抱いてあげましたか……念のために」自分こそ一体、誰に逢いに行くつもりだ、と杉尾は答えるかわりに胸の内でつぶやいて、もてあました手を額にやった。昨夜まず森沢のところへ電話をかけたときにも、同じ訝りにとらわれたものだ。他人事《ひとごと》ながらやはり気にかかるので一時間ばかり会ってもうすこし話を聞かせてくれないかと率直に申し出ると、森沢はちょっと迷う、危ぶむようなことをつぶやいていたが、それなら早いほうがいいだろうとまた妙なことを言って承知してくれた。病人のことだ。

その受話器をおろしたその手で、つい十分も前まではまだ気紛れめいた思いつきだったのがさっそく翌日の現実になったことにまた首をかしげ、萱島のところへダイヤルを回した。ようやく調べがついたので取りあえずと、病人の経緯をざっと話して、転院した旨を報告すると、やっぱりそうでしたの、道理で電話がぱったりと、と萱島は声を跡切らせた。よほど苦しめられましたかとたずねても、それはもう、お話をすればあたしのほうの恥となるぐらいのことで、とそれ以上は答えず、沈黙させられた杉尾の前で、胸の動きも見えるような深い吐息をついていた。杉尾は詫びたものだ。

明日友人にもうすこし詳しい事情を聞きに行く旨を伝えると、頼りにしてますので、とやや恨みがましく粘る声が返ってきた。もうあんな目には二度と、どうかよろしくお願いします、と。そして友人と会う場所と時刻まで確めた。それから口調が変って、お忙しいのにわざわざ、大変でいらっしゃいますでしょう。お宅からずいぶんかかるでしょうに、といたわりにかかった。なに大したことはありません、と杉尾は答えていた。近頃は地下鉄をまめに乗り継げばどこへ行くにも大差ないもんです。などと腰の軽い代理人が胸を叩かんばかりにして、聞かれもせぬ道筋を説明していた。

「ここで降りますが」

「はい、あたしもここで降ります」

二人は並んでホームに降りた。だいぶ端へはずれた車輛だったので、中央の階段まで来たときには上りのエスカレーターにあまり客もなかったが、杉尾は人の姿のない階段のほうを先に立って昇った。いましがた扉の内で声をかけようと振向いたとき井手の顔がすぐ肩口にあり、うつむけば唇の触れそうな近さから、さらにこちらへ頤をかるく差し伸べて目を薄くつぶった。ゆるやかな瞬《まばた》きぐらいの間だったが、杉尾の内に起ったざわめきの、余波《なごり》が階段に響く足音にこもった。

人中ではあれほど大胆なことを仕掛けたくせに、さびしい階段にかかると井手は杉尾の斜めうしろに順《したが》って一段ほど間隔をあけ、杉尾の横目の届かぬ角度を守って細い足音を響かせた。その中に杉尾は乗換駅の脇階段を駆け昇ってきた足音を聞き分けようとした。そのまた前の接続駅の、こちらは電車の中から聞えるはずもなかったが、斜めに流されるように走っていた女の焦りを感じ分けようともした。どちらもいま聞く落着いた足取りとは似てもつかない。姿にもたしか井手の影を見た覚えはない。白っぽい身なりは似ていたが、それぞれに別人らしい。井手よりも若いようだ。

それはそれとしてしかし、こうして姿を見ずに聞いていると、まさにこの足音がやや遠くから耳には悟られずに人中をずっと付けてきた、前の電車を降りたときにはすでに杉尾の背のほうにも人に付けられているうしろ暗さがあった、それで病人にかこつけて関係妄想のことを考えはじめた、周囲の誰もこの自分などに関心を持つものかと思おうとしていた、とそんな気がしてきた。さらに耳を細く澄ますと足音の内に、さっきのたわいもない周章《あわ》てぶりどころではない、真剣な女の駆け足が潜んでいて、いまにも物狂おしい音が弾《はじ》けそうな、ひやりとした感じが背を撫でて二度ばかり走り、どういうわけだか萱島國子の、まだ見たこともない、血相を変えて駆ける姿が浮んだ。ここで振返ってあらわに抱きすくめたらあんがい人目にも立たない、女も逆らわないかもしれないぞ、と杉尾は荒っぽいことを考えながら、自身もますます端正な歩き方になった。

両腕を脇へ長く、大猿のように垂らして、拳をゆるく結び開きしていた。人の姿のない前方へ向けられた目がすこしばかり陰惨に感じられた。

国電の連絡改札口の手前から杉尾は閑散とした精算窓口に寄り、途中までの回数券の乗越料金を払って国電の切符を買った。二つ目の駅の名を、ことさらはっきり声に出した。うしろに控えていた井手も続いてその窓口に寄り、細い声でたずねていたが、杉尾の払ったのと同じ額を求められたのが聞えた。やがて切符を胸の前あたりで握りしめ、一礼してまた杉尾のすぐ後に従いた。

　階段をプラットホームまであがり、杉尾は物の思えぬ心地になった。片側は崖だが、もう片側は濠から道路からビルの並ぶ高台まで、梅雨間《つゆま》の夏の陽が降り注いでまだ正午前だった。友人とは昼飯を一緒にする予定になっている。井手に出会ったとたんに夕暮れの気分になっていたらしい。

　その井手はようやく杉尾に見られるままに離れて立ち、濠の上から渡る風に額をあずけていた。やがて微笑んで、小さく畳んだハンカチを首すじにあてた。襟からのぞく胸もとの肌も汗ばんで、張りつめた息にまだ波打っていた。

「たまに駆けるとまた後が苦しくてね」

「逃げ足がまたずいぶん速いんですね」

　長いホームの端からゆるくうねって入って来る黄色い電車を揃って眺めやった。

　友人と別れて国電の駅まで戻ったとき、杉尾はひとつだけあいた電話ボックスに目をやり、取りあえず会った旨を報告しておくかと足まで向けかけて自分の物忘れに苦笑した。

　萱島はたぶんまだ井手と一緒にいる。井手が来るまでまだ半時間あまりもある。

　走り出した電車の中から井手と一緒に濠ぞいの長い坂道を眺めやり、そこをひたすら急ぐ姿をなんとなく想いながら、どこまで行きますか、と杉尾はまずたずねたものだ。そのホテルの名を井手はぽつりと口にした。この冬に萱島とひとつ部屋でただ息をひそめあっていた……。

男にたいする皮肉か、それとも女にはもともと、同じ場所を忌むという感覚が薄いものか。それでは方角が違いやしませんか、と杉尾はそれだけの言葉を井手に返した。そうなんです、それで早く引き返したいと思っているんです、と井手は答えてまた黙りこんだ。そのまま窓の外の水のきらめきに目を細め、やがて電車が次の駅のホームに入ったとき、それではここでまた待ってますので、いまから三時間あとに、とあさっての向きにつぶやいた。そして此処《ここ》という場所をとっさに呑みこめずにいる杉尾の脇をすり抜けてホームへ降り、階段へ急ぐ人の流れを縫ってあちら側に出ると、閉まりかける扉へもどかしく、この下、いいですか、この下の改札口という意《こころ》らしく、くりかえし階段を指差し、しまいには小手まで振らんばかりにして、いまのは取り消し、違います、待ってません、と言うふうにも見え、ちょうど反対から入ってきた電車の勢いに眉をひそめて肩を落すと、黄色い車体の流れにそって物静かに歩き出した。ふた駅引き返して車を拾えば十五分もかからない、と杉尾はよく知った道筋を想いながら見送った。二つ目の駅では自身があやうく降りそこねるところだった。

友人が落合う場所に電話をかけて来て仕事の都合で一時間ばかり遅れたのは、ここまで来るとかえって幸いだった。時間が順々に押出されて、それに駅までことさらぶらぶらと物見高いような気持で来たので、残り半時間あまりまではつぶせた。もうふた駅、電車にも乗らなくてはならない。

病人は杉尾のことをまだ忘れていない。外国へ行っていると言われたのは、記憶から落ちている。かわりに、いまのところ何かしら身動きの取れぬ事情があって来るに来れずにいる、と思込んでいるらしい。同情のような口調がある。杉尾もどこかの病院にいるようなことを、一度は口走ったという。

病状は安定している。安定というのがこの場合、良いことなのか悪いことなのか、素人には分からないが、とにかくきわめて穏和だという。分別もたしかで温厚といってもよいほどのものだという。開放病棟のほうへすぐに移してもさしさわりはなさそうなのだが、さしあたり空きベッドがない。本人もこちらのほうが自分にふさわしいと言う。贖罪感がやはり強い。家族への意識はいまでははっきりとあり、働けずにいることを恥じている。まわりの病人の世話を良く見る。気長に話相手にもなっている。

妄想も控え目に抑えられている。この忙しい世の中に、自分のごとき者に何人もの人が監視の目を張りめぐらすという、そんな閑はありはしない、と自分から言う。自分の落度は大勢の人がすこしずつ、気がつかぬほどの過重分として担っていてくれる。誰しもそうでなくても精一杯なので、余計なことは言いたがらない。詫びても怪訝な目を向けるだけだ。憂鬱な顔をそむけてまた働きつづける。だから自分も慎しんでいる。跪《ひざまず》きたいのをひたすら慎しんでいるのだけれど、取返しはもうつかないのだと自分に言い聞かせてこらえているのだけど、なかにはもう一歩も前へ進めない、起きあがれない人もいるはずで……。

そんなことに悩む閑があったら、とにかく働くことだ、という声がする。人並みに喰う苦労をまた始めたらどうだと。それはまさにその通りで、自分もまもなくまた働き出すだろう。もともと働き者で、二十何年来誰にも負けぬほど働いてきた。それが性にも合っているから、働き出せば何もかも、忘れてしまうだろう。あさましいぐらいに。しかしそれでも誰かがこういうところでこうして、自分の身代りに、沈みつづけているという悪夢にはうなされるだろう。それが怖くて自分でこの床を塞いでいるようなもので、それが我儘《わがまま》とは分かっているのだけれど、黙って辛抱している人の間でひとり大声に叫び訴えるようなこの放埓さをときどき自分で歯ぎしりするほどに憎むのだけれど……。

とにかく誰でもいいから被害者の一人と直接に会って赦しを求めたい、罵られるのもよい、それで世間と重過失者なりに折り合って生きるつもりなので、今はただその一人の出現を待っている、かならず来ると思う――この言《げん》にだけ医者は病気の膠着を見ているらしい。これさえ解《ほぐ》れればあとの言動は、あなた、健康人でこれほど自分のことを慎しく眺められる人も、すくないのではないですか、と苦笑していたという。加害者として大勢の人間との関係へ拡散してしまった、いわば無数の傷に分有された自我を、一人の人間への贖罪行為の中で束《つか》ねたいという、関係妄想の一種の象徴化への欲求と見られるが、この象徴化がひとまずでも円現したほうがよいものやら、それともそいつは危険なのか、そこはむずかしいところだ、と首をかしげていたという。

「あんたのことじゃないから安心しろ」と友人は杉尾にそう言って、職場でなにか普通でない事態が発生してよほど気を張りつめて片づけてきたのか、まだ興奮の勢いの残る顔つきで健やかにビールを飲んではフォークを動かしていた。「いい加減なもんなんだよ、そいつは、ぐるぐると輪を回しているところへストップをかけるだろう。カゴメカゴメさ。うしろの正面はあんたでもあり俺でもあり、どこぞの女であってもいいわけだ。つまり、もともと決めようもないものを決めようとする、これが病気だ。無理もないことだよ。本人が四十なかばでいきなりストップをかけられたんだから。気が滞っているだけのことで、そのうちにほぐれるさ。あの気のやさしさは、とても狂っちゃいないな。この前の、一緒に行ったときのほうがよっぽど、かなわんね」

「萱島の國子さんな、あそこにも電話をかけているらしいんだよ」杉尾はようやく持ち出して案外な、ときめきのようなものを覚えた。「電話で泣きつかれてな、いやさ、彼女に」

「その方角か」と友人は手をとめて、その方角らしき宙へ渺とした、いつだかの病人とちょっと似た目を向けて考えこむふうにしていたが、左手をかるく投げやった。「結構あちこち、悩ませていたらしいんだ、一時期。俺の家にも何度か、昼間にかけてきたそうだ。杉尾のところは来なかったのか。小林のところなどは細君を相手にながながと、亭主の学生時代の話をしたそうだ。帰って来て細君からその話を聞くだろう。なんだか埒もないこまごまとしたことなので、やっぱり狂っているんだなと不憫がっているうちに、自分でだんだんに思出す。本人も長年忘れていたことを、おそろしいような記憶力なんだと。気味が悪いやね。陰々滅々と語るそうな。亭主の若い頃の話となれば、細君はつい聞くな。それにまた、もうすぐ癌で死ぬ人と、女はすぐそれを思う。あれで色っぽいようなところもあるらしいよ、どういうもんだか。じつは俺のところに夜更けに電話があって、どこの女性だか知らないが、声は中年だな、品もあった。あの、石山さんはもう、むずかしくなったのでしょうか、とだしぬけにたずねる。電話でずいぶん恥かしいことを言われた、とそう訴えるんだよ。電話が絶えたら森沢という男にたずねろと、俺の電話番号を教えたらしい」

女性の身のことを濃《こま》やかにたずねるという。女性のほうは相手が余命いくばくもない人間であり、声も言葉も心がこもって丁重であり、それにやはりなにがしかの世間的なつながりもあったようで、邪慳に払いのけられず、ずるずると電話につなぎとめられた。恥かしいことというのは、あとから一人で考えるとずいぶん立入ったことをたずねられている、自分もつい答えている、気味悪がりながら次にまた同じことを繰返す、と大方はそういうことらしいのだが、最後の電話の仕舞いに、今生の別れみたいなことを言うので、思わずしいんとさせられていたら、妙なことをつぶやいて受話器を置いた。こちらの身を一段と濃やかに案じたと思ったのが、しばらくして気がつくと、まるで深い関係があったようにも取れる、まるでこちらがいま、妊娠でもしているような……。

額から汗がじわりと噴き出した。電話ボックスのはずれの角に立って駅の改札口から吐き出される人の群れを眺めている。だんだんに追いつめられた目を瞠っている。井手の来るのはここの駅ではない。気がついて杉尾は啞然とした。時計を見ると十五分も経っていた。白昼駅頭に立って早くから人を待つ齢でもなし、この辺の喫茶店にでも入って残りの時間をつぶすか、とあたりを見渡して足を止めたきり、来もせぬ人を待つ恰好になっていた。

とたんに見咎められたような早足で改札口からホームに降り、ちょうど入って来た電車に小走りに乗込んで、二つ目の駅に着くと井手の言った時刻にまだ十分あまりあった。また気ままらしい足取りになり、人の流れの早瀬を避けて階段を降り、改札口を出るとまだ三時にもならぬ陽の高さに息をついた。街のほうから来る若い女たちが揃って汗ばんだ顔をふっくらと火照らせて、腰のあたりをうっとうしそうにしている。人間、中高年に至れば、道はゆっくりと休まずに歩いて、半端なところで立止まったりせぬがいい、時間の流れによほど粘着性が失せているので、記憶喪失とまでは言わぬが、なにかのはずみで意識の一環が飛んで前後に微妙な喰い違いが生じるぐらいのことは起る、と病人の口真似でつぶやきながらまた二十分も経って、いまから三時間後と井手は言ったけれど、その今をいったい何時と取っていたことやら、女の時間というものはわからないぞ、と思案しはじめた頃、ちょうど人の流れの跡切れかけた改札口を井手の姿が抜けて、杉尾をほぼ正面にしながら左右を見渡し、やがて笑みの影も点じない目をこちらへ向けて、これはまた瞬《まばた》きもしない女だな、と感心して眺める男の視線を、逆に押返し押返し寄ってきた。すぐ手前まで来てふと身を逃がすけはいを見せて胸を張りなおし、十分間遅れました、とどこか脆く澄んだ声で断わった。

水を浴びてきたな、と杉尾はそのかすかに揺らいだ身体の、においに触れてそう思った。肌の冷く締まったにおいだろうか、それとも声から来た印象だろうか、裸体になったばかりの声に似ていた、と訝りながら外へあいまいに足を運びはじめた。

「陽の中を歩くのは、苦痛ですか」

「はい、大丈夫です」

二人は何となく歩道橋の上に立った。

濠に沿った長い坂道を杉尾は遠く高台のほうまで説明していた。その指先を井手は真剣な目でたどっていた。しかし何処へ行く心当ても杉尾にはなかった。橋の近くで濠は水を抜かれて、工事中の底が陽を汚らしく照り返していた。四方もまた、高速道路に跨がれて、まるで見覚えのない眺めだった。杉尾にとって近年あまり縁のない土地とは言っても二度や三度は来ている。変貌に驚きもせず通り抜けて行くべきところへ迷わずに行ったはずだ。それが今になって、昼の日中に女を案内しているせいだか、もう三十年近く昔の面影が街にまるきりないという当り前に、この歩道橋の上から何処へも降りてやらないぞというような、拒絶反応を足が示していた。

それでも、コの字型の歩道橋をひと折れして、高速道路の下あたりの閑散とした降り口のところまで来たとき、杉尾は足をとめて下を流れる川を見た。仕舞屋《しもたや》の裏手でものぞく目つきだった。たしかに昔の川には違いないが両岸は灰色の壁に固められて、河床にもコンクリートが打たれ、左右の街並みは岸から退いてそれぞれ道路に隔てられ、川筋に忠実に従って高速道路が真上からかぶさっている。片岸に沿って遊歩道があり、人影のないところを見ると、やがて行きどまり臭かった。井手は目もとにまで汗を浮べて肩で息をついていた。

「大丈夫ですか、やすみますか」

「いいえ、いくらでも歩けます」

いつもながらの、いたずらにやさしげな関心を相手の肉体に寄せる物言いに、杉尾は自分で眉をひそめ、また先に立って遊歩道を早足に歩いて行った。下水の敷設が進んで川の水がだいぶ綺麗になったので町の風物を取戻そうというつもりか、汚水の上澄みを想わせる、醇化された汚れそのものというような黒っぽい透明さの中に、あちこち殺風景な岸壁に寄って、派手な色模様の鯉たちが十四から二十四ぐらいずつ密に群れ、頭を同じ向きにして、そよりとも動かずにいる。

「大きくて、苦しそうですね」背後で井手がつぶやいた。振返ると金網の前に立ち、いたましげな声を洩らしたにしては涼しい目つきで魚たちの、なるほど病いみたいな肥満を眺めていた。

「暑さに往生してるな。人間の魂も、今ではあんなものだろうか。昔は螢になぞらえたりしたようだけど」初めて寄添うかたちになり、杉尾はさらに夜へつながる物を言いかけたい気持に誘われたが、すっとこちらを仰いだ井手の襟のあたりから、溝《どぶ》と排気と炎天の臭いの中へ、またひんやりと締まった素肌の香のつかのま鋭くひろがったのを感じて口をつぐんだ。

「上から見ればこの道だって、澄んだ溝《どぶ》みたいなもんだ」

行きづまりかと思われた道が古めかしい名の橋のたもとに出て、二人は橋を渡り交差点を横切り、やがて高台のほうへ向かった。坂にかかると井手は振返り振返り地理をたずねた。いつだか来た気がするのだけれど見覚えがどうしてもあらわれないともどかしがった。こうなってからも久しくて近頃はかえってあまり変化もなくて、と杉尾は井手がこの都会に出て来てからの十何年の歳月を思って、ひとりで途方に暮れたようになり、起伏の感じも奪われ市街が切れ目なしに這いあがっただけの風景に気のない目をやっていたが、たずねられるにつれて山やら谷やら、地形のつながりが見えてくるのが不思議だった。山登りみたいな説明に井手は喜んでいた。

「出がけに、水を浴びて来なかったか」

杉尾がたずねたのはそれから一時間ばかりあと、あちらこちら歩きまわった末に草臥《くたび》れて迷いこんだ、坂の中途にある寺の、裏手の小さな林の中だった。

井手は杉尾の目を見るとゆっくり膝を折り、湿っぽい土の上へ、思いのほかむっちりとしゃがみこんだ。

崖上にあたり、片側は隣の寺の墓地を見おろし、もう片側の木の間からは蒼然とした寄《よせ》棟《むね》の、古い山の手の二階家の瓦屋根が重なってのぞいている。林の中心は円いゆるやかな窪をなして、その底に小振りの、身を屈めるほどの鳥居がいくつも立ち、奥の岩場には清水の滴り落ちた跡が見えて、そのならびにややつぶれた口を開いた洞窟の内に、無数の小さな、白い瀬戸物の狐が祀られていた。その中を井手は長いことしかつめらしい目つきでのぞきこんでいたが、ふいに苦しそうに腰を引くと窪の外へ逃れて、ちょうど向き直ったところだった。杉尾はまだ窪の内にいて見あげるかたちになった。

「あの人がシャワーを浴びて行ったら、とすすめるんです。一度芯まで冷やして出かければ途中しばらくは楽だからって。その気になって、それで十分間だけ、遅れました」

「午睡でもしに来るわけか、あの人は」

「そうなんですって、ふた月に一度ぐらい一人で」

「今頃はまだ、眠っておられる……」

「いえ、そろそろ、日の暮れる頃には家に帰ります。それで、その部屋を今夜、あたしが使えるようにして行ってあげる、とそう言うの。どうしましょうか、あたし」

泣きつかんばかりの目を杉尾に向けて、スカートの下で片膝をやや立て、手をふくらはぎのほうへまわして、無意識らしく、蚊に刺された跡をひしひしと掻き毟っていた。

「また家まで送るさ、まっすぐに」

「荷物を部屋に預けているんですけど」

陽盛りに汗を流しすぎたせいか、ここの湿気に女の肌がおのずと反応するものか、顔が妙に生白くて水っぽく、同じ白っぽい薄明りを溜める窪と一緒に、にわかに暮れかかるように見えた。

ここはひんやりとして静かだけれど、と杉尾は空を仰いで長い息をついた。外はまだまだ、陽は高いぞ、とつぶやいてふと、照り返す土塀を茫然と見渡す心地の中へ惹きこまれ、丈の高い、雨に晒しぬかれた卒塔婆の先穂を目にした気がして、ここは崖上だぞと我に返った。

17

蚊に追われ二人はまもなく窪を退散した。西日のまだ照りつく坂道を下り、六方ほどから裏道の集まる地卑《じびく》な辻を越し、大通り際の喫茶店へとにかく冷房をもとめて入ると、井手伊子は杉尾の前の席に身を斜めに扉のほうへ向けて坐り、脚を長く組んで、手近にあったグラフを取って読みはじめた。いまさら赤く火照る額をうつむけて、ひとり落着いた様子で頁を繰ってはその手を膝の先へ伸ばしてスカートの上から、ふくらはぎの縁のあたりを撫ぜていた。

　杉尾も薄茶の硝子から往来へ目をやり、話も尽きて別れるまぎわの、相手の邪魔にならぬ間合いで、萱島國子との関係をたずねた。

　二年ほど前から、と井手は目をあげずに答えた。自分の筆跡《て》がどうしても厭になって、週に一度ずつ夜から書道の講習会に通いはじめた頃のこと、ある晩、講師の手本の何とはない下品さをつい小声につぶやいたら、隣から相槌を打ったのが萱島で、それきり二人とも講習会のほうはやめてしまったけれど、そのあと一緒にお茶を飲んで住所と電話を教えあったので、それからふた月に一度ぐらい萱島のほうから呼出しが来るようになった。ひと頃は萱島にせがまれて、自分も仕事のほかはあまり出歩かないし若くもないのでよく知らないのだけれど、人の集まるところへあちこち宵のうちに案内したこともあったけれど、それだけのつきあいだった。

「でも、素敵な人じゃありませんか。お酒の場所なんかにお連れして、男の人たちの目があの方のほうへ向けられると、あたし、鼻の先がちょっと、ひくひく動くみたいな、傲《おご》った気持になるんですから」

歯切れのよい口調になり、井手は膝の上に置いたグラフの、大げさな裸体の見える頁を両手で無造作に押しつけて目を硝子の扉の遠くへやり、組んだ脚の先を揺すってひとりで微笑んでいた。萱島とは、考えてみればどちらも三十代で、八つか九つの年の差しかない。世間に疎いはずの萱島にたいして、酒場などでは井手のほうが姉貴分として振舞ってあれこれ話を聞き出した、ということはあり得る。

「どんな話を、あの人から。僕のほうは近頃、ちょっとした相談を受けたことはあるけれど。その前は兄上のお通夜で会ったのが、それこそ二十何年か振りで」

「あたしも、電話であの方に泣かれて、お通夜にうかがいました。お庭の隅のほうへ遠慮しましたけれど、杉尾さんの姿は見えましたよ。縁側の硝子戸の前であの人としばらく、一緒に外を眺めてましたね」

「庭の隅というと、木槿《むくげ》の花の咲いていた……」

「そんなもの、ありましたかしら。花って、夜ですよ」

「あの人は木槿の花だと、言っていたけれどな」

「あたしは、むかし深い関係のあった男女と見ましたけど、あの淡い寄添い方は」

「莫迦な……顔もしばらく見分けられなかったぐらいだ」

杉尾は払いながら、あの通夜の硝子戸越しに庭の闇に浮んだと見えた萎え凋《しぼ》んだ足を、暮れはじめた道路の上へ眺めた。ところで誰かほかに、われわれのうしろに立ってはいなかっただろうか、と井手にたずねたいような強迫を覚えた。その井手はグラフの裸体を指先で弾いては、組んだ脚をもうひとつ長く扉のほうへ伸ばして、また遠くへ微笑んでいた。

「でも長年想っている人がおありのようで、あの方には」

「それは初耳ですけど」

「ここのところね、ひと月ばかり、三日と置かず彼女から電話が来るの。まるでむかし深い因縁があったみたいなことを言われて、電話でつきまとわれているんですって、もうじき死ぬ人に」

「死にやしないさ、あの男は」

「杉尾さんからの連絡を待っているので、よけい困るんですすって。ずいぶん薄情なんですってね」

「それは処置を頼まれましたが、手の下しようのないことでね。相手が、気が振れてしまっては」

「そうなんですってね。昨夜も電話がありましたよ。ようやく連絡があったって、あなたから」

最後はつぶやくようにして井手は椅子の背にかるくのけぞり、片腕をうしろへ垂らしたかと思うとテーブルの上へもどし、目をそむけて杉尾のほうへ向けて伸ばした。あらわな恰好になったので杉尾はその手を取ってテーブルの陰へまわし、あいまいに脱れようとすると、冷いような指が絡んできた。

「ざわざわとしたわ、庭の隅から、杉尾さんがあんなところにいるのを見たときには。あんなふうにあたしを扱った人が、黒いものなんか着こんで、あの人の髪が肩にさわりそうに寄添って、二人して陰気な目でこちらを見てるじゃないの。裸にさせられたみたいな気がしましたよ。こちらもそれなりに装って来ましたけど、なにせ雨に濡れてましたので」

「それで無理をしたな」杉尾はつつみこんだ手をかるくひねった。

「いいえ」と井手は手をほどいて杉尾の掌に爪の先を立てた。「まだ得心はしておりませんので」

「しかしあの人は、知っているのだろうか、今日のことを」

「今日のこと……あたしが杉尾さんを知っていることも、知らないいんですから。あの人のいう相談相手の男の人があなただと、あたしが睨んでいることも、知らないいんだから。あなたの出かける時間と場所まで、たずねもしないのに話すので、記憶には留《と》めますよ。すこしはこちらからも掘り出しましたけど。でもさっき顔を合わせたときには、なにかしらは感じたようね。まっすぐ来たの、と二度も聞きましたもの。男の人にこれから逢いに行くのなら、シャワーぐらい浴びて行きなさいって。あの人にとってはでも、妄想なのね」

初めて杉尾のほうへ目を向けて、ちょっと媚《こび》る表情を見せ、杉尾の視線を惹きこんでおいて、あどけない笑みをひろげた。

「妄想だか何だか知らないけど」と杉尾は鈍い目つきで受けた。「なぜ部屋まで行く、女どうしが」

「食事のあとで、誘われて、寄ってみただけ。シャワーのことは成行き。それとも、一緒に寝ましたか」

「ああ、寝ましたか」

「あたしはあなた方のことを疑っているんですよ」

「それも妄想です」

「あたしのことも、妄想なんですか」

杉尾は口をつぐまされた。同じホテルの一室に二人で居たことまで、萱島は井手に話したのか、そこがむずかしいところだが、場所のことはお互いに触れぬに越したことはない、触れれば事実だろうと妄想だろうと、とにかく想像がなまになる、とそう思うそばから、その禁を犯している自分に呆れた。

「その、部屋を譲ってもらうというのは、前からあったことなの」

「あの部屋ですか。あたし、それで困ってるの」井手は暗い目つきになった。「大しくじりだったわ。あれがなければ今頃はもっと、違った気持でいられたのに。あのときにはもう、杉尾さんと夜まで一緒にいるつもりだったので、あの人の部屋を借りるなんて。うしろめたいところもあったのかしら。さっさと浴室へ入ってしまおうとしたら呼びとめられて、上のものはこちらで脱いで行きなさい、と言われたんです。そのとおりにしました。で、出てきて、身づくろいのまだ済まないうちに、なにげなく部屋のことを持ち出されたんです。みっともない恰好をしているときに、あの方、美人でしょ、あたしはその前からちょっと、あわてていたので、つい返事してしまって。あなたにまた逢ったとたんに質を取られて来たみたいな。鞄のことなんですけれど」

「これからひとりで行って、取り返してくればいい。どこかで待っているから」

「一緒に来てくれませんか。ロビーまででも」

「それは出来ないことだろう」

「あたし、返事をしたあと、自分で追いつめられて、気持が勝手に張り合ってしまったの。あの人はなにも、挑んだわけではないのに。でも、杉尾さんは、あの人のためにわざわざ出かけているわけでしょう。あたしは、杉尾さんに逢ったら、待伏せたわけを問いただされて、すぐに追い返されるのではないかと、おそれていたんです。で、そんなことはあるものかと」

「それならよけいに、都合が悪いだろう」

「気持をね、形の上だけでも通させてくれませんか。迷惑はかけませんから。一人でもいいから、ほんのちょっとの間、部屋の中に入っていたいの。遠くで待たれているんでは、かなしいんです。それで済みますから。あたしは事の首尾を通しておかないと、ひとりでやつれてしまう性質《たち》なので」

「何を言ったんだ、あの人に」

「ありがとう、助かります、と言っただけです、最後に」

「しかたがないな」と杉尾はつぶやいて、また硝子越しに、だいぶ蒼くなった街頭を見渡した。「それでは車を拾って行くか。早く片づけてしまうに越したことはない」

「日が暮れてからにしてくださいな。あんまり早いと、逃げ出したようで厭だから」

「誰が見ているというんだ。しかし、大まじめな顔で行くのも、おかしなもんだ。しばらく酒を呑んで、飯も喰ってからにするか」

「そうですね、お腹もすきましたし。昼は萱島さんに、夜は杉尾さんに、御馳走になって」

噴き出しかけて眺めると、井手は心底憂鬱げな目を、いつのまにか杉尾のほうへまっすぐにかしこまった膝の上へ落していた。

食事の途中から井手は無言になり、車の中では杉尾の肘のあたりを摑んでいた。しかし甘えの気はなくて、むしろ刻々とひとりきりになっていく憔悴の感じがあり、それを杉尾は訝りながら、自身は浅い酔いの睡気につつまれて、やがてこの冬と同じ濠沿いの道をたどり、女物の旅行鞄を膝に抱えて眺めたその荷物の主の、部屋の内で何時間も前に別れたときとそっくりそのまま足首を重ねて横たわり、さらに刻々と静まっていく肉体を、また眺めていた。車がホテルの玄関前に着くと井手は料金を払おうとする杉尾を押しとどめてハンドバッグの中を探り、釣銭を受取るまで杉尾の逃げ道を塞いでいた。腰を上げる前にもう一度杉尾の腕を摑みなおした。

それでも並んでロビーに入って杉尾がややけわしく目くばせすると井手は傍を離れて、ひとりでフロントのほうへ向かった。その背を杉尾は一度見送っただけで、自分は反対側のラウンジへ向かい、井手が部屋まで往復するあいだここから一歩も動かぬかまえで椅子に深く腰をおろした。それきりロビーに目もやらなくなった。

注文した洋酒を半分まで呑んでひと息つくと、昼の陽ざしの火照りのなごりに似た生酔いを払って透明な、張りのある酔いがひろがり、僕は貴女《あなた》を、殺す理由はないんです、昔も貴女を殺していませんので、と口調に覚えのあるつぶやきとともに、高い天井のあたりから、水のさざめき落ちる谺につつまれて、喉を細めて唄う女の声の影が滴り、あの二十何年前に少女は、姿を隠した門のくぐり戸のすぐ内に留まって、喘ぎをこらえていたのが、やがて母屋のほうへ聞えぬほどに声を細めて、なにやらひっそりと唄うように、嗚咽しはじめた、とそんなことを思出した。

門の外の暗がりの中で、右腕に少女をゆるくつつみこんだ杉尾の、左手が細い脇腹にさわり、腰骨の縁の窪みに沿って、内へ回りこみかけたとき、うつむいて男の右肘あたりを押さえていた少女の顫えが静まり、逃がしていた腰からも力がゆるんで、目を薄くつぶった、しわしわの顔が間近から杉尾を仰いだ。血の気が失せて、蒼さの中からかすかに笑っていた。唇も備えもほどいていた。その唇に触れもせず、抱き寄せもせず、杉尾は眺めた。醜悪な行為の現場を押さえながら、自分の家のすぐ前で、それを一緒に隠そうと、嫌悪を押しころして迎合してきた少女の、陰気な面相を憎んだものだ。それでいて、咎められた手を引くに引けず、生温い怯えの中へ腰の奥から間遠に伝わる戦慄を測るようにしていた。その手の感触をこらえて、少女は眺められるままになっていた。それから苦悶の色がまさり、眉をひそめると、顔がぼってりとふくれ、両手で杉尾の胸を押返し、また腰を逃がして目の前から後退りしはじめた。くぐり戸にうしろ手のかかるところまで来て、焦りに捉えられて竦みこみそうになり、どうしても追ってくるのなら逃げませんので、というような哀願の目をもう一度向けて戸の内へ消えた。

「あの、お願いします」肩口から囁かれたとき、杉尾はグラスの上で右手を、鷲掴みに指を折り曲げては眺めていた。我に返ったあとも、なぜ右の手なんだ、右手が何をしたというのだ、と訝りが尾を引いた。振返ると、蒼ざめた女の顔がこちらをうかがっていた。異様な緊張に顔面が細って骨相が迫り、とっさに井手と見分けられなかった。

「ちょっと、部屋まで来てください、困ったことがあるんです」

黙って杉尾はその目を見つめ返し、瞳の据わっているのを確めて、物を思う前にうなずいた。それから人の往きかうロビーの、すこしも変らぬ雰囲気を見渡し、エレヴェーターの前で待つよう井手に指示して、自分はレジのほうへ向かった。勘定を済ますあいだ、心は落着き払っていたが、身の芯はすでにすさまじい切迫感に満たされ、あたりの光景がその力を受けて剝離しはじめた。何もかもが剝離して、それぞれ星屑みたいに孤立して漂えばいい、と財布をしまってロビーへ向き直ったときに、投げやりな気持に取り憑かれかけたが、あとは大股の歩みで進んで、エレヴェーターの前にハンドバッグを胸に抱えて立ちつくす井手には戒《いまし》めるような目をやり、先に立って箱の中へ入った。その間ずっと張りつめた思案の、中身はまだ空の器を運んでいた。

部屋の扉の前に立ったとき、井手がハンドバッグの中から鍵を取り出したことに、杉尾はようやく戦慄を覚えさせられた。

「もう厭なの。このままどこかへ連れて行って」

鍵のあいた扉に井手は両手を押しあて、一歩も進めぬ様子で杉尾に訴えたが目で促がされると息をついて扉から身を離し、髪をすっと撫ぜあげ、先に立って部屋の内へ入った。静かな足取りで浴室の前を抜け、その壁のはずれから左へちらりと、けうとげな目をやって右手の壁に付き、ベッドのほうへ向き直ると目つきが変って、つくづくと憎むふうになり、胸の下あたりに両腕を重ねて動かなくなった。眉をひそめて、まじろぎもせずに、ベッドの上を見おろしていた。その目がふいに戸口のほうを鋭くうかがい、気がつくと杉尾はうしろ手で扉の錠をおろしていた。やましげにたじろいだところを、ベッドに向けられていたのと同じ、むごい目の光に訝られ、惹き寄せられて、浴室の続きの壁の角から、正しく脱ぎ揃えられたスリッパをゆっくりと掠めて内をのぞきこむ瞬間、生白いものの氾濫が目に迫って、髪の根がきつく緊《し》まりかけた。

「なんだ、こんなものに、大騒ぎして」

頓狂な声をあげたあとも、髪の根は緊まりつづけた。ベッドの真中に、重さでシーツに醜い皺を寄せて、ふくらんだ白い鞄がふたつ並べて置かれてあった。ひとまわり大きなほうに杉尾も見覚えがあった。あとは部屋じゅう綺麗に片づいて、頭痛のようなにおいが漂っていた。

「やられたわ。厭だわね、女ってのは」と井手はつぶやいた。「帰りにフロントへ預けて来てください、明日またここに来る予定なので、ですって。ほら、置き手紙、品のいい筆跡《て》。質を取られたどころか、押しつけられたわね」

「それは、人の部屋を借りて、男を呼ぶんだから。これぐらいの当てつけは、しかたなかろう。ま、人の寝る床の上に荷物をどすんと置くのはあまり、作法にはかなっていないが」杉尾は粗く受けることにした。「それにしても君の、この荷物はいつここへ運びこんだ。地下鉄で逢ったときには、身軽だったろうが」

「あのまま地下鉄のコインロッカーに預けておけばよかった。わざわざ同じ道を引き返して取りに行ったりして」

「こちらも荷物のやりくりか。しかしこうして見ると女の荷物というものは、厄介も厄介だが、可笑しなもんだねえ」

そう笑い流して安堵の後のちょっと燥《はしや》いだ気持から、ベッドに腰を深くおろして、ふたつの鞄をまとめて腕の下に抱えこむと、この前ほどはいっぱいに詰まっていなくて、腕の重みで中身のぞろっと崩れる感触が伝わってきた。

「ホテルというのは、ある部屋に女なら女と、偏って泊まらせるものだろうか。それとも、男と女とを交互に入れて、陰陽どちらかの気だけが淀まぬよう、心がけるものだろうか。それではさっそく、わたくしがお荷物を下まで運びますので、でかいほうをフロントに放りこんで逃げるとしますか。それとも、ここに置き去りにしますか」

「いいえ。あたしは、このままでは気が済まない。すぐには逃げたくはありませんの。牽制されたのよ。変な男でも引っ張りこむように思われて」

笑ってはいないのを、杉尾はちらりと確めた。

「変な男ね。いよいよ先方の、想像にはまることになるのではないかな。相手がどこの男だろうと。それに、約束が違うんではありませんか」

「情況が変りました」

「その、情況が変ったって……君のからだは、ひとつだよ」

どういうつもりでそんなことを口走ったのか、杉尾は自分で呆れたが、それよりも相手の身体にいきなり、追いつめられた色の走ったのに驚かされた。井手は肩を細く竦めて背を壁にすりつけ、腰から捩れて頽れそうなのをようやくまっすぐに保って、目は男の傍らの鞄の上へ注がれ、片手を胸もとへ、自身の襟をもどかしくつまむようにした。

「そうなの、ひとつなの」つぶやき出した声が哀しげになっていた。「あの場所この場所で、分けられない。ひと頃、そんなことをしていたら、狂ってしまった。自分の居所がわからなくなって、一度、人中でうずくまりこんでしまったことが、あるんですよ。だんだんに直してきました。自分のことがやっと糸みたいに、細く感じつづけられるようになったかと思ったら、夜道で変な人たちにつきまとわれるようになったりして。つけられるともう、右へも左へも逸れられない。あの人にも話したんですよ。そんなことを。今はたった一人、男の人がいるということも。それを同情して聞いておいて、こんなことをするんだから。あたしもちょっと張り合って、ここにもどって来るような返事をしましたけど、自分の部屋でなくては駄目なんです。それで、すっぽかすつもりで部屋を出ようとしたら、鞄を取られてしまって。シャワーを浴びた弱みさえなければ取られはしなかったのに」

「ふうん。この鞄をさげて、駅にあらわれるところだったのか」杉尾は妙なほうへ感心した。「一体、何が入っているんだ」

「こうして自分の荷物を部屋の真中にのさばらせて、ここはあたしの部屋ですけど、と釘を刺しておいて、それでもあたしが男の人に抱かれるかどうか、見てるのよ。逃げれば、うしろ暗いようなところを見られるし、逃げなければ、黙って割りこんでくる。部屋に入って目にしたとたんに、もう割りこまれてしまったわ。このままでは、家に帰っても、振りきれない。そのくせ、すべてあたしにたいする親しみからやったことだと、思いこんでいるんだから、厭だわね、女というのは。あたしもあたしで、こうなったら、あの人からここへ電話が来るまでは逃げ出したくないと思っている。こんなものを抱きたがる男の人の、気が知れやしない」

笑うに笑えず、壁に背から張りついている女の愁歎を見あげるうちに、杉尾は相応に陰鬱な心地になりつぶやいた。

「いっそ、笑ったらどうなんだ」

「情なくて。あたし、笑ってたんですよ、鞄を取られるときに。みっともない、うす笑い」

そう言って井手は襟から喉もとの肌へ、掻き毟るような爪を立てていたかと思うと、壁から背を離して狭い部屋の中を隅から隅まで見渡し、同じ癇症な爪の先で胸のボタンをひとつひとつ、思案するようにはずしはじめた。そして胸のふくらみまであらわすと、髪をまた掻きあげ、首を振ってばさりと乱し、

「あたし、ここをしばらく、自分の部屋にして見せるわ。まずシャワーを浴びてくる。冷くなって固くなるまで水に叩かれてくるわ。出がけに肩なんか抱き寄せられて、早く逃げたい一心で、逆らえずいたのよ。そう言えば、なんだか恨みがましい目つきをしてたわ、あの人。あたしが出てくるまでにその鞄を、あたしの目のつかないところへ片づけておいて」

そして杉尾の脇から自分の鞄を取ると、胸をなかばひらいたまま、扉からまっすぐ外へ出て行きそうな足取りで浴室へ向かった。

残された鞄を杉尾は何となく膝の上に取り、覚えのある感触を控え目につつんで、やが

て進退がきわまった。四角四面の空間の中に、こんなものを完全に隠す隅もない。ベッドの下はろくに隙間もありそうにもなし、力ずくで押しこめばあとでうなされる。唯一の場所は浴室の向かいの、衣裳掛けの下になるが、水を浴びて出てきた井手がさっそくまたこの怪物を目にとめたら、悲鳴でもあげられそうな気がした。さりとてフロントまで顔を出す気力は今のところない。そのうちに、扉の外へさりげなく出しておいたらどうだろうか、と思いつくと、ぽつんとひとつ鞄を置いて更けていく廊下の情景が目に浮んだ。

萱島は同じホテルのどこか別の部屋に居残ってこちらの様子をうかがっているのではないか、とさらにそんなことを、情景の静かさに誘われて思った。この扉まで忍んできて、外に出された自身の荷物を、どういう伝言と取るだろうか。出し方ひとつにもおそらく、いろいろとある。それによっては、鞄を抱きあげると扉の内へ耳をやり、微笑んで去るかもしれない。

ひとり勝手に微妙になりかけた想像を杉尾はもてあましてベッドから腰を浮かし、おのずと荷物を胸の高さへ後生大事に抱えこんで、とりあえず衣裳掛けの隅でも見てみるかと、そちらへ足をふらりと向けると、扉の前の薄暗がりからもわっと白い、女の肌がこちらへ向き直った。

気おくれも羞らいも、捩れもない。男の視線を濁る前に撥ね返す、なにやら気迫のみなぎる裸体がゆるやかに胸を張り、鞄を抱えて立往生する男の姿を逆に一方的に、眉をひそめて眺めやり、やがてしかつめらしくうなずくと、腰をすこしもひかずに浴室の中へ消えた。

シャワーの音の始まるのを待って杉尾は歩き出し、衣裳掛けの下を女の荷物が、靴と鞄が先刻占領しているのに目をやり、もう一度水の音の中で立ち止まって、荷台の上に綺麗に片づいた肌着の、その上にのせられて半ば埋もれた部屋の鍵を、ひどく不自由な小手先で慎重につまみあげて廊下へ出た。

そのまま階下のロビーの人の往来の間を抜け、部屋の扉の錠がはたして降りたかどうか、そういう強迫感に悩まされ出したらきりがない、とそんなことをうつらと歎いて、また水の音を空耳に聞き、いかにも胡散臭げに鞄を胸高に抱えこんで運ぶ姿が、硝子戸に映る人の群れの中から近づくのを目にして玄関口に立ち止まった。あらためて左右を見渡して、左手のほうにクロークのあるのを見つけ、しばらく思案してから、鞄を片手に持ちかえて脇へ垂らしかすかに痛み出した足をひきずってそちらへ向かった。反復の悪夢がかった重みのある荷物が一枚の札《ふだ》に変ってしまったことを、呆気ないように感じた。

それからまた玄関口にもどって来た。回転扉の脇から外に出て、ポケットの内の預り札をもてあそび、まだ深夜には遠い時刻の、頻繁な車の発着を物珍しげに眺めた。逃げ出すつもりはない、とつぶやいていた。今夜のかぎり、相手の気の済むまではとにかく傍にいる。あの癇症のいきどおりを抱くことにはたぶんなるまい。内側は夢遊のように流れても、外側ではおのずとそれなりの分別に従っている。しかし分別がはたらいていても、何事でも起りうる。病人のいう節度ではないが、分別も静かさがきわまれば、気が狂うよりも、狂おわしくなるものだ。自分が消えて、消えたところが白く輝く。透明になり無分別と等しくなる。浴室で息絶えている女を遠くから思うのと、その場でしげしげと眺めるのと、まるで紙一重の差であるような、夢心地の中へ人を引きこむ。何事も起らなくても、そこから出てくるたびにおそらく、人はもうひとつ老いる。老いのついとひとつ進む、時間の淀みというものはありそうだ。

そんなことを思って、車の乗り降りの客の世話をやく白髪のドアマンの、現実離れした派手なお仕着せを、あれなら落着いて年が取れるぞ、とうらやましいように眺めるうちに、肩を叩く者があり、振返ると古い知人が弱りきった笑みを浮べていた。まだこんなところをうろついている、と咎める声が、昼に会った友人ではないが、耳の隅を掠めた。

「ああ、ひさしぶり。人を待ってますか」相手は上の空の声でたずねた。「僕もそうなのだけれど、どうも周辺の道路の、渋滞がひどいようで、ほら、降りてくる連中が小走りに駆けこんでいく」

「それは、気がつかなかったな。どこかで大きな事故でもあったのかしら」

「さて、どうだろう。とにかく大事な客の到着が遅れていてね、ほかの客たちが会場でもう一時間ほども待っているんですわ。さすがにそろそろ、御機嫌がよろしくない」

「そう、そいつは気が気でないね」

「なあに、馴れっこでして、近年はもう。あわてることはあわてるけれど」到着する車のほうへ目を凝らしながら声をひそめた。「しかし薄汚くなるね、ホテルというものも。われわれが学校を出た頃だったろうか、初めは綺麗に見えたもんだ。手前の靴が恥かしかったり。思う人と一度でいいから、あの窓のひとつの内に閉じこもりたいと思ったり。それがいまでは立派に、場末の盛り場のがさつさが染みついているから、よくしたもんだ。どこでもすぐ場末にもどる」

「われわれも年を取ったわけだ。場末が場末にもどる間に」

「いい年をして、まだこんなところでまごまごと。もっともらしい面ァさげて、ここらを駆けまわっていても、何のことはない。安い女でも抱きたくなったな。さて、もう一度、お客さんを宥めにもどるか」

「苦労だね。もう九時近くか。こちらも持ち場にもどるとするか」

　天井の低い廊下をたどり、部屋の鍵を開けて入るとスタンドが半分ほどの明るさをひろげて、また一段と片づいたような床《ゆか》の上には人の影もなく、衣裳掛けの下から白く、畳みおかれた肌着がふくらんで、どこかの水の音がしきりにざわめき、井手は寝床の中に細く仰向けになっていた。足もとに立った男を興奮のひきかけた淡い目で迎えて、杉尾が鍵と荷物札を卓の上へ放り椅子を壁ぎわに寄せかけ、これでは萱島の時と同じになるのを嫌っていっそ寝床の傍に寄せなおして腰をおろすと、毛布の縁を挟むようにしていた首の緊張をゆるめてかるくうなずいた。

「取り乱してすみませんでした。そこに、そうしていてください。落着いたらすぐに一緒に帰りますので、道が遠くて……」

いかつい腕組みをして目をつぶり、所在なさに睡気が差してきた頃、寝床からまた呼ぶ声がした。

「すみませんけど、そこの本でも読んでいてくれませんか。目をつぶられると、なんだか恐くて、身が竦むみたいで」

細い腕が毛布の下からゆるく伸びて、肩のまるみをあらわし、机の上にある堅表紙の本を頼りなげに指さしていた。

「ああ、わかった」と杉尾は答えて苦笑もせず、机へ手を伸ばそうとして、腕組みをほどけずに睡気にひきこまれた。しばらくして、なに、と聞き返す心地で目をひらくと、井手は寝息を立てていた。顔はいくらか腫れぼったく、上半身は床にひたと付いて動きもしなかったが、足の先がときどき組みかえられて、腰がわずかずつ、苦痛の感触を避けるみたいに、左右へ置きどころをずらすのが、毛布の皺の捩れにうかがわれた。それでもさしあたり眠っていた。

やがて杉尾の目の裏に、暗い葦の原がひろがった。夜明けにもう近く、人目を避けて潜みがちにしていたのが、今は膝の上まで水に漬かり、女を片手にひいて、気楽そうに葦を分けて行く。川のありかは見えないが、水はさらにひたひたと満ちてくる。手に重みがかかり振返るたびに、女は腰まで沈みこんで、いまさらうらめしげに、こちらを見あげている。それを力ずくでひき寄せては前のほうの水の中へ叩きこみ、抱き起して溝臭《どぶ》く濡れた唇を荒く合わせ、また先に立って行く。女を憎み、女と二人きりでいることを憎み、土手の下りで女と手を取り合って歎き悶えた手前の醜悪な腰つきを憎んで、手を放してしまえばそれまでだ、と朝方の道を一人でふらりと帰っていく安易さへ誘われながら、女の手首をいっそう凶悪なふうに摑みなおして、はてしもなく進んで行く。こんなところで、槿《あさがお》の花などを、長閑《のどか》に思い浮べている……。

——なぜ、流れのほうへ、行かないんですか。

声を聞いた気がして目をひらくと、ほとんど同時に枕の上で女の目が不安げにひらいて、二人して、鳴らぬ電話へ耳を澄ますかたちになった。

「起してください、ここは苦しくて」

井手は訴えて、あいまいに伸ばされた男の腕を両手でたぐって左の胸の上へのせた。力をこめずにゆだねた掌の内で、乳房がかすかに触れた先端から固く緊《し》まっていった。

「ここはやっぱりいけないわ。あの人のにおいが、だんだん濃くなる。ほれ、あそこから、あなたの横顔を眺めていた。あなたが初めての人なんですって」

さらに訴えて、人の姿の立ちそうにもない殺風景な壁へ目をやり、顔色も変っていきながら、いかついようになった男の掌の下からゆるやかなうねりがみぞおちへ、腰へひろがり、走り出した息が甘くにおった。

「そんなことは、あるものか」

「お願いだから、このまま、あたしの部屋まで連れて行って」

右腕を肩から背にまわして起しにかかると、さらに苦しげに、目もとまでわななかせて唇をもとめ、唇をあずけて首をうしろへ垂らし、急に鋭く突き出した乳房から先に、宙へのけぞるようにして床の上に起き直り、行き場を失った男の手の、指先を取って戒め、乱れた毛布からのぞくあらわな膝を不思議そうに眺めやってすぼめた。

「厭だわね、こんなところでも、抱かれたがっている」

うっとうしげにつぶやいてその膝から足を床へ降ろし、男の目の前でたじろがず、服をすっかり着こんで化粧も直し、寝床の上も癇症らしく始末して、最後に枕の近くから長い髪をひとすじつまんでふと気味悪そうにうしろ手に捨てると、

「あたしは、裸にされたままの気持で、行くんですから」

また濃い肌のにおいを杉尾の脇に寄添わせた。

もうひとつの、もうすこし重たるい、不透明なにおいが部屋の底に淀んでいた。

18

梅雨が遅く明けて、おいおい暑い日が続いたかと思うと、十日足らずしてまた天気が崩れて涼しい夏となった。朝顔は咲きはじめたが花は貧しく葉も黄ばみ、まだ八月のなかばに赤っぽく枯れ出した欅なども見えた。小雨のあがりかけた午後、杉尾は自宅から程遠からぬ路上で若い女とすれ違い、みずみずしいままにどこか萎えかけた肌の生白さを印象に留めた。だいぶ遠ざかり、昔なら婚期をはずれかけた年頃かとつぶやいたとたんに、久しぶりに思出すことがあった。旧盆の時期で道に車の往来の少なかったせいもあった。自身もまだ若くて独身の頃だった。こうして繁華でもない町を歩くうちに偶然、一年ほども遠のいていた女と出会ったものだ。やはり雨の降ったり止んだりの日だったが、八月はもう末になっていた。ちょっと外出してきたのだけれど涼しいので家まで歩いて帰るところ、と相手は言って杉尾がこんな近所を歩いていることを怪しみもしなかった。ひと夏家に閉じこもって過してしまったのですこし太って、と笑って普段着に近いくたびれた服の、みぞおちのあたりを自分でそっと見おろし、ちょっと一緒に歩かないかと誘われると、断りそうな苦しげな色を目に点じて肩を並べかけた。ただの町のことなのでやがて小さな公園に入るとほかに行き場もなくなり、杉尾は濡れた石のベンチに読みさしの雑誌を敷いてひとりだけ腰をかけさせた。今日はじつは身体《からだ》のぐあいが良くないの、と女は教えて杉尾の前で冷い石の上に坐りついていた。またしばらくして、あなたは眠りながら呻いていたわ、厭だわ、そんなことからも離れられなくて、ともう一年あまりも前になることをつぶやいた。秋になったらまた逢ってくれるか、と杉尾は泥の中に立って懇願していた。

しかしあれはほんとうに、待伏せたのではなくて、まったくの偶然だった、と杉尾はいまさらひとりでつぶやいて、すぼめた傘を右の肘に窮屈に掛けて左の膊《うで》の、茶色のテープで止めた大げさな脱脂綿をはがそうとしていた。まだ十五分は経っていない。近間の病院の玄関前に停めた献血車からの帰りだった。二月と八月に呼出状が来る。二八《にっぱち》は重い病人が多くて血液が不足するそうだが、こちらは何年来かの習慣、惰性みたいなものにすぎない。それにしても去年はどうして五月などに、あの大雨の中をわざわざ遠くまで足を運んで番外の献血をする気になったのか。そのきっかけが思出せない。どうせ気紛れの思いつきなのだろうが、忙しいことは忙しい身だ。それになにやら、それまでに経緯でもあったかのように、そのあたりで記憶がことさら白いのも怪しい。とそんなことに大まじめに首をかしげ、今度ははがされかけて粘着力の失せたテープを一所懸命に、注射の跡に押さえつけていた。涼気《すずけ》に皮膚を刺激されて、もう夏場の内臓の疲れが出たものか、腹の底に厭な疼きのけはいがあった。

井手伊子は次には倍の血を採られても、ぼんやりともしないだろう、とやがて傘を手に取って、また降り出した雨の中へひらいた。

台風に追われるかたちで旅行に出ると、旅先で夏が戻った。晴れあがったとたんに杉尾の身体は弱りはじめた。暑気もさることながら、陽の光そのものが目にこたえた。目の奥を刺して胃の腑の底にかすかなむかつきを誘う。汗がやや冷く粘った。光がさらに白さをまして、嵐になるとはなるほどこんなことかと思わせられる時もあり、草や木が光の力を受けて揺れ動いているように見えた。それにつれて身体の内からも、こらえ性をなくして押しあげて来かかるものがあった。ひろびろと吹き渡る光の中に吐き出されてわずかに溜まる血か粘液かを、いかにも不浄なものと杉尾は目に浮べて押しあげる力を出し抜き、そんなとき、大きな蝙蝠傘が欲しいと思った。頭上へ端然とさして日盛りを歩む。我身のこととしては想像したこともなかった姿が、今ではなかなかふさわしく感じられた。

ホテルの部屋の手洗いの中で、腹を下すともなく、一種の弛緩から坐りついてしまう。暮れ方に到着した時のこともあり、夜更けに酔って街から戻った時のこともあった。肉体の苦痛というほどのものもなかったが、ここから立ちあがったら最後、苦痛が一度に襲いかかって来そうな、あやうい感じがその場に繋ぎ止めた。また長い道をようやく、細い釣合いをそろそろと保って無事にやって来て、しばし匿われて息をついている心地がした。やがて綺麗に掃除された浴室の、汚れの上澄みの雰囲気がしんしんと迫ってくる。耳を澄ますようにして、フロントのほうを想ったりした。ここのフロントではなかった。

あの夜、臆面もなくカウンターの前に寄って萱島國子の代理人と名乗り、クロークから出した鞄を預けたものだ。部屋の鍵も返して、相応の預り金が入っていることまで確認し、精算は明日本人がやって来て済ますのでと勝手にことわった。萱島からも先刻言付けはあったようで怪しまれもしなかった。声の張りを日頃の調子とやや離れた高さで一定に保って淀みなく話していると、主観的には離人みたいなものが起る。顔つきまで変ったつもりで本人はいても、どうせ端から見ればあまり変りようもない面相をさらしている、と思うとはかない気もしたが、事件ではあるまいし顔を見られることに別段の不都合もない。鞄を引取りに来る萱島が、預けたのは男か女か、それを確めるかもしれない、とちらりと思ったが、男なら井手が男を連れて来たということだ、とうそぶいて気にも留めなかった。こういう透明な緊張によって、かえって周囲から隔てられ匿われた心地にあざむかれ、人はあらわなことを、あらわとも感じずにおこなうものか、と苦笑がたえずうっすらとつきまとった。

その間、井手は出口に近い壁に寄って鞄とハンドバッグを前にさげ、うなだれて待っていた。そのしおらしい、みぞおちのあたりをのぞくふうなうなだれ方にも、周囲の目を知らぬあらわなものがあった。首が妙に細くて無防備に見えた。そのだいぶ手前を通り過ぎるようにして杉尾は人影の少なくなったフロアに足音を数歩高く響かせ、ぼんやりと振り仰いだのを目で促がした。

車の中でも井手は脇をかるく寄せるだけでもたれこんで来もしなかったが、さきほど床の中に満ちた甘いにおいがさらにゆるやかに持続していた。安心しきった肉体が、肌を触れられるときと同じ薄くつぶった目とほぐれた眉を前方へ仰向けて、膝を揃えて運ばれていた。

「ひどいありさまだったのよ」部屋の中で井手は冷蔵庫の中をのぞいて笑った。杉尾がまず水を一杯所望したようだった。この前の五月のとき、部屋の中に杉尾が入って来ると思ったら急に怖気づいて、踏み台まで持ち出しておろしてしまった電源のブレイカーが、杉尾は明かりをもとめもしないし、自分もすっかり忘れて翌日は暮れ方まで眠っていたので、そのままになっていて、暗くなるまで寝床の中でぼんやり過して起きあがってみたら、電燈は点かないし台所の床はしっとり濡れている、冷蔵庫の中は何もかも水にふやけたようになっていた。

「もう黴臭いようだったわ。野菜と果物をひと抱えも捨てた。凍らせておいた御飯もあったの。融けて崩れていた。冷蔵庫の中まで拭いて、すっかり片づくのに夜中までかかりました」

そう最後につぶやいた眉の翳りが、先の部屋の中で起き直ったときよりもまた熟れて冷く湿って感じられる裸体を腕の中につつみこんだときにもまだ残っていた。肌を合わせて、いましがた服を着たまま抱きそうになったことを、まるで過ぎた危機のように思い返し、女の脇から腰のくびれから太腿の外側までくりかえし指先でたどり、杉尾はほんのわずかの間だが、濃い香りの中でとろりとまどろんだ。やがて赤剝けの怯えだけで繫った荒いまじわりになったことを、まだどこか眠り心地で訝っていた。

その最中に枕もとのほうの電話が鳴り出した。女は背中にまわした腕に力をこめてひとしきりもどかしげになり、それから下腹を硬くして息をひそめたが、電話はいつまでも鳴りやまず、そのうちに腕の力がゆるんで、腰はあずけたまま全身がなにやら重くふくらんだ感触がしてきたかと思うと、細いきれぎれな寝息が洩れはじめた。啞然として薄明りの中で顔を確めると、眉間に皺を寄せて目をきつくつぶり、頰まで一度に落ち窪んで、口もとから神《しん》の失せた面相をして、眺めやるまにも寝息は深くなり、かすかな鼾さえ立ちはじめた。それでもまだひとりでにすがりつく腰を杉尾はそっとはずし、背にまわされた腕もほどいて脇へ返ると、井手は目をひらいて宙を見つめた。

「いつからなの」

「もう長いこと、呼んでるな」

「二度目なの」

「いや、初めのままだ」

「ここは、あたしの部屋だわね」

　そんなことを確めてゆっくり起き直り、床の外に脱ぎ棄てられた浴衣を杉尾が放ってやると、片手に押さえて胸を隠し、机の前へ裸の膝を揃えて受話器を取った。

「あ、御心配をおかけしまして。こちらからお電話を差しあげなくてはならないところだったんですが。はい、さきほどもどって、疲れましたので、やすんだところです。いえ、どうせ目はさめるもんですから」澄んだ声が、きまじめな調子で受け答えしていた。「まさか……あたし、ほんとうは、そんなではないんです。嘘をついたみたいで、すみませんでした。はい、部屋の中へ入らせてもらいましたけど、居馴れないところはやっぱり落着かなくって。それに、なんだか恐くて。やっぱり強いんですね、萱島さんは。鞄はフロントのほうに預けてきましたので……」

　受話器を置いて、話していた口調のとおりの顔が悪意の影もなく振向き、枕もとの乱れをさっと整えて杉尾の横に入ってきて、先端《さき》の硬い胸を寄せた。火照《ほて》りのにおいもまだ続いているのを片腕に抱き取ろうとすると、同じ澄んだ声がたずねてきた。

「寝たんですか、ほんとうに、あの人と」

「そんなことはない」

「部屋まで来てくれたと、言ってましたけど、あそこの」

「だから、寝てはいないんだ」

「さっき、抱かなかったみたいに」

「あれは、抱かれたみたいなものだろう」

「同じではなかったの。若い頃に、なんだか許したようなことを、ほのめかしてましたけど」

「別の男のことではないか。それよりも、妙な男たちに相変らず、付けられてはいないだろうな」

「そう、ぱったりとやんだわ。あぶないことをしてたんだわね、今から思うと」

「誘い寄せていたわけだ」

「そうなの、どこまでも心の中を空《から》にして歩いていると、むこうから怯えて、釣り出されてくるの。もうひとつ踏み出させておいてくるりと振返れば、ひとりで壊れるんだわ、あの人たち。その場はごまかしても後で壊れる。それは確かな感触なのよ」

「振返ることを考えていたのか。殺されるぞ、そんなことをしてると」

「殺されてもかまわない、とそれぐらいに思っていたみたい。いっそ破滅させてやりたかったの。でも、今は命が惜しい、つくづく惜しいの」

掠《かす》れかけた声を跡切ってひたと寄ってきたので、女の甘えかかりかと杉尾は思い、芝居がかりのけもさすがにある気がして、やや白んで両腕に型どおりつつみこむと、肌が一変してざらついていて、さらに苦しそうなわななきが走り、全身が糸束みたいに斜めに捩れかかり、男の肩口に押しつけた唇から細い声が洩れて、長く尾を引いてはふっつり切れる嗚咽となって繰返され、やがてひとつながりに、調べのない笛の音のように、遠くひとりきりになり、しばらくやまなかった。

黄泉への道というものがあるとしたら、老若男女それぞれに、こんな声を喉笛から立てて、陰々として賑わしくよろぼい行くものか、と杉尾はその光景をやりきれぬものに思いながら、その声に和して自分の内からも立ちそうな、一段と醜悪な、老犬の遠吠えに似たけはいを押しこんでいた。

旅先の宿で不眠に苦しむということが杉尾にはほとんどなくなった。旅馴れたわけでもない。一日動けば夜にはたいてい疲れはてる。眠れぬだけの体力も失せたせいかもしれない。夜更けに部屋に戻って寛《くつろ》ぐ閑もなく眠ってしまうこともある。

かわりに寝覚めはした。鼾の音にだんだんに目を覚まして、ああ、自分のだな、よほど草臥《くたび》れているな、と思いながら続きを聞いていたりする。覚めてもしばらく自分の居場所が摑めずにいる。また平然として摑もうともせずにいる。

江楓漁火對愁眠、というような句が浮んだりした。しかし愁眠でもなければ、何物かに対して眠っているのでもない。ただ何処でもないところに放り出された、相も変らぬ寝相がある。夜々厭きずに繰返されてきて、ようやく年寄りじみたところがあらわれかけている。ゆるく立てた膝には亡者の痩《やせ》が感じられた。

自分は丸いのか四角いのか、斜《はす》に歪んでいるのか、中心はどこにあるのか、それともどこまでもきりのない線なのか、寝ていてそんな疑問に悩まされることがある、と病人は訴えたという。しかし身体にとにかく痛みがないということは、考えてみれば空恐しい恍惚だ、正気とも思えない、と杉尾はまた思った。

あたしはただ困って聞いてました。声も調子もまるで平静なんです。控え目なぐらいで、と萱島國子は杉尾に訴えた。友人から聞いてきた病人の状態を翌日さっそく電話で、女性にどうこうという話はさすがに措いて、報告したそのあとだった。話すほどに杉尾は新しいことをほとんど何も報告できずにいるうしろめたさに苦しめられたが、萱島は初めて病人の狂ったことを知らされたようにいたましげな声を洩らした。杉尾が病人に直接会わなくても、近頃病人に会った友人にわざわざ会って話を聞いてきたという、人から人への手続きが、女の想像力を動かすには必要だったのかもしれない。あるいは杉尾が友人から聞いて伝える言葉の中に、萱島がすでに電話で直接に聞いた、その声音《こわね》も陰翳も耳によく覚えている断片がある、ということも考えられた。友人のところへ名を隠して病人の容態を電話でたずねてきた女性というのは、この萱島ではなかったか。友人の口調にはそんな気色《けしき》もなく杉尾のほうもあの時は危ぶみもしなかったが、いざ萱島と電話で相対すると杉尾の内から疑惑の暗さが、相手の反応におのずと耳をそばだてていた。

さしあたりそれらしい感触も受けなかった。それならそれでもっと違った訴え方をしてくるだろうと思われた。おそらくその女性にも、友人は病人の経緯をある程度詳しく話したにちがいない。杉尾の口から聞くのよりは、また一段と直接性はあるわけだ。それをしらばくれているふうでもない。しかしまた、あれは萱島だったという見当へ、萱島のいままでの言葉を選んで繋げば、どうとも言えることだ。もしも電話でなくて、二人きりで逢ったとしたら、疑惑はかえって現実の埒《らち》をはずれて奔放に肥大するかもしれない。ろくに知りもせぬ女のことを、まさかああいうことはすまい、こういう態度は取るまい、と勝手に決めこんでおいてひそかに疑うというのも変な話だが。

今から考えれば不思議みたいなことだけれど、あの方が狂っているとは、すくなくとも電話の間はそう思っていなかったんです、と萱島は言った。相手が狂っていると最初にそう感じたので、自分のところに泣きついてきたのではなかったか、と杉尾は萱島の記憶の取りとめなさにひそかに舌を巻いた。ほんとうに、自分でもおかしいんですよ、と萱島はそれに気がついたのかどうだか呆れ声になった。まともな電話ではない、とてもまともな話ではないと、重々わかっていていて、気味も悪がっているのに、いざあの方の声を聞くと、そんな勝手な気迷いみたいな電話ではなくて、なにかあたしのために話しておくべきことがあって話しておられる、なにかむずかしい、まっすぐ口に出すのが憚られることなので、奇妙な回り道を取って伝えようとなさっているのに、あたしは頭が悪くてたどれない、とそんな気がして吸いこまれるみたいに聞いているんです。どこかちょっとした端を、こちらがつかめさえすれば、なにもかも氷解して、あの方も声がほぐれて、ようやく役目が果せました、狂ったみたいなことばかり話すので、さぞや心細かったことでしょう、と笑っておっしゃるような。あたし、やっぱりあの方を、狂っているとは思っていませんでしたの。

話せば女の恥となるぐらいのことだ、とつい前々夜うらめしげな溜息をついていたのは、あれはどういうことだ、と杉尾はようやく憮然とした気持になった。

「あの人は、何かを知っているみたいです」しばらくして萱島は言った。

「知っているって」と杉尾は反問しかけて、すでに秘密を分かちあったような口調につまずき、われわれこそ一体、何を知っているというのだ、と胸の内でつぶやいた。

かりにこの冬に外で一緒にいたところを、入院前の病人に目撃されていたところで、何かを知られたことにもならない。大体、知られるような事柄は何もない。

「五月に、杉尾さんが、病院までお見舞いに行かれた日のこと」と萱島は声をややためらわせた。「あの方、覚えていて言うんです。あの後でもしや逢ったのではないかって……

杉尾さんと、あたしとが」

「そんなこと」と打ち払っておいて杉尾は女の底意がありはしないかと読み取ろうとしたが、あの日の病人のいかめしげな年寄りの面相ばかりが目に浮んだ。

「そんなことを人に言わせておいていいんですか、あなたのために」

「女の心身は、わずかなことでも壊れやすいので、よくよく慎しまなくてはいけないと言うのです」

「ましてやあんな男と係わりあいになっては身の破滅だと」

「杉尾さんのことはそれ以上話に出ませんでした。何を言われたのか、ほんとうに気がついたときには、話がもう先へ移っていたぐらいでしたの。死んだ兄のことになっていて」

「それからでもなぜ、すぐに電話を置かなかったのですか。汚《けが》されたままになっているようなものではありませんか、耳を」

「切るとそれきり、永遠にそう思いこまれてしまうような気がしまして。もうまったく別のことを話しているわけなんですけど、それがじつにもう、いましがたそんなことを口走ったなごりもない、乱れもない声なんです。きっぱりと咎めそびれたので、もう一度変なことを言い出すのを、待っていたみたいです、あたし。でもなぜそんな、突拍子もない妄想を」

「何をそう、思いこんだのでしょうかね」

と杉尾は受けてまたうしろ暗さを覚えたが、これはしかし、しらばくれていることになるのか、自分は何を知っていると言えるのか、とまた首をかしげた。あの日、病院に寄ったその足で井手とあるいは寝ることになるかもしれないと思っていた杉尾の前で、病人は夕食を運んで来る台車の音へ耳をやり、萱島のことを口にした。まず兄のことを思出したわけだが、話はすぐに妹のほうに移り、その生涯に深い関心を抱いているようなことさえ洩らした。いかにも唐突なことだったが、杉尾はちょうど廊下の角から現われた台車に気を取られて、病人の口調が急に正気づいたような印象のほかは、訝りも抱かなかった。森沢も膳を取りに来る病人たちや付添いたちを眺めやり、病人と一緒に、かすかな困惑の笑みを浮べていた。なにやら三者の間に、無言のうちに通じ合う、雰囲気があったようにも今になって思われた。おかげで、萱島に病人のことを初めて訴えられたときにもさして奇怪な繋りとも驚かず、病人の妄想が自分にも関わっていたと知らされた今でもそのことをまず萱島にきびしく問いただそうともしない。しかし、何を知っていると言える。

「なんだか、友人に誘われて、行く義理もない見舞いに行ったばかりに、あなたのほうへ、妙なとばっちりが行くことになってしまって。あなたのことは、病人は長年想っていた、と考えられます。しかし僕のほうは、出現そのものが病人にとって、奇怪だったのでしょう。こういうことはとかく、奇怪な意味を呼び寄せるものです。元はと言えば、おのずとある世上の親疎のけじめを、わたしが破ったということで」

「けじめ……はい」と萱島は答えた。それからやや間を置いてつぶやいた。「でも、誰かに見られていたような、気がしてならないんです、昔」

最後の言葉が杉尾の内に陰気な戦慄をひろげた。言葉の掻き立てる体感のために、言葉の単純な意味がつかめなくなることはあるものだ。昔と言われて、杉尾はまだ一年にもならぬ、暮れ方の一室で息をひそめあって過した時間をつぶさに思出した。たしかに誰かに見られている、そんな感じにたえずかすかに苦しめられていた気さえしてきたが、いかにも濃かったその場の雰囲気からやがてしぶしぶ想いをひき離して、投げやりにまた記憶をたどりなおし、雨の通夜の廊下の、足もとから染みこむ湿気がせつないばかりに、たまたま隣に立った喪服の女のひろげる生温さを、人さえ見ていなければ黙ってひき寄せたい、一瞬ひき寄せられるような、あの時の静まりが身の内に蘇ると、そこから先へ進めなくなり、あまつさえあの時と同じ、喉のこわばりのあらわに掠《かす》れるささやき声でたずねていた。

「あの男、どこにいました、お通夜のとき」

「お通夜に、見えてましたかしら」

「来てました。来ていたと、あなたも本人の口から聞いたではありませんか」

「そうでしたね。でも、覚えはないの。どうして呼ばれたのかしら。家に兄を訪ねて来たことなど、それまでに一度もなかったはずなのに。来たことがあるとあの人が言うのは、昔、多田さんという方と一緒に……あれは、あなたですよ」

「いや、違います。間違いありません」

おかしな答え方をした、と杉尾は臍を嚙む思いをした。見え透いた嘘の響きが耳の内に残った。もちろん若い頃に多田という男と萱島の家を訪れた記憶などは影すら動かないが、否定すれば否定したで、何かを認めることになる、微妙な窮地に立たされていた。

「どこでどう間違ってきた記憶なんだろう。すくなくとも、僕は兄上をお宅にうかがったことはないんです」

今度は嘘をついたか、と杉尾はようやく記憶を探り、嘘ではなかったが、自分のほうの間違いをひとつ見つけて、むしろ安堵した。

「ああ、一度だけ、そちらへ越されてすぐにうかがってます。しかしまだ高校の頃でしたから、あなたは中学生ですよ」

「あたしがまだ中学生、今でも覚えてらっしゃる」と聞き返した声に喜びの響きが感じられた。「それでは、あれはやっぱり、あたしの記憶違いなのでしょうか。杉尾さんとしても、いまさらあたしのために、遠慮なさるような出来事ではありませんものね、そんなことなら」

「遠慮しようにも元の事実が」と杉尾は困惑して受けながら、こうして二人して、あるはずもない事実を呼出しつつあるようなあやうさを感じた。

「お通夜でお会いしたときは、あたしの顔を、覚えておられませんでしたものね。あれからまだ、一年も経ってませんのね。たった一年前にはまだ、兄は生きていた。そのかわりに、杉尾さんの記憶の中には、あたしはなかったわけで」

心ここにあらぬ感じになって萱島は言葉を跡切り、杉尾がふと広い屋敷の中をひとりで徘徊する白い影を浮べて、その動きを目で追う心地になりかけたとき、物思わしげなつぶやきが聞えた。

「やっぱり誰かが見ていて、あとで兄に告げたんだわ、門のあたりで」

今度は記憶の、像らしきものが杉尾の内で動いて、白い手が見えてきた。門のくぐり戸の細く開いた隙間から差し出されて、手首を男の手に鷲掴みにされていた。引っぱり出そうとすると、身を戸の内に寄せてあらがうので、扉が閉まりかかり、手首が太い枠に挟まれそうになる。それを自分でかばおうともしない、一心な力が内ではたらいていた。

くぐり戸の内でごとんと厭な音がして細い足音が遠ざかり、玄関の戸の開く音がして少女の声と兄の声が重なった、と一方ではそんな記憶もあるのが奇妙だった。しかし杉尾は門の前を立ち去りかけて、嗚咽のやんだ内の静かさに惹かれ、くぐり戸の前に寄った。閂《かんぬき》は降りているものと思っていた。だからあくまでひとりきりの、誰にも見られていない、相手ももはやない、妄想の内の行為だった。手をかけるとしかし扉はすっと押されて、すぐ目の前の暗がりに、一瞬声のない笑いが凄惨にひろがったふうに見えて、少女がぽつんと立っていた。腰をまた引いて、訝かしげに、こちらを仰いだ。怯えた男が腕だけで摑みかかり、ひとしきりお互いに及び腰で揉み合った末、手首だけが戸の外に残った。この手を早く始末しなくてはならない、という焦りに杉尾は駆られていた。そのくせ自分のほうの手をゆるめようともしなかった。ゆるめるといましがたの行為の、まがまがしいものが一度に露われる、とそんな恐れがあった。

気ばかり迫《せま》り、長いことあいまいに、押したり引いたりを繰返していた。引くのに力を入れかけると、細い手首がじわじわと砕かれていくことになりそうな、厭な境目が感じられた。押すと内ではいっそう抵抗が強まり、こちらはもっぱら手首を守るために、その力を肩で支えるかたちになった。全身の重みを一気にかけさえすれば、戸の内で崩れそうな感触もあったが、さきほどの忌まわしい行為を思うと、重みがもうひとつ乗りきらない。進退きわまったとき、摑まれた少女の手首がしなやかにくねり、脱れようとするでもなく、指先がわなわなと男の小手の腹を、宥めるように撫ぜた。

「門の内へ押し入ったのかしら、あのとき」と杉尾はたずねていた。

「入って来たではありませんか」と答えた声にまた、咎めるよりは、宥める色があった。「家の中では病気の兄が、また躁《さわ》ぎはじめたところで、部屋から部屋へ歩きまわって、大きな声であたしの名を呼んでました」

太い呻きに近いものが杉尾の耳の奥に蘇った。門の内に押し入り、妙なにおいにつつまれた怯えを抱きすくめてしまおうとした杉尾を、少女は意外にしかつめらしい目で制して、家のほうへ細い頤をしゃくって見せた。國子、どこにいる、と哀しげに叫んでいた。何をされている、いま行くぞ、気をしっかり持て、國子、國、と遠くなり近くなり、家の内を徘徊していた。

ここでは見つかるので、と少女はささやいて杉尾の先に立ち、ひきつづき濃いにおいをまつわりつかせながら静かな物腰で庭の隅の植込みの陰に導いて、自分から低くしゃがみこんだ。杉尾は尻を垂れてしまうのも落着かず、土の上の片膝をついて暗い庭を隔てた家の内をまた窺った。縁側の廊下をくりかえし、苦悶の色を目に留めた男の姿が、母親らしい人に後を付かれて早足で通り過ぎたが、妹を探しもとめる声の次第に切羽詰まった調子にしては、硝子戸の外をちらりとものぞこうとしなかった。

ひとまず安堵して脇に目をやると、少女は両手で膝を抱えこんで、じっとうつむきこむその裾のほうからまた、生温いものが立ち昇ってきた。頤に指先をあてて顔を仰向けさせると、近くからうらめしげに杉尾を見つめる目の光がおぼろなようになり、はずかしい、とつぶやいた。初めにすっと入って来られたとき、あまり恐かったもので、と膝をまたいっそう固く抱えこみ上半身をゆるくくねらせて、はずかしい、はずかしいの、どうにかして、と訴えてきた。

そのまま、どうにもならない恥を二人して下に庇いあうようにして長いこと、家の内の呼び声に耳をやり唇を合わせていた。唇だけで濃く、ときおりゆるやかに動かして、触れ合っていた。しかしそれだけだった。誰に見られたわけでもない。お互いをさえ見ないようにしていた。

「昨夜は、どこにいましたの」と萱島が細くたずねていた。

「昨夜は」と杉尾は鸚鵡返しにして、ひやりとするでもなく、ただ昨夜という時を昔と同じほどの遠さに想った。「遅くまで外にいました」

「そう、あたしは、あなたと長い話をした夢を見ました。どこだか、この世のような場所ではなかったわ。話がようやくついて、目を覚ましたあとはしばらく、この前のホテルの部屋にひとりで寝ているような気がしてましたけど。井手さんという若い女性を、もしや御存知ではありませんか」

「いえ、知りません」杉尾はあっさり答えていた。

「そう、知りません」と萱島は疑惑のかけらもなさそうな声で受けて、また元の話題にもどった。「じつはあたし、あれから先の記憶がはっきりしないの。兄の声がやんで、母が雨戸を閉めたので、植込みの陰から立ちあがって、杉尾さんは帰りました。あたしは忍び足で勝手口からお風呂場にまわって、居間のほうへ出たんです。電気が点いていて、誰もいなくて、奥の部屋をのぞいたら母親が、兄の枕もとから、指を唇に立ててました。それは確かな記憶で、だから切れ目はないんですけど、誰かに見られてはいませんでしたか。あの後で兄に、責められたように、覚えてましたが、あの夜ではないらしい。兄は寝てました。あなたはほんとうに、あれから二度と家に、あたしのところに来ていませんか」

「来てません」と杉尾は言いきった。

そして思わず目をつぶり、玄関のほうへ去りかけてまた別の植込みの陰に身を寄せた、腰をちょっと屈めた、少女の影を眺めた。家の内へ注意を凝らし、すでに背後を忘れて、ひとりでに動くような手でゆっくりと、濡れた下着をおろして足の先から抜くのを、少女の身のために、髪の根の締まる思いで見まもっていた。

杉尾を送り出してから家に向かったと萱島は記憶しているらしいが、わずかな差ではあるが、門の手前まで送ったところでもう、これから忍びこむ家のほうの様子に気を奪われていた。杉尾もいまさらそそくさと立ち去ろうとして、くぐり戸のところから振返った。もうひとつの、人影が眺めていた。白っぽい寝巻姿が庭に立ち、腕組みをして、裾の内で手を動かす少女のほうに向かって身じろぎもせずにいた。

雨戸の閉《た》てきったのを確めて、最後に唇を合わせるうちに、現われたものらしい。身を離したあとは二人ともにわかに、あたりを窺うゆとりもなくしていた。

やがて少女は植込みの陰からすっと離れて、下のあやうい感じも見せず、かえって素速い、音も立てぬ小走りとなり、玄関脇の路地のようなところに消えた。すると庭の影も重い足どりで歩み出し、相変らずこちらを見ずに、杉尾の存在に気づいてもいないらしく、庭から玄関前の径に出て、硝子戸の内で叫んでいた横顔をあらわし、先の植込みのところでしばらくうつむいて、首がうなだれて、うつらと揺らいだかと思うとまた歩き出し、同じ玄関脇の陰の中へ紛れた。

「兄上はやすんでおられた」

「ついいま、自分から蒲団に入って、ことんと眠ったところだそうで、あたし、安堵しました。申訳のない気持で安堵しました」

「起き出しては来なかった」

「はい、朝まで昏々と……あたしは、夜中に何度も目を覚まして兄の寝間のほうへ聞き耳を……ああ、いまもまた、眠っているのですね」

受話器の奥に満ちた静かさの中から、やがて細い嗚咽が流れはじめた。

19

旅のあいだホテルの部屋で寝覚めするそのたびに杉尾はもう十何年も前にやはりホテルの、浴室で首を吊った年配の知人のことを想った。一時期ほどに深刻なような気持も伴わなかった。人が自身の命を断つにはさほど重々しい理由も要らない、些細な行為の反復に疲れるだけで充分だ、という考えへ今では傾いている。それよりも知人の、最後に選んだ場所が心にかかった。出張の旅から戻り、駅からその足で、地元のホテルへ向かっている。困憊した人間の着想として、不思議でもないようなものだが。

あれは部屋に落着いてひと眠りしてから、やるものだろうか、とそんなことを寝床の中で考えた。厭な呻き声に長いことなやまされて、だんだんに目を覚まし、ほかに人もいないことに眉をしかめる。それから手洗いに立ち、取りとめもない気分の中から浴室の天井を見あげ、ふっと見つめて、いまなら造作もないと思う。

その姿を寝覚めの習い性に、いましがたすぐそこから睡気を滴らせて立ったように浮べるうちに、四日目の夜のこと、また眠りこんだようで、やがて電話が鳴った。枕もとに聞いたはずなのに、撥ね起きるとにわかに身の見当がつかなくなり、しばし床の上でひとりうろうろと、凄惨なような四つ這いに這いまわったあげく、片膝からずるっと深みへ引きこまれかけて耳を澄ました。電話の鳴っていた余韻もなかった。空耳だったかと両膝を床《ゆか》に落してようやく身を取り戻し、乱れた浴衣の帯を解いて窓に近づいてカーテンを引くと、街のむこうの山の背から白く、晴れとも曇りともつかず、さむざむと明けはじめていた。

翌日、家に帰った杉尾に、妻は仕事部屋の窓の下のほうの床を指差して見せた。もう跡もほとんど残っていないけれど、ゆうべ、夜明け前に大雨があって、窓の閉め方が甘かったので隙間から吹きこんで、ふだん杉尾の寝床を敷くその枕のあたりまでしっとりと濡れたという。その前に仕事部屋のほうから、妙な音を聞いて目を覚ました、としばらくして妻はまた話した。夜中のうちに帰っていたのかと思って部屋をのぞきに行く、その途中でも聞いた気がした。木の扉が湿気をふくんだせいか重くて、ようやく引きあけると、いつもの枕もとのほうに、白い霧が立ちこめたように見えて、外壁の張出しに当ってくる飛沫が細かく吹きこんでいた。その音と風の音とがたしかに、部屋の内にこもっていた。扉の外からは、人の呻くみたいな声に聞えた。

「あなたは、眠っていて、呻くのかしら。昔、一緒になる前に、そんなことがあったようだけど」

子供たちの来た手前、それ以上の事には触れず、杉尾の脱いだ上着を膝に抱えこんで、やはりいくらか湿っぽい畳に、腰に疼きでもあるように坐りこんでいた。

台風と台風のあいだを、幸運にも免れて抜けてきたかたちの旅となった。ホテルの食堂で朝食を摂るたびに、テレビが各地の被害を伝えていた。かならず死者が出る。通り過ぎたあとから、その数が増えていく。泥の中から掘り出されて運ばれていく遺体の、担架の端からのぞく腕などを画面に眺めながら、さて今朝はどれだけ口に入れたものか、あとが地獄になりはしないか、とはっきりしない腹の具合を探っていたりした。水分だけを控え目に摂って立ちあがったときもあり、その日は半日、敢えて飲まず喰わず、妙な恍惚感が伴った。身の腐敗感をそのまま醇化させて細く保つのが精進というものの功徳か、とそんなことを思った。

台風が過ぎると八月の末にかけてまた晴天が続いた。午過ぎから気温は相当にあがったが、風はすでにひやりとしたものをふくんで、草木の先端の枯れかかりが目についた。疫《えき》癘《れい》の風とは、暑気の芯に潜む冷気を言うのではないか、と杉尾はまた思った。炎天下に覚える悪寒の影のようなものを、あるいは一身を超えて、凶兆と感じた時代もあったにちがいない。しかし夜が更けると蒸暑さが凝《こご》ってきて、いったん閉めた窓を開けては戸外の温《うん》気《き》を眺めやる徒労を繰返したあげく、あきらめて寝床に横たわると、やがて全身しっとり汗ばむ肌のどこかしらを、部屋の内に淀んだはずの空気の、かすかな流れが撫ぜて通る。涼しいというよりはつらい、そのつどわずかずつ生命を萎えさせ、堪え性《こら》を蝕んでいく感触があった。

身じろぎをすると、やや間をおいて、別の方角からまた流れ寄ってくる。膝をかすめたかと思うと、脇腹を陰気に吹いて過ぎる。ほんの一箇所を冷やされて、全身にまたじわりと汗が滲んだ。自身の呼吸と、あるいは満ち干のつながりもあるかと、なまぬるい空気をひっそりと吸いつつ吐きつつ、間合いをはかっていると、遠くからほそぼそと、暗いひろがりにいまにも紛れそうに、あるかなきかの道をたどり、ようよう吹き戻ってくる風もある気がして、いつのまにか膝をゆるく立てて、膝がしらをかすかに揺すり、ひらたい腹の上へ組んだ両手をのせて、虫の息を繰返している。

全身から、つい先頃よりもほんのわずか、肉が落ちたように感じられた。せいぜい薄皮一枚ほどだが、それだけでも人はけっこう、寝姿のかぎり、たわいもなく年寄るものだ。年寄りのにおいさえしそうだ。こんなものに抱かれる女は、さぞや寒いことだろう。あとで美味いものを腹いっぱいに喰わねばなるまい。とそんなことをつぶやきながら、息をひそめた口もとの、下顎がゆるんで、目もとが皺々になり、いまにも泣き出し、いや、笑い出しそうな、何もかも放って躁ぎまくりそうな、性悪らしい面相におのずとなった。辛抱して辛抱して辛抱がきわまって、とある夜、その面相がつぶやいた。俺は人並み以上には辛抱なぞしていないぞ、とまた一方で困惑する声もあり、病人が萱島國子にいった言葉であったことを思出すまでにすこしく間があった。白く輝くところがあり、それが必然というもので、その中で人は自由になる、と病人は言ったらしい。必然の中で人は奔放になると、杉尾は言い換えた。死者《ほとけ》はいまでも貴女のことを、貴女の腹が明るく透けるまで、思っている、と。死者すなわち私《わたくし》は、貴女のために、貴女の腹を活かすために、死んでいる、だから貴女の腹は私のために、私の死のために生きなくてはならない、と。私の辛抱はまだ貴女にたいして、死につづけている、その貴女の腹が私の辛抱を容れてくれなければ、私の死は宙に迷う、ただむなしく虚空に輝くばかりで……。

こいつはまた言ったものだな、と杉尾はまるで青年か狂人かの早口の心情吐露の、一気の棒調子に流れた妄念に、自分で目を剝いて年寄り臭い寝相をほどいた。そしてまた、友人の森沢のところへ名乗らずに電話で病人のことを訴えてきた女性というのは、やはり萱島だったのだろうか、と勝手に疑いはじめた。あちこちの女性、友人の細君たちに電話をかけまくったらしいが、あの病人の追いつめられた想いが複数の女に固着するとは、どうも考えにくい。かりに現実の相手をあまり定かにも弁別せず、想いの中のたった一人へ向かってやみくもに話しかけていたとしても、それで同じようなことを何人かの女に口走ったとしたら、萱島こそ妊娠のどうのというぐらいのことを言われた可能性は濃い。話せば我身の恥となると前には恨んでおいて、あの方は狂ってはいないと思ってました、と次に言い張ったのは女の、まんざら気分の取りとめのなさばかりではなくて、肉体のことに触れられた、そのひそかな感じよりなのかもしれない。この関心の寄せ方は、ほかの言動はともあれ、男の情として、けっして狂ってはいない、と。

どうか身体を大事に、心を安静にして、円満に育《はぐく》んでください、とでも口走ったか。だとすれば、すでに手術を受けた身体とも知らずに、その腹を頼みにしたことになる。むろん知りはしない、そんなことが知れるわけもない。しかし萱島は病人がすっかり狂った今になって、やはりその前によほどあらわなことをつぶやかれたのか、病人が何事かを知っていると思いこんでいるらしい。そのわけあいをきびしく問いただしもせず、うかうかと話に乗って行ったことが、せっかく消されていた遠い昔の醜悪な行為を記憶に喚びさまされたのは自業自得としても、関係もないはずの病人にいよいよ動かしがたく介在されてしまったようで、いまさら悔まれた。萱島の兄の、故人のほうには先刻深く介在されていたわけだが。

二十何年も前の出来事に、どう始末をつけさせるつもりでいるのか、と杉尾はようやく考えこんだ。少女の頃の古傷をまた抱かれる。また抱かせずには済まさぬつもりか。長年免れてきた男を、現場へ誘いもどして、犯行を繰返させるように。恥を抱きしめられ唇をかぶせて蔽い隠された、そのことの恥を、肉体がいまだに許さずにいるのか。それとも、どうにかして、故人への罪を償うつもりか。二十何年も遅れて故人の妄想を現実にすることによって。これで、寝たんですね、とまた確める。今度ははっきりとうなずかせる。だから、昔も寝たんですね、とさらに確める。どうしてもうなずかせようとする。身を犠牲にしても……。

ある朝、暗幕を引いた部屋の中で目を覚ましかけると、窓の遠くでわざとらしく音《ね》をひそめた、塵紙交換の声が聞えていた。昨夜はどこへ出かけたわけでもなかったが、ぐったりと伸びた手足に、ずいぶん歩きまわってきた、そして何事もなかった、何事も片づかなかった重い疲れが蟠《わだかま》っていた。片づかなかったのは、夜半過ぎまで机に粘ったあげくひとまず投げる結果になった仕事のことであるらしい。家の内には水の流れ落ちる音が満ちて、ひっきりなしに歩きまわるけはいがあった。それでも扉の外に近づくと足音をこころもちひそめているようだった。それが何人かの、長い廊下をたどるさざめきと聞えてきて、そんな廊下などこの家にありはしないのに、とひとりで苦笑するうちにまたまどろんだようで、かわるがわる扉を細くあけて寝床をのぞく白い顔が夢に見えて、やがて枕のわきの、蒲団の角《すみ》を掠めて通り過ぎかかるものがあり、床の中から腕がついと伸びて、後に残った足首を摑んだ。思いがけない抵抗があり、それにつれて手にもけわしい力がこもり、息もつかず争いあったあと、足を取らせたまま女の身体が静まり、腰も屈めず、どこか遠くでも見つめる様子になり、どうしたものか、とこちらは手がかえって離せずに、まだなかば夢心地に深刻らしく、いかにも深刻らしく思案するうちに、ふと温みをふくん

りほどいた。だ、裾がふわりと腕の上へ降りかかり、穢《な》れたにおいにつつまれて、足首がそっと手を振

「大丈夫かしら。いまだから言うのだけれど、あの夏、最初のとき」寝床の外へゆっくりと出た裸体が普段着をかぶりかけてつぶやいた。「あの年は暑かったけれど、暑いあいだずっと、あたし、妊娠したと思いこんでいたのよ。肌寒いような日が来て、病院を探そうと家を出たその途中で、ああと感じて引き返したんだわ。じめじめと雨が降っていた。ひどいものが出たわ。一生もう、駄目かと思った。あなたはあの後で葉書一本寄越さなかったので、あたしも疑い出した初めから、知らせるつもりはまるでなかった。一緒に寝ていて、ひとりでうなされるような人に……」

服をかぶって裾をととのえ、下着は手の内にまるめて持ったまま片膝をついて、暗幕のやや赤っぽく透ける窓の下の、雨が吹きこんだというあたりを、染みでも探るように眺めていた。

井手伊子からは逢った何日か後に一度だけ電話があった。あの翌日に結局、萱島國子のところへ電話して、昼にホテルのロビーで落合うことにしたという。後始末のことが心配だし、それに、なんだか悪いことをした気がして、と聞きようによってはむずかしいようなことを、そうでもなさそうな調子で口にした。また一緒に食事をしたらしい。でも今度

はあたしがおごったんですよ、とそこはちょっと誇らしげな響きが出た。それ以上にはしかし杉尾に報告することもたずねることもさしあたりなさそうで、近いうちにまた連絡します、とあっさり切りあげた呼吸に、かえって女の身体の馴れ親しみが感じられたが、それきりひと月も電話がなかった。

犯人は捕まったかい、とある晩杉尾はぬけぬけとした声でたずねて、ほかに客もある店の中へ入っていった。それがまだ、安心できないの、と女将《おかみ》はあんがいの虚を衝かれたか、一瞬すがりつく目を杉尾に向けて、それからあいまいに、苦しそうな笑いに紛らわした。いることはいますの、犯人は、と客がいなくなり杉尾の前に寄ってきたときには、謎めかした物言いになっていた。それは、殺された人間がいて、殺した人間がいないわけはないからな、と恍《とぼ》けて切返すと、殺したあとも、まだいるんですよ、とわけのわからぬことを冗談ともなく、いくらか依怙地な声で言った。いまだに警察が近所を訊き回っているところを見ると、目星はついていないようで、通り魔に近いものではないか、と首をひねっていた刑事もいたそうだけれど、とにかく、その夜の鍵をまだ持っているらしい、犯人が。その部屋へまた人の入った形跡があって、それがどうも、近頃のことらしい……。

それきり女将は黙りこんで、うつむきこみさえして、外から客ががらりと戸を開けたらどう思われるかという図になったが、杉尾は杉尾でいましがたの、殺したあともまだいるんですよという、まだ現場に出没するという意味のつづまったものなのだろうけど、しかしその物言いにあらわれた女の感じ方に、ひそかに舌を巻く心地でいた。やがて客たちがざわざわと入ってきて、杉尾はそれを汐に、またぞろ坐りついて女の沈黙をじわじわと揺すりにかかりそうな腰を思いきり良くあげた。思わず逃げ足になったらしいその背に、御用、と細く徹《とお》る声がして、振向くと女将が人差指を突き出し、身をちょっとのけ反らして燥いで見せた。

たわいもないもので、それから何日かはそのどうでもよさそうな言葉が、女たちのことを考えそうになると、杉尾の頭を奪った。そんなことをしたからには、あたしにとって、存在してはならないんです、と現実を前にして言い張る声が聞えた。存在してはならないので、それはあたしにとってあまりにも屈辱なので……来て抱いてほしい、というような求め方もあるだろうか、とそんな淫らがましい方角へまで考えた。いっそ逢っていれば、離れているときほど存在しないので、と。生かしておけないので、いっそ殺されてやる、という忿怒の倒錯は追いつめられれば男の中にも起る。それともあの言葉は文字どおり、男がまだそこにいる、ということか。四六時中そこにひっそり暮している、やがて女がまた浴室の中に倒れている。シャワーが落ちつづける、その真下の部屋で大柄の女がどさっと寝床から跳ね起きて歩きまわる、夜中に掃除機をつかい洗濯機までまわしはじめる、そのまた真下の部屋でもう一人の女が遠い火に肌をほんのり染められて水の音に心をやり、おおいかぶさる影へ身をあずけている、過ぎ去らない、永遠に過ぎ去らない。五日ほどして、友人の森沢から電話が来た。

病人が開放病棟のほうへ移された、と友人はいきなりに告げた。知ってたか、とそれからぽつりとたずねた。知るわけがない、いつのことだ、と杉尾は問い返した。移ることになったのでと、奥方から挨拶のあったのが、たしか先週の今日あたりか、と相手の声はおぼつかなげになり、で、元気かい、と杉尾がまたたずねると、ああ、元気だ、と自分のことのように答えた。ジャズダンスをな、踊っている、とそれから憂鬱そうに話を継いだ。いや、一人で踊っているわけじゃない。皆で踊るんだ。すぐに覚えて、なかなかうまくて、人の世話も焼いているそうだ。そうなんだよ、俺たちは考えてみれば、サンバなんぞを踊った世代だからな……。

「で、元気かい、森沢は。この前は時間を取らせてすまなかった」

「いや、元気だよ。この糞暑いのに、沿線の遠いところに、葬式が続いてな」

「年寄りかい」

「肺炎が一人に、交通事故が一人に、自殺が一人だ、また。どれも同じ世代さ」

「肺炎とは、大の中年が、なんだかはかないね」

「いまどきかえって怖いのさ。しかし所詮は過労よ。熱の峠のところで体力がもつかどうかの問題で」

「越しちまえば、どうってことはないわけだ」

「それよりも、事故と自殺な」

「そいつは参っただろうね」

「いや、思出すとどうも、逆に思えるんだ、俺には。自殺が事故のようで、事故が自殺のように。自分で運転《ころが》していたわけではないんだけど」

「妙な錯覚じゃないか、それは」

「ほんとに妙だ……それでね、じつは耳に入れておきたかったのは、外へ電話をかけられないでもないのだ、今度は。奥方のことわりによれば」

「はあ、電話ね」

「そう、電話だ」

「困ったな、外国に行ってるわけだ、わたくしは」

「いや、それはかまわない。端《はな》っから真《ま》に受けていなかったらしいので。それよりも、この前、何か言ってただろう、萱島の國子さんのところへどうのこうのとか。大変だったのか」

「何だかなあ……いくらか、被害妄想ぎみになっているようでな。いやいや、実際に被害はうけているわけだけど。しかしあの男、なんでまた萱島の、國子さんのところへ」

「そりゃ昔の連中は、俺だってあの人が好きだったぐらいだから、粗忽な野郎もいたわけだ。夜更けにお屋敷のまわりをうろついたり。門の内から走り出てきた兄貴と、路上で取っ組合いになったり。あれは兄貴もおかしいよ」

「石山のことか、まさか」

「ほんとうに、聞いてないのか」

「石山のことは知らなかった、と彼女も言ってるぞ」

「会わせてはもらえなかったらしいな。勝手に見そめて」

「そんなものをしかし、なぜ通夜などに呼んだ」

「そんなことを言うけど、考えてみろよ、おかしいじゃないか。通夜にはお前も呼ばれた、俺も呼ばれた。しかしこの十何年か、萱島とつきあいはあったか」

「しかし、朝方に、知らせがあったわけだ。俺は旅行に出ていたのだけれど。あれは藤本だったか。ぜひ来てやってほしいと。暮れ方に戻ったらカミさんが黒いものをすっかり揃えて待っていた。それから茶漬けを掻きこんで……」

「行ったわけだ。お前はともかく、俺にはそれが自分で不思議なんだ。そりゃ、不謹慎だが、ついでに彼女の顔は見たかった。お前にも会えると思った。しかし大雨の中を行く義理は何もないんだな、俺には。そもそも誰が呼んだんだ、俺や石山を」

「彼女は、石山が通夜に来ていたことも、よくは覚えていないようだけど」

「ほんとに……じゃ、誰が呼んだ」

「世話人の思い違いだろう。あることさ。お前だって、石山とつきあいもなかった俺を、病院まで呼んだじゃないか。俺もまた行ったもんだ」

「ああ、あれは言ってくれるな。あれは魔がさした。年齢が相進みまして、記憶がついぼけるのは致し方のないこととしましても、電話のあとで気がついて頭を抱えこんだよ。そらとぼけて厭あなことを構えたようでな。なにせあの時はまだ、石山はまもなく死ぬ男だった。とんでもないことでした。ま、あんたは石山のことをよくは知らずに来たわけだ。おまけにな、あれは五月で、萱島の通夜はたった去年の九月のことで、杉尾と石山との姿をひとつ所で、眺めたばっかりだったんだから、許されない」

「それはどういうことだ」

「どういうことって、つまり、近頃、知っているはずのことをよく、ころっと忘れるんだよ。いっそすっかり抜けてしまえばいいんだが、どうかしてわざとのような、厭味なことをちろっとするようなんだ。カミさんが絶句して、家の外へ走り出したこともある」

「いや、そのことではなくて、どうもおかしいんだな。何があるんだ。石山について、あるいは彼女について。何か重大なことがあるのではないか、俺の知らない……俺が、何をしたというんだ」

「知らないって、お前、あれはそれじゃあ、ただの噂か。ううん、たしかに通夜のとき、彼女の顔を覚えていなかったようだな。彼女の前にかしこまって、このたびは御主人さまどうのこうの、ぶつぶつ悔みを言っていたからな。それにしても長い噂だぞ。本人は知らないでいて、長年信じていた俺たちはどういうことになる。おい、それはないぞ、お前たちが廊下のところですっと並んで立ちどまった呼吸を、俺はつくづく眺めたもの。石山も見ていたぞ」

「何も知らないんだ、ほんとに、頼むよ」


杉尾が萱島國子の身体を奪ってそして捨てた、という噂だった。まず、奪うとか捨てるとか、自分のこととしては思ったこともない言葉に、杉尾は怖気《おぞけ》をふるった。萱島が大学生、二十一歳になったばかりの頃だという。あの庭の内の出来事から四年も経っている。杉尾はとうに学校を出ていてほかの女と、今の妻とむずかしくなりかけた頃だった。萱島の兄妹のことは、まだ念頭にあったかどうか。

友人は噂を耳にしたときの驚きばかりを話した。そういう乱暴さや酷薄さの影も見えない、淡泊そうに落着きはらって、自虐もほどほどに、もっぱら人の話の聞き役にまわって大したことも言わないが何となく宥めてしまう男と、そう思っていただけに噂には目を瞠った。人をどう思い浮べても、そのようなことをしそうな顔は浮ばない。それがどうしても浮ばないので、よけいにまた人をしいんと思い浮べる。しかし噂は一度で信じたという。知ってのとおり今までつきあいが絶えきりになったことはないが、その事実を疑ったこともないという。

しかし杉尾こそ啞然とさせられたことに、この噂には、いくら友人を問いつめても何ひとつ、何ひとつ具体的な内容がなかった。そのことを指摘すると、ほんとだよな、考えてみれば、と友人もいまさら呆れ声を洩らした。しかしな、これだけは言っておくが、とやや口をつぐんでから妙な弁解を始めた。あの人に俺はどうこうという気持もなかったがとにかく想像で汚《けが》したくない人ではあった、それにお前もこうして見ると俺にとって、汚してはならんと思ってきた人間の一人であったらしい、とにかくだ、二人について厭らしいことを思い浮べたことはない、この二十年、誓っていうが一度もなかった、これは評価してくれ、しんどいことだ、俺も妄念は旺盛なほうだから……。

ありがとう、と言うべきかどうか、杉尾は困惑した。それと同時に、取返しのつかぬ噂をたてられたものだ、といまさら焦りのごときもののひろがってくるのが笑止だった。しばらくして、萱島の國子さんのことはあんたに頼むよ、電話の件さ、できるだけ早く耳に入れてやっておいてくれ、と友人はなにやら遠慮がちに言って、この前に話した女性の電話な、匿名の、あれは彼女の声だと思うよ、とつけ加えた。しかし石山のほうには杉尾の言ったことを知らせたものかどうか、とそれからぶつぶつとひとり言のようになり、昔の噂が事実無根だろうとどうと、もうそれとは別な、病気の中へ入りこんでしまったからな、どう伝わるものやら、それで解《ほぐ》れればいいが妙な方向へ繫っていきかねないし、どのみちあの男は彼女のところへ電話をかけてしまったのだから杉尾を連れて行った俺の責任は免れられない、と思案していたかと思うといきなり、どうも夜分遅くまで御迷惑を、まあひとつ、よしなに、と大きな声の、仕事口調に戻って受話器を置いた。

杉尾も受話器をおろしたが、手はその上へ掛けたまま、ここでこの手を放したらおそらく三日五日、ひょっとすると一週間も十日も、ずるずると流されて過すことになるだろうと考えた。踊りの肝煎り、とさっきの友人は言わなかったか。とにかく人の踊りの世話を焼けるぐらいなら、病棟を移されてから数日もすればきっと、病院内を歩きまわることも許される。売店もあれば外来者の待合室もある。友人の報告からすれば萱島の存在がまだ念頭に凝《こご》っているようにも思われない。むしろゆるやかな妄想の中で心がほぐれて、周囲の人間たちへのかなしさにひたされているのではないか。しかしあたりにたまたま人影がなくて、赤電話のそばを通りかかるとき、目つきが暗くなり、顔に皺を寄せて、そういう一瞬の虚の中から人はよく事を思出す。いったん狂ったあとでなくては思出せぬ事もあるかもしれない。それにしてもこの前の病院と違って建物の案内を、思い浮べられないということが、病人の行為を封じも解きもしないことなのに、にわかに無力感を杉尾の内へ吹きこんだ。

こちらに名乗らせておいてから、ハイとかろやかに答えた声が、電話のかけられないでもないところへ病人が移された旨を報告すると、とたんに硬く、けわしいようになった。

「そうですの。お頼りした甲斐が、なかったではありませんか」

「そう言われましても」

「人のひとりのことですから、これぱかりは」

「あたしは、困ります」

払いのける勢いに、杉尾は絶句させられるかたちになり、沈黙がはさまった。息が細く伝わってきた。

「御存知ですか」とややあって声がした。「杉尾さんが病院に行かれたその晩から始まって、ふた月ばかりも、いっときは三日とあげずに一方的に長話しなんですよ。こちらに何の弱みがあることやら、重々しいお説教の調子で、恥かしいようなことまで言われました。女は心身の汚れが声に出るものだとか。裸を人前にさらしているのにひとしいとか。しまいはこちらも腹を立てて、いきなり笑い出したら、電話がぷつんと切れて、それからは黙んまりの……」

「ただ黙ってるんです、電話をかけてきておいて」間をおいて声がささやくようになった。「何をたずねても、詰問しても、返事をしません。電話も切らないんです。毎夜毎夜、こちらが物も言わずに置いてしまうと何度でも、声を聞くまではかけてくるんです。とうとう怒鳴ってしまいました。この上、何が言いたいんですか。妙な真似はしないでください、とそう怒鳴って、人が見てますよ、とつけ足したらなんだか自分で急におかしくなって、声を立てて笑ったら、ようやくむこうで息だけが洩れました。幾度か深い息を吐いて、自分から切りました。それきりです」

「狂ってなんかいませんよ、小心なだけで」と声が酷くなった。「それこそ頭隠しでて、何を言いたいのか、おおよそ、見当はついていますよ」

笑ったのか、と杉尾は胸の内でつぶやいた。傷口のひらいた病人を笑いのめしておいて、また杉尾に助けを求める。まるであまりにも従順に、物を知らぬ少女みたいに相手に気おされ追いつめられるままになっていたかのように訴えてくる。あの人は何か知っているらしい、と杉尾に向かって怯えたのも、すべて見当のついた上なのか。

いきなり立った笑い声に驚いて受話器をおろした病人の姿が浮んだ。茫然と背をまるめて膝をゆるく折り、顔つきはいよいよ年寄りめいて、目は子供っぽく潤んで股間が惨めったらしく臭うようになり、やがてその恰好のまま毎夜毎夜、人影の失せた廊下の壁の前に立って、垢の浮いた耳に受話器をひしと押しあて、黙りこんで訴える。深く息を呑んで、無限の忍耐に似た恥辱に白く光って、もう一度遠くで笑いが立って自分を打砕くのを待っている……。

「知ってるんですよ、昔、何をしたか、あの人が。顔は知りませんでしたけど。兄がきっぱり隔ててくれたもので。兄はよく、夜になると庭に降りて、塀の内に張りついて外の様子をうかがってました。家の中にあがってくると戸という戸を閉めきって、おそろしい顔をして、わなわなと震えて、呪文みたいなものを口に唱えてました。國子が辱しめを受ける前にと、一家心中のようなことまで口走るんですから。まる半月、あたしは外へ出されませんでした。大学の夏休み中でしたが。あれで兄はつい最近まで、普通の暮しを送ってきたのですね。塀の外をうろついていた人の名前は最後まであたしに教えませんでした。あたしも兄に申訳なくて。まさか、お通夜に招かれていたとは。遺書めいたものがありまして、それに従って世話役の方が連絡したとか、あたしはよくは知りませんけれど、でも、電話で黙りこまれて、ようやくわかりました。黙っていても感触はあるものなんです。ことに、息が洩れたのではっきりしました。昔、同じ電話を実家で受けたことがあるんですよ、あの頃。それで、あたし、もう一度笑ってしまいました。むこうから電話が切れたあとも、一人で笑ってました。失敗でしたわ。ひと言、言わせればよかった。あとは杉尾さんから聞き出すよりほかにないと思ってましたけれど、そうですか、またかかってくるんですね。でも、もう狂ってしまって、覚えておられないのかしら」

酔ったみたいに言いつのる声に、杉尾は呆気に取られて耳を傾けるうちに、声の端々におもむろに、笑いに似た顫えの満ちてくるけはいがあり、思わず身構えると、さっきからただ黙って話を聞くという以上に静まりかえり、電話の上へおおいかぶさるようにして息を凝らしている自身の姿が見えてきた。

息が洩れはしないかと恐れて、それよりも先にすっきりと物を言わなくてはと焦りながら、受話器の内から響いてくる、ことりことりと固い物を間遠に叩く音に耳を徒らにあずけるうちに、笑いのけはいがもう一度ふくらんで、半息ほどに喉の顫えをはっきりと伝えて、受話器が置かれた。

20

九月に入り、葉のほとんど枯れた朝顔に花がまだ残っていた。斜めに頽《くずお》れて、みずみずしさがそのまま腐れのような花だった。何事もなくてまた季節が過ぎるな、と杉尾はそんなことをつぶやいた。雨がちの天気が続いて、ある日、繁華な表通りを早足で来て露地の前にかかると、その角《かど》っこの内側の壁に片寄せられた廃物《ごみ》に雑《まじ》って、木箱に植わった朝顔が目に入った。黒くなった蔓から小ぶりの青い花がたったひとつ、これは鮮やかに張って、露地の奥から吹き抜けてくる、ここだけはもう秋の深い風に飛ぶように揺れていた。

昼間も咲いているぞ、としばらく行ってから杉尾は首をかしげた。そう言えば家のベランダの花を見るのも近頃ではもっぱら正午近くになって起き出してからだ。晴れ間がすくなくて昼の暗いせいか。夏の盛りにはやはり朝方に見ていた。夜明け頃に寝ついたばかりのが部屋の白さに寝覚めして、年寄りめいた恰好で敷居の前に尻を垂れ、それでもどこか青い臭いを身の内に抱えこんで、細長く捩れた蕾を見つめる。正面に見据えているつもりでも、みるみる照りついていく空にやましい目がつい行くせいか、花のひらく瞬間をたいてい見逃がすものだ。三つもほんのりとひらいたときには、腋のあたりから汗が滲んでいる。

「なんだか、恐くって……あまり、責めないでね」

井手伊子は膝をゆるく立てて接《あ》わせながら哀願した。息を詰めて、たしかに身を硬くしていた。硬いながらにしかし、押しひらかれるあとからいっそう熟れていく。女への憎しみに杉尾は取り憑かれかけたが、それでも萎えない力をたのみに女の怯えをいたわりつづけていると、またしてもこういう形を取っている自身への、淡いけうとさのほうが残った。まもなく電話が鳴った。女は瞼をちらちらとさせたが、眉はほどいたまま息を深めていった。枕もとのほうから、物にくるまれて、しばらく細く呼びつづけていた。

話さなくてはならないことがあるので、とその前の夜になって井手は電話で求めてきた。むしろ事務的な口調が、どうしても明日逢ってもらわなければ困ると粘った。一日延ばせばその分だけ、つらいので、とそんなことを言う。杉尾が承知して場所と時間を打合わせると、迷惑かけますけど、仕方がないんです、あたしだって厭なんだから、と受話器を置いた。間違いはないはずだが、と杉尾は男の心配を思った。

今日は代理人として来ましたので、と逢うなりしかし井手は言った。待合わせの店にその晩は早くから来ていた様子で、約束の時刻よりすこし前に現われた杉尾をカウンターから振返り、すでに酔いのこもった目でちょっと粘りつき、また一人きりの姿になってグラスの上へうつむいた、その項《うなじ》あたりが張りつめていて、杉尾はその脇へ腰をかけ、なにやら黙りこむ相手にまた男の心配を躙《にじ》り寄らせかけてはためらううちに、女の唇から細い吐息が洩れて肌のにおいがひろがり、男はにわかに聞き分けのない潤んだ気分につつまれて、元気らしいね、と重たるく笑いかけようとした、その鼻先にだった。

萱島國子さんのです、とこちらを見ずに言った。杉尾はあたりを見渡した。狭い店の内がつと広く感じられた。三、四人いる客の耳を憚ったのでもない。萱島國子本人がこの場に来ていて遠くからこちらを眺めている、そんな錯覚に撫ぜられた。話してくれませんか、あの人を、抱いたことがあるでしょう、と井手が細い声でたずねていた。そんなことか、と杉尾は息をついた。そんなことなら、代理人も何もないではないか、と胸の内でつぶやくと、すぐにでも女の手を取りに行きたいような安易さをまた覚えた。

「それならもう話したはずだ」

「はい、わかってます」

「信じられないだろうが」

「いえ、打明けたんです、あたしのほうも。あの部屋では何もなかったけれど、自分の部屋に帰ってから、ありましたと」

「そんな余計なことを、どうするつもりだ」

「二度目だとも、話しました。初めは去年の、夏前のこととしておきましたけど。勘づかれていたんですね。泣きつかれてしまって」

「それでまた、何事の代理人を」

「あなたが、あの人のところへ来たことを、確めてほしいと言うんです。また抱かれてもかまわないって。あなたに、あたしがです。厭な話だわ。でも、あれは、あなただったのでしょう、昔のこと」

　奇怪な話になっていることに杉尾が気づいたのは、しばらく要領を得ない受け答えがつづいたあとだった。庭の中へ入った夜のことではなかった。あれから四年ばかり経って、ちょうど噂を立てられた頃らしい。ある夜、人が萱島の寝間に忍びこんで……眠っているところを抱かれたように、それが杉尾だったように、萱島は今になってまた思っているという。

　正気が返りかけたとき部屋の窓の、雨戸を開けて出て行く姿が見えた。振返られて睨みつけられたような、そのとたんにまた気が失せて昏々と眠り、つぎに目を覚ましたのはもう夜明けで家の中をばたばたと、病気の兄が庭へ出たり入ったりしていた。母親がひとりで困っているだろうから助けに行こう、と蒲団の上に起き直った、それきり、下腹へ手をやって動けなくなった。雨戸の端から白い光が差していた。閂《かんぬき》は降りていなかった。昨夜はたしかに降ろしているので、さてどこから入って来たのか、それは、そのあいだに病人があちこちの戸を開けて回ったので、確めようがなかったという。

「いい加減にしてくれ、女どうしが」と杉尾はつぶやいた。「眠っていて犯されて、あとで誰だかはっきりしないなどと、同じ女としてそんなことが」

「それは、あります」と井手は涼しく断言した。「でも、犯されたと、そう言っているのではありませんのよ、あの人は。抱かれたと言っているんです」

「そんなあいまいなことが、あるものか。かりにその時はそうでも後日、男を知ったときに、夢か現《うつつ》か、わかりそうなものだ」

「あんがい、わからないものなんですよ。抱かれてはいないのかもしれないと、そうもあの人は言ってます。ただ長いあいだ添寝をされて、愛撫されていただけで。恐くて気が遠くなっていたけれど、杉尾さんならされてもいい、と思っていたそうです。杉尾さんなら最後のところでいたわってくれるって。どちらでも同じことですけど、あたしにとっては」

ようやく唖然として杉尾は井手の横顔を眺めやり、背を伸ばして微笑んでいる、いや、涙ぐんでいるのにまた驚かされて、まるで自分をさしおいて女たちの間だけで事が勝手に現実になっていくような焦りに捉えられた。

「まさか、信じてはいないだろうな」

「あの人の、一心な顔が浮びますもの」

「妄想だな。それにしても、長いことだ」

「あの人も長年、妄想と思って来たそうですよ」

「それはそうだ」

「でも最初のお産のときには、一週間ばかり、あれはやっぱり夢ではなかった、と悩んだそうです」

「何ということだ」

「一縷の危惧は絶えきりにならなかったと言ってますけど。近頃はまた、確信にまでなることがよくあるとか。細部があるんですって」

「細部など、どこからでも持ってくるさ」

「あなたが一言、そうだと言ってくれれば、それで満足してさがるそうです。あなたが黙っているなら、毎晩でも、あの夜のことを胸の内で繰返しますからと」

「嘘にもそうだとは言えないことだからな。それは違うと言えば、それというものを、認めることにもなる。むこうが固くそう思いこんでいるとすればだ」

「いっそ一度、抱いてさしあげなさいな。妄想なら、それで妄想とわかるでしょうから。このままのほうが、あたしは厭だわ。いつまでも執念深く抱かれているようで」

「そんな、暇はあるものか」

杉尾は口をつぐんで、考えこむかたちになった。しかし何も考えてはいなかった。ただ睡気が差してきて、どこかの薄暗がりを男がひとり歩き回っている。その顔がこちらを向きそうで向かない、眺める自分とひそかな、見まい見られまいの連繋でもあるらしいのを怪しんでいた。カウンターの上に沈めた右腕を、手首から肘のあたりへ、女の指先がたどっていた。戒《いまし》めるふうな、宥めるふうな、許すような、哀しみのきわまった余裕《ゆとり》がその動きに感じられ、さらに理不尽なことに、それにつれてこちらの内でもうなだれていく、いまにも打明けそうになるものがあり、どうしたの、と女の目にたずねられたときには、杉尾は椅子から降りて仔細らしく懐の内を探っていた。

井手が電話のほうへ不安げな目をやり、杉尾は煙草を探りあてた。懐癖が悪くて一軒の店で飲むあいだに三度も四度も、どこかのポケットに紛れた箱を突っかかる勢いで探すことがある。一本銜えてまた箱をどこかに押しこみ、落ちかけた煙草を口の隅にはさんで席へもどろうとすると、椅子の上から振向いていた井手の、腋のあたりが竦んだ。視線を逃がして前へ向き直った背が細っていた。いましがた識らずに井手の目の前で、遠くのほうへ耳を澄ますふうに白眼を剝いた自分に杉尾は気がついて、そばに寄るのもにわかにあらわな気がして、ただ突っ立って待つうちに、井手は椅子の上からまたそろそろと振返り、腋はすぼめたまま、自然にこちらを眺めるよりももうひとつ寛《ゆる》く胸をひらいて、それに伴わぬ腰の捩れをもてあまし、うすい笑みを浮べたかと思うと、その目を伏せてつらそうに椅子から降り、ハンドバッグを抱えこんでまっすぐ戸口へ向かった。

「今夜はあたしを抱いてそれで済ませるのですか」

あどけないような顔が、歩道へ寄ってきて扉をひらいた車の前で、あたりに人もなげに杉尾を間近から見あげた。杉尾が黙って一人だけ車の中へ押しこもうとすると、その袖口をつかんで、車のほうへ後ずさりながら力がこもって、袖を払えばうしろざまに倒れかかりそうな重みになり、杉尾の目の内をのぞいた。

「指一本、触れたことはないんだよ」

しばらく車が走ってから、杉尾は女の膝の上に手を置いた。男として答えるべきことに至り着いた気がして、この嘘を迷わず守ることだ、と胸の内で確めた。逃れるためばかりでもない。あんな妄想を女たちに共有されるようでは、所詮逃れられてはいない。この女を妄想の侵蝕から庇うためばかりでもない。萱島こそ一言、あの庭の夜のことだ、あれが自分にとって犯されたということなのだ、とせまればよい。そうしたら、指一本触れたことはない、とこちらは答えてやる。いつかの電話であの夜の行為を自分から認めたことも、それどころか、そんな電話があった事実さえも、厚顔無恥に否定してやる。それによって萱島の恨みに応《こた》えることになる。安直に認めれば、あいまいになる。

井手は目をつぶり、明滅する光を白っぽい顔に走らせ、背は凭れから離して、車の動きを身に感じまいとしていた。膝が冷く締まって、吐気をこらえているようだった。その苦しみへ杉尾は神経を寄添わせて、限界の来るのを待ちながら、また依怙地な、このままどこまでも辛抱させて引いて行きたい気持にも誘われた。市街地からいったん逸れて暗い畑のへりにかかったとき、井手がやわらかに潤んだ目を見ひらいて息を乱しかけ、また生籬《いけがき》の陰にうずくまりこんで喉を細く絞って吐く姿を杉尾は想った。自分もそばに寄って背をさすり、やがて気の失せた女を別の暗がりへ運んで一緒にうずくまり、女と土の臭《にお》いがひとつに混って昔と寸分変らぬ恰好になり、ああ因果だな、と身にもつかぬ言葉を陰々とつぶやいて刻々と重くなっていく女の身体をどこまでも負いつづける、そんな姿まで浮べて、車を停めるか、とたずねると、井手は顔をやや外へむけて目をまたつぶり、うしろへもたれこんで、さらに仰《の》けざまに揺する頭《かしら》の、面相が腫れぼったくなり、ときどき凄い目を宙へ見ひらいた。それから男の腕を取って腰へまわさせ、そこを支えとして背を反らし、あやうい釣合いを取って動かなくなった。

部屋に着くと井手はすぐに卓の前に坐りこみ、片肘をついて上にあった雑誌をめくり、膝を抱きますか、とぼそっとたずねた。杉尾のうなずいたのが目に入ったのか入らぬのか、膝を楽にして読み耽ける感じになった。杉尾も留守にでも入りこんだ心地で部屋の内を見まわし、煙草を一本ふかしてからあらたまって律儀に這い寄るかたちになり、まだ雑誌を読みつづける女の、胸へ腕をまわしてその場にゆっくりと仰向けに返すと、畳の上に髪をひろげて、何をされているのかもわからぬ顔が天井のほうを見こんで瞼をふるわせ、萱島の妄想をなぞっているな、と杉尾の気をためらわせたが、やがて男の腕を押しのけて起きあがり、静かに襖をあけて出て行った。襖を閉める手に切迫したけはいが見えて、まもなく手洗いのほうから喉を絞ってあげる声が伝わり、浴室へ移って水を浴びる音がつづいた。一人になり杉尾はいましがたまで女の居たあたりに、はげしく揉み合ったわけでもないのに、長い髪が幾すじも散って白く光っているのを眺めた。

「あの人に報告しなくてはいけないんだわ。あなたは、否定しましたね」

自分から先に寝床の中へひやりと身を横たえて、考え深そうな目つきがつぶやいた。その前に枕もとのほうの電話に、ちょっとためらってから、物がかぶせられた。水あがりの肌につけた浴衣は、男に脱がされることを拒んで脇へ瘤症に畳まれた。夜道を近づき遠ざかる足音が耳についた。立ちあがってそのまま外へ出て行くことを杉尾はぎりぎりまで思った。それによって女たちにとって妄想は事実となるが、これきりどちらにも逢わなければそれで良い、そのほうが正しいのかもしれない、と。

ただ濃い、ひたすら重く粘っていくまじわりがある。どうしても外へ散ろうとしない、頭痛の味に似た飽和感の中で、しまいには動きが取れなくなる。遠くから差してくるものを一人で身の底に感じはかるふうに、男の動きよりもひとつ間遠に、深くて長かった女の息づかいが、そのまま苦しげな寝息へと変っていくのを、杉尾は胸の内に慎重に抱えこみ、女の腹の内にひきつづきかすかな、やはり遠くから来る、満ち干の繰返されるのを受け止めながら、また広い暗がりの中を徘徊する、ときおりしゃがみこんで腹の疼きをこらえる、男の影を睡気の中から追っていた。

むこうが動きだしたら、こちらも同じ方向へ動き出す。止まればこちらも止まる。振返ればこちらも振返る。呼吸を同じにして、視線さえ交わらなければ、たとえ相手の視野の内にまともに入っても見つけられない。そんな理不尽な、けだるい安堵を訝るうちに、その暗がりの奥で電話が鳴り、はっとして我に返ると、女を抱いている。気の失せた女体を丹念に、やさしく犯しながら恐怖の、厭な臭いを滴らせている。

逃がれようとすると女の下腹がきつく締まって深くなり、片腕で男の背を巻きこんで戒め、もう片手を枕もとのほうへ伸ばしてスタンドの燈を点け、大きくひらいて澄んだ目が、物にくるまれて虫の鳴くほどの声のほうへ瞳をわずかに寄せた。そして瞼をまた長く落して、ふくらんだ唇を仰向けてうながし、息がおさまると股間をそっと拭って、片手で髪を疏《は》いて、鳴りやまぬ電話の前へ膝を揃えて坐った。細く伸ばした背の白さにほんのりと赤味が差して、床の捩れの跡も腰のあたりに見え、受話器を胸のほうへ、いつくしむような恰好で取った。

「はい、行きました。家にもどってます。さっきの電話はひと足違いで、いえ」芯のややかすれた声が落着いて受け答えていた。「そのとおりにしました、はい、ほぼすべて。知らないと言いました。記憶にはないようで。よくはわかりません。あたしは、人の顔色が読めないほうなので。はい、そうかとも思います。怒ってはいませんでした。いえ、そんなこと、困ります。車で送ってもらいましたけど、途中で吐きそうになって。家に帰って吐いて、あまり苦しくて横になりました。あたしでは、やっぱり無理みたいです。御自身でいらして。もう勘弁してください。あたし、駄目なんです。いくらでも裏切りますので。そんな、許すなんて、おっしゃらないでください。今夜もそう思って、待ってらしたんですか。厭だわ、恐くって。あまり責めないで……」

　抱かれるときにつぶやいたのと一緒の言葉になったことに、杉尾が呆れて目をやると、床の跡のいっそう際立って見える背が受話器のほうへうずくまりこんで、いまにも笑い声を立てそうにけわしく顫えていたのが、やがて細い、いかにもつらいことをこらえてきた嗚咽を洩らした。たえだえにむせび、黙ってうなずいていた。宥められているらしかった。何事かを諄々と諭されているふうにも見えた。素直にうなずいているけれど黙りこんでいては泣いて拗ねているように相手に取られはしないか、と眺めるうちに、はい、わかりました、そうします、とこれは備えのない、裸でいる寒さのにおう声で答えて受話器がおろされ、井手は背を伸ばして窓のほうを眺めやり、下半身のことも忘れた様子で髪をじわじわと撫ぜあげていたが、こちらへ向き直った。

「聞きましたね」憎しみの光が目から差した。「あたし、あの人の前で、泣きましたから。もう、恐いものは何もない。どんな嘘でもあの人につける。今夜は、これで嘘はついてなかったのよ。あの人は、あたしがあなたに、すぐに抱かれると思って、済むのを待っていたんですから。今度は許せないのはあたしのほうだわ。これからも逢って話を聞き出してくれって言ってましたよ。あの人、とうとう認めそうですよ、というぐらいの嘘は、あたし、つきますよ」

男の人が、これでは、莫迦みたいな、とそれから案外な独り言を洩らして、また遠くのほうを眺めていたが、お腹がすいたわ、とつぶやくと杉尾の目の前で下も庇わずに立ちあがって台所のほうへ出て行った。裸体のまま冷蔵庫の前に立ってあれこれ摘んでいる姿が、開け放した襖から見えた。さすがに電燈はつけず、手もとだけは小皿を持って行儀良く、長いあいだ食べていた。

「あなたにはこうされても、部屋では物を食べさせないんだから」と戯れて胸の内へ丸まりこんできたのを抱き取ると、肌が冷えきってざらついていた。それでも枕もとにはウイスキーとすこしばかりの摘みの用意が、盆にのせて運ばれてあった。

「濡れたものは食わせんわけだ」と杉尾は腰のうしろを撫ぜさせられて、枕もとへ手を出せずに眺めやるという滑稽な恰好から、重たるく流れた自分の声を聞き、部屋の中で黙りこんでいた獣が初めて口をきいた、そんな怖気《おぞけ》を自分でふるった。

「濡れたものね、よく言う」と井手は笑いかけたが、腰に疼きでもあるのか、さすられて心地良さそうに目をつぶり、しばらくしてたずねた。「あなた、やっぱり、何かしたんじゃありませんか」

「なぜ」と聞き返して杉尾はその声の太さにまた眉をひそめた。

「なぜって、こうされていると、こういうやさしさは、あたし、知っている気がして。変な勘があるんですよ、あたしには」

「痴漢たちの一人か。俺はあんな真似はしないよ。させてくださいと、道の真中で土下座するほうだ」

「ううん、厭だ、目に浮かぶ。あの人たちとは違う。あんなものに、どうこうされて、たまるもんですか。でも、あの人たちの後からきっと、あなたみたいな人が来ると、そう予感してたの。変な人につけられるたびに、そう思って辛抱していたみたい。敵《かたき》探しみたいな気持」

「どういう男だ」

「眠っているうちに抱いて、目を覚まさせないような。十年も二十年も黙っているような」

　目を見ひらいてけたたましく笑い出すのではないか、と杉尾は待った。温もった腰をさすりつづけながら、ようやく自由になった片手がなにやら冷たさを求めて、枕もとの瓶へ伸びて口を握りしめた。しかし井手の顔は眠りの中へ融けていくように見えた。

「人の妄想に染まりましたか」杉尾はささやいた。

「いいえ」尻あがりの調子で受けて、かすかな笑みが口もとに浮んだ。「長年思っていたことの、先を越された気がしたんですよ。焦りました。鳥肌が立つぐらいに」

「信じたのか」

「それは、もう」

「事実だったら、どうする」

「事実だったら、その事実を、寝取ってやる」

「どうするんだ」

「あなたに、どこまでも、妄想だとシラを切らせるつもりなんだから」

「いまはどう思っている」

「妄想ですよ。妄想だと初めからわかっていて、あたし、騒いでいたみたい。妄想だとすると、奪いようがないですものね。いっそあなたがほんとうに抱いてしまえば、とそう思うんだけれど、それが辛抱できなくって」

「しかし細部があるとは、何を思っているんだろう」

「暗い台所で、水を呑んでいたそうですよ」

「前にか後でか……そんなものがどうして見える。見えたら目を覚ましそうなもんだ。細部というには粗大すぎやしないか、大の男の水を呑む姿など」

「口もとから胸のあたりまで、濡れていたとか」

「だいぶ焦ったものらしいな」

夜半の台所の、水場を杉尾は想った。空襲で焼かれた家、区劃整理で取り壊された家、越してその後も知らぬ家、親たちの郷里の家、そのどれでもなかった。昔、一度だけ内へ入った萱島の家は、玄関と兄の萱島の部屋との間を往復しただけであり、人の家を訪れては厠を借りることさえ厭う年頃だった。まして話すことはじきに尽きて、誘われて来たはずであったのに、身の置きどころのない侵入者の気持に苦しめられ、冷い物を運んで来る少女の足音をだいぶ先から耳でたどっていた。その足音にも、不意の来客に息をひそめる家全体の雰囲気があらわれていた。独特な重いにおいが家の内にあって、口もとへ運んだコップの縁からもつかのまにおった。しかし台所などはのぞきもしなかった。

　水道もあるはずの流しの下に茶色の瓶《かめ》が、木の蓋をかぶせられてある。生水は呑むなと言われていた。近所にも疫痢が出た。しかし夜中に目を覚ましかけると、腹くだしのおさまったばかりの身体が熱い渇きに苦しめられ、生殺しの眠りの中で何度となく台所へ立ち、その何度目かに気がつくと現実に廊下を忍び足でたどっている、という夢をまた見たあげくに、高熱の名残りに皺ばんだ、猿のような足が、ひいやりとした板床を踏みしめている。瓶の蓋を取ると水の香が立ち昇って身体がすでに負けかかり、それよりも濃い、青い臭いが喉をくだって鼻の奥へひろがり、思わず柄杓《ひしやく》を唇の隅のほうへずらして顎から胸もとへ零しながら、しかし堪《こら》え性は切れて、身を顫わして貪る。それからうしろ暗く、取返しのつかぬ心地で腹の内へ感覚を凝らすと、重苦しいものが膝頭からふくらんで、股間に淀んでくる。

「ほかに、何か言ってなかったか。まったくの妄想でもなさそうだな」

「そうなの、人の、影がそこまで来てるんだわ」

「影ではな、どうにでも取れる」

「雰囲気まで一変したら」

「顔を見ているのではないか」

「見たら、おしまいよ。壊れてしまう、身体《からだ》も記憶も」

「それでは、何があるんだ」

「場所があるんだわ」

「自分の部屋ではないのか」

「何かが見える。物、らしいの。壺のような花瓶のような。ほかの場所でも起るの」

「何が起るんだ」

「かたくなるの、空気が。静かになって、せまってくるの。なだれてきて、よけいに静かになる。その、物を中心として」

「顔はないのか、顔は」

「目つきはある。部屋に入ってくる。その、物の表情がまず恐くなるの。壁掛けだか、天井の桟だか、染みだか……」

声がすこしずつ掠《かす》れて、喉を塞いでひそめられ、杉尾が目をやると、いつのまにか男の腋から仰向けに返った顔が瞼をまた深くおろし、唇をゆるくひらき、下顎もこころもち落して眠っていた。見るまにぼってりと、見馴れぬ面相へふくれていくけはいに、さすがに恐れをなして肩に手をかけて揺すったが、枕をはずした頭だけが左右に振れて眠りのほどける手応えもなく、全身が重く、いくらか冷く、たしかにこわばって、腰から下は閉ざしてそむけぎみにしながら、胸はわざとゆるやかにひらいて、わずかに腰とは逆の向きへ逃がし、全体として妙なかたちに捩れている。やがて左の肩が床の上から浮いて背中の窪みの、暗い翳までのぞかせた。

人の妄想が身体にまで乗り移ったか、それとも、たまたま二人の女に同じ、長年の妄想が挟み討ちにしてきたか、と杉尾は肘をついて眺めやり、進退きわまった気がして床の上に起き直り、思わず逃げ腰を浮かして半端に立ちあがると、正体もない女を足もとに見おろす戦慄に撫ぜられて、女の身体をまたいで反対側の壁ぎわへ出た。そして女の瞼の内側に映る影のごとくに振舞ったことを怪しんで、脱ぎ捨てた服をそそくさと身につけ、上まで着こんで、夜明け前の道を遠ざかる背を懐しく目に浮かべながら、寝床の脇へまた腰を落した。胡坐ばかりは大きくかいて、なすすべもなく女の顔を眺めやり、背中が穢苦《むさくる》しくまるまっていった。逃げてはならんぞ、とつぶやいていた。

このままにして逃げるのは、女を殺したも同然だぞ。影を落したからには、こうして、目が覚めるまで居てやらなくては……。

やがて誰ともつかぬようになった女の寝顔を目の前に据えてもう一人の女の、実家の庭の暗いひろがりを腰のまわりに感じていた。男がうろついている。家の内を出たり入ったり、せわしない足音が次第に忍びやかになり、さしせまってくる。その背に付いて、するりと内へ滑りこむ、その呼吸をくりかえし測っていた。しかし幾度試みかけても、足を踏み出そうとすると、男は戸口から肩越しに振返る。こちらの姿を見つけるわけではないが、憔悴しきった、世にも恨めしげな目が暗がりの奥を窺った。最後にはふっと、凄惨な笑みをひとりで浮かべたのが見えた。それきり物が思えなくなり、だいぶ経って背から冷えこんできた頃、窓の下の道を四、五人の男の足音が小走りに過ぎてやがて駆け出し、得物を手に手に殺到する物狂おしさになって遠ざかったとき、井手がぼんやりと目をひらいて、服を着こんで枕もとに坐りこんでいる男を眺めた。

「やっぱり、あなただったの」

「いや、俺ではないな」

「それでは、誰なの」

「死んだ人、ではなかったかと思う」

まともに考えてもいなかった言葉が、確信の口調で押出された。しばらく遠い心地になり、女が眉をゆがめて目の内をゆらめかせ、蒼い腕をわなわなと伸ばして、膝に上着の裾に摑みかかってくるのを、自身の恐怖の反応のごとく眺めていた。死物狂いに頭をなかば起しかけては仰《の》けざまに倒れこむ力に、とうとう寝床の中へ引きこまれて、服を着たままのざらりとした感触の中へ、ふくよかな裸体をつつみこむと、遠くから重たるいどよめきが起って、大木の葉音が傾きかかり、女の肌が熱く、内から細かく泡立って火照りはじめ、その怯えを胸の内に庇い、疼くように伸ばされた腰のうしろへ手をあてがって地平のほうへ耳を澄ましたが、戸外はあくまでも静かで、風の渡る声もなく、やがてしゅるしゅると、雨もよいの夜明けらしく、遠くを横切る始電の音が手に取るように近く聞えてきた。

　地の内にひそんだ異変に感じて、目に見えぬほどに顫えているみずみずしい花びらを、杉尾はもう一度目に浮かべた。

21

不思議な恰好をするな、と杉尾は押入れの前に正坐して衣類を整理する妻の、日常尋常の姿を遠くから眺めた。腰から下がぺたりと落着いて、上半身が力を入れる節目も見せずくねくねと伸び縮みする。見馴れた情景だが、見ていると目が離せなくなりそうになる。たとえば犬がまるくうずくまる、鷺が片脚で立つ、そんなよくよく見知ったつもりの恰好が、急に思い浮べられなくなる、それと同じことか、はてしもない訝りの中へ引きこまれかける。井手も電話を受けるときには膝は揃えた。男の人が、これでは、莫迦みたいな、と独り言をつぶやいたときにもまだ崩さずにいた。裸体であることさえ忘れさせるものがあるらしい、あの恰好には。

妻の働くその隣の部屋に杉尾は座蒲団も敷かずに寝そべっていた。南から西へ回りかけた日が硝子戸の下の縁に沿って細く差している。やがて片側の壁のほうへ日脚が伸びて行くはずだが、いつまでもこうしてもいられない。また一日の仕事の始まる前だった。七日も八日も根をつめてきて、残りの一日二日が前途遼遠に感じられる。ひとつの仕事が終盤に傾くと、もともと労働の体質なのか、眠りは深く短くなる。起き出したらもう寝そべったりはしない。ところがいよいよ仕舞いの、一日ぐらい手前にかならず、倦怠がやって来る。内心では焦りながら刻々と仕事の始まりを遅らせて、わずかな日脚のうつろいを横目でたどり、寝たきりの病人の体感などを思ったりする。あれは衰弱が進むと、本人はそれとも感じないらしいが、大気の重みが身にこたえてくるそうだ。長い間にはそのために肋骨の籠《かご》がよじれるとか、顎骨あたりもゆがむとか、動けなくなると男のほうが心身ともに脆いとか、ほんとうかどうかは知らないが、しかし女は、ああして腰から下を厚く重ねて坐りついて、上半身をゆらりゆらりと動かして、そのつど手に取った物を一心に見つめながら生涯、口に出せば途方もない妄想を底に抱きつづける、それでも狂うほどには現実を踏みはずさない、ということもまた尋常の内なのかもしれない。

死んだ人、という言葉がいまだに不快な後味を舌の上に残した。女の怯えに誘い出された醜怪な芝居がかりが、さらに性《たち》の悪い暗示を女にかけようとしているかに見えた。しかしあの翌日にはすでに、あれはすべて、やはり萱島國子の思いよりだと、そう思っていた。そんなものを心に抱かれたことに、いまさら周章《あわ》てもせず、やや鬱ながらに折合っている気味すらあった。萱島は狂ってはいない。井手もその疑いはかけなかった。昔、知らずに犯されたと、もしも萱島が杉尾と二人だけの間で直接に言ったとすれば、妄想にほかならないが、井手を通じて三人の間にあっては、あれは比喩のようなものではないか。事実ではないことをよく心得た上での。もともと、妄想めいたものを、それと知ってかけられるだけのいわれは、杉尾の過去の行為のうちに充分にある。庭も家の内、家の内へ押入られた。妹の安否を気づかって徘徊する兄を、植込みの陰から、辱しめられた。自身も下半身を汚させられ、汚れて動けなくなったのを庇われ抱き寄せられ、唇をまともに合わされて長いあいだ、病人の叫びを耳にしながらゆるやかに、動かされるままになっていた。

萱島は狂ってはいない。むしろ、十近く年下の井手とこういう関係になったことを知ったとたんに、それまでの妄想ふくみの気分を払い落して、的確に楔《くさび》を打込んできたぐらいのものだ。まずやましい井手を無理やり自分の代理人に仕立てて、事実かとも思わせる一方で、妄想ならばどうにも対抗のしようのない、やりどころもない嫉妬の中へ追いこんでおいて、杉尾がどうせその井手を抱くだろう、女の嫉妬と男の後暗さをひとつに捏ねるみたいなまじわりに付くだろう、と睨んでいた。電話で井手は嘘をつきおおせたと思っているかもしれないが、あれでたやすく口を割らされている。男に抱かれたばかりの裸体の声を、聞き耳を立てた女が逃がすわけもない。泣き崩れた井手を宥めはげましていたようだった。ひそかに微笑んでいたかもしれない。どうかお気になさらないで、あたしのことで御自分をお苦しめにならないで、このことではあたしのほうが貴女に申訳ないと思っているんですから、ただ昔のことをひと言、認めたと聞き出してくだされればそれであたしのほうは片づくんです、今のあの人のことは、あたし、貴女がどうなさろうと、よくは思い浮べられないぐらいなの。直接に会って話すなんて、そうおっしゃるけど、こうと知った以上は貴女の手前、出来ないではありませんか。

妄想と知って我身に許す妄想は、どれだけ奔放になれることか、と杉尾はつとまどろみかけた目をひらいて、硝子戸からわずかに斜めに伸びた日脚を眺めた。どれだけ自由になれることか。現実から守ろうとして狂う必要もない。ゆったりと坐りこんで、心身の安静を確めながら一点だけとろりと、ありもしなかった過去の出来事の、なおかつ残る感触の影を溜めて、腰の底へおもむろに沈めていく。その一点で顔も見えぬ男に占有されて、ゆるやかな辱《はじ》の中から、遠くへ逃げた辱の片割れへ呼びかける。これが事実ではないと知っているのはあなたとわたしだけなので、とにかく一度は辱をひとつにかよいあわせた仲だから、妄想と分かっていればこそただのひと声、事実だと答えてほしい、それで妄想は外への繋りが片づいて内へ深く沈んでいく、あなたもわたしの妄想から解放される、わたしたちはおたがいに自由になる、また見も知らぬ間にもどる。

しかし今ではすっかり、一人で信じこんでいるのではないか、と杉尾はふとまた思った。あれからもう十日、萱島からも音沙汰はない。あのようなひどいことを現実の出来事と信じてしかも狂わずにいる、むしろ静かになる。現実か妄想かの分裂も融けて、ひとまとまりの暗い体感となって身体の底に落着く。外にたいしてはひとたび当の相手へ、自分は知っている旨を伝えただけで満足して、伝えにやった女を抱いたことを答えと取って、もはや何も求めない。寝覚めも安らかになり、犯された体感を運んで立居も慎ましく穏やかになり、物を想うことも日に日に短く取りとめなく、やがてことさらに思出すこともまれに、ほとんど忘れたようになり、そうして何年か経って、人に話すに話せぬ過去の秘密のある女になりきっている。犯人の男が誰であるか、自身にも言わずにいる。たまに何かに誘われてそのことを思出すと、事実の記憶と変らず、目の前のこまごまとした情景がひそかにその色に染まる。厭なことでしたけれどあれは、今だから言いますけど、あたしも知っていてじっとしていたんですよ、と暮れ方に軒端の蜘蛛の巣などを見あげて胸の内でつぶやいたりする。でも、あんな陰惨なことをして、あのあとどんな気持で生きつづけたのかしら、あのとき、ひと言でも声をかけて行ってくれていれば、それほどあさましいことにもならなかったのに。

もう聞くなよ、俺も答えない。頼まれてもこれには立入るな、としかし井手の部屋からの帰り際に、裸の女を床の中にきちんと寝かせ、また枕もとに立って杉尾はそう戒めたものだ。俺には考えがあるので、事情によってはしばらく彼女の妄想を、受けとめていてもかまわないが、その前にもうすこし、人にたずねてみなくては、とつぶやいた声がおのずと、芝居がかりでもなく、思案にふけっていた。これから急遽どこかへ駆けつけるような緊張が全身にみなぎって、黙ってうなずいて床の傍を離れた物腰も重々しかった。井手は肩まで蒲団の下に隠して、出て行こうとする男の、喉もとあたりを眺めていた。物は思わずに、けはいだけを吸いこんでいくふうな淡い色の目だった。妙に澄んだ目で見ていたな、と杉尾が首をかしげたのは、夜明けの道を早足で大通りまで抜けて、そこで拾った車が走り出してからのことで、喉もとになにやらひやりとした感触を覚えたそのとたんに、いままで睡気の影もなかったのに、ことんと眠りに落ちた。

部屋に残してきた女の、目だけが眠りのなかに浮んだ。いまだにこちらに向かって淡く見ひらかれ、どうしてもつぶれないことを無言のうちに訴える目が、やがてあたりに点々と数を増して、それぞれにこちらを力尽きる寸前の透明さで眺めやり、薄く漂う光の中で蒼い花のようになり、どこかで長い吐息が洩れて、あたし、このまま眠ってしまっては、目を覚ましたときにはもう生涯、何を思っているかわからない、とつぶやいたかと思うと、風も吹かぬ中で一斉に、ゆるやかに乱れはじめた。

「おい、近頃、俺の留守中になにか、急なような電話はなかったか」と杉尾は妻にたずねた。「森沢という男からか、あるいは石山とか」

ひと息おいて押入れの前から振返り、いままで物に注がれていた目がこちらの顔をぼんやりと、遠くからおもむろに像を結ぶみたいにして眺めやり、眉をひそめて考えこみ、いいえ、と頤をかすかに振って手もとにもどった。同じ目だ、と杉尾はひそかに舌を巻いた。眠りのまぎわから、いっとき淡く見ひらかれた目と、変りがない。この女も、もう何年も前につい洩らしたところでは、こうなるずっと昔に別の男と厭な関係を続けていたことを思出す、そんな夢を見るという。その別の男というのが、幾度夢の中で確めてみても杉尾にほかならず、身に起った経緯もその情景も、杉尾との間に実際にあったことと逐一同じなのに、どうしても塞がらぬ、誰にも言われぬ古創《ふるきず》のように、うなされる。今の亭主というのが誰とも知れぬ人のようであったり……。

その妻が、杉尾が眠りこみそうになった身体を無理やり引き剥がして仕事部屋にこもり半時間もすると、扉をそっと叩いて入ってきて言うには、いま思出したことだけれど、一週間か十日ほど前の夜半近くに、杉尾が帰らないので、床に入って眠りかけると、仕事場のほうで電話が鳴って、やりすごそうとしたけれどなかなかやまないので、空耳かとも疑って起き出してきたところが、よくあるように、受話器へ手を伸ばそうとするとやんだ。それから二十分ほどもしてまた鳴った。今度は前よりもだいぶ早目に駆けつけたのだけれど、部屋に入ったとたんに切れた。もう一度かかって来る気がして、仕事部屋の内をあれこれついでに片づけながら待つうちに、十分ほどしてまた鳴った。受話器を取ると、相手の声がない。もしもしと呼びかけても返事はなくて、怪しげな電話かと思ったら、いえ、間違いです、と声がして切れた。男の人の声だった。若くはない。

「最初になにか雑音は入らなかったか、ビイーンというような」

「さあ、覚えがない。なんだか、変なのよ。いえ、間違いです、とまるでこちらの間違いを咎めるみたいな調子で言うんだわ」

「どれぐらいの間、黙りこんでいた」

「さあ、それは、かけ間違いに自分でびっくりして、すぐには口がきけなかった、それぐらいの間とも思えば思えるけど」

夜半に病院から電話がかけられるものだろうか、それともただの酔っ払いの間違い電話か、と思案する杉尾の脇に、妻は手もとの物を整理しながら、何となく立っていた。

見も知らぬ家の細君の声に触れたとたんに、常日頃の堪忍の緒が切れかかる、何もかも間違いだと払いのけたくなる、というようなことも男にはあるかもしれないな、と最後に杉尾はそんなことを思った。あの石山という男も、間違いという言葉をよく口にするようだけれど……。


三日して、友人の森沢のところへ杉尾は電話をかけていた。それまでに、間違いという言葉がしきりに耳にまつわりついて、だんだんいかめしいようになり、自分の迷いこんだところはどのみち初めから間違いだったのだから、この上は懇切に惑わされるよりほかにあるまい、と受け流してみてもおさまらず、そのうちに、間違いとは一体、何が間違っているというのか、と杉尾の内でも影に突っかかろうとするものが出てきた。自分の態度か、萱島の妄想そのものか。それとも自分がひそかにおそれている、故人への疑惑のことか。それとも、起ったこと全体を間違いというのか、電話も間違いですか、としんねりつぶやく自身に気がつくと、目に入る人のいとなみの、すべてがすでに破れて繕いようもないものをいよいよ戦々兢々と守ろうとする、性悪で醜怪な光景と見えてきてようやく、それがどうやら自身の、事を見まいとする憤りの投影であるらしいことをひとまず認めざるを得なくなった。そこで苦笑して、萱島の言うことがまったくの妄想にせよ何かの事実の影が落ちているにせよ、ほかから知れる現実は断片でも聞き知っておくに越したことはないと、世間話からでも始めるつもりでかけた電話であったが、いざ相手が出てみると世間話の余地もない。

「それで病院のほうは、石山はだいぶ良くなった様子か。いやね、俺は何なら、彼に会ってみようかとも思うんだ」と、こちらの用件を探るふうな相手の沈黙に誘い出されるかたちで、そう切出していた。

「それは、その気になってくれれば、こちらとしては助かるが」友人の口調はもうひとつ慎重らしくなった。「しかしそれにはそれでまた、むずかしいこともありそうでな。すぐにはそう行かんだろう。で、何かあったのか」

「俺のところに、電話を、かけようとしたらしいのだ。いや、すぐ切れたので、それかどうか、わからないのだが。女房が出たんだ」

「そうか……行ったようか。どうしても必要ならそのうちにあいだに立つからと、そう言って、止《と》めさせていたのだがな。そんなことで、せっかく直りかけたのがまた怪しくなったら、石山の奥方にも気の毒だろう。あんたのほうも、よけいなことで煩わせたくなくて。おたがいに忙しい身だ。病人だって忙しいはずだ。こういうことは、いずれ良くなる、過ぎ去ることだから、関係者というか、そういうものは出来るかぎりすくなくしておくほうが先々のためだと、そう思うんだよ。ところがどういうものだか、俺のところに、奥方がときどき電話で相談してきてな。杉尾と話があるのだそうだ、いや石山自身が」

「何を話したいのだろうか」

「わからないな。なんだか重大な、この病気のおおもとと関係があるようなことを、言っているそうだ。全般に言動が日に日に平静になっていくので、奥方までが、なにか事情があるのではないか、と関心を抱きはじめてな。奥方としては、余裕《ゆとり》の出来てきたしるしでもあるんだけれど」

「本人とは会ったのか、近頃」

「十日ほど前に、見舞いに寄った。それらしいことも言ってなかったな。ほとんど良くなっている。しかしまだ病気だな、あの感じは。わずかな残りがかえって目につく、ということがあるだろう」

「萱島のことを、また口にしていなかったか。死んだ萱島のことを。いや、あちらが鬼門の気がしてな、この前、あなたから話を聞かされて以来。あんな話を、二十年も御本人が知らずに来たんだから……」

「うむ、それなんだ。奥方が故人のことを、どんな人だったかと、いろいろたずねてな。たずねられても困るんだよ」

「近年になってつきあいはあったのだろうか」

「萱島の死ぬ一年ほど前にどこかでぱったり出会ったと、そう言っているそうだ。それから何度か呼出されて二人で話して、だから、故人とは最後に心がよく通じあったと、そうも言っているらしいが、そういうことは、会ったのは事実かもしれないが、なにぶんまだ病人だろう、自分の今の苦しみは故人がいちばん良くわかってくれているというような話になるとな。とにかく石山自身も一度は、死ぬ目を見た身だから」

「われわれが一緒に見舞いに行った日にも、たしか萱島のことがちょっと話題になったけれど、近年会っていたようなことは聞かなかったな」

「そうだったかね、そんなことが三人で話題に。それは覚えがないけれど。転院騒ぎのときにも、俺の知るかぎり、萱島のことは一言も口走らなかった。あのときには俺も奴の精神の動揺に神経を尖らせていたから、変ったことを言えば記憶には留めているはずだ。近頃になって、ほかの妄想がおさまってくるにつれ、それを言いはじめたらしいのだ」

「どういうことだろう。われわれのほうが、間違っているのだろうか」

「いや、間違ってはいないな」

「俺もそう思うけれども」

「俺はけじめをつけたいのだ。病気は病気だと。それは昔あんなことがあったのだから、死なれてみればなおさら、さまざま慚愧の念はあるだろうよ。故人にたいしていまさら、昔の醜態を取返したい気持にもなるだろうさ。しかしな、萱島の死によって大きな間違いが、何人もの間に露呈した、その責任は自分にあり、その責任のために自分は病んでいて、その罪を人の前で償うまではならないと……、そんな、過去に粘りついてしまって、どうするんだ」

「現在が狂ってはなかなか、先へ進まないわけだ」

「いや、そんなものだって、いずれ過ぎて行くんだ。わけはわからないが、いつのまにか楽になった、病気がなおった、それでいいではないか」

「ああ、それで沢山だ」

「あいつもよく辛抱していたよ。狂いながらも崩れまいと。俺は偉いと思って見ていたんだ。出来ることじゃない。それがここまで来て、じつにもう穏やかな、顔も白くなって、聖人みたいな物言い物腰になったと思ったらかえってまたグロテスクな、俺にはなんだか、厭あな物が奴の首から背中あたりへ取っ憑きなおしたみたいな気がしてな。また電話をかけるらしい。心配してあとを付いて行った奥方の言によれば、故人がどれだけ皆の罪を償ったか、あなたもそれに答えなくてはなりません、とか諄々と語りかけていたそうだが、奥方もさほどに感じてはいないようだけれど、もしも相手が怯えて叫び立てたら」

「そいつはいつのことだ」

「十日よりすこし前になるな」

「じつはあの人が、萱島の國子さんが不可解なことを言い出してな。いや、その内容は、このまま済むものなら、昔のことなので……」

「ああ、蔵《し》まっておくのがいいだろう」

「妙なことは思わないだろうな」

「それも信じる」

「そちらも、昔のことで、何か知っているのではないか」

「石山の恋愛騒ぎな、事柄はこの前話した、あれだけだ。当時あの男の身辺にいたので、細かいことはさまざまあるが、一人はもう故人で、一人はまだ病人だからね。われわれは、知らずにおこう」

「それではやはり、石山に会わないほうがいいのだろうか」

「いや……現実のほうがやはり、強いんだろうな。杉尾について、何を思っているのか知らないけれど、現実の杉尾に会ったほうがいいんだ。杉尾は何も言う必要はない、言うこともないだろう、黙って前に出ればいい。石山もおそらく、本人を前にすれば、言うことも、意味もないだろう。何もない。どうせ後からまた別の、埒もない理屈で満たすだろうから、意味もないようなものだけれど、おたがいにさむざむとさせられる分だけ、会わないよりは多少ましというところか。病気は病気で、いずれなおるものさ。原因を見たければ、それからでいい」

「因って来たるところをしっかり見なければ病気はなおらない、とも言うがな」

「そいつは嘘だよ。まっとうに物の見える状態か、あれが。沈黙できなくては物は見えない。しょせん喋りすぎさ。俺は信じないね」

妙にきっぱりとした断言の口調だった。それからやや長い間を置いて、調子がまた変って豁達になり、様子を見ていずれ電話をするよ、あんたも忙しいはずだからそちらの都合は遠慮なく優先させてくれ、と言って受話器を置いた。


先夜、故人について口走ったことは、あれは間違いだった、とんでもない話なので、頭の内から払いのけておいてほしい、と取りあえず井手伊子に、遅ればせながらことわっておく必要がある。そう友人との電話のすぐ後で考えたことが、その場をはずしたばかりにまた一日二日と延ばされた。はじめは無為の惰性に近かったが、さすがに責任感のようなものに促されて受話器のほうへ手を伸ばしかけるそのたびに、しかし制止するものがあり、友人とのやりとりをつぶさに思い返していた。話の筋道を繰返してたどり、話した内容はほぼすべて思出されて、だから井手のところに前言取消しの電話をかけなくてはとまた考えながら、そのうち訝しい、まるで友人とは実際にかわしたのとは別の話を暗黙のうちにかわしたような、おたがいに容易ならぬ諒解に至って沈黙を戒めあったのにそれをやすやすと破って、もっともらしい顔をして余計な口を重ねて滑らせて行こうとしているような、やがては情ない心地へ引きこまれていく。

三日目の夜になって、友人がどういう筋をたどって来たかは知らないがわれわれはどうやら同じ方角の、疑惑へ向かっているらしい、とこれもたいした根拠もない考えが、なぜこんなことをいままで悟らなかったかと舌打ちする勢いで心に着いてきた。しばらく思案して杉尾は受話器をとった。近いうちにもう一度井手と逢って、面と向かって例の事柄を黙殺する、いや、萱島の妄想を気味悪がって逃げ腰になっている様子を、通して見せなくてはならない、と考えた。

「ああ、ちょうどいいところへ、助かったわ。あたし、困ったことになりました」と井手はしかし杉尾が名乗るなり訴えてきた。「引き会わせることになってしまったの、あなたをあの人、萱島さんに。もう約束してしまったんです。明日、いつかのホテルで。部屋も取りました」

「どうしたんだ、深入りするなと言っただろう」

「あの人に、あれは妄想です、と報告したんです。そうしたらあの人、いえ、あれは事実です、おかげで完全な確信に至りました、と言うんです。あなたを煩わすことはもうありません、杉尾さんの返事もいりません、と。あとは想像して。言い出したのはあたしのほうです」

「会わせたいのか」

「いえ、会わせたくないの。あとで頭を抱えこんでしまって。このままあなたには知らせずにおいて、あたしも明日の晩は電話を蒲団でぐるぐる巻きにして、あの人をホテルの部屋で待呆けさせよう、と思っていたところなの」

「知ったからには、待たれるのは困るな。よし、俺がことわりの電話をかけよう。今なら遅くない」

「それはやめて、お願い。何もかも、わたしを通してしますので、と言いきってきた手前」

「それなら、自分であやまりに行ったらどうだ」

「あやまれば、すくなくともあたしは、あのことを事実だと認めたことになるでしょう」

「どうさせるつもりだ」

「何とかしてください」

「会うようにか」

「いえ、会わないように」

「そうか……それなら、あの人にこう伝えろ。俺は、杉尾は明日、石山さんという人を、病院にたずねる予定で、大事な話がありますので、そちらのお話はそれからにしてください、と。その後でなら、いくらでもうかがいます、と」

「それで、大丈夫ですか」

「大丈夫だ、請け合う。あとで報告してくれ」

返事を待たずに電話を切ってから杉尾は、莫迦にてきぱきと言葉少なに対応していた自身にやや首をかしげた。またひとつ奇怪になった事態に困惑するでもなく、井手の勝手な自縄自縛に苛立つでも不憫を覚えるでもなく、最後に井手にあずけられて仔細らしい思案の形を取ったときにも、頭の中はただ空虚に静まって、何かが浮んで来そうなけはいもなかったのに、ほとんど口から先に嘘言が出るかたちで、あれはまるで、相手の弱みを端《はな》から握っていたような名案だった。押出す声も低くてこころもちしゃがれ、陰惨であった気もした。それでも、戸惑いには変りがなかった。表にこそ出なかったが内心、どう始末したものか、途方に暮れてはいた。あまり茫然とすると、困惑さえ拭い取られて、非情みたいな顔があらわれるものらしい。こうしてその場かぎりの始末をつけながら、すこしずつ素顔を引き出されて、あんがい、女たちの前に正体をさらされるその準備をさせられているのかもしれないぞ、あの二人の女と、それから家の内にいる女の前に、と夢のような危惧をつぶやいて仕事にもどり、一時間ほどもして返事の遅れていることがさすがに気にかかりはじめ、女どうし埒もない注文が往ったり来たりしているのか、よせばいいのに、と舌打ちして待つうちにまたかなり経って電話が鳴り、すぐに取って低くしゃがれた声を押出すと、ちょっとためらうふうな間を置いて、例の友人の声が出た。

「ああ、再々煩わす。仕事の邪魔にならないか。じつはいましがた、石山の奥方から電話があってな、退院の見通しがついたそうだ」

「そいつは、良かったじゃないか」

「ひとつだけ例の、あんたに会えばどうのこうのという、あの筋な」

「糸口みたいなものだろう、俺は」

「あれがもうひとつ振っ切れていない。そんなにも頑固ではなくて、医者の前では笑って打消すぐらいらしいのだが」

「それで俺に、会ってくれと」

「あまり熱心に、泣きついてくるようだと、こちらも用心するところなのだが。わりにあっさりと、元気になって退屈して懐しがっているので、出来ればちょっと、と」

「それなら行かなくてもいいようなものだ」

「会えば退院できると言うのだが、本人が」

「退院する了見なのか、ほんとに」

「それは出たいだろう、出たいさ」

「かえって悪くさせやしないか」

「そいつは、わからないことだ」

「わからないでは済まないだろう」

「悪くなるものならいずれ、このままでは済まんのだ」

「ああ、このままで、済むに越したことはない」

「杉尾のことを再三、呼んでいるんだ」

「ま、寝覚めの悪いようなものだな」

「ま、他生の縁というところか」

「他生の縁とはよく言ったな。暗くてよく見えない、か。その前になにか、話しておくことはないか」

「うむ……ない。暗くてよく見えん」

「いつ来てもよいと」

「ああ、ふらりと来てくれと」

「ところで、森沢は、元気か」

「おかげさまで元気だよ。近頃、何度も顔を合わせているような気がするが、杉尾とはあの通夜から、二度しか会っていないんだな」

「そうか、それでは明日、明日の午後に行くよ。あまり遅くならないうちに」

「ああ、思い立ったもんだな。しかし、それがいいだろう」

いつのまにかおたがいに惚《ほう》けた、飄々としたような物言いに、仕舞いまで笑いひとつ洩れなかった。机に向かってひとりになり、杉尾はひきつづきこわばった顔を、片手でそろそろと撫ぜはじめた。頬がこけて皮膚が厚く冷く、黒くなった感触があり、太い顎の先からぽたりぽたりと、厭な怯えの臭いの滴る気がして、病人だか罪人だか、腰に荒縄を巻きつけて、その端を引く者もなくて地面に引きずり、ひとり裸足でうなだれていく男の姿が見えて、ああ、昔聞いた、火事の後の、火元の家の主人の詫び回りか、しかし自分で縛についた形を見せるというのもことさらに陰惨で、厭味なことだな、と顔をそむける気持で払いのけようとすると、いかにも悪びれたふうにしょぼついた目の隅にゆらりと、燥《はしや》いだ光が動いて、汚く皺ばんだ頬が顎からゆるみかかり、こ奴、笑うつもりか、と啞然として眺めやるこちらの頬も醜く、淫猥なように崩れ出した。鳴り出した電話へ目をやったときには、そんなにやけに呼び立てなさんな、逃げやしないよ、と胸の内でつぶやきながら、声を低く顫わせて笑っていた。

「話合いました結果、それでは明日の正午から、一時間と決まりました。場所は同じです」と井手伊子が細く張りつめた声で告げていた。「病院のほうはそれからでもかまいませんね。石山さんなら、伝えてほしいことがありますので、とあの人も言ってました。あたしも、それならかまわない、会っていただきます。十分前にまずロビーで、あたしがお待ちします。用件を伝えるほかは、勝手な話はしない、と約束しましたので、今夜はこれで失礼します」

「事実だと思っているな」笑いを含んだままの声で杉尾は答えた。「いいだろう、遅れるなよ、二人とも」

相手が黙って聞き耳を立てているようなのを、ちらっと確めて先に受話器を置いた。

22

ふらりと家を出て最寄りの地下鉄の駅に向かう途中、たまたますれ違った陰気な目に顔をのぞきこまれて、はて何を果たしに出かけると立ち止まりかけたのをきっかけに、杉尾は道を行く、やはりたゆまぬ足取りで行く自身の、しきりと背が見える気がした。なるほど年は取ったが何歳になっても変らぬものがある。何事をするにもおそらく、この背のあらわで黙々としたところは変らない。女の始末をつけに行くにも厠に行くにも。前のほうの、顔はどうでも、人の背はひとりでに、これからおこなう、これから起る、あるいは何も起らない、その結果をすでにあらわしている。いや、結果そのものみたいなもので、現在にしてすでに過去なので、だから時間を超えているのではないか。そんなことを考えながら地下鉄の階段に差しかかると十段ほど先を実際に、同じ年恰好の男が背をやや反らせぎみに立て、両脇へ垂らした腕を気楽そうな足取りに合わせて、揺すりはせずに、五本の指をそれぞれ蝮指《まむしゆび》から鷲掴みに近い形に曲げたり伸ばしたりしていた。

いささか不安の色も見えないではないが、しかしそんなものも成行きに影響はない、と杉尾は眺めた。振返るんではないぞ、とひとりで戒めたりした。

地下鉄に乗ってしまうと待合わせの場所まで一時間とはかからない。ひとつ残った空席に杉尾は腰をおろし、人のあいだを緩慢ながらまっすぐに分けて席を取ったことが傍若無人だったようで目をつぶった。それから目をあけてちょうど停まったホームを窓の内から見渡すと、深い眠りをくぐった感じはあるのにまだひと駅しか過ぎていない。これではいつまで経ってもたどりつけないぞ、とまた走り出した地下の轟音の中で眉がひとりでにひそめられた。前に立つ乗客たちの顔が揃っていかめしい面相になった。道の中点を過ぎて、残りの中点をまた過ぎて、そのまた残りの中点を過ぎて、行くほどに限りなく遠くなり、焦燥のために精を漏らしかけて静まると断層が生じている。失踪者たちの多くが、家を出るときにはつゆそんなことを考えていなかったと後から話すという。ああして漏らすのも女の腹に注ぐのも根は同じ焦燥か、精ばかりでなくて長年溜めこんだ押さえこんだものも滲み出るか、とつぶやいて、心臓の鼓動が身から剝離してのどかに、持続の責任を放棄したように打ちつづけ、ふいに隣の老人が乗換えの駅をたずねてきて痩せこけた猿面の影が見え、それに落着いた太い声で途中の駅々を指折りかぞえて教えているのが、空恐しいような不思議に聞えた。

まだですか、と繰返したずねられてそのつど指を折って見せていた。そのうちに目の前へそのホームが滑りこんできて、またたずねられるかと思ったら老人は黙って立ちあがり、停まりきらぬ床に萎えた足を踏んばって頭をゆらゆらと揺すり、扉が開いてからも一歩ずつ頑固に踏みしめて、扉の閉まるのに間に合うかとはらはらさせる緩慢さで、それでも十分に間に合って降りて行った。扉の内外を隔ててから生温い、寝たきりのにおいが傍らにこもった。閑散となった車内を杉尾は見まわし、自分こそ降りるべき駅に降りずにいることを怪しみもしなかった。

そのままついでにもうひと駅乗り過して終点まで行き、この夏井手伊子に跡をつけられていたらしいエスカレーターに乗り、取りとめもない不安を背に覚える高さまで運びあげられた頃、また女の裾のそよぎの、暗いまろやかな温みを嗅がされた気がして、それにまた寝たきりの汚れと床ずれと粥のにおいが重なり、思わず息をつめた。井手に捕まったホームへの降り口は右手に捨て、もうひとつのエスカレーターに運ばれてさらに階段を昇り、だんだんに狭く人気《ひとけ》なくなり、逆に地下へ降りていくような足音を響かせ、やがてビルの並ぶ大通りの脇へ出た。頭上を跨ぐ道路を見あげ、この高台をくだって待合わせのホテルまで行く道を、よく知った道すじのはずなのに、こんな高架道路も地下鉄もなかった昔の地理ばかりを思い浮べて、いたずらにたどりあぐねていた。

もう十年二十年前から始まっているあたりの変りようにいまさらしきりに驚くばかりで、それきり物も思わず、ところどころに残った古い羽目板やら崖の石垣などをのぞきこんだり、だいぶ回り道をさせられてゆるやかな坂をホテルの脇へ降りてきたとき、週刊誌でも買ってくれればよかったたか、と後悔めいたものを覚えた。しかし余計なものを手にしていれば、そのわずかな不自由さがわざわいして、起らずとも済むことが起ることになる。いや、どのみち起るときには起るのだが、とかるく打ち払ったが、息をこらしあうそのあいだどこかへ投げ棄てられた雑誌の、後暗くまるめられくたびれた形が目に浮んで、にわかに嫌悪感が湧き起り手に触れる物から物へ染まっていきそうなけはいがあり、おのずとまたひそめられた眉を自分でほぐせずに、投げやりに建物の前へ差しかかると、正面玄関の前にぽつんと、杉尾の来るはずの方角に向かって、信号を渡る人の流れに目を張りつめている井手の姿が見えた。

視野の端には入っているはずなのに、こちらに気づきそうにもない。時計をのぞくとまだ十分と少々の遅れだが、踵を浮かしては膝をまた落す、線の鈍くなりかけた身体に憔悴の色があらわれている。あんなに気を細く凝らしては、かりにいきなり正面からふらりと、露骨な笑いを向けて近づいても、目に入らないのではないか。そう感じさせるところにあの女の、男どもに夜道でつきまとわれる弱みがある。そう眺めながら足はひとりでに女の視野のはずれへ逸れて、やがて真横のほうまでまわりこみ、すでに足音の気取られそうな距離から、ちょっと立ち止まって両手で顔面を、捏ねなおすみたいなしぐさをしてから建物に沿って大股の歩みで近づき、ついと女の背後を抜けてもう一人の女の、足首を重ねて身じろぎもせずに横たわる部屋へ昇っていく男の背を、また眉をひそめて見送る心地で想って、たしかに憔悴のにおう細った身体のすぐ脇に黙って立つと、井手は肩から腕を竦めて、裸身を人に向ける直前に似たあいまいな膝つきから、目をもう一度遠く往来のほうへ、やや茫然とさまよわせた。

それから、寝起きをおそわれた気おくれの顔を振向け、物も言えぬ態で杉尾の目を仰いでとりとめもなく微笑んだ。

杉尾が先に立って導くかたちになった。ロビーを斜めに渡ってラウンジのほうへ向かう途中、後から来る足音が幾度かためらいがちになり、杉尾が振返ると井手は見咎められたふうに足を停め、目で促されてまたしどろもどろに歩き出した。やがて杉尾の向かいの席に無理やり坐らされて椅子に腰を浅く掛け、バッグを前へまわし、合わせた膝を固くした。しかし男女の相談にまず寛ぐこころで杉尾が身をゆるりと乗り出しかけると、目を伏せて答えた。

「事務的なことのほかは、その前にいっさい、話をしないことに約束してますので」

耳ざわりな言葉を口にしながら、膝の上へ落した目にまたとりとめのない、甘たるい笑みを浮べた。

「このまま、一緒に出てしまってもいいんだよ」杉尾は押してみた。「病院のほうは、何なら、今日は行かなくてもよい。別に約束はしていないのだから」

「それはできません。あたしが、部屋の扉の前まで案内することになってますので」

「その前に、どうしてこんなことをする気になったのか、その分けを聞かせてもらいたい」

「いえ、あとで話します。すべてあたしが運んだことで、鍵もいまここに預っておりますので」

　目がふっと据《すわ》ってバッグに注がれ、その上を両手がかわるがわる撫ぜた。その下で膝が目の意識をのがれて、固く合わされたまま太腿のほうからひとりでにゆるくうねるのが、杉尾の目に入った。

「それではひと言だけ、こちらも勝手に言っておきますが、あれはあの人の妄想か、でなければ何か事情のあることで、とにかく、わたくしは、関係がない。あんなことをする男ではない」

　かるく釘を刺すほどのつもりで口にした言葉が、思いのほか真剣な弁明となって響き、声もいくらか高くなり、まわりの人間たちは何と聞いたか、どう判定するか、そのとっさの感じ分けに事の真相がかかっているような、さかさまの不安に捉えられてあたりをうかがうと、ちょうど給仕が注文取りに近づいて来るところだった。

「もう時間が、だいぶ遅れてます」

　井手がするりと立ちあがって椅子の脇へ出た。杉尾は間近まで来た給仕に目で断わって、弁明を周囲に黙殺された男のやましさか、おのずと背をいくらかまるめて、こちらは背をほっそりと宙へ伸べる、男に後をつけさせるときの歩みとなった井手の後につき従った。

この夏と同じ階にエレヴェーターが停まってほかの客たちを降ろし、二人だけを閉じこめて、いつ押されたのか上のほうの階のランプを一点だけともして昇りはじめたとき、杉尾はまた限りなく接近してたどり着けぬ焦燥に苦しめられ、扉に間近く向かう井手の背に身を寄せて両手を乳房の下あたりへゆるくまわし、にわかに鋭く浮き出した肋骨《あばら》の下にそわせて、じわじわと緊まっていく腹へ滑らせると、井手は胸を斜めに押しあげ、扉に片手をわなわなとついてうつむきこみかけたが、かろうじてこらえて扉から手を離して頭をまっすぐに、逃げられぬ尻を男に添わせて静まり、杉尾は緊まりきった腰のくびれの細さをきっちりと束《つか》ねるようにして、二人とも動かなくなった。
目の前に白い耳があった。そこへひと言、いいから、ここで、往ってしまおう、とかりそめにもささやきかければ、みぞおちがざわめいてお互いにやさしい醜さの中へほぐれるのに、と恨むような気持から左右に目を振ると、黒くて不透明な印象を欺いた鏡張りの壁面に、女を背後からようやく抱えこんだ、滑稽陰惨な恰好から男がきょとんとこちらへ小児の無恥の目を淡く瞠って、急に不安の色を浮べたかと思うと、箱が停まって扉がひらき、さいわいに人影はなく、井手はこころもち粘って男の腕の中から離れ、長くて狭い、行くほどに狭苦しくなる廊下を先に立って歩いた。

振返らず、足取りも変えず、後からつける男の呼吸をひょいとはずして扉のひとつの前に身を寄せ、たったひとりの姿になりハンドバッグから鍵を取り出して錠をまわすと杉尾のほうに向き直り、背を扉に押しつけ、自分から追いつめられた恰好を取って目が誘った。そしてバッグにしまいこんだ鍵をなぜだかもう一度取り出し、バッグを肘にかけて鍵の柄を胸の前に護身具のように握りしめ、もう片手をうしろへやって、大胆にも扉を細目に浮かし、顔にさっと赤みが差した。箱の中のなごりか、全身が細かくわななき、杉尾がそっと身を寄せて、扉の内の耳を憚ってこれ以上のけはいを封じる気持から、手は出さずに素早く唇を合わせようとすると、向かいの部屋までも聞えそうな深い息を胸の奥から抜いて顔をそむけたばかりか、頭全体を片側へ遠く逃がし、杉尾の胸もとに鍵の柄を押しつけた。

思わず手に取らされた鍵を眺めて、まだ頑なにそむけている頭の脇にあらわれた扉の番号と見くらべ、さらに左右の扉の続きぐあいを確める杉尾の目つきが、おのずと陰惨なようになった。井手は頭をもとにもどして部屋の番号をまたふさぎ、哀願の色をたたえた目で、廊下のさらに奥のほうをおそるおそる示した。そして杉尾が身をやや斜めに反らしてそちらの扉の並びをひとつずつ目でたどり、あいだ八室隔ったその扉を芯の静まった、敵意に似た気持で見つめていると、背広の襟へ手を伸ばして、手の甲で撫ぜていたかと思うと細くて固い、もうひとつの鍵の柄を内懐へ滑りこませ、振向かれて問われぬ先に扉を背で押して部屋の中へ退きはじめた。

「鍵を、間違えないでね」

遠くから愛撫を求めるような、ささやきが背後で聞えた。扉の間からこちらへ頭を差し出しているのを杉尾はちらりと見やっただけで歩きつづけた。ゆっくりとした大股の歩みのひと足ごとにまた、憎み恐れが薄れて敵に近づいていく静かさが滴《したた》って、この先の部屋でいま待っている女を、自分はそれほど憎み恐れていたのだろうか、と淡い訝りに吹かれ、わずかな道のりのあいだ、背後の部屋の女の存在を一度は完全に忘れた。

扉の前に立って息を入れ、自分がどこからどの道を通って来たともない、ただここに立つ存在と感じられてくるのを待って三度はっきりと叩き、はてと手の中で汗にぬらつく鍵の柄を眺めやり、その手でまた内懐の固いものを上から触れて、これはあちらの部屋の鍵かといまになって意識したように、ここからはすでに黒い影となって扉の列の間からぽつんと差し出されている頭のほうへ目をやると、前の扉が内へひらき、廊下よりもまだ薄暗くした部屋の奥へノッブを握りしめて腰を引きかけた女と、逆手に握りしめた鍵の柄を胸にあてた男とがいきなりまともに顔を見合わせ、同時にすっと同じ方向へ、女はすぐ脇の白い壁へ、視線を振った。ひと息おいて遠くで黒い影がゆらりと揺れて壁に吸いこまれ、どの扉だったかも見分けがつかなくなった。

最後までは見とどけられなかったか、とひとりでつぶやいて目を返すと部屋の内で萱島はいよいよ腰を引きぎみに、握ったノッブを離すに離せぬ様子で、階下で見た井手とそっくりのとりとめのない醜いような笑みを浮べ、それでも目が招くので杉尾は腕を伸ばして扉にあてがい、女が奥へ離れるのを待って、ありもせぬ敷居を跨ぐ足つきで内に入り、もどる扉を徐々に身に添わせて、閉まりきったところで後手をやり、やや迷ってから錠をおろした。

今は何時頃だろうか、と居場所がつかめなくなった心細さから時刻のことを思った。窓には大振りな枡目格子の障子が閉《た》てられて、その外も日がよほど翳っているらしく、正午過ぎとも夕暮れともつかぬ白っぽい寒さが部屋の中をひたしていた。部屋そのものもこの春先のよりはだいぶ広くて、壁につけてベッドがふたつ、ツインの間しか取れなかったものか、黄色の覆いをすっぽりと掛けられ、そのせいか寝台というには小さな、その上で男女のことがいとなまれるとも思えない得体の知れぬ長櫃の類いにも見えた。窓際に小卓《テーブル》を挟んで並べられた椅子の、ベッドから遠いほうへ萱島は先に腰をおろし、杉尾が向かいに掛けて鍵を卓の上に置いて返すと、さきほど戸口で壁のほうへやったのと同じ目つきを、今度はその戸口のほうへ向けた。

「困りましたわ。一生懸命ですの。あの人。一時間だけでもいいから、杉尾さんと会って、二人で話をしてほしい、と泣きつかれたんです。あたしたちの、昔のことに、よっぽど関心があるらしくて。いえ、それがあたしたちのことを探るのが目的ではなくて、自分のことなんだそうです。なにかよくよくの事が過去にあって、何が身に起ったのかは、まだ十六、七の頃だったので、はっきりとはつかめないのだけれど、杉尾さんに会っていると、その記憶のかたまりが浮んで来そうになる、とそう言ってます。で、杉尾さんという人は、どういう人なのか、あたしにも一度確めてほしいと。一生の大事のようで、いまも息をこらして待っているんです。あとでまたいろいろと聞かれます。あんまり真剣なので、あたしもかなしいようになりまして。杉尾さんは男の人ですから、あの人を抱いてさしあげればいいのでしょうが、あたしのほうは、もう話すこともなくて、あの人が聞きたいと思っていることを、いっそ嘘でもいいから話したいと思ったり、でも、忌わしいことのようなんです」

杉尾も戸口のほうへ目をやり、萱島の声がひそめられるにつれて、扉のむこうに忍んで耳を傾ける人のけはいをまた二人してうかがうかたちになった。そうしてそのつど目の前にいる女のほうに付くという、心やさしいような安易さに惹かれながら、しかし相槌ひとつ打たずにいた。声が跡切れたとき、聞いたという反応も示さずに扉を眺めている自身を凄いようにも感じたが、萱島の言うことが真実《ほんとう》か井手の言うことが真実か、判断は空白にしていた。井手に仮託してやはり妄想の認知を迫っているのか、それとも、妄想を支えきれなくなってあいまいなところで手を打つつもりなのか、黙んまりが長びけばその分だけ、こちらの最初のひと言が重くはたらく。そうおそれるそばから、かすかな睡気が降りてきて、相手は萱島だか井手だか、一生の返答を待つ女の前でうつらと舟を漕ぐ男の穢《むさ》い太さが、遠く慕わしく想われた。それから気を取り直して、俺だってそんな、大変なことに答えられる立場ではないんだとつぶやいて顔を向け、すがってきた女の目にたじろいで、おおような物言いで紛らわそうとして、そこだけは妙に若い喉もとに目が行き、思うより先に切出していた。

「あれは、事実じゃない。僕は、行っていない」

「来たじゃありませんか」と萱島はうつむきこんだ。「耳もとで、呼んだじゃありませんか。好きだから、恐がらないで……声を立ててはいけないって」

顔を斜めにそむけて、頤の先を襟に埋め、首が細く長く撓《たわ》められてまた若々しく、それにつれて胸から腰は年相応に豊かになり、まるで追いつめられた大きな水鳥が羽毛をふくらませ首をくねらせて、われとわが身の中へ逃げこもうとしているかに見られた。

つぶやきに近くなった萱島の言葉、忍んで来た男のささやきを杉尾は胸の中で繰返した。目の前でうつむきこむ女の姿から、妄想であることを知ってそれを当の相手から守ろうとする哀しさが見て取れた。それにもかかわらずこのささやきの粘りだけは、深い覚えが口中にあった。

「すくんでしまったあたしを、抱きしめたじゃありませんか」細い声が訴えてきた。そして上半身をゆるゆると、固く抱えこんだ膝の上へうずくまりこませる恰好をした。

「はい、抱きしめました」男に手首を取られてあらがいながら男の小手の腹あたりを不自由な指先でそろそろと撫ぜていた、少女の気よわさが思出されて、とにかく取りなしてやりたい、妄想を宙に迷わさずに遠い事実のほうへ受け止めてやりたい、とそのつもりで口にした言葉に、ささやきの粘りが移った。「あなたの口を、ふさいだような気もします。いや、何もかも覚えてます。植込みの蔭で」

「植込みの蔭で」と萱島はその言葉にすがって杉尾の目を仰いだ。「あなたと門のところで別れてから、あたし、どうしたのでしょうか」

「じつは、すぐには門から出ないで、あなたを見送ってました」

「はい、知ってました。植込みの前で、気が家《うち》のほうへ行って、恥かしいことをしてしまってから、あなたがまだうしろに立っていることに、勘づきまして。それで、走って玄関の脇の路地に逃げこんで、まだ立っているあなたのほうを、ほんのしばらくですけど角のところからのぞいて、家に入って床に就くまで、覚えていることは覚えているんですけれど。なんだかもっと、おかしな感じがあの晩ずっとつきまといまして、夜中にもうなされて」

「じつは兄上が、あなたが玄関のほうへ行くところを」

「兄はもうやすんでましたのよ」

「いや、寝巻姿で腕組みをして、庭のほうから」

「庭のほう、あれは、あなたではなかったのですか」

「そんなに早く庭へまわれません。それに、寝巻でもない」

「それでは、植込みの蔭で、下着を取ったところも……」

　黙ってうなずいて見せ、いたわるつもりがなぜ、こうも容赦なくなったのか、と自分で訝っているとこちらを見つめる目の、光が翳って奥へ引いていき、やがてちらちらと顫えて細くほとんどつぶった瞼がややうつむけられ、口もとがゆるんで、にわかに頬が痩せて長いようになった面《おも》から血の気が薄れて、額が白く、髪が一筋ずつ剛く見えてきた。

「あなたは、どこにいました」

「門のところから、すぐに帰りました」

「いいえ、家のまわりに、残ったでしょう」

「そんなことはしやしません」

　そう答えて杉尾はいくらかおぼつかない心地になった。萱島家の門の前を離れて駅と正反対の方角へふらりと歩き出した覚えはある。雑木林のところまで来て、道の上にまで張った大枝を見あげ、しばらくそのあたりにいた。家のまわりに残った、と言われればそれに近い。それからまた門の前まで引き返して人気《ひとけ》のないくぐり戸を眺めた。何となく近寄ってそっと押すと扉がひらいて、少女がまだ立っていたのは、記憶の限りでは最初のとき、腕の中にゆるく抱きこんだ少女に後退りに戸の内へ逃げこまれていったんあきらめたその後のことのはずだが、しかし、雑木林からもどり、また誘い寄せられて、そっと戸を押すと、やはり少女がいて……これでは果てしもない。内から門の降りていないのを、横目で睨んで通り過ぎた。そう言えば、まだたいして更けていない、商店もあいている時刻に、空いた上り電車に乗りこんで、隅の席に腰を掛けてさむざむと運ばれてきた。途中の乗換駅で、先の旅があまり所在なくて、読みたくもない雑誌を売店で買った。

「とにかく、あなたはまだ十六、七の、高校生でした」

「そうでした、昨日のことのように覚えてます」

「あなたの、思っておられる、その出来事というのは、それから四、五年も経った、後のことではありませんか」

「はい、そのとおりです」

かすかな笑みが頬に流れて、萱島は黙りこんだ。その影が引くと顔はいましがたの変貌めいたものを留めて、老けこんでなにやらなまなましく、額の肌は一段と白く、薄く張りつめ、触れれば冷いように、しっとりと静まった。目の光がさらに内にこもり、しばらく前にいる男を忘れて、妄想かあるいは実像をおもむろに束《つか》ねながら、自身の意志ではなくて、変貌がおのずとわずかずつ進んで、記憶が面相となってあらわれるのを、待っているかに見えた。やがて瞼がまた細く顫えて、長い縦皺でも寄りそうな頬に笑みがまた浮びかかり、目をあげて、やや酷い光をふくんで杉尾の注意を脇へ促すふうに眺めやり、ベッドの枕もとの、壁の内にこもって鳴っている、隣の部屋らしい電話の音に耳を澄ました。

「石山さんから、御病人から近頃またしきりに、言ってくるんですよ。昼間から困ったことを」

「あなたと、寝たいとでも言ってくるんですか」

枕もとへ目をやったまま、杉尾は声に出してつぶやいていた。ちょうど音がやんで、だいぶ前から鳴っていた感触がいまになって残り、深まった静かさの中で壁の内から女の、のけぞるように揚った声のけはいが感じられた。大胆なことを口にしたか、とあやぶんで顔を向けると、萱島もぼんやりと微笑んでいた。

「おかげで近頃すっかり耳ざとくなりまして。聞えないはずのものまで、聞えるのですよ。いえ、空耳ではなくて」

「何を言ってくるのですか、石山は」と杉尾は声をひそめていた。

「寝たいと言うんではないんですよ」と萱島は露骨な言葉をゆったりと受け止めて、ひきつづき壁のほうへ耳をやる目つきで微笑んだが、杉尾にはもう何も聞えなかった。

「寝た、と言うんですよ、あたしと」

「いつのことですか、どこで」

「ほうら、いつ、どこで、とおたずねになる。そう自分からたずねなくてはならない女の辱《はじ》は、おわかりでしょう。知ってるはずだと言うんです」

「巧みな陵辱だな。反論するほどに汚される」

「いいえ、穏和な声です。身も心も澄みきったような。贖罪の生涯をすすめます。あたしにも」

「そんな理不尽な。で、いつ寝たと言うんです」

「またお聞きになる。今年の五月のことだと最初は言いました。あなたはわたしの病室まで来られた、まもなく死ぬ人間に罪をあずけに、と。そのうちに、いつのことでも同じだと言うようになりまして、昨夜のことかも知れないし、十年二十年昔のことかも知れない。いや、今夜のことかも知れない。わたしはどこにでもいる。あなたはいつでも犯されて自分でも罪を犯している。ほら、いま隣の部屋でも犯されています、とそう言われたときにはさすがにあたし……」

「何もないということだ、つまりは」と杉尾は迫りかけた相手の声を押しとどめた。「どこにでもあるということは、どこにもないこと。事が起るというのは、そんなことじゃない。そうでしょう」

「あたし」と萱島は同じ言葉を継いだが、息が入って、膝のまわりをうろうろと見まわした。「いまから考えると、初めて電話のあった頃からもう、ちっとも勘づきませんでしたけれど、同じことを言われていた気がするんです。あの頃は、死を前に見ていた人に」

「そんなことも、なかったと思いますけど。あなたの報告を聞いたかぎりでは」

「あたし」とまた繰返して、目つきが重たく、睡たげになった。「半月ばかり前に、電話がまた始まった頃には、受話器を取ると、相手は黙って、ただ息をついていて、それきり切れてしまう。あなたが答えてくれているのかと、そう思ってました。それが、あの人が出てきて、悟りすました、やさしい声なんだけれど、なんだか恐いんです。で、あの日、まだ午さがりでした。学校で叫ぶ子供の声も聞えてました。電話でじわじわと追いつめられて、いま隣の部屋でも犯されています。そう言われたときには、いまの住まいは間取りも何も違うのに、壁のすぐ続きに実家の、あたしの寝間が昔のまま見えてきて、まわりが暗いようになって……最後の夜に兄は、朝方家を抜け出すまで、あの部屋でやすんでいたそうです。あたし、電話口で、あなたを呼んでしまいました」

「まさか、名前を、口に出して」

「聞かれたかもしれません。ぷつんと電話が切れて、それきり掛ってきません」

「何があったのか、はっきり言いなさい。昔、石山が、ご実家のまわりをうろついた頃に」

遠くから甲高く、どこかで鉄骨を叩く音が間遠に伝わってきた。車が一斉に発進する大通りのざわめきが窓の外に、物に隔てられて空から吹き溜まる感じでふくらんだ。どんな騒音にも、こうして耳を澄ませば、細い吐息のようなものが芯にふくまれているものだ、とそんな長閑なことを思いながら、杉尾はあとへ引けなくなって構えている自身の姿を眺めた。萱島は前へゆっくりと身を傾けて小卓《テーブル》の上に両肘をつき、額から掌の内へ、顔を埋めた。そして身じろぎもせず、濃い髪だけを杉尾に向け、その髪のなまなましさにまた刻々と掌の内の変貌があらわれているようで、つぎにどんな顔をあげるか、すでに狂って笑っているか、それとも目を薄くつぶり、故人《ほとけ》の面相を浮べるか、と夢のような恐れを杉尾がそっと押さえこんでいると、やがてあんがいな、皺っぽいものがまた一度に拭い取られた、ほんのりとまるい、睡り足りた面《おもて》をあげた。

「話しますので、どうか」と哀願して、置き残された手をそのまま卓《テーブル》の中ほどまで進めて、ゆるい合掌に似たかたちになり、杉尾に向けて差し出した。

こうして見るとなるほど禍々しい様子の男の手を伸ばして、身は近づけずに、卓のこちら寄りで両側から挟みこむと、さきほど額に見たのと同じ、しっとりと冷い手がわれとわが身を抱きこむふうに細くくねり、頤を引いてやがて静まった。

「石山さんの顔は、あたし、いまでもほんとうに知らないんです。お通夜の顔も思出せません」

「声はむかし聞かれたと」

「電話で、息だけなんです。それと、塀の外の足音と」

「大学の夏休み中のことでしたね。はっきりさせておきましょう」

「はい。三年生の時です。いっときは三日と置かずに、夜更けに家の前を往ったり来たり、あの当時はあの辺もずいぶん淋しかったもので」

「足音は、忍ばせていなかったのですか」

「はい、むしろどさっどさっと。立ち止まらずに通り過ぎて、しばらくしてまた戻ってくるんです。で、兄が徹底して、そんなものからあたしを隔てまして、居間で母と三人いて足音を耳にしていても、そのことを口にすることさえ許されませんでした。でも、半時間もつづくと、そうでなくても無口な人が黙りこんでしまって、あたしはなんだか面目もなくて、母を相手に一所懸命に喋るんですけれど、いつまでも間が持てやしない。つい耳を澄まして、顔も姿も、名前も知らない人の、片足をちょっと引きずる歩き癖まで覚えてしまいました」

「しかし兄上は、庭に降りて外の様子をうかがったり」

「はい、まずあたしたち、あたしと母に、もう寝ろと恐い顔で命令して、暑いのに雨戸を閉《た》ててはじめるんです。ですから、外ではまだ足音が聞えているのに、お風呂のある晩は早く済ますようにしてましたけれど、顔を洗って歯も磨いて、何事もない顔で、寝巻に着替えて蒲団の中に入らなくてはいけなかったんです。あたしたちが寝間にひきこもると、暗くした家の中を兄が歩きまわりはじめます。その足音も寝床の中から聞いているんです。そのうちに気がついたことは、塀の中へ足音が戻ってくると、家の中でもせわしなくなって、両方の歩調がぴったりと……遮ってくれているのだと思って、あたし、自分の身体が汚くて、そんなものが寄ってくるようで、申訳ない気がしました」

「庭の中へ、入って来たことはあるんですか、足音は」

「足音がすっと、庭へ降りて行ったので、ある晩、起き出して、一枚だけあいた雨戸からのぞいたら、塀に白い寝巻姿の兄が、背中からはりついていて、あたし、あの藁人形、釘を打ちつける、いえ、兄の姿が人形に見えたんです」

「庭に入って来たことは、ないんですね」

「家の中に戻ってくると兄は、震えているのが聞えて、家の戸という戸、窓という窓を、閉まっているのを一度開けてはぴしりと閉めるんです。あたしの、寝たふりをした部屋にも、おそろしい顔をして入って来ました。母の部屋にも入って行った。それから床の間のあたりに坐りこんで、呪文を唱えるみたいな。ときどき静かになって、殺してやる、皆、楽にしてやる、安心して目をつぶれ、と。そのうちに足音が遠くなって、それきり往ってしまうときはわかるの、しばらくして遠くから、お囃子の声みたいな、遅い電車の音が……でも台所の、水口と呼んでましたけど、戸に錠が掛ってなかったんだわ。最後に掛け忘れて、あの晩」

「あの晩、いいですか、事の起った晩のこと」杉尾は胸の内で、石山の騒ぎのあったという夜と、萱島の犯されたと思う夜とを、ひそかに重ね合わせてたずねた。「あなたは、はじめ、どこにいましたか」

「あなたと庭にいたじゃありませんか」萱島は翳りのない目をあげた。「恥かしいのを、つつみこんでくれた」

そして深くうつむいてきて唇を、男の手に挟まれた自分の手の親指のつけねあたりにゆるくあて、唇の隅が杉尾の小指の脇腹にわずかに触れて、動かなくなった。

「そうではなくて」杉尾はもう二十年あまりも昔の、四年の隔りを言い立てる徒労さを覚えた。この手に力をこめれば、それで何が現実で何が妄想か、決まるのかもしれない、と思って部屋の内に淀んだ時間が傾きかかる気がしたが、手には表情をこめず、答えを促がした。「石山と兄上とが、おもてで取っ組合いを始めたとき」

唇をあどけなくして、何を言われたのかもわからず男の手の甲を間近から眺める、あるいははるか遠くをのぞく、距離の失せた透明な目を潤ませて、萱島は挟み合わせた手に向かって息を洩らした。

「あたし、はじめ、兄が外で、一人で転げ回っているように聞いてました」

塀の外でひどい呻き声が起り、母親と二人、玄関の畳のところまで飛び出して、寝巻のまま立ったという。地面を転がる身体の、厭な音が伝わってくる。しかし呻き声も荒い息も、兄らしいのしか聞えない。助けに走り出ようとすると母親が土間の上でひきとめて、あなたは残りなさい、あたしの出たあとから玄関に鍵を掛けて、呼ばれないかぎり出て来てはならない。もしも自分たちが戻らないで誰かが戸を叩きまくるようなら、すぐに警察に連絡して、棒でも何でも持って、助けの来るまでがんばりなさい。そう言って物を着込んで出て行った。

くぐり戸が開いて母親の、細い叫びがひと声だけあがり、呻きはやんだ。あとはひそめられた、母親ともう一人の男の声が聞えた。荒い息に跡切れがちだが、太く穏和な声だった。それがかえって底知れず気味悪く感じられた。重い袋を叩くような音がそれに混った。それから母親の低く喘ぐ声が聞えてきて、また二言三言かわされ、ごとんと戸が閉まって門がおろされ、母親が呼んだ。

玄関から飛び出すと、小柄な母親が前へ傾くようにして、背にぐったりと長くなった兄の身体を掛けていた。兄は両腕を母親の肩から前へ垂らし、地に着いた足には力が入っていない。近寄ると、眠っていた。深い寝息が立っていた。何でもない、と母親は言う。それ以上は話さずに二人して、泥まみれなのを風呂場まで運んで、残り湯で洗って、寝巻を着せて、ようやくのことで床に寝かすまで、兄は目を覚まさずにいた。

母親が門の外へ出たとき、兄はちょうど上に、馬乗りになって、力の尽きた相手の、首に手をかけるので、あわてて止めに入ったところが、ふわりと前へ崩れて、男の上に重なって動かなくなった。手は首にかけたまま、力はゆるんで、寝息を立てていた。興奮の絶頂でいきなり薬の利き目のまわることがあるのを、家族は知っていた。

相手こそ顔から血の気が引いていた。それでも眠る兄を下から助け起して、きちんと母親に詫びた。だしぬけに門の内から血相を変えて躍り出してきて飛びかかり、逃げようとするほどに摑みかかってくるので、どうしようもなかったという。兄の様子をしきりと心配して、門のところまで手を貸してくれた。内へは入ろうとしなかった。名前は、萱島君がよく御存知の者です。いくらでも罰は受けますので、と一礼して門の前を離れた。

悪い人ではありませんよ、と母親は二人で居間に落着くといまさら蒼い顔になってつぶやいた。だけどあの子は、ほんとうに首をしめかけていた、それが、うしろから見えた肘のかたちでわかりました、それにしても相手の人は、どういうものだろう、腰から下しか見えませんでしたけど、あのとき、足を伸ばしてしまって、逆らわずにいた、おそろしいこと、といつまでも怯えた目をしていた。

「母親がさがったあと、あたしは、いやな汗にまみれたので残り湯で流して、新しい浴衣に着がえて、玄関の戸締りをもう一度たしかめに来て、あがり口に近い畳の上に両膝をついて、坐りこんでしまいました。じつは玄関の鍵をはずしたんです。門の外で母と男の人の声だけになったときに。母と兄のために、いっそ出て行こうと思いました。あたしが出て行けば済むことだと思いまして。でも、いざ戸をあけようとすると、膝が折れて、三和土の上に」

「いつまで、玄関に坐っていたのですか」重たるく流れた自分の声に、杉尾は女の手をつつんで身を遠くに保ちながら、この前の井手の部屋と同じ、黙りこんでいた鈍獣が初めて口をきいた、そんな怖気を覚えた。

「わかりません」と答えて唇の端がはっきりと小指に掛かった。「あの玄関はあかりをつけると、門のあたりの暗がりから、中にいる人影が、磨ガラスにずいぶんはっきり映って見えるんです。あたし、うなだれてました。庭をひっそり歩きまわる足音を聞いてました。あとは寝床の中で、ぼうっと目をさましかけるまで、覚えがありません」

「戸締りは、完璧だったはずです、あんなことのあった後ですから」

「台所の戸が、あたしが最後に入ったときに錠を掛け忘れたか、それとも……」

「最後に台所から入ったのですか」

「小走りに逃げこんだんです。あとを追ってくる気がして。戸の内でしばらく家の内と外へ耳を澄まして、音を立てずに水を一杯飲んで、足を忍ばせて風呂場にまわって、あなたを恨みました。服をつけたまま、濡らした手拭いで、あんな恥かしいことはなかった。着がえを取りに行くひまもないのでその恰好のまま、兄の寝間をのぞいて、枕もとに坐っていた母と、顔を合わせたんです」

小指に触れた唇が硬くなり、両手が顫えを押さえこんで強く合わされ、それを追おうとしない杉尾の掌とのあいだにかえって微妙な隙間ができて、ひとりでにかすかな愛撫に似た感触が点々と走った。裸体よりも恥かしい姿で目の前にうなだれられたような、途方に暮れた気持を杉尾はかかえこんで、この、どうやら妄想でもないらしい、懸命な思いこみをたちどころに砕くことの、あやうさを瀬踏みした。現実を突きつけて否定したら、もうやりどころのない、内にもおさめられない恥辱の塊を、抱きしめなくてはならぬことになる、それでこの女の、妄想が成就する。

「聞きましたけど、僕は、暗い台所で水を飲んでいたそうですね」

「そう、あわてたみたいに、ぶるぶるとふるえて、口の隅からこぼして胸もとまで濡らして、もう夢中に。あの人も手を洗わないで、とそうつぶやいて、あたし、赤くなりました。あたしもさっき手を洗わないで飲んだもので。それからまた、なんだか人でも殺してきたみたい、とつぶやいたら、恐さが温いようにひろがって、不思議に、からだが伸びて」

「なぜ、そんなものが見えるんです、眠っていて」

「見えますよ」晴れやかな声が立った。「玄関の前に坐ったときから、目をつぶっていて、背をまるめて門から庭を行きつ戻りつしてるあなたの姿が見えました。ときどき、物陰で膝をかかえてしゃがみこんでしまう。つらそうなんです。そんなにつらいのなら、来てください、かわりに病気の兄をもう苦しめないで、と胸の内で呼んでました。台所の錠は、やっぱりあのあとで、あたしがはずしたんです」

「それでは、あなたのそばに来たときも、濡れていたんですか」

「ええ、首から襟までしっとりと」声がいよいよ透明になった。「そして冷くて、怯えた小さな子みたいなにおいがして、あたしを」

「どんな身なりをしてました、その、水を飲んでいた男は」

「白い、浴衣のような……」

息がつめられて細かいわななきが走り、手が逃げかけて留まった。その指の先からやがていっそう冷いようになり、汗が滲んで、また皺の感じに窶《やつ》れた顔が起きて目をうすくつぶり、頬が落ちて頤《おとがい》がゆるんで、なにかをしきりにつぶやこうと、額で宙をさぐるようにしてだんだん片側へそむけられ、さらに逃げようとするかたちから、いきなり斜めに、杉尾の掌にまたもたれこんで唇を脇から押しつけ、首の重みをかけてきた。

「もう二十年も、そう思ってきましたから。妊娠のときも、お産のときも」

ようやくぴたりと重なり合った手の、それでも掌の内ではまだ無表情を保って左へ傾きかかるのを、杉尾は腕に力をこめて支えながら、自分が水を飲む男にさえなればそれで済むところだ、とすがってくる女の一心な項《うなじ》を眺めた。像は通じあっている。水の気にすでに身体が負けかかり、それよりも粘る青い臭いが喉をくだり、鼻の奥へひろがり、思わず器を唇の隅へずらして、顎から首へ浴衣の襟もとにまで零しながら、ひしひしと身をふるわせて貪り、下腹が重くなり、どこかの垣に槿《あさがお》の花が長閑に咲いていて、その家から葬式が出て、白い米の飯が……。

支えきれなくなり、たがいに椅子から腰を浮かして、無残な恰好で動けなくなったとき、杉尾は夢から覚めた心地で、いつのまにか血管をいからせてぎりぎりと挟みつけていた手をほどいて、いまにも崩れこみそうにわなないている女の背に腕をまわし、身の間隔は保って、ほかにおさめるところもないので、二つの寝台《ベッド》のあいだに導いた。貧血でもいたわるふうに、左側の黄色い覆いをさっとはがして背を押しやり、自分はまた窓際へ離れると、萱島は床の上に両手をついて、首をゆっくりと横に振り息を整えてから、腰をちょっと屈めて、靴だけを脱いだ。

あらためて腰を沈めて、さむそうに、あらわな寝床の上に身をのべるかと思ったら、そのまま下にしゃがみこんで、こちらに背を向けて膝をおとし、反対側のまだ黄色い覆いをかけられた寝台の縁につかまって顔を伏せた。

「大事にしてください」杉尾も窓のほうへ目をそむけて、さすがに掠れた声をかけた。

「僕はあなたが、自分に抱かれると思うのさえ、厭だったのですから」

そして胸の内で、われわれはとても裸にはなれない、とつぶやいた。裸体を合わせれば、おたがいに、肌から蒼ざめる。抱きあうなら、服を着たまま、顔も肌も隠しあって、庇いあって、結局はよけいに剝出しのまじわりにしかならない。それよりも、すでにまじわった。暗がりにうずくまって水を貪り飲む男の、像を身体に通いあわせて、その存在を、まじわったではないか。

部屋の中へ目を返すと萱島は寝台のあいだに坐りこんだまま、頭をあげていて、顔は見えないが、ほんのりとした様子で壁のあたりを仰いで、細い肘をふわりと浮かし、ほどけた髪を静かに撫ぜあげた。いまにも振向いて、疲れのにおう声で、この二十年の隔りを呆れて話しかけてきそうな、そのくつろぎを杉尾は遠くから見え隠れに添ってきていましがたようやく、まじわりが済んだような、なつかしい心地に引きこまれて、いったい誰なのだろう、と眺めやっていると、髪を撫ぜおえて、まるくやすらいだ肩がふいに左へ傾きかかり、つづいて沈む背にこわばりの影もなく、ほとんどなよやかに、境を越えて宙へ身をあずける、像にはならぬ重みの、落ちかかる切迫感が杉尾の目を晦まして、目を瞠ったときには寝台の縁から姿が消えていた。

女の姿も、男の姿も見えない部屋の白さが、寝台のはざまに小さく頽《くずお》れた女の身体に、身を寄せて横たわるあいだ、杉尾のうちにひろがっていた。そっくりになりましたね、何も言わないで、お願いだから、と萱島はもう一度訴えて、自分から男の懐のうちに入りこみ、腕を男の背にあずけ、身をやわらかにくねらせて、さらに男の胸の下へ敷きこまれるかたちになり、腰をわずかに逃がして、苦しくしないで、とつぶやくとこころもち冷いように、眠ったようになった。

少女の面立ちへもどっていくのか、死者の面影をあらわしていくのか、身を細くこわばらせて、やすらかな息をついている顔を、杉尾は肩口へゆるく押しつけて隠し、醜怪な影とふくらんで女の眠りの上へおおいかぶさりながら、重みはかけずに、艶やかににおう髪にいくすじか混じる、けわしく浮んでくる白いものを眺めた。そのひとすじにやがて、唇をかるく押しつけた。ここまで来たのだから、間違ったことはけっしてするなよ、とささやいたような気がした。

頭の上で電話がひそやかな、隣と紛らわしい声で呼びはじめ、音と音のあいだが長く、何人もの女と逢えるほどにひろく感じられ、三度鳴って切れた。

しばらくして、今度は現実の、けたたましい音で鳴り出した。

23

「病院へは、かならず行ってくださいね、これから」

女はそう戒《いまし》めて、身をほどかずにいた。地下鉄の駅まで降りてきて杉尾は人の流れの上から自分の手首へ、時計を見くらべた。三時半にしかなっていなかった。

部屋を早足で去って建物の前から拾った車はすぐに渋滞に捕まった。先で事故があったようで見通しの暗そうなことを運転手も言い出す。徒らに焦《あせ》っていたのはあれで十五分ぐらいのものか。地下鉄の降り口の見えたところで、それではあきらめるわ、と停めさせた時には、車の着くところからさらに電車で郊外へ隔った病院までは、最寄りの駅からの道も知らぬことで、取返しのつかぬ時刻になったと、すでに飯と汁のにおいを運ぶ賄いの台車の、暮れかけた廊下に鳴る音を耳の内に聞いた。

頭上には雨雲が押出して、彼岸過ぎにしては冷たい風が道を渡っていた。わざと遠いほうの降り口へ、焦りも落ちた足取りで歩き出し、ときおり陽が差してくると雨がさっと降りかかる、昔暮した北陸の街の霙《みぞれ》の走り頃の、日がな先へ進まぬ気分を思出して背をまるめ、よほどの時間が、女の身をつつんで我身も動きが取れずにいるうちに、部屋の中で傾いたように感じていた。

窓の障子を閉《た》てて人の姿はなく、先の部屋と寸分違わぬ、白っぽい光に隅々まで等しくひたされたひろがりを前にした時には、やはり虚を衝かれて用済みの鍵の柄を怪しげな手つきで握りしめた。湯のにおいが漂っていた。おのずと忍び足になり張出しの角をまわると、壁ぎわに二つ並んだ寝台の奥のほうに、髪をほどいて浴衣の襟をきちんと合わせ、井手伊子は仰向けに寝ていた。

皺ひとつ寄せぬ毛布を、温みさえ伝えまいとするふうにつましくふくらませ、それでいて毛布の縁を胸の隠れるあたりまでしか届かせていない。肩から首を外へさらして、おろした瞼が蒼く腫れて見えた。部屋の内に立った男の影に、身じろぎもしない。息をひそめる様子もない。

わずか前にはあちらの部屋へ、催促の電話をかけてきた。執拗に鳴らしていた。その音のすぐ下にあたる、寝台の陰の床《ゆか》の上で萱島國子は男の片腕に抱きこまれて、鳴り出しには頬をかすかに紅潮させたが、そのままほんのりとした顔になり、やり過すつもりかに見えた。刻々と追いつめられると、手もとにいるほうの女を、犯すことになるかもしれない、と杉尾は思った。しかし女の肩のまるみに触れた左手を、腋から腰へ滑らすだけの道のりがいかにも遠く感じられた。やがて萱島は男の胸に顔を埋めて、押しつけるともなく目鼻の筋をくっきりと、固いほどに感じさせ、唇がゆっくり二度ばかり動いたかと思うと、腕の中で身を細くくねらせて狭いところから起き直り、電話の前にしゃがんで髪と襟を整えて受話器を取った。

「はい」濁りのない声が出たのを聞いて杉尾は、静まった背に誘われるのをおそれ、寝台のそばを離れて反対側の壁に寄った。

「ありがとう。いいえ、心配かけまして。話はつきました。おかげで、すっかり片がつきました。はい、なにもかも。もう一生、黙って暮せるわ。なんにもないんです、ほんとうに、なんにも。もう話しません。あなたにも誰にも。いえ、自分にも。なにもないことは、話せないんだわ。時間を取らせましたけれど、いまからそちらへ、行ってもらいます。いえ、それは、あなたのことです」

最後のことばはほとんどやさしく、宥めはげますようにささやいて萱島は目を遠く、障子を閉てた窓よりも遠くへやり、相手の声に耳をあずけていたが、「そうよ」とひと声、にわかに深い艶をふくらませると、もう一度耳を澄まして受話器を置いた。そしてこちらに向き直り、目にまた酷いような艶をたたえて、壁際に立つ杉尾に向かってきた。

「そこを動かないで」あと半歩のところまで寄って立ち止まり、あらためて顔を仰いで、「あなたは、あたしを、抱きましたね」とたずねた。

杉尾が答えかねていると、「それでは、あたしは、あなたに、抱かれましたね」とたずね変えた。

「昔でも今でも」そうつぶやいて、顔が静まった。「昔でなくても、今でなくても、何処でなくても」

答えるかわりに杉尾は、抱き寄せはしないというしるしを背に守って両手を伸ばし、女の腰のくびれにあてがうと、萱島はその手を上から押さえて腰骨の縁の窪みにそわせ、ほんのわずか内へ導きかけて手首をいましめた。

「ほかのことは、何もなかった。誰も来なかった。誰も、水など飲んでいなかった。ささやきなど、しなかった。ただ、あたしが、抱かれただけ……あなたに、そうですね。あたしは、そのこともまたじきに忘れて、生きつづけますので、どうか、この部屋の中だけのことですから、返事をしてください。二度とたずねませんので」

抱きました、たしかに、と答えてもいまさらまんざら嘘言にもならない。そう杉尾は思ったが、口に出すのはさすがにおそれられ、黙ってひとつうなずき、まだ淡く張りつめた相手の目の内にその影が落ちたかどうか、覚束ないような心地から、いましめられた手の親指に、内股の温みのほうへ向けて、わずかに力をこめた。

「ありがとう……故人はもう、夢にもあらわれません」

女のつぶやきとともに、触れあった指の腹と太腿のつけねとから、同じ顫えが両方の身へ走った。ゆるやかに輪をひろげて、まがまがしいほどになる前に、またゆるやかに輪をすぼめて穢《な》れた感触の中におさめられ、風の中でひとり揺れるような、仰向けられた唇が、こちらへ寄るともなくわななないた。

ほの白く照って見えた、とその唇をかすかに合わせて、雨の夜に庭の隅で咲く花を杉尾は遠くから訝った。あの時に、つまさき立った足袋と猿の足と、お互いに寝たのではないか、とそんなことを思った。腰は寄せずに、いましめた男の手を身に押しつけ、そこを支えにして唇の感触を薄く満遍なく受けながら、だんだんに深く目をつぶる女の顔が少女から老女へ、それからまた妊婦のきつい線へ変り、やがて翳を洗いながされ、眉間にわずかに疲れを残したうりざねの、目鼻も直《すぐ》な、男に抱かれる顔になって落着いた。

「辛抱してくれました」身を離すとそのままの面相が深い声で言った。「これで得心しましたので、どうか、あの人のところへ行ってください。このままでいると、せっかくのが、壊れますので。長いことでした。もう指一本触れられては困ります。あの人はいま、抱かれるばかりになって待ってます。電話の声でわかりました。あたしは、いましがたのを、一生運ばせてもらいます」

女のからだを、殺してはいけません、と最後に杉尾を送り出す戸口のところで、遠くから人の足音の来る廊下に向かって跣《はだし》の身をすっきりと伸ばし、胸のふくらみを両肘で庇ってつぶやいた。扉が閉まって錠の回ったあとも、すぐ内に立っていた。杉尾は扉に背を寄せて、右手から近づく人影の距離を横目にはかりながら内へ耳を澄まし、やがて足音が扉から離れて寝台の上へ身を横たえたけはいに、男を抱きこむ裸身を浮べて歩き出し、途中で端正な身なりから厭な臭いを立てる初老の男とすれ違い、萱島の部屋よりもだいぶ手前の扉を小心らしく叩く音を聞いて、懐の内の鍵を確めた。

先の部屋でしまいに見たのと同じ、うりざねに緊《し》まった顔が枕の上にあった。

あれは話がついたよ、思ったとおりだった、むこうも得心してくれた、と杉尾は窓のほうへ目をやって報告した。事実ではないと、あの人が無言のうちに認めたのでこちらも、追いこむことはないじゃないか、あの人の妄想を承知することにした、と続けたが返事はおろか、顔の筋も動かない。

死んだ人のことは結局、わからない、あの人の、からだが記憶を塞いだようなので、と独り言に近くなって、仰臥する女を斜め下手のほうの、部屋の隅から眺めた。

行儀の良い、切りつめた寝姿が、毛布の中から枕ごとひきずり出されかけて留まった、そんな恰好に見えた。全身がこころもち、上半身を右手の壁のほうへ寄せて、寝台の向きに斜めになっていた。両手は毛布の上に、みぞおちあたりに重ねられて生白く照り、湯を浴びたなごりと感じられた。枕のすぐ脇に小さく、浴衣の帯紐がまるめられてあった。襟にはすこしの乱れもない。

狭い部屋の中を杉尾はまた歩きまわり、壁ぎわから振返ってはすぐ近くに横たわる姿をのぞいた。そのうちにひとりでに立ちつくして、正体の見えぬ井手の前から扉の外へ耳を澄まし、むこうの部屋で自分がいましがた、犯してもいないはずの、行為をようやく思い返しはじめたような気分の中へ引きこまれた。すくみこみかねている萱島の腰を、左右から押さえこんだ腕の陰惨さが、近い過去の体感めいた粘りをともなって降りてきた。扉のすぐ内でか、襟もとへ手をやって胸のふくらみから下へ視線を落したところを、不意に振返られて悪びれた、うつむいて跣の足をすりあわせた女に、一瞬の憤りが突きあげて気がつくと、崩れかけた腰を両手で挟みつけさらに膝を折ろうとするのをじりじりと後退させて寝台へ、ゆっくりと仰向けに頭が枕におさまるまで押倒し、足首を固く合わせて目を瞠る女にまた見かねて毛布を首までかけてやり、毛布のよじれを端のほうから、女の身を細くすくめるようにととのえて、皺ひとつなくなったところで眺めると、女は毛布の下から逃がした腕を頭の脇へまわし、枕の両端をつかんで赤児の手つきになった。

　それぞれに醜悪な恰好を凝らして、ひとりきりの肉体の、思案の間があった。それから手が毛布の下へ入り、重ね合わせた足のほぐれるのを気長に待って、肌にはできるかぎり触れぬよう、股間をかすめて太腿に這いあがって停まり、目が合って遠い道からまじわり、かすかに浮かした腰から、たがいに跡をひそめあって、肌着がおろされ、膝の上までおりたところで足がまた結ばれて、女は和んだ恥の潤みをたたえて、去るように目くばせした。

壁の角まで退いて眺めると、こちらは見ずにうなずいて瞼をおろし、膝のあたりを一点醜くふくらませたまますでに蒼白な、けわしい面相となり、胸の上へ手を組んで静まった。

廊下に向かって閉ざされた扉のすぐ内でさらさらと、いないはずの女の、身につけたものを落すけはいがして、やがて空気にさらされた素肌のにおいが廊下まで漂ってくる。扉の下の隙間から、床に頽《くずお》れた肌着の、淡い光が廊下の薄汚れた敷物の上へ流れる。厭な臭いをひろげて通る男の、磨き立ての靴の先にも、ほのかに照る。

遠くからまた甲高く間遠に、鉄を叩く音が伝わってきた。どんな音でも芯に吐息をふくむものだ。どこででも犯されている、隣の部屋でも犯されている。そうつぶやいて耳をあずけるうちに、その音が内から躁《さわ》ぎ出し、遠く長閑《のどか》なままに雪崩れて、濃い髪がばさりとこちらへ傾きかかり、浴室の中に立って天井を見あげる影が浮んで、杉尾は寝台の間に駆けこんだ。枕もとの電話に手をかけて、もう一度あおり返す力に縛りつけられ、すぐ下でこの躁ぎにも反応しない女の寝顔を見おろし、枕の端に押しこまれた下着の、やわらかな皺の翳に目をとめた。

ざわめきがひくにつれて、鈍い体感にまとまってくる恐怖の中で、浴室の天井を見あげてとりとめもない薄笑いを浮べる、自身の姿が見えてきた。あの女は死にやしない、なかなか、死ぬもんじゃない、と済んだことにお道化《どけ》てあらがう陽気な節をつけて、下腹の固さを世にも惨めなものに感じながら、上着の袖から、石でも動かしそうな腕を抜いていた。

あいまいな恐怖から絞り出された厭な粘液の臭いを、すでに鼻の奥に嗅がされた気がして、洩らしかけた精をわずかにとどめ、とうとう女を犯したか、それも静かにいたわるように、とさすがに暗然として部屋の白さを感じ、遅ればせに唇を合わせようとすると、ひとしきり苦しげによじれて走っていた女の息が胸の深くにおさまり、もりあがるまでに寄せていた眉がほぐれて、

「いまもどって来たんですか。ああ、このまま、動かないで」

井手は寝覚めの生温い声でつぶやいて、腋まであらわにして枕にすがりついていた手を引いて身にそわせ、着たままの浴衣の乱れをさっと直してから男の背にまわし、あらためて迎えるかたちで膝をゆるくした。離れるようにした男の身体を、動かないで、ともう一度いましめて胸の奥で長い息をつき、目をつぶったまままたずねた。

「どうでした、あちらの部屋は」

杉尾が黙っていると、笑みの影がひろがった。

「抱かれた人の声ではありませんでしたね」

「何もなかった」

「でもあの人、若くて、真剣だった。で、どうなりました」

「そこで話したはずだが」

「妄想でしたか」

「とにかく俺ではない。しかし、承知したよ」

「そう思ってもいいと言ってあげたんですか、やさしいこと」

「事実ではないと認めたもので」

「そう、あの人のは、そうなったのね。あたしのほうは、妄想ではありませんでした」

「何のことだ。どこかへ行って、つきとめて来たか」

「そうなの、行って来たの。廊下に足音を聞いて、ここに横になってから、気が遠くなった。足音が過ぎて、しばらく行って止まって、また近づいてきて。気がずんずん底へひきこまれて、からだだけがぽっかり部屋に浮んで。何もかも、扉をあけて入ってくるところから、見えていた」

「見えるわけはないだろう、ここから」

「肩で押して入ってきた。いつまで寝ているんだ、とそう言ったでしょう」

「そんなこと、言いやしない」

「言いましたよ。耳にはっきり聞えているのに、遠くて返事ができなかった。そうしたら暗い顔になって部屋の中を歩きまわりだして。背をまるめて、手をだらりと長く垂らして。何もしやしないぞと言うみたいに」

「目を深くつぶっていたぞ」

「だんだんにむこうの壁ぎわに追いつめられて、ときどき開いてもいない窓のほうへ目をやって、その肩がこわばって、おそるおそるふりかえる。もう殺してしまったのを、見るみたいな。そのうちに遠くで、高く澄んだ音があがって、いきなりふりかえられた時には、狂った女の子の叫びかと思った。顔つきが一変してました。歯を喰いしばって、口の隅から長い皺を寄せて、泣いているみたいなんですよ。そっくりのことをして、思い出させてくれた。昔のことに、返してくれた」

動かないで、とまた言われて、杉尾は女の身体を犯したかたちでまだつながったまま、その顔を別のもののように眺めた。忘れていた病院への道のりが思いやられて、こんな醜怪な恰好に早く片をつけたいと焦りが走りかけると、動かないで、ほんとうに、あぶないのよ、と井手は膝を締めつけてきた。

「目をあけてみろ」杉尾は腹へ息をつめて命令した。

あっさりと、爽かな目がひらいた。事実の前へ、妄想の瀬戸際へ、追いつめられて澄んだ萱島の目と同じ淡い深さをたたえているが、しかし一方的に見られてはいない。こちらの視線を底なしに、影のうごめきの中へ吸いこんでいきはしない。固い芯から差し返す光があり、距離の張りを保って杉尾を見ていた。

「妄想ではないな」

「そんなものじゃありません」

「誰かがいるな」

「いたんです」

「話してみろ」

「わかったからには、口に出しません。あの女《ひと》とは違います」

「黙りこむのは一緒だ」

「いえ、もうぜんぶ、あなたに、抱かれてしまったわ。からだはお喋りで。本人は影に苦しめられていたのに」

「消えていたのか」

「怯えのほかは。だから、変な人たちを誘い寄せて。つけられる時には分っていたみたい」

「この男も、誘い寄せられてきたのか」

「あなたは初めから、去年の五月に、あたしは冷いところに寝かされて、雨が降っていた、血を抜かれながら姿を見たとき、あなたも腕を出して寝かされていて、まばたきもしない目をこちらへ向けて、それでいてあたしを見ていなかった、あの人を、抱かれてもいいから誘い寄せたいと、とんでもないことを思って身が縮まったんだわ。どうしましたか、と看護婦に聞かれたもの」

「気心も知れない男に、夜道を正体もなく背負われて。殺されはしないかと、思わなかったか」

「恐かったのよ、あなたのことが、睡くなるほど。ずっと、そうだったの。また逢って抱いてもらいたいと思うそのずっと前から、電話が恐くなるの。夢見も悪くなる。夜道で変な人たちもぱったりつきまとわなくなって、どんなに悪いことがやって来ることかと、気味が悪くなって。あなたに逢って相談に乗ってもらおうと思うの。そう思いはじめるとも う、からだが夜更けになると重く、横着みたいになって、ほんとうにひと月ぐらいは、受話器が取れないのよ。この一年と何カ月の間に、いったい、あなたと何度逢ってもらいました。あの人が、あなたのことを訴え出したときには、嫉妬もありましたけど、あたしも自分のことで逃げられなくなったと感じていたわ。とうとう、わからせてくれた」

目をつぶり、全身が股間のつながりを残して小さく緊まり、また遠いところへひきこまれていくかに感じられた。

「ほんとうに、見えているのか」

「はっきりと見えてますよ」

「影ではないか」

「真昼間のことでしたから。ここよりも明るい」

「隅々まで明るく」

「ほんとに、あっけらかんと」

「似てはいないな」

「まるで違うわ」

「いまもどこかにいるわけだ」

「死にましたよ。あたしが、瞼をおろしてやって。知りもせずに。あなたに逢う三年前」

深く沈んだのがまたおもむろに浮きあがり、のけぞりぎみに押しあげた乳房が男の胸板に触れてひんやりと固く、腰がかすかにくねり、動かないで、とまたいましめた。

「あぶないときなの。むかし、そのことは心配したのよ。何があったのか、なかったのか、目をさますともうわからなくなっていたくせに。人の顔も浮べないで。夏のあいだ、ふた月もなかった。ようやく始まったとき、手洗いにしゃがんで、裏の林で首をくった、自分のことを思ったんだわ。やはり、何のせいとも知らずに。首をくったほうも、これで済んだと手洗いの中で息をついたほうも……。

あれで糸が切れました。なかごろの何年かはほんとうに、影もなかったの。平気で男の人に抱かれていた。それから郷里《くに》のほうと切れて、男の人とのことが、どうしてあんなことが我慢できたのかと思われてきて、夜道で変な人たちにつきまとわれるようになって。悪い夢の中では、起ることはさまざまなんだけれど、あたしはいつでも厭あなふうに、お腹が腫れていた。あなたに、初めに恥しいところを見られたので、もう抱かれてしまおう、とそう思ったとき、年の瀬でしたけれどある晩、あたしはもう十年も、妊娠しているんです。ほんのすこし、根が残って、とまっている、と人がささやくの。次に男の人と寝たら、まとまるだろう、と」

そのままにしていて、とやや迫ったつぶやきが、動きもせずにいる男に向かって押出され、にわかに剛《こわ》い感触になった掌が、長い指の先に力をこめて男の背を撫ぜさすり宥めながら、腰がひとりでにうねりはじめた。深みから寄せて、ひと息こらしてうねり返す波に、白く泡立ちかけるのをこらえて、杉尾は女の肩口のやわらかに翳る窪みを見つめ、そこにひそむ、男の苦悶をいくらでも吸いこみそうなひろがりの感じが堪えがたくて目をつぶると、瞼の内にも暗くひろがった窪地に風がはるばると渡り、一面に灰色の草の穂が長くしなやかな波を送り、その上へいまにも身を投じる心地で眺めやるうちに、どこかで幼女の所在なくて唄う、哀しい自足の声が細く流れて、うねりが引いていき、前と変らぬ恰好に静まった。

「これから病院へ、かならず行ってくださいね」しばらくして言った。「こういうことは、最後まで踏まなくては。あたしはあの人のところから病院へ行くあなたに、途中で抱かれているんだから。あの人も結局はあなたに抱かれたみたい。いえ、同じことなの。その足で病院へ行くので、許したんです。行ってくれないと、あの人は決まりがつかない。あたしもあの人にたいして、今日の決まりがつかない。あたしたちは、これから日が暮れて、今夜は部屋からひと足も出ないでここで眠ります。物も食べないで、とそう約束したの。夜になって戻ってくるのはあなたの勝手、とそれも約束しました。扉を叩かれて目をさませば、あたしは中に入れます。あの人のところへ行っても、今夜はあたし、行ったなと思うだけで、きっとまた眠ってしまうわ。十年も満足に眠っていなかったみたいに、ただもう眠くって。人に犯される影の差さない眠りの安らかさって、あなたは知らないでしょう」

途中で抱かれているんだから、とまたつぶやいて、離れずにいた。膝がしっくりと男の腰の太さを容れて奥行きの感じを増し、逃げようとすればまたおもむろに、うねりだしそうなけはいをひそめていた。

日の暮れかけないうちに出かけてね、遠いんでしょう、雨になるかもしれないわ、とすぐにでも送りだすようなことを口にしながら、見るからに心地良さそうな睡気につつまれて腫れぼったい顔になり、ときおりかすかな寝息も聞えて腹の奥のほうから間遠に、先のなごりの、穏やかな顫えをひろげた。

あなたが電車の中で、きょとんと首をかしげているのが目に浮ぶよう、あたしたちはここでまだあなたに犯されて寝ていて、と笑みが浮んでまた腹の深くからこまかく、さわさわと湧きあがり、たゆたうようにして散りかけた頃、また立った寝息とともにゆるやかに揺りもどしてきて、粘りを増して内へあつまり、深みにそって重たるい質感をひたりとつかね、つかのま、赤い網の目の脈を搏った。

もう一度、暗澹とした窪っ原が目の内にひろがり、見渡すかぎりいまは長閑に波打つ草の穂が遠い鳥の声を聞いて内から燦々と、叫びも立てずに狂いかかり、行きつくところは自分が無くなって、無くなったところがただ輝いて、と埒もないことを口走り一人でいかめしげにうなずいて恍惚とよじれかかり、恐怖の粘りがひと滴り、眠る女の腹の中へじわりと流れた。

うつらと頭から前へ傾きかかり、膝からずり落ちた荷物を抱えこんで杉尾は電車の中で我に返り、果実というものの重みにいまさら驚いた。手には触れられないその丸みまで感じて、生《なま》ものなどを買ってきたことを後悔した。

地下鉄の改札口を急ぎ足で抜けたところで思出し食品街に寄って取っつきに買って来たものだが、出がけに手ぶらでは行けないことを思出させたのは井手だった。人にあっさり分けられる物のほうがいいんじゃないかしら、と言った。まだ床の中にいた、しばらくしてまた、病院の夕飯って早いんでしょう、そうつぶやかれるとにわかにあのにおいだけはどうしても免れたくて床から身を剝がし、シャワーの温度を調節するのももどかしく水のようなのを浴びて、たちまち服を着こんで出てきたわけだが、車の上ではもう夕刻にかかった気分でいた。

井手は浴衣の前を手で合わせて、扉の内の暗がりに、睡気のにおうねっとりとした姿で立ち、物も言わず、背後ですぐに錠をおろす音がした。廊下のはずれまで来て杉尾はもうひとつの部屋へ、いまのいままで、服を着たままのざらっとした感触に恥を凝《こご》らす裸体をただ抱えこんでいたような、豊満なからだから目をきまじめにつぶり首をあどけなくかしげる女をただだかなしんでひしひしと抱きしめていたような、襟をひかれる思いに取り憑かれたが、ありもしなかったことを、と舌打ちして角を折れた。

買物にますます気をせかされながら、手洗いに入って前をひらいて息をついたとき、膝を厚く折り曲げて濃い影を下腹へ抱きこむ女の、沈黙が身の内に感じられ、あれで男の唇は避けていたと感歎の念がひろがり、しょろしょろと流れ落ちる水の中に青いような、惨めたらしい粘りのにおいがまだ混っていた。

まもなく電車は鉄橋にかかり、殺風景な川原の、砂利採りの車の道を囲んで繁る、枯れかけた蘆のたぐいか、長い草が妙にざわめくなと眺めていると、烈しい雨脚を受ける黒い水面が目に入り、窓に滴が走りはじめた。

橋を渡りきって旅館の看板なども見えるごたついた町の中へ入ってからも、杉尾は坐席から身をよじり、窓に額を寄せて、肌を刺す雨風の中で揉まれながら自身からゆるやかに舞う、舞いながら数のふえていく花を、裏通りの角ごとにひとつふたつと数えるふうにしていた。

24

扉が内からまた開いて、大きな男に目の前に立たれた。そう一瞬見えたのは、敷居のこちらの床が一段低く、おのずと仰ぎぎみに、かなり長く待たされたせいだった。雨に濡れたあとの、うすら寒さのせいもあった。

「ああ、来てくれた」親しげに話しかけてきた声音も確かなら顔つきもひき締まって、夏前よりよほど増えた髪の白さが、血色の良さとともに、かえって若やいだ活力の印象をあたえた。

「なつかしいね」しばらく杉尾を打ち眺めた。「なにしろ、梅雨時を越せるか越せないか、そう思っていた頃だったので、遠く思われる」

「四月《よつき》になるね。来るのが遅くなって悪かった」と杉尾も親しい口調になっていた。「夕飯の邪魔にならないか。早いのだろう、ここも」

「さて、どうするか、今夜の飯は」そんな気ままらしいことをつぶやいて石山は手首に目をやり、時計もはめていて、ふいに扉の内のほうへ顔を向けた。「朋《とも》、遠方より来ましたので、ひとつ一緒に、久しぶりにお酒でも飲みに、出かけたくなりましたな。いけませんか、先生、門限には帰りますので、けっしてくだはまきませんので」

　そちらで若い女の笑い声が立った。のぞきこむと、医者らしい姿はなくて、さきほど杉尾をこの閉鎖病棟らしい扉の前まで案内した小肥りの看護婦が、脇腹でも撫ぜられたみたいに、もう声をころして身をただよじらせていた。よほどの冗談になるのだろうか、それとも、見かけほどには良くないのか、と首をかしげた杉尾の目に、石山が身を横へ向けたので初めて扉の内が見通せて、談話室か、二十畳ほどの広間のあちこちに椅子を寄せあって寛いでいる寝間着やら普段着やら、十人ばかりの老若男女の病人たちの光景が、いかにも静かに映った。話し声は聞えていた。健康人がこれだけ集まった精彩はないにしても、人数相応の賑かさはあり、けたたましい笑いも立つのだが、それぞれの表情や身のこなしや、あるいは姿そのものがわずかずつ、声の賑わいに伴なわない。どこか茫然と、かなしげに、自身の発する声から置き残されている。いましがたの若い看護婦の、健康人の笑いがどんなになまなましかったことか、遅ればせに耳についてきた。

　石山もどこか気おされた淡い感じを身に漂わせて、あの部屋をまた使わせてもらえますか、と小声でたずね、杉尾のところからはまた物陰に入った看護婦のほうを見た。視線の合わせ方がたしかに、健康人よりもやや深くて、そして弱い。その目もとに少年のはにかむような色が動いて、それがどういうわけか杉尾に、この前の病院に見舞った時の、顔色も今よりはよほど黒くていかめしげにこわばった、老人めいた姿を想わせた。これは若い女の子のけわしい目つきひとつで払いのけられたか、とひそかに気の毒がっていると、石山は無造作に腕を伸ばして、看護婦の胸あたりの高さから小さな鍵をつまみ取り、ふらりと杉尾の側に降りてきた。

「あちらへ行きましょう。ここは騒々しいので」

内にも聞える大きな声で杉尾を促がし、先に立ってはずれの階段をとんとんと降り、頑丈な背を見せて長い廊下を、どうやら玄関の方角へ歩き出した。

階段を降りるところで杉尾がなにげなく後を見ると、扉を閉めかけた看護婦が手をとめてちょっと伸びあがり、こちらを見ていた。

「病人の分際ですから」と背が話しはじめた。「外へ出ることは慎しんでますけど、構内は出入り自由でね。ここに来てからもう三月になるか、ひとところに停滞していると、男というものは、何もしないようでも、そこの主みたいな顔になって、情ないもんだ」

半歩ほど遅れて杉尾は並びかけた。見るほどに頑健な、出るところへ出ればすぐさまてきぱきと人を指図しそうな背の、髀肉の歎らしいのを聞いていると、ここひさしく寝覚めになやまされた病人の存在が見失われ、女の訴えも遠くなり、ただ殺風景な渡り廊下を並んで歩く働き盛りの男と男との、働きから働きへおもむく渡りに、しばし分際も役割も失せて、くたびれた陰嚢《ふぐり》を並べてとろとろと歩く、また仕事かと息をつく——たとえば死刑囚は手前を刑場へ連行する下役人の足音をつかのまこんなふうに、あれも仕事これも仕事、殺されるのも一日の仕事のうちか、と反復の憂鬱さを噛みしめて聞くこともあるのだろうか、とそんな途方もないことを思いやり、

「いつから、仕事に復帰しますか」とたずねた。

「今月いっぱい」あっさり答えが返った。「もういつからでも、働けるのだけれど、この月末までは生活の面倒を見るので療養に専念しろと、会社の命令で。つまりそれ以上は、病気のほうが大事なら、勝手にせいというわけで。それは、勝手な病いですよ。癌でなかったのが、面目ないぐらいなもんだ。あと一週間で出なければ喰えなくなる。喰えなくなれば病気どころじゃない。そうと決まれば、急いで復帰することもなくて。ここももうあきあきしたが、正直のところ、こうも退屈すると、家族のことなど、考えられなくなるもんだ」

　つきあたりに玄関のはずれの赤電話が見えるところまで来て、石山はなにやら白衣でも着ているような、仔細らしい猫背の早足になったかと思うと右へ折れて細い廊下を進み、そのつきあたりからまた渡り廊下のようなところに降りて、足もとがだんだんに埃っぽくなり、やがて黴の臭う旧館の取り残しらしい棟にあがって、使われているとも見えぬ部屋の扉の前に腰を屈めた。

無用になった資料の置き場のようで、壁の両側の高い書架には紐で括られた書類がぎっしりと詰まって黒い埃をかぶり、部屋の中央に置かれた大きな長机の上にも高々と積まれ、それをまわりこむと窓側の机の端に一隅だけ片づいた、人の臭いのこもるようなところがあり、石山はその端の椅子に腰を先におろすと、杉尾には窓ぎわをまわって向かいに腰かけるよう、坐る前にその辺の物で椅子の埃を払うように注意した。

机の上の、石山の手の届くあたりに電話が、ダイヤルのない内線のものがあり、黒いぶこつなやつだが埃はかぶっていなかった。窓の外には向かいの新館の壁との間に殺風景な雑草を生やした細い空地があり、これももう使われていない塵《ごみ》焼きの缶が置き去りにされていた。外からの目よりは、窓はだいぶ高くなっていた。

「女っていうのは、恐いもんだな」ひるんだように笑って、石山は机の上へ鍵を放り出した。「さっきの看護婦さ、これはあの子が古い鍵束から、盗んできた。この辺の掃除もしておいてくれた。けっこうやかましいんだ、この病院も。こんなところに、患者が入りこんでいるのが見つかったら、事だぞ。首でもくくったらどうする」

ひそめかけた眉を杉尾はかろうじておさえた。この一隅を目にした時に生温いように感じたものが男女の触れあう息となって、あたりにまたこもりはじめた気がした。顔にはあらわさず、窓の外へ投《な》げた視線が下へ、内と外から死角になる床《ゆか》に落ちそうになるのをいましめて、障子窓を閉てた薄明るさの中の影を、女たちを交互に犯しているように、浮べ

ていると、

「俺は、狂っていた」と切出した石山の声の、率直な響きが胸を刺した。「あさましいありさまだった。ほんとうのところは、覚えていないのだ」

「ずいぶんしっかりと、辛抱していたと聞いたけれど」

「客の前では気をつけた。言うことがはずれる。それも意識していた。人の間では、この年になってはそう狂えないものだ。家の者たちも、ここへ移された前後のほかは、さほど狂ったとも見ていない。汗まみれで悶えつづけた夜はあった。しかし医者にも看護婦にも、ほかの患者にも、ほんとうに狂ったところは見せていないようなのだ。で、その苦しんだ夜に、ほとんど夜っぴいて、胸から脚から、脂汗を拭ってくれたのが、あの娘《こ》なんだ」

「たいしたことも、なかったのだろう、医者の目につかないぐらいなら」

「あれが峠で、翌日にはもうかなり落着いていた。それから半月もして、もう患者仲間とザル碁を打っていた頃だ。ある晩、俺はここに来た、とあの娘が言うのだ、この部屋に」

「しかし鍵が……あちらの部屋も出入りは、勝手に行かないのだろう」

「病人はときに、忍者になるんだよ」石山は苦笑した。「ほんのわずかな目を盗んで、遠くまで行ってしまう。で、ある看護婦が物陰に入って出てくる、ものの十秒たらずの隙に、鍵をかけずにいた扉から、俺はすり抜けたそうだ。それをあの娘が見ていて、当の看護婦は気がつかずにいたので、ひとりで後を追った。さっき玄関の手前で角を折れただろう、あそこで細い廊下をのぞいたら、ちょうど真暗な渡り廊下へ降りて行く後姿が、黄色い電燈に照らされて見えた。雪男みたいだった、と」

「ここに来る道を知っていたのか」

「いや、大部屋から一歩も出たことはなかった。しかし長い廊下を来て、赤電話の見えるあたりで、玄関のほうへは行けない、とそう思うだろう。あそこで折れればあとは一本道だ。出入りが自由になってから内証であの娘にここまで案内させて、この棟へあがった時には、覚えはあったらしい、どの部屋か見当がついたものだ。ここの物置部屋には、いまではどこも鍵なぞかかっていないんだよ。あの娘がいっさい人には黙って、ひとりでこの部屋を、俺のために、管理しはじめた。この荒れた庭の眺めが好きでね、鍵を貸してくれと頼むと三度に一度は渡してくれる。どういう興味なんだか、俺を人から庇って泳がせて、見張ってやがる。ばれたら下手すると首だぞ。もう長いこともないが」

「この部屋で、何をしていたんだ。その晩」

「真っ暗闇に、ちょうどここに坐っていた。ひとりで喋っていたそうだ。何を聞いたのか、あの娘はどうしても言わないが。しかしここで、ライトを手もとにあてられた、その時の記憶はある。この電話をこう、耳にあてていた」

右手を、受話器は取らずに頰にあて、そして首をかしげ、本体から垂れたコードを左手でたぐり、その切れ端を机の上までひきあげて、杉尾のほうに振って見せた。

「なさけない。すっかり良くなったと思った頃にあの娘に、そんなことのあったことをひそかに聞かされて。それでもここに来ると気がやすまるので、さんざんにはぐらかされたあげく鍵を借りて、ここでこうして、この電話を見ているとたしかに、あのとき受話器を耳に押しあてて訴えていた。相手は、萱島という名をあの娘は耳にした。死んだ人間じゃないか。何を訴えていたことやら。敵に黙りこまれてね。ああ、ひとつすまないけど、そこから、できるだけなにげなく、なんとなく目が行ったふうにして、向かいの新館の壁を、小窓の三つ並ぶところまで、見あげてくれませんか」

そうたのんで、自身はそちらも見ずに、左手を机の下に押しさげて、窓の外をはばかるらしく、角から杉尾の目に入るところまでまわし、人差指をちらりと、奇怪な急角度で突き出した。すぐに添うに添えず、杉尾は首を立てて窓のほうへめぐらし、とまどってから、窓もない向かいの壁にそって、三階か四階の高さになるだろうか、小さな真四角の窓の三つ並んだところへ当りをつけた。

「そうそう、その姿勢で、ひきつづきなんとなく、気にかかるふうに、ちらちらと見ていて。何を聞かれたか、それが問題なんだ」石山は声をひそめた。「あの三つの、窓はそれぞれ、間隔からすれば別の部屋だ。何の部屋か、確めたことはないけれど、真中のやつの、影が両側と違うでしょう。ある日、ここからたまたま目をやったら、影が引いた。それからはしばらく上と下との埒もないイタチごっこが続いたが、近頃ではもう、こちらがはっきり目を離すまでは、ほら、動きもしない。あとで顔を合わせると、何も言わずに、眉をひそめてうっすらと笑って、鍵をひったくる。二人だけのときに、まともに物を言いかけると、何を言われても、さっき扉のところで君も聞いたとおりの、ひと声だけ笑いこける。オペラグラスを持っているんだ。いまはたぶん、君の顔をのぞきこんでいる。騒々しいくせに、口の固い女だ。僕はね、ある日、あの女に、じつは妊娠していると打明けられるような、悪夢を抱えこんでいるんですよ。あっ、もう一度そんなふうに、もう少し深く、首をかしげてくれませんか。ああ、君も凄いんだな、影がいっぺんに消えた。いや、あの娘をここで抱いたりなんかしていない。ただ、記憶をなくした時の、現場を押さえられているとなると、ひとり占めに黙りこまれると……」

声が重くなったので振向くと、受話器を耳にあてて、通じもせぬ電話の上へうつむきこんでいた。あいたほうの手が机の上を指の節で叩いて、通話音を数える時と同じ、張りつめたまま翳る目つきになった。

「萱島というのは、國子さんのことではないか」と杉尾はようやくたずねた。

「あの人に電話を、したのかしら」石山は受話器を目の前へまわし、両手で磨くように、ひねりはじめた。「この病院まで従いてきた手帖に、つい先日見たら、知らないはずの、電話番号が控えてあった。これはね、萱島が教えてくれたんだ。死ぬひと月ばかり前に会った時に。昔のことを済まなく思っている、とそう言った。取返しのつかぬことをした、と。しかし、なぜ教えたんだ、あの人のところを」

「ほかに何か、話してはいなかったか」

「しみじみ詫びていた。二十年も前の、病気のことを。俺にも、あの人にも。そして杉尾にも。機会があったら、よろしく伝えてくれと。迷惑だろうが、できれば妹の、身の上相談に乗ってやってほしい、と。なぜ、あの時に気がつかなかった。しかし自殺するような、男ではなかったからな。あれはたいした男だった。二十歳前から、一家の主人だ。親がかなりの借金を遺したらしい。あの家を、売払えば済んだのに、頑張り通した。一切が片づいた時には、四十を過ぎていたという。その間一度も、病気にはもどらなかった」

「直前まで入院していたとか」

「あれは違う。あとからは何でも、こういう病気に取られてしまう。見舞いに行ったんだよ。二十年ぶりの休暇だと磊落に笑っていた。俺たちだっていつ何時、滑り落ちる穴かも知れない。昔のも、病気とばかりは言えないのだ。あの人を近い将来、寄越せば、とほのめかしてきた年配の遠縁もいたそうだから」

「遺書めいたものがあったらしいよ。それに従って、俺も森沢も、通夜に呼ばれたわけだ。森沢の昔のことは、知らないが。君も来ていただろう。あの雨の晩。人選にあの人は一切、関知しなかったという。君のことは、顔を見ても、もともと覚えがなかった、そうらしいね。しかし声のほうは、耳に残っていたそうだ。この前、むこうの病院へ、森沢と一緒に君を見舞った、廊下で夕飯の支度がかたかたと鳴り出したので別れた、その晩、やはり雨が降っていて……」

颪もときおり強くてあの夜は、井手伊子と初めて寝ていた、と杉尾は思いを逸らされて、寒い雨脚をまたたどる心地で窓の外へ目をやると、雨はあがっていた。この部屋に入った時にはもう降っていなかった。心配された夕暮れのけはいも遠のいている。いまさら訝りながら、建物の間に吹き溜って渦を巻くらしい颪に、たえず向きを転じてあおられる汚く枯れかけた夏草を、穂先に明るさをまつわりつかせているように、いまにも小粒の花をゆるやかに舞わせそうに眺めやっていると、その上へうっすらと赤い西日が差してきて、あの夜、萱島國子は男と逢っていた、と病人はそう疑っていた、ひっそりと、ろくに触れられもせずに、犯されていた、と赤く染まった花のゆらめきを追いつづけた。石山のたずねる、ほんとうにたずねる声が聞えた。

「俺は、名乗らなかったのだろうか」

「いや、きちんと名乗った。故人の話をした」

「故人の話はした。たのんだ。故人のためにも生きつづけるように」

「辛抱するよりほかに、道はないと」

「自分もそれで生きられる、とそう思った。しかしあれは、この電話に向かってではないか。返事の声が聞えてこない。いや、それなら、杉尾は知らないはずだ。ほかに何事を口走った」

「はずれたことも、言ってなかったらしい。あの人は君の気づかいを、かえって心配していた。本人のほうがよほどつらいのだろうと」

「いや、あの人が、妊娠しているように思いこんでいた。あれはどこでだ。名乗らなかったことも、あるのではないか」

「そんな電話もあったらしい。声の出ない……。しかし誰がかけたか、何を言おうとしたのか、知れたもんじゃない。大勢いる。あの人は、俺のことも疑っていた。それもあり得る。言われてみれば俺にも、あの人の妊娠を思ったことが、あるような気がするよ」

「いや、わりあい最近のことだ。記憶など紛れようもない時期だ。忘れ物をよくした。変なところに物をひょいと置いてくる。出てくるたびに、あの娘は真っ先に立って笑いこける。物に構わなくなったのは、悪い兆《きざし》じゃない、と自分でも思っていたが、一度、彼女がやない、と目をいからせていた。あの部屋が取ってあるのに、電話もあるのに……あの娘だけが俺を、気狂い扱いする」

「気に病んでいたら、きりのないことだ。物が目の前に出てくるまで、忘れてきたことも知らずにいることがあるから、近頃。うしろへぽとりぽとりと、獲物の鮭を落して行く、年寄りの羆《ひぐま》みたいなもので」

「たまたま人のいない部屋に、電話があって、廊下からついと入りこんだ。真っ昼間だ。いましがた、すっかり気の立った女の入院患者が、看護婦たちをさんざん手古摺らせて、荷物をぎゅっと胸に抱きしめて泣きながら、長い廊下を病棟のほうへ連れられて行ったところで、もう階段を昇ったあたりから、また悲鳴が聞えていた。すぐ隣の部屋では、黙りこんでいる相手にしきりに、せつなそうにささやきかける女の声がしていた。どうしても逆らえないような」

「そんな空耳なら、俺も白昼に一人でいて、まわりがあまり静かになると、聞くことがあるよ。隣の部屋で、人が犯されているような」

石山がふわりと立ちあがったのが見えた。にわかにいかつい体軀になり、右手をゆるく肩の上へあげ、前方にけはいを感じて後続を留めるふうに、顔がまたいかめしく、目の内に怯えの色をひそめて、年寄りめいた陰惨さへこわばった。

夕飯を運ぶ台車の音がどこかで鳴りだした。

しかし節度というのは、至りつくところ、気が狂うよりも、もっと物狂おわしいものだぞ……。

説教を聞かされる気がして、それと姿を合わせるために杉尾は立ちあがり、新館の小窓からまだのぞいているかもしれない、遠眼鏡に力をこめる緊張を想って窓辺に出て背を寄せ、それで石山の姿が覆えるとも思えなかったが、すくなくとも自分の顔つきを隠すため、あるいは戯れとも映るかと、背をできるかぎり寛がせた。

「あなたでしょう、助けて、そうですね、と声が縋ってきた」石山はしかし右手をあげたまま言った。「ひやりとして、受話器を置いてしまった。俺のことじゃない、あの声は。杉尾のことを思った。通夜の帰りぎわに、廊下に並んで、外をのぞいただろう。あんなに安堵した、正直に言って醜いぐらいの、女の姿を俺は見たこともない。あの時に、妊娠のことを思った。近頃、関係があったとは、お前たちの姿からも、見えなかった。杉尾もはじめ、あの人の顔を見分けられなかった。杉尾も知らずにいる。奇妙なことだ。二十年近く昔のことになる。しかも妊娠しているのは今だ。俺はあの頃からもう、からだが細りかけていた、癌ではないかと」

「十六、七年前の噂だろう。あれは事実無根なのだ。俺もつい最近、森沢に聞かされるまで知らずにいた」

杉尾は弁明して、寝台の間に一人で頽れている女の身体を、取返しのつかぬ行為の跡と眺めた。

「ましてや、あの人には、指一本、触れていない……」

「まあ、待てよ」石山は右手をまたいかめしげに動かして杉尾を制した。「とにかく、杉尾だと思った。あの人のその声で、そう得心した。あれを境いに、ようやく退院のほうへ頭が行き出した。なにしろ、長いこだわりだったから」

「なぜ、そうこだわる。昔のことは、あらかた聞いたけれど」

「あの男に、首をしめられた。気が失せかけて、死ぬのかと思ったら、あの男のほうが死んだみたいに、倒れこんできた。おふくろさんがおそろしそうに、俺のほうの顔をのぞきこんでいた。その場はつくろって逃げ出したが、しばらく行ってまた畑の中に倒れこんだ。起きあがった時には終電もなくなっていて、街道を夜明けまで歩いて森沢の家の前に、幽霊みたいな顔をして立ったそうだ。午後に森沢が萱島の家まで行ってくれたが、おふくろさんが出てきて、そんな事件はなかった、石山という人間も知らない、昨夜は誰も来なかった、と。その晩、さすがに気が済まなくて自分で萱島の家へ電話をかけると、あの人が出てきた。こちらは、声も出せなかった。だれですか、と詰問されるたびに、萱島は死んだのではないか、と厭な震えが走る。あの人も執拗だった。とうとう追いつめられて、卑怯なことをした。杉尾です、と名乗った」

「そうだったのか。これで、ここに来た甲斐はあったわけだ。しかしあの人は……」

「やっぱり、あなただったのね、と声をころして泣き出した。それから、いきなりだ。声が凄くなって、あなたじゃない、あなたじゃない、と叫び出して、途中で電話が切れた。その夜の遅くに萱島が森沢のところへ、昨夜、男が忍びこんで妹を犯した、と電話で訴えてきた。森沢は俺のところに飛んできた。ずいぶん詰問されたよ。結局、萱島が狂っているということで、お互いに得心したが、とにかく、若い頃にかりそめにも卑劣なことをすると後年、ろくなことにならない。痴漢と変らぬ電話をかけたことになったじゃないか。それであの人は、今になって昔の声を聞き分けた。昔は俺の声を知らなかったのだ」

「しかし俺でもないんだ」

「あなたじゃない、あなたじゃない、という叫びが一生、耳にこびりついた。この人はあなたじゃない、と絶望して遠くへ呼びかけるように聞えていた。それがさっき、違った意味に聞えてきた。近いんだ。もっと近くに、やはり電話の相手に訴えている。もっと絶望している……」

「とにかく、違うんだ。もうこの辺で留《と》めておけ」

「あの男の、倒れこんできた重みに、死なれてから、乗り移られてな。最後に会った時に、こちらの顔が知らずにあの男を責めていたらしい。汗まみれの夜にも、何度かのしかかってきた。つぶやいていた。俺じゃない、俺じゃない、何もなかった、たのむ、何もなかった、皆が死ぬまで辛抱してくれ、國子にもどうか辛抱させて……」

「おい、やめろ。物を言うな」

「そうだ。黙れ。皆、死んだつもりで」

両手を前へ垂らして、石山は口をつぐみ、目の光が鈍くなった。男の腕というものはこうして見ると、醜怪に長いものだな、足のほうも、通夜の戸に映った猿の足になっているのか、と杉尾は眺めながら、自分もそっくり同じに、身の力を下へ長く抜いて、太腿の前あたりで陰気にこわばった手の甲をゆらりゆらりと揺すっていた。そのまま二人は揃って戸口のほうへ目をやり、埃の山を掻き分けるみたいにして転がりこんできた小柄のはちきれそうな白衣の、せっぱつまった丸顔を見た。

その場で男の胸に身を投げて顔をひしと押しつけそうな勢いだった。やがて男を背に庇って、窓際に立つ杉尾を睨み、一人で追いつめられて、哀しげに話しかけた。

「あたしたちは、そんな、肉体関係はまだないんです」

思わず苦笑させられて杉尾がうなずくと、石山も笑い泣きのような皺を寄せて、とっさに逃げかけてぎごちなくなっていた腕をゆるりと女の肩にまわし、とりあえず女を庇うかたちになった。こちらはこちらでまた苦労な、性懲りのないことだ、と杉尾は目をそむけて窓際を離れ、二人とは机の反対側に出てから、後生大事にここまで運んできた土産を椅子の下から拾いあげて、二人の前にずっしりとした果実の重みをおろし、黙ってその足で出て行こうとすると、石山が呼びとめた。

「ああ、奥さんからの、言づけを忘れるところだった」

そう言って懐から、汚くまるめられた、紙の小切れの束を取り出して、太い指でゆっくり選り分け、三枚を机越しに手渡した。

相沢氏から電話あり、と一枚目に大きな角ばった、頑張った少年の手みたいな鉛筆の文字で書かれてあった。氏とあるが相沢なる名で思いつくのは、例の酒場の女将《おかみ》しかいない。二枚目にも同様の文字で、今日のうちなら、店のほうへ連絡、とそれだけあり、三枚目には、困っておられて、いろいろ話しました、とあって、これは無用と言われたのか、線で消されてあった。

「これだけですか」たずねる声がややけわしくなった。二人は気弱げな笑みを並べた。

「君の来るのが遅いので、午後から来ると森沢は言っていたもので、君の自宅のほうへ、電話させてもらったんだよ。そうしたらあちらにも、なにか急な言づけがありそうな様子なので、遠慮されておられたけれど、こちらから聞き出した。病院からとは言っていない」

　面目なさそうに、いつのまにか女の手に握られた紙の束を石山は取りもどし、ひどく緩慢な手つきで皺々のを一枚ずつめくり、老眼ぎみの目で頼りなげに眺めやり、ああ、まだこんなに沢山、とうろたえた声でつぶやいて、三枚そろそろと抜き出してこちらに渡すと、残りを横から女がまたひったくった。

　片づきました、例の件、と一枚目にあった。二枚目には、すぐ上の女性でした、その上が例の部屋で、と先細りに流れ、そして三枚目にはまた大きな、心なしか一段と太く轢《きし》るような文字で、自分の身の始末をつけた、と男の口調でじわっと書きこまれ、そう伝えればわかります、と横へ稚拙にはみ出して添えられてあった。

「わかりました、ありがとう」と杉尾は目をあげて、電話口で迷ったあげくの女のまともな物言いの強さに舌を巻き、伝わったぞとその妻の肩をそっとつつむようにしてもう一人の女の、天井を見あげて蒼ざめる眉を思い、すぐ前から身を寄せあってこちらの顔をいかにもあらわな、一心同体の恐れに粘りついて、おずおずとのぞきこむ男女の目を虚心に受けとめていたが、やがて、いたわるふうに押返した。

「例の長い話は、もうこだわるのはつまらないことだ。これで始末がついたとしよう。あの人とも、じつは決まりをつけてきた。俺が立ち会って、誰もいない、あの人ひとりのことになった。もう電話をする必要はなくなった、たぶん何処へも。俺もそれどころではない。それでは元気でな。復帰の時機は、君は間違えないと思う」

杉尾、ああ、杉尾君と、書類の山のところまで来たときまた呼びとめられる気がして、首だけ向けると、もう男の胸へ頬を埋める女を、石山はゆるく抱きこんで、途方に暮れかけた笑みを浮べ、これが萱島國子の聞いた声か、穏やかな不安をこめて語りかけた。

「これは病気から持ち帰った土産だが、人のな、何でもない、日常平生の顔は、それだけでもう、そのまま、地獄で仏の顔なんだ。苦しかった最中にも、これだけは伝えておきたいと思っていた。見舞ってくれて、ありがとう」

唐突な説教に杉尾はおのずと深くひとつうなずいて、男女の残った物置部屋を抜け、井手伊子も一心に訴えていたような話だったなと首をかしげると、にわかにまた身の四方から青やら紫やら数を増して、風にあおられ、ちぎれかけては揺れにもどり、穢《な》れた花弁をよけいにみずみずしく、ゆらゆらといっぱいにひろげながら、一斉に傾いて舞いかかってくる。その蕊《ずい》の生白い、米の飯の粘りを思わせるにおいを鼻先からわずかに払って、それでも女に逢いに行く様子の、頑なに黙りこんだ腕を左右に垂らし、落着きはらった足取りで、昏くなった渡り廊下へ降りて行った。

著者から読者へ

朝顔に導かれて

古井由吉

単行本としては今からちょうど二十年、ふた昔も前に世に出た作品である。文芸誌「作品」で連載を始めたのがその三年前で、私の四十三になる年だった。途中、その「作品」が立ち行かなくなったので、半年の中断がはさまる。同じ雑誌にマスイメージ論を連載中だった吉本隆明さんは続きをガリ版に刷らせて書店に置かせ、読者の関心に答えたものだ。私は自分の連載の先の見通しがつかず、作品の構えも維持しがたいように思われて、これも流産かとなかば諦めかけていたところが、「作品」のスタッフが別の会社へ移って、文芸誌「海燕」が創刊されることになり、私も腹を据えて再開に取りかかった。それから一年と三ヵ月もして連載が完結した時には、もう小説は書かない、とそんなことを思った。作家というものになってから十三年経っていた。

「槿《あさがお》」という表題については、連載を始める時に「朝顔」とすることを思ったが、朝の顔とは、当時の私には表題としてまぶしすぎた。そこで「あさがお」と仮名へ開こうとしたが、「あさがほ」でなくては意に満たなかったのは、読むということでは私がまだ旧仮名の世代に片足を置いていたせいだろう。結局、「槿花一日の栄」あるいは「槿花一朝の夢」の、「槿」の字を採ることになった。「むくげ」とも、「あさがお」とも読む。この作品の中でこの花がどういう気分へつながるのかは、冒頭を読めばおおよそ呑みこんで頂けるだろう。「腹をくだして朝顔の花を眺めた」という始まりは、なにぶん大胆であった。

また冒頭の近くに「四十を越した杉尾の眉間の奥に」とある。著者は四十の坂を越し切ったところだったが、作品の主人公は四十を越したばかりの端境《はざかい》にまだある。男の四十の境ということが、結局、作品の主題になっているのかもしれない。四十歳は青春の涯《はて》と言われる。この頃にすでに老化の兆候がさまざま表われる。また昔から男は四十の厄年を越えると男盛りに入ると言われる。男盛りとは、青年期から持ち越したさまざまな動揺も一応の収拾だか断念だかを見て、自身を相対化できるようにもなり、人間智も世間智も相応について、自己限定によって力を絞り外側へ向かって旺盛に働きかける時期と言えるのだろう。この「外側」のうちに往々にして異性もふくまれるので、とかく厄介なことになる。男盛りという言い方には、もっと上の年齢層から見て、まだまだ若い、分別が備わっているようで浅く、不惑と思っているだけに惑乱に足もとをすくわれがちな、危い時期という意味合いもふくまれているように思われる。それはともかく、今の時代にあっては、男盛りとは、どの年のことを言うのか。二十年昔にも、四十男はこの問いに苦しめられた。人の年の取り方がむずかしくなった。自分はいま人生の、何辺にあるのか。この作品の内でもこの問いは全篇を通して繰り返されているはずだ。現在地を確めようとする人間は定点を求める。現在地が怪しいようでは、未来に定点は望めない。そこで過去を振り返る。過去とてただちに定点とはなり得ないが、翳の積み重なりはある。

その過去の翳の中からほのかに現われたのが、この作品の場合、朝顔の花だった。しかもその花を少年は便所の中から想っている。夏場の腹くだしは赤痢や疫痢、危機と感じられる時代のことだ。地面の湿りに接して人は暮らしていた。湿りの内に死は潜んでいた。そこに朝顔の花がひらく。

「男盛り」の年なので、自分の性的なものの、源を探ろうとする。その源らしき方角からも、朝顔の花が見える。作品を書き進めるにつれて、森の中に分け入ったように方位もつかめず、つぎの曲がり目しか見えなくなる。そのたびに、朝顔の花が導いてくれた。

まだ連載中のことだったが、装丁者の菊地信義と、古い歌や物語の跡を回る旅の中で、京都の妙心寺の天球院を訪ねて、狩野山楽の襖絵「籬《まがき》に朝顔図」を拝見した。籬とは言いながら、天から降りかかるような、おびただしい朝顔だった。ただ圧倒され天球院を辞して、道々、妙なことを考えた。ゲーテの「ファウスト」の最終場面で天使たちが空からやはりおびただしい薔薇の花を降らせ、花は馥郁たる香を放ちながら、メフィストフェレスの肌に触れると炎となって燃えあがるが、あれが朝顔ならどうだろう、と。

その山楽の朝顔を単行本にほどこしてくれた菊地信義にはいまでも装丁の世話になっている。当時の編集長の寺田博とは、お互いに年を取って、年に二度気楽な旅をして酒を呑んでいる。この「槿」を若い世代へ送ってくれる講談社文芸文庫の諸兄諸姉には心から感謝している。

解説

「間」を描いた「本格小説」

松浦寿輝

四十歳を越えたばかりの中年男の周囲に、どういう偶然の事情によるものか、三人の女が集まってくる。近寄ってきてはふと身を翻して消え、消息が絶えたかと思っていると深夜にいきなり電話をよこし、粘りつくような会話を仕掛けてくる。男と女の間の、また女同士の間の、奇怪に伸び縮みするこの妖しい間合いが、『槿』のまず第一の主題だろう。ここに描かれている関係は、恋愛だの情事だのといった手垢のついた言葉では形容しようのない微妙で複雑な、名状しがたい倒錯に浸されている。それは人と人とを隔てる距離が絶えず伸び縮みして、決して安定した秩序の下に収まることがないからだ。

いざ無防備に仰臥した女をつい目と鼻の先に見やる瞬間が訪れても、男はその女体に、すなわち快楽と苦痛の源泉の表象に、近づいていっていいものやら、むしろそこからただちに遠ざかった方がいいのやら、判断がつかずに立ち竦む。「来い」という命令と「来るな」という禁止とが、その陥没点からは同時に投げかけられてきて、その一点との間にどんな距離をとっていいものやらわからない。

「一度きり、知らない人に、自分の部屋で、抱かれなくてはいけない、避けられないと思ったんです」

言葉とうらはらに、男の沈黙に押されて、やめて、と哀願する光が目に差した。杉尾は頭をわずかに横へ振った。（本書二三ページ）

これは献血所の寝台で隣り合わせたところから縁が生じた三十一歳の女、井手伊子《よしこ》のアパートでの場面。さらにまた、杉尾の高校時代の級友の妹で、大学の頃、門のところまで送ってゆき、別れ際に抱きすくめようとして拒まれたことが一度だけある、三十九歳の萱島國子もまた、ホテルの部屋で、これとよく似た撞着的な命令を差し向ける。

「来ないでください、そこに坐っていて」話の中から、いきなり杉尾に呼びかけたものだった。「来てもかまいませんけど、来るなら部屋を出て行くまでひと言も、口をきかないでください」（本書一二八ページ）

女は禁じつつ誘い、誘いながらまた自分を固く鎧《よろ》って、男の指先と視線を弾き返す。この両義的な態勢のただなかで、女は甘い花粉を撒き散らす花になって静止する。「そして目をつぶり、全身が静まった」。ではそのとき、男はどうしたらいい。牽引されつつ反撥され、その二つの力の拮抗に引き裂かれながら、男もまた、困惑の中で動きを止めるほかあるまい。「一端を女の仰臥に支えられ、もう一端をこちらの沈黙に支えられ、きわどい釣合いでありながら、両端をその場にしっくりと据えつけ、部屋全体を覆い、張りつめた静かさがつらい睡気を誘った」。この「きわどい釣合い」によって宙に吊られ、「張りつめた静かさ」がその全ページを覆い尽くしている長篇小説『槿』は、わたしたち読者の一人一人にもまた「つらい睡気」を強いてくる。しかしそれははたして快楽なのか、苦痛なのか。

男の軀には青春期の精気の残り火がまだじわじわとくすぶっており、しかもそれは衰弱の予感に急き立てられるようにして、むしろ若い頃よりさらにいっそう盛んに熾《おこ》ってもいるようだ。女たちを惹き寄せるのは男の軀の底にしんねりとくすぶるこの鬱屈した性の熾火だろう。男の方はと言えば、誘いつつ禁じるこの他者にどう対応したらいいものやら何の確信もないまま、しかし妙なふてぶてしさで腹を括り、なるようになれと居直ってもいる。しかも何とも図々しいことに、快楽とも苦痛ともつかないものが織り立つ、潜在的な修羅場とも言うべきそんな曖昧な地点に立ち竦んだまま、うつらうつらと半睡状態に落ち

昭和61年1月、著者。

こんだりもしているのだ。

「中年」の、すなわち「間」の、小説である。男にとってみれば、自分が「もう」若くないのか、「すでに」老いはじめているのか判然としない。彼は、小説の最後の一行に出てくる言葉を借りるなら、いわば「昏くなった渡り廊下」にいる。どんなふうに、どんな順序で義務と遊興を交叉させ、倫理と陶酔を組み替えながら歳をとっていったらいいものやら、どうにも見当がつかない。当今の人々の生はもはや、かつてのように秩序によっても規範によっても統べられてはいないのだ。いったいどこに、何に拠って、みずからの加齢を組織していったらいいものか。彼の時間の流れにはいわば、信頼できる目盛りが定まっていない。

本作中、杉尾が「いつ」と尋ねる場面が何度もある。まず、杉尾をめぐって登場する三人目の女、かつて一度だけ深い交渉のあった呑み屋の女将から、その住むアパートの真上の部屋で女が殺されたという話を聞くくだり。階を一つ隔てた二階上の、ただし女将の部屋の真上に当たる部屋で凶行が起こり、糜爛してゆく屍の上を冷たいシャワーが何日も叩きつづけていたという。階を一つ隔てた真上というこの不気味な「間接性」の空間設定それ自体、まことに秀抜であるが、ここで杉尾がこだわるのは、空間ではなくむしろ時間の問題、時間軸上の「いつ」である。

『槿』函
（昭58・6　福武書店）

『杳子　妻隠』カバー
（昭46・1　河出書房新社）

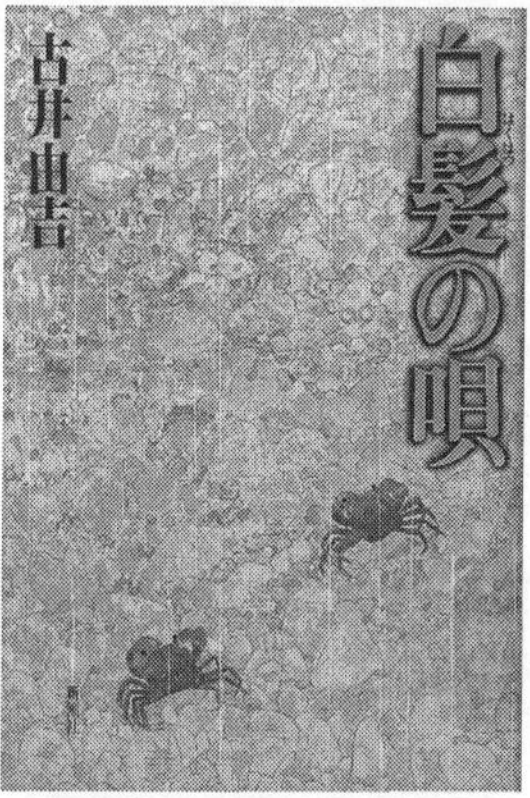

『白髪の唄』カバー
（平8・8　新潮社）

『聖耳』函
（平12・9　講談社）

「で、いつのこと」
「見つかったとき、それとも」
「いや、どちらでも」
「いつだった、と思う」（本書二四二〜二四三ページ）

素知らぬ顔でいざ訊き返されてみれば、その答えを自分こそ知っているはずであるかのような奇怪な後ろめたさが、何やらそくそくと迫ってくる。妄念であるはずのその罪悪感を抑えこみ、業を煮やして、「実際の話、いつのことなんだよ」と畳みかけても、女将は「黙って微笑んで、ゆらゆらとうなずくようにしてい」るだけだ。「いつ」に対する杉尾の執着はよほどに深く、さらに間を置いて、「ところで、いい加減に、出し惜しみはせずに、いったい、いつなんです、殺しのあったのは、私も率直に、もし、おたずねいたします」と正面突破を計るのだが、それでも答えはさらにその数刻後まで与えられない。杉尾の執着の背後には、自分こそそうした凶行をなした当の犯人だったのかもしれないという不条理な疑懼がある。理不尽な脅えがある。だがそれ以上に、この執念深い問いは、年代記的な秩序の崩壊した世界に、時間の後先を、確実な目盛りを導入し、みずからの生の「定点」を明確にしたいという欲望から発したものだろう。無意識界には時間はないと言ったのはフロイトである。

その女将の部屋から朝帰りするために乗ったタクシーの運転手から、今度は杉尾はその界隈で繰り返された放火の現場を目撃した思い出話を長々と聞くことになるのだが、その最後になってさりげなく出るのも、この「いつ」の問題だ。「しかし、そいつは寝覚めが悪いやね。で、いったい何年前のことなの」。当然のこと、故意にか不注意でかは判然としないが、運転手はこの杉尾の問いを聞き流し、答えを与えてくれない。返答がない。これが重要だ。等間隔を刻む目盛りが時間軸上に与えられない以上、もはや杉尾自身が放火魔であり、女を縊り殺した絞殺犯であったのかもしれない。そうであっても不思議ではない。

少女の頃の萱島國子を、杉尾ははたして犯したのか否か。井手伊子の仲介によって國子とホテルの部屋で向かい合い、その問いをめぐって二人の言葉、二人の記憶、二人の妄念が絡み合うシーンがこの作品のクライマックスの一つをなしている。その國子の部屋に入ってゆくときに杉尾の頭をよぎる思いもまた、時間軸の混乱をめぐる感慨であることに注目しよう。

今は何時頃だろうか、と居場所がつかめなくなった心細さから時刻のことを思った。

（本書四四三ページ）

時間の外にはみ出した異界とも言うべきその密室で、國子はまず、杉尾や彼女の兄のもう一人の同級生、石山の話を持ち出す。神経を病んだ石山は、執拗な電話で國子に付きまとい、かつて彼女と寝たことがあると言い張っているという。それに対する杉尾の第一の反応が何であるかは、もう言うまでもない。

「いつのことですか、どこで」

「ほうら、いつ、どこで、とおたずねになる。……」(本書四四九ページ)

「いつ」という問いへの答えを國子はもちろん持っていない。「今年の五月のことだと最初は言いました。……そのうちに、いつのことでも同じだと言うようになりまして、昨夜のことかも知れないし、十年二十年昔のことかも知れない。いや、今夜のことかも知れない。わたしはどこにでもいる。あなたはいつでも犯されて自分でも罪を犯している。ほら、いま隣の部屋でも……」。これは國子による石山の言葉の伝達だが、その生において年代記的秩序が崩壊し時間の外へはみ出してしまっているのは、実のところ國子自身である。自分を犯した者がいるとしたら、それはあなただ、杉尾だと彼女は言い張るのだが、杉尾にはもちろん覚えがない。だが、「いつ」と尋ねて返答がない以上、否と確言することもできずにただ黙って立ち竦むほかない。「あなたは、あたしを、抱きましたね」

「あたしは、あなたに、抱かれましたね」と國子は最後に詰問するのだが、続けて呟くのは、「昔でも今でも」という曖昧そのものの言葉である。そしてその言葉はただちに「昔でなくても、今でなくても、何処でなくても」という奇怪な反転を遂げ、現実と妄想の中間に宙吊りになる。

國子が杉尾に差し向けてくるのはいわば分裂病質の被愛妄想であり、それは、石山が國子に押しつけてくる攻撃的な妄執をそのまま回付してよこしたような性質のものとも言える。無時間的な中立地帯に吊られたファンタスムを他者に投影すること、すなわち「託す」こと、それが國子や石山の基本的な身振りなのだが、ここで杉尾に「託された」妄念の端的な表象となっているのは、たとえば國子の鞄だろう。東京駅のコインロッカーに預けていた鞄を引き取ってホテルまで運んでくるように頼まれた杉尾は、それが「女物とはかぎらぬ白い鞄であったことには助けられ」ながらも、中年男の持ち物としてはかすかだが確実な異和感を発散しているその厄介な荷物を持て余しつつ、鬱陶しい面談を片づけたり呑み屋に寄ったりして、気ぶっせいな一夕を過ごすことを強いられる。女が押しつけてよこした中身のわからぬ鞄を手に、夜の闇が深まってゆく東京の街中を移動しつづける中年男の想像界に、重く生臭い妄執が沸き立ってゆく。

こうしたちょっとした小道具を絶妙な物語的装置として生かすことに巧みだった作家の一人にたとえばナボコフがいるが、『槿』のこの白い鞄は、これはまた何と見事な小説的趣向だろう。ここでの古井由吉は、ありきたりの意味での物語的波瀾を欠き、ともすれば主人公が様々な人物に次々に出会って会話を交わすだけの単調で平板なプロットと見なされかねないこの小説に、「女物とはかぎらぬ」という微妙な留保を残した鞄一つを導入することで、驚くべき躍動感とサスペンスを与えている。

この鞄を下げて杉尾が最後に回った先は例の女将のいる呑み屋だが、そこに寄らなければいけない理由を正当化する口実も周到に準備されている。「今晩は、忘れ物を取りに参りました」。前の折りにそこにシガレットホルダーを忘れていったというのだが、人工的なマニエリスム技巧の極致が私小説的なリアリズムの堅固な手触りと矛盾しないこのあたりの古井氏の作劇術は、大したものだ。女将を家まで送ってゆくタクシーの中で、女将は「杉尾の膝の上の、萱島國子からあずかった旅行鞄の端にかるく肘をかけていた」。一人の男を介して繋がっている、しかし直接には面識のない女二人が、鞄一つを通じて隠微に触れ合っている、この間合いの怖さはどうだろう。女将はその場では口を噤んでいるが、自分の肘が触れている鞄が女物であることを直覚している。後日、酔ってかけてきた電話で、「はは、ちゃあんと気がついておりました」と彼女が明かすとき、女将の心理のこの遅ればせの開示が読者にもたらす小さな衝撃もまた、小説的趣向として秀逸と言うほかない。

実際、小道具という言葉はやや俗にすぎようが、取るに足らない日常的な事物がどれほど巧妙に用いられているか、どれほど豊かな意味作用がそこに充塡されているかという点で、『槿』という作品は驚嘆に値する。作品全体の表題にもなり、冒頭から登場している朝顔の花のイメージについては言うを俟つまい。杉尾が初めて井手伊子のアパートへ行く夜に彼女から「託される」朝顔の鉢は、萱島國子との関係における白い鞄と一種等価なオブジェだろう。しかし『槿』にはそれ以外にも多くの小道具が登場し、物語の興趣を盛り上げており、たとえば最終章の病院の、埃まみれの資料置き場のような奇妙な部屋で、石山が懐から取り出した「汚くまるめられた、紙の小切れの束」が挙げている、恐ろしいほどの効果はどうだろう。「頑張った少年の手みたいな鉛筆の文字で書かれ」た妻からの伝言がここで杉尾に手渡されるのだが、よそよそしい他者の手によって何重にも媒介された言葉の、近さと遠さとが共存するこの異様なありようは、杉尾という男の実存それ自体と深く触れ合っているだろう。

しかし、ここでとりわけ注目したいのは、杉尾と國子と伊子の三人が最後に集結するホテルの場面での、二つの鍵の使われかたの凄みである。天才的な物語作家の力量とはこうしたことを言うのではあるまいか。杉尾を従えて廊下を歩いていった伊子は、或る部屋の前に立ち止まってドアを開け、それに使った鍵をバッグにしまいこむ。が、次の瞬間、杉尾の目に咄嗟には同じものと見えたもう一本の鍵を取り出して、渡してよこす。鍵についた番号と部屋番号を見比べて当惑する杉尾に、伊子は廊下の奥を目で示す。廊下のさらに先の國子の部屋――「あいだ八室隔った」という、ここでもまた絶妙の間合い――を、鍵の番号と照らして杉尾が目で確かめているうちに、伊子は、いつの間に取り出したのか、さっき使った自身の部屋の鍵を男の背広の内懐へするりと滑りこませるのだ。この手と鍵の戯れは、まるでヒッチコックの傑作の、完璧に構築され尽くした一シーンを見ているようではないか（『汚名』のイングリッド・バーグマンとクロード・レインズ……）。さらにそれに続いて、伊子は恐ろしい言葉を洩らす。

「鍵を、間違えないでね」（本書四四二ページ）

二人の女の、誘いかつ拒む身体を、こもごも表象している二つの鍵。それが杉尾の掌と内ポケットに束の間とどまり、すなわち彼の身体の表層に共存して隣り合わせ、やがてすれ違うようにしてまた一つずつ、そこから離脱してゆくのだ。

『槿』は古井文学のいわば「中期」を代表する傑作である。『円陣を組む女たち』や『男たちの円居』に収録された最初期の短篇群においてすでに成熟しきった文学世界を提出し、『行隠れ』のような間然するところのない完成度に達した長篇をも完成していた古井氏だが、彼が四十代半ばの数年を費やして難渋しつつ書き上げたこの大作には、むしろ深い惑いと行き悩みの印象が濃い。確信に満ちた成熟から見放された者のよるべない彷徨の色合いが全篇を浸しているようにわたしの目には映る。とは言っても、近頃頓珍漢な用いられかたをしている言葉をあえて持ち出すなら、これが真正の独創的な「本格小説」の試みであり、その見事な達成であることを否定したいわけではない。これが揺るがぬ結構を備えた「本格小説」であることは間違いなく、ナラティヴの巧者ナボコフさえ顔色なからしめるような巧緻な物語の仕掛けが様々に凝らされているという点はすでに触れた通りだ。だが、この堂々たる「本格小説」を渾身の力で仕上げた四十代の古井由吉は、その苦闘を通じて、こうした小説形式それ自体の可能性と同時にその限界をもしかと見極め、また、この形式と彼自身の資質との間の本質的な齟齬を体感し尽くしたのではないかという気が、わたしにはしてならない。古井氏は、以後、小説の中に、一方ではゆるやかなエッセイを、他方では緊密で硬質な詩を有機的に溶けこませた、特異な言語態を模索するようになってゆく。彼がその可能性を、『仮往生伝試文』や『楽天記』を経て、近作の『白髪の唄』や『聖耳』において、他の何人にも追いつきえないような遠いところまで押し広げてみせているさまは、何とも壮観と言うほかない。

略述しえない事柄であることは承知のうえであえて手短かにわたしの考えを述べるなら、『槿』以後の古井は、何とかして生に目盛りを刻み、時間軸上の遠近法を明確に定め、それによって正気の側にとどまろうと努力しつづける杉尾から、「いつ」と「どこ」とを錯乱しつづける病者石山の側へと、視点の重心をシフトさせていったとでもいったことになろうか。時間の外に出てしまった女たちの異界の淵へとむしろ無抵抗にずり落ちてゆく途を、戦略的に選択したとでも言おうか。「間」の修羅場としての「中年」の惑いは、彼が一歩ごと確実に老いの中に入ってゆくにつれて、その解消がめざされるのではなく、むしろ惑いのままに閑かに肯定されるようになってゆく。しかしまた、一見平穏そのものと映るその閑かさそのもののうちに、凶暴な物狂いの気が濃厚に立ちこめるようにもなってゆく。『槿』は古井氏が真正面から引き受けた、恐らく生涯で唯一の「本格小説」の試みであった。それは古井文学の一頂点をかたちづくっているが、作家古井由吉の凄みは、それを惜し気もなく振り捨てて、さらに新たな道へ、前人未到の茨の道へ入っていき、「小説」をも越えた独創的な日本語散文の形を伐り開きつづけているという点にあるだろう。

年譜——古井由吉

一九三七年（昭和一二年）
一一月一九日、父英吉、母鈴の三男として、東京都荏原区平塚七丁目（現、品川区旗の台六丁目）に生まれる。父母ともに岐阜県出身。本籍地は岐阜県不破郡垂井町。祖父由之は、明治末、地元の大垣共立銀行の経営立て直しにもかかわった岐阜県選出の代議士であった。

一九四四年（昭和一九年）　七歳
四月、第二延山国民学校に入学。

一九四五年（昭和二〇年）　八歳
五月二四日未明の山手大空襲により罹災、父の実家、岐阜県大垣市郭町に疎開。七月、同市も罹災し、母の郷里、岐阜県武儀郡美濃町（現、美濃市）に移り、そこで終戦を迎える。一〇月、東京都八王子市子安町二丁目に転居。八王子第四小学校に転入。

一九四八年（昭和二三年）　一一歳
二月、東京都港区白金台町二丁目に転居。

一九五〇年（昭和二五年）　一三歳
三月、東京都港区立白金小学校を卒業。四月、港区立高松中学校に入学。

一九五二年（昭和二七年）　一五歳
九月、東京都品川区北品川四丁目（御殿山）に転居。

一九五三年（昭和二八年）　一六歳

三月、虫垂炎をこじらせて腹膜炎で四〇日入院。同月、高松中学校を卒業。四月、独協高校に入学、ドイツ語を学ぶ。九月、都立日比谷高校に転校。同じ学年に福田章二(庄司薫)、塩野七生、二級上に坂上弘がいた。
一九五四年(昭和二九年) 一七歳
日比谷高校の文学同人誌『驚起』に加わり、小説一編を書く。この頃、倒産出版社のゾッキ本により、内外の小説を乱読する。
一九五六年(昭和三一年) 一九歳
三月、日比谷高校を卒業。四月、東京大学文科二類に入学。「歴史学研究会」に所属、明治維新研究グループに加わる。アルバイトにデパートの売り子などをした。七月、登山の初心者だったが、いきなり北アルプスの針ノ木雪渓に登らされた。
一九六〇年(昭和三五年) 二三歳
三月、東京大学文学部ドイツ文学科を卒業。卒業論文はカフカ、主に「日記」を題材とした。四月、同大学大学院修士課程に進む。
一九六二年(昭和三七年) 二五歳
三月、大学院修士課程を修了。修士論文はヘルマン・ブロッホ。四月、助手として金沢大学に赴任、金沢市材木町七丁目(現、橋場町五番)の中村印房に下宿。土地柄、酒に親しむようになった。『金沢大学法文学部論集』に「『死刑判決』に至るまでのカフカ」を載せる。岩手、秋田の国境の山を歩いた。
一九六三年(昭和三八年) 二六歳
一月、北陸大豪雪(三八豪雪)に遭う。半日屋根に上がって雪を降ろし、夜は酒を呑んで四膳飯を食うという生活が一週間ほど続いた。銭湯でしばしば学生に試験のことをたずねられて閉口した。ピアノの稽古を始めて、ふた月でやめる。夏、白山に登る。
一九六四年(昭和三九年) 二七歳
一一月、岡崎睿子と結婚、金沢市花園町に住む。ロベルト・ムージルについての小論文を学会誌に発表。
一九六五年（昭和四〇年）　二八歳
四月、立教大学に転任、教養課程でドイツ語を教える。ヘルマン・ブロッホ、ノヴァーリス、ニーチェについて、それぞれ小論文を立教大学紀要および論文集に発表。北多摩郡上保谷に住む。
一九六六年（昭和四一年）　二九歳
文学同人「白描の会」に参加。同人に、平岡篤頼・高橋たか子・近藤信行・米村晃多郎らがいた。一二月、エッセイ「実体のない影」を『白描』七号に発表。この年はもっぱら翻訳に励み、また一般向けの自然科学書をよく読んでいた。
一九六七年（昭和四二年）　三〇歳
四月、ヘルマン・ブロッホの長編小説「誘惑者」を翻訳して筑摩書房版『世界文学全集56ブロッホ』に収めて刊行。／九月、長女麻子生まれる。ギリシャ語の入門文法をひと通りさらったが、後年続かず、この夏から手を染めた競馬のほうは続くことになった。
一九六八年（昭和四三年）　三一歳
一月、処女作「木曜日に」を『白描』八号、一一月「先導獣の話」を同誌九号に発表。／一〇月、ロベルト・ムージルの「愛の完成」「静かなヴェロニカの誘惑」を翻訳、筑摩書房版『世界文学全集49リルケ・ムージル』に収めて刊行。／九月、世田谷区用賀二丁目に転居。一二月、虫歯の治療をまとめておこない、初めて医者から、老化ということをほのめかされた。
一九六九年（昭和四四年）　三二歳
七月「菫色の空に」を『早稲田文学』、八月「円陣を組む女たち」を『海』創刊号、一一月「私のエッセイズム」を『新潮』、「子供たちの道」を『群像』、「雪の下の蟹」を『白描』一〇号に発表。『白描』への掲載はこの号でひとまず終了。／四月、八十岡英治の推輓で、学芸書林版『現代文学の発見』別巻『孤独のたたかい』に「先導獣の話」が収められる。／一〇月、次女有子が生まれる。この年、大学紛争盛ん。

一九七〇年（昭和四五年）　三三歳

二月「不眠の祭り」を『海』、五月「男たちの円居」を『新潮』、八月「杳子」を『文芸』、一一月「妻隠」を『群像』に発表。／六月、第一作品集『円陣を組む女たち』（中央公論社）、七月『男たちの円居』（講談社）を刊行。／三月、立教大学を助教授で退職。八年続いた教師生活をやめる。この年、『文芸』などの仕事により阿部昭・黒井千次・後藤明生らを知る。作家たちと話した初めての体験であった。一一月、母親の急病の知らせに駆けつけると、ちょうど三島由紀夫死去のニュースが入った。

一九七一年（昭和四六年）　三四歳

二月より『文芸』に「行隠れ」の連作を開始（一一月まで全五編で完結）。三月「影」を『文学界』に発表。／一月『杳子 妻隠』（河出書房新社）を刊行。一一月、「新鋭作家叢書」全一八巻の一冊として『古井由吉集』を河出書房新社より刊行。／一月「杳子」により第六四回芥川賞を受賞。二月、母鈴死去。六二歳。親類たちに悔やみと祝いを一緒に言われることになった。五月、平戸から長崎まで、小説の《現場検証》のため旅行。

一九七二年（昭和四七年）　三五歳

二月「街道の際」を『新潮』、四月「水」を『季刊芸術』春季号、九月「狐」を『文学界』、一一月「衣」を『文芸』に発表。／三月『行隠れ』（河出書房新社）を刊行。一一月、講談社版『現代の文学36』に李恢成・丸山健二・高井有一とともに作品が収録される。／一月、山陰旅行。八月、金沢再訪。一二月、土佐高知に旅行、雪に降られる。

一九七三年（昭和四八年）　三六歳

一月「弟」を『文芸』、「谷」を『新潮』、五月「畑の声」を『新潮』に発表。九月より「櫛の火」を『文芸』に連載（七四年九月完結）。／二月『筑摩世界文学大系64　ムージル　ブロッホ』に「愛の完成」「静かなヴェロニカの誘惑」「誘惑者」の翻訳を収録刊行。四月『水』（河出書房新社）、六月『雪の下の蟹・男たちの円居』（講談社文庫）を刊行。／三月、奈良へ旅行、東大寺二月堂の修二会のお水取りの行を外陣より見学する。八月、佐渡へ旅行。九月、新潟・秋田・盛岡をまわる。

一九七四年（昭和四九年）　三七歳

三月『円陣を組む女たち』（中公文庫）、一二月『櫛の火』（河出書房新社）を刊行。／二月、京都へ。神社仏閣よりも京都競馬場へ急行した。四月、関西のテレビに天皇賞番組のゲストとして登場する。七月、ダービー観戦記「橙色の帽子を追って」を日本中央競馬会発行の雑誌『優駿』に書く。八月、新潟まで競馬を見に行く。

一九七五年（昭和五〇年）　三八歳

一月「雫石」を『季刊芸術』冬季号、「駆ける女」を『新潮』に発表。同月より「聖」を『波』に連載（一二月完結）。／三月『櫛の火』が日活より神代辰巳監督で映画化される。六月『文芸』で、吉行淳之介と対談。

一九七六年（昭和五一年）　三九歳

一月「櫟馬」を『文芸』、三月「夜の香り」を『新潮』、四月「仁摩」を『季刊芸術』春季号に発表。六月「女たちの家」を『婦人公論』に連載（九月完結）。一〇月「哀原」を『文学界』、一一月「人形」を『太陽』に発表。／五月『聖』（新潮社）を刊行。／この頃から高井有一・後藤明生・坂上弘と寄り合う機会が多くなった。三月、『文芸』で武田泰淳と対談（一〇月武田泰淳死去）。一一月、九州からの帰りに奈良に寄り、東大寺の三月堂の観音と戒壇院の四天王をつくづく眺めた。

一九七七年（昭和五二年）四〇歳

一月「赤牛」を『文学界』、五月「女人」を『プレイボーイ』、六月「安堵」を『すばる』に発表。九月、後藤明生・坂上弘・高井有一と四人でかねて企画準備中だった同人雑誌『文体』を創刊、「栖」を創刊号に発表。一〇月「池沼」を『文学界』、一二月「肌」を『文体』二号に発表する。／二月『女たちの家』（中央公論社）、一一月『哀原』（文芸春秋）を刊行。／四月、京都東本願寺の職員組合に招かれ、若い僧侶たちと呑む。八月、金沢に旅行して金石・大野あたりの、犀星も遊んだはずの、渚と葦原が、埋め立てられて臨海石油基地になっているのを見て唖然とさせられる。帰路、新潟に寄る。

一九七八年（昭和五三年）四一歳

三月「湯」を『文体』三号、四月「椋鳥」を『海』、六月「背」を『文体』四号、七月「親坂」を『世界』、九月「首」を『文体』五号、一二月「子安」を『小説現代』、一二月「子」を『文体』六号に発表。／六月『筑摩現代文学大系96』に黒井千次・李恢成・後藤明生とともに作品が収録される。一〇月『夜の香り』（新潮社）を刊行。／四月、若狭の矢代という漁村に「手杵祭」という祭りを見に行く。一二月、大阪での仕事の帰りに京都・奈良に寄る。同月、美濃・近江・若狭をめぐる。さまざまな観音像に出会った。この旅により菊地信義を知る。

一九七九年（昭和五四年）四二歳

一月「咳花」を『文学界』、三月「道」を『文体』七号、六月「葛」を『文体』八号、七月「牛男」を『新潮』、九月「宿」を『文体』九号、一〇月「痩女」を『海』、一二月「雨」を『文体』一〇号に発表。／九月『女たちの家』（中公文庫）、一〇月『行隠れ』（集英社文庫）、一一月『栖』（平凡社）、一二月

『杳子・妻隠』（新潮文庫）を刊行。／この頃から、芭蕉たちの連句、心敬・宗祇らの連歌、さらに八代集へと、逆繰り式に惹かれるようになった。三月、丹波・丹後へ車旅。六月、郡上八幡、九頭竜川、越前大野、白山、白川郷、砺波、金沢、福井まで車旅、大江山を越える。八月、久しぶりの登山、安達太良山に登ったが、小学生たちにずんずん先を行かれた。一〇月、北海道へ車旅、根釧湿原のほとりに立つ。一二月、新宿のさる酒場で文芸編集者たちの歌謡大会の審査員をつとめた。この頃から『文体』の編集責任の番が回ってきたので、自身も素人編集者として忙しく出歩いた。

一九八〇年（昭和五五年）　四三歳

一月「あなたのし」を『文学界』に発表。エッセイ「一九八〇年のつぶやき」を『日本経済新聞』に全二四回連載（六月まで）。三月「声」を『文体』一一号、四月「あなおもしろ」を『海』に発表。五月より「無言のうちは」を『青春と読書』に隔月連載（八二年二月完結）。六月「親」を『文体』一二号（終刊号）、一〇月「明けの赤馬」を『新潮』に発表。一一月「槿」を寺田博主幹の『作品』創刊号に連載開始。／一月『水』（集英社文庫）、四月〜六月『古井由吉全エッセイ』全三巻（作品社、四月『山に行く心』、五月『言葉の呪術』、六月『日常の〝変身〟』）、八月『椋鳥』（中央公論社）、一二月『親』（平凡社）を刊行。／二月、比叡山に登り雪に降られる。帰ってきて山の祟りか高熱をだした。五月、近江の石塔寺、信楽、伊賀上野、室生寺、聖林寺まで旅行した。その四日後のダービーの翌日、一二年来の栖を移り、同じ棟の七階から二階へ下ってきた。半月後に、腰に鈴を付けて大峰山に登る。五月『栖』により第一二回日本文学大賞を受賞。鮎川信夫と対談。六月『文体』が一二号をもって終刊となる。一〇月、高野山から和歌浦、四国へ渡って讃岐の弥谷山まで旅行。

一九八一年（昭和五六年） 四四歳

一月「家のにおい」を『文学界』、二月「静かさや」を『文芸春秋』、四月「団欒」を『群像』、六月「冬至過ぎ」を『すばる』、一〇月「蛍の里」を『群像』、一一月「芋の月」を『すばる』に発表。同月『作品』の休刊により中断していた「槿」の連載を新雑誌『海燕』で再開（八三年四月完結）。一二月「知らぬおきなに」を『新潮』に発表。／六月『新潮現代文学80 聖・妻隠』（新潮社）、一二月『櫛の火』（新潮文庫）を刊行。／一月、成人の日に粟津則雄宅に、吉増剛造・菊地信義と集まり連句を始める。ずぶの初心者が発句を吟《よ》まされる。「越の梅初午近き円居かな」。一一月、京都・伏見・鞍馬・小塩・水無瀬・石清水などをまわる。六月、福井から敦賀、色の浜、近江、大垣まで「奥の細道」の最後の道のりをたどる。また、雨の比叡山に時鳥の声を聞きに行き、ついで朽木から小浜まで足をのばし、また峠越えに叡山までもどる。同じく六月、東京のすぐ近辺で蛍の群れるところを見た。七月、父親が入院、病院通いが始まった。

一九八二年（昭和五七年） 四五歳

一月「囀りながら」を『海』、エッセイ「風雅和歌集」を『読売新聞』（一一～一四、一六日）に発表。二月『青春と読書』に隔月で連載した作品が第一二回「帰る小坂の」で完結（『山躁賦』としてまとめられる）。四月「陽気な夜まわり」を『群像』、七月「飯を喰らう男」を同じく『群像』に発表。同月『図書』に連載エッセイ「私の《東京物語》考」を始める（八三年八月まで）。／四月『山躁賦』（集英社）を刊行。九月、文芸春秋『芥川賞全集』第八巻に「杳子」を収録刊行。同月より『古井由吉作品』全七巻を河出書房新社より毎月一巻刊行開始（八三年三月完結）。／六月、『優駿』の依頼で、北海道は浦河の奥、杵臼の斎藤牧場まで行き、天皇賞馬モンテプリンス号の育成の苦楽を斎藤氏一家にたずねるうちに、父英吉死去の知らせが入った。八〇歳。

一九八三年（昭和五八年）　四六歳

一月より「一九八三年のぼやき」を共同通信配信の各紙において全一二回連載。四月二五日より八四年三月二七日まで、『朝日新聞』の「文芸時評」を全二四回連載。八月『図書』連載の「私の《東京物語》考」完結。一二月、菊地信義と対談「本が発信する物としての力」を『海』に載せる。／六月『槿』（福武書店）を刊行。／九月、仲間が作品集完結祝いをしてくれる。同月『槿』で第一九回谷崎潤一郎賞を受賞。

一九八四年（昭和五九年）　四七歳

一月「裸々虫記」を『小説現代』に連載（八五年一二月完結）。九月「新開地より」を『群像』、『海燕』、一〇月「客あり客あり」を『群像』に発表。一一月、吉本隆明と対談「現在における差異」を『海燕』に掲載。一二月「夜はいま——」を『潭』一号に発表。／三月『東京物語考』（岩波書店）、四月『グリム幻想』（PARCO出版局、東逸子と共著）、一一月、エッセイ集『招魂のささやき』（福武書店）を刊行。／六月、北海道の牧場をめぐる。九月『海燕』新人文学賞選考委員をつとめる（八九年まで）。一〇月、二週間の中国旅行、ウルムチ、トルファンまで行く。一二月、同人誌『潭』創刊。編集同人粟津則雄・入沢康夫・渋沢孝輔・中上健次・古井由吉、デザイナー菊地信義。

一九八五年（昭和六〇年）　四八歳

一月「壁の顔」を『海燕』、二月「邯鄲の」を『すばる』、四月「叫女」を『潭』二号に発表。エッセイ「馬事公苑前便り」を『優駿』に連載(八六年三月まで)。五月「斧の子」を『三田文学』、六月「眉雨」を『海燕』、八月「道なりに」を『潭』三号、九月「踊り場参り」を『新潮』、一一月「秋の日」を『文学界』、一二月「沼のほとり」を『潭』四号に発表。／三月『明けの赤馬』(福武書店)刊行。八月、日高牧場めぐり。

一九八六年(昭和六一年) 四九歳

一月「中山坂」を『海燕』に発表。二月、『文芸』春季号に「厠の静まり」を連作『仮往生伝試文』の第一作として発表(八九年五月『文芸』春季号「また明後日ばかりまゐるべきよし」で完結)。四月「朝夕の春」を『潭』五号に発表。『優駿』の連載エッセイを「こんな日もある　折々の馬たち」のタイトルで再開。九月「卯の花朽たし」を『潭』六号、エッセイ「変身の宿」を『読売新聞』(一九日)、一二月「椎の風」を『潭』七号に発表。／一月『裸々虫記』(講談社)、二月『眉雨』(福武書店)、『聖・栖』(新潮文庫)、三月『「私」という白道』(トレヴィル)を刊行。／一月芥川賞選考委員となる。三月、一カ月にわたり粟津則雄・菊地信義・吉増剛造らとヨーロッパ旅行。吉増剛造運転の車により六〇〇〇キロほど走る。一〇月岐阜市、一一月船橋市にて、前記の三氏と公開連句を行う。

一九八七年(昭和六二年) 五〇歳

一月「来る日も」を『文学界』、「年の道」を『海燕』、二月「正月の風」を『青春と読書』、「大きな家に」を『潭』八号、八月「露地の奥に」を『新潮』、九月「往来」を『潭』九号に発表。一〇月、エッセイ「二十年ぶりの対面」を『読売新聞』(三一日)に掲載。一一月「長い町の眠り」を『石川近代文学全集10』に書き下ろす。／三月『夜はいま』(福武書店)、四月『山躁賦』(集英社文庫)、八月『フェティッシュな時代』(トレヴィル、田中康夫と共著)、九月、吉田健一・福永武彦・丸谷才一・三浦哲郎とともに『昭和文学全集23』(小学館)、一一月『石川近代文学全集10　曽野綾子・五木寛之・古井由吉』(石川近代文学館)、『夜の香り』(福武文庫)、一二月、ムージルの旧訳を改訂した『愛の完成／静かなヴェロニカの誘惑』(岩波文庫)を刊行。／一月、備前、牛窓に旅行。二月、熊野の火祭に参加、ついで木津川、奈良、京都、近江湖北をめぐる。四月「中山坂」で第一四回川端康成文学賞受賞。八月、姉柳沢愛子死去。

一九八八年(昭和六三年)　五一歳

一月「庭の音」を『海燕』、随筆「道路」を『文学界』、四月「閑の頃」を『海燕』に発表。『すばる』臨時増刊《石川淳追悼記念号》に「石川淳の世界　五千年の涯」を載せる。五月「風邪の日」を『新潮』に、七月「畑の縁」を『海燕』に、一〇月「瀬田の先」を『文学界』に発表。／二月『雪の下の蟹・男たちの円居』(講談社文芸文庫)、四月、随想集『日や月や』(福武書店)、七月『ムージル　観念のエロス』(岩波書店)、『槿』(福武文庫)、一一月、古井由吉編『日本の名随筆73　火』(作品社)を刊行。／一〇月、カフカ生誕の地、チェコの首都プラハなどに旅行。

一九八九年(昭和六四年・平成元年)　五二歳

一月「息災」を『海燕』に、三月「髭の子」を『文学界』に発表。四月「旅のフィールド・ノート〈オーストラリア〉」を『中央公論』に連載(七月まで)。七月「わずか十九年」を『海燕』阿部昭追悼特集に、「昭和の記憶　安堵と不逞と」を『太陽』に発表。八月『毎日新聞』に掌編小説「おとなり」(二日)を載せる。一〇月まで「読書ノート」を『文学界』に連載。一一月「影くらべ」を『群像』に発表。『すばる』に「インタビュー文芸時評　古井由吉と『仮往生伝試文』」(聞き手・富岡幸一郎)が載る。/五月『長い町の眠り』(福武書店)、九月『仮往生伝試文』(河出書房新社)、一〇月『眉雨』(福武文庫)を刊行。/二月、『中央公論』の連載のためオーストラリアに旅行。

一九九〇年(平成二年) 五三歳

一月『新潮』に「楽天記」の連載を開始(九一年九月完結)。五月、随筆「つゆしらず」を『文学界』、八月「夏休みのたそがれ時」を『日本経済新聞』(一九日)、九月「読書日記」を『中央公論』に発表。/三月『東京物語考』を同時代ライブラリーとして岩波書店より刊行。/二月、第四一回読売文学賞小説賞(平成元年度)を『仮往生伝試文』によって受賞。九月末からヨーロッパ旅行。一〇月初め、フランクフルトで開かれた日本文学とヨーロッパに関する国際シンポジウムに大江健三郎、安部公房らと出席。折しも、東西両ドイツ統合の時にいあわせる。その後、ドイツ国内、ウィーン、プラハを訪れる。

一九九一年(平成三年) 五四歳

一月「文明を歩く——統一の秋の風景」を『読売新聞』(二一~三〇日)に連載。二月「平成紀行」を『文芸春秋』に発表。『青春と読書』に「都市を旅する プラハ」を連載(八月まで四回)。三月、エッセイ「男の文章」を『文学界』に発表。六月「天井を眺めて」を『日本経済新聞』(三〇日)に掲載。九月「楽天記」(『新潮』)完結。一一月より九二年二月まで『すばる』にエッセイを連載。/三月新潮古典文学アルバム21『与謝蕪村・小林一茶』(新潮社、藤田真一と共著)を刊行。/二月、頸椎間板ヘルニアにより約五〇日間の入院手術を余儀なくされる。四月退院。一〇月、長兄死去。

一九九二年(平成四年) 五五歳

一月『海燕』に連載を開始(第一回「寝床の上から」)。二月「蝙蝠ではないけれど」を

『文学界』に発表。三月、養老孟司との対談「身体を言語化すると……」を『波』、四月、江藤淳と対談「病気について」を『海燕』、松浦寿輝と対談「『私』と『言語』の間で」を『ルプレザンタシオン』春号に載せる。『朝日新聞』（六～一〇日）に「出あいの風景」を執筆。五月、平出隆と対談「『楽天』を生きる」を『新潮』、六月、エッセイ「だから競馬は面白い」を『文芸春秋』、七月「昭和二十一年八月一日」を『中央公論』、九月、吉本隆明と対談「漱石的時間の生命力」を『新潮』に掲載。／一月『招魂としての表現』（福武文庫）、三月『楽天記』（新潮社）を刊行。

一九九三年（平成五年）　五六歳

一月、大江健三郎と対談「小説・死と再生」を『群像』、随筆「この八年」を『新潮』、「無知は無垢」を『青春と読書』に載せる。『文芸春秋』に美術随想「聖なるものを訪ねて」を一二月まで連載。五月、「魂の日」（連載最終回）を『海燕』に発表。七月、創作「木犀の日」と評論「凝滞する時間」を『文学界』に発表。同月四日から一二月二六日までの各日曜日に『日本経済新聞』に「こころ」と題して随想を連載。八月「初めの言葉として《わたくし》」を『群像』に発表。九月、吉本隆明と対談「心の病いの時代」を『中央公論　文芸特集』、一一月「鏡を避けて」を『文芸』秋季号に載せる。／八月『魂の日』（福武書店）、一二月『小説家の帰還　古井由吉対談集』（講談社）を刊行。／夏、柏原兵三の遺児光太郎君とベルリンを歩く。

一九九四年（平成六年）　五七歳

一月「鳥の眠り」を『群像』、江藤淳と対談「文学＝隠蔽から告白へ――『漱石とその時代　第三部』について」を『新潮』、二月「追悼野口冨士男　四月一日晴れ」を『文芸』春季号、随筆「赤い門」を『文学界』、「ボケへの恐怖」を『新潮45』、三月「背中ばかりが暮れ残る」を『群像』、奥泉光と対談「超越への回路」を『文学界』に掲載。七月『新潮』に「白髪の唄」の連載を始める（九六年五月まで）。七月四日より一二月一九日まで『読売新聞』の「森の散策」にエッセイを寄稿。九月「陰気でもない十二年」を『本』に、一〇月『世界』に「日暮れて道草」の連載を開始（九六年一月まで）。／四月、随想集『平日寂寞』（講談社）、八月『水』（講談社文芸文庫）、八月『陽気な夜まわり』（講談社）、一二月、古井由吉編『馬の文化叢書9　文学馬と近代文学』（馬事文化財団）を刊行。

一九九五年（平成七年）　五八歳

一月「地震のあとさき」を『すばる』、「新宿から山登り」を『青春と読書』、二月、柳瀬尚紀と対談「ポエジーの『形』がない時代の表現」を『海燕』、「震災で心に抱えこむいらだちと静まり」を『朝日新聞』（二六日）、四月、高橋源一郎と対談「表現の日本語」を『群像』、八月「『内向の世代』のひとたち」（講演記録）を『三田文学』に掲載。／五月『ムージル著作集』（松籟社刊）第七巻に「静かなヴェロニカの誘惑」「愛の完成」を収録。一〇月、競馬随想『折々の馬たち』（角川春樹事務所）、一一月『楽天記』（新潮文庫）を刊行。

一九九六年（平成八年）　五九歳

一月「日暮れて道草」（『世界』）の連載完結。五月「白髪の唄」（『新潮』）の連載完結。六月、福田和也と対談「言語欺瞞に満ちた時代に小説を書くということ」を『海燕』、六月「信仰の外から」を『東京新聞』（七日）、七月、大江健三郎と対談「百年の短編小説を読む」を『新潮』臨時増刊号、八月『早稲田文学』に小島信夫・後藤明生・平岡篤頼らと座談会「われらの世紀の文学は」を掲載。一一月『群像』に連作「死者たちの言葉」の連載

その二)を『群像』に、江藤淳との対談「小説記者夏目漱石――『漱石とその時代 第四部』をめぐって」を『新潮』に掲載。／六月『神秘の人びと』(岩波書店、「日暮れて道草」の改題)、八月『白髪の唄』(新潮社)、『山に彷徨う心』(アリアドネ企画)を刊行。

一九九七年(平成九年) 六〇歳

一月『群像』に、連作「島の日(死者たちの言葉 その三)」(以下三月「火男」、四月「不軽」、五月「山の日」、七月「草原」、八月「百鬼」、九月「ホトトギス」、一一月「通夜坂」、一二月「夜明けの家」、九八年二月「死者のように」で完結)を発表。同月、中村真一郎との対談「日本語の連続と非連続」を『新潮』、随筆「姉の本棚 謎の書き込み」を『文学界』に掲載。二月「午の春に」(随筆)を『文芸』春季号に発表。六月「詩への小路」を『るしおる』(書肆山田)に連載開始。

を開始。一二月、「クレーンクレーン」(連作現在(二〇〇三年)に至って継続中(一八回)。七月「《追悼石和鷹》気をつけてお帰りください 石和鷹の声」を『すばる』に発表。一二月、西谷修と対談「全面内部状況からの出発」を『新潮』に掲載。／一月『白髪の唄』により第三七回毎日芸術賞受賞。

一九九八年(平成一〇年) 六一歳

二月「死者のように」を『群像』に掲載。八月、津島佑子と対談「生と死の往還」を『群像』に掲載。八月より、佐伯一麦との往復書簡を『波』に連載(翌年五月まで)。一〇月、藤沢周と対談「言葉を響かせる」を『文学界』に掲載。／四月、短篇集『夜明けの家』(講談社)を刊行。／三月五日から一七日、右眼の網膜円孔(網膜に微小の孔があく)の手術のため東大病院に入院。四月、河内長野の観心寺を再訪、如意輪観音の開帳に会う。同行、菊地信義。五月一四日から二五日、再入院再手術。七月、国東半島および臼杵《うすき》に、九月、韓国全羅南道の雲住寺に、石仏を訪ねる。一一月五日から一一日、右眼網膜円孔に伴う白内障の手術のため東大病院に入院。
一九九九年（平成一一年）　六二歳
一月、花村萬月と対談「宗教発生域」を『新潮』に掲載。二月より「夜明けまで」に始まる連作を『群像』に発表。（以下、三月「晴れた眼」、五月「白い糸杉」、六月「犬の道」、八月「朝の客」、九月「日や月や」、一一月「苺」、二〇〇〇年二月「初時雨」、同三月「年末」、同四月「火の手」、同六月「知らぬ唄」、同七月「聖耳」で完結）／一〇月、佐伯一麦との往復書簡集『遠くからの声』（新潮社）を刊行。／一二月一五日から二三日、左眼に網膜円孔発症、前年の執刀医の転勤を追って、東京医科歯科大病院に入院。同じ手術を受ける。五月六日から一一日、左眼網膜治療に伴う白内障手術のため東大病院に入院。以後、右眼左眼ともに健全。八月五、六日、大阪に行き、後藤明生の通夜告別式に参列、弔辞を読む。一〇月一〇日から三〇日、野間国際文芸翻訳賞の授賞に選考委員として出席のためにフランクフルトに行き、ついでに南ドイツからコルマール、ストラスブールを回る。
二〇〇〇年（平成一二年）　六三歳
九月、松浦寿輝と対談「いま文学の美は何処にあるか」を『文学界』に、一〇月、山城むつみと対談「静まりと煽動の言語」を『群像』に、一一月、島田雅彦、平野啓一郎と鼎談「三島由紀夫不在の三十年」を『新潮』臨時増刊に掲載。／九月、連作短編集『聖耳』（講談社）を刊行。一〇月、『二〇世紀の定義1　二〇世紀への問い』（岩波書店）のなかに、「二〇世紀の岬を回り」を書く。／一〇月、長女麻子結婚。一一月、新宿の酒場「風花」で朗読会。以後、三ヵ月ほどの間隔で定期的に、毎回ホスト役をつとめ、ゲストを一人ずつ招いて続け、現在に至る。
二〇〇一年（平成一三年）　六四歳
一月より、「八人目の老人」に始まる連作を『新潮』に発表。（以下、二月「槌の音」、三月「白湯」、四月「巫女さん」、五月「枯れし林に」、六月「春の日」、八月「或る朝」、九月「天躁」、一〇月「峯の嵐か」、一一月「この日警報を聞かず」、一二月「坂の子」、二〇〇二年一月「忿翁」で完結）一〇月から『毎日新聞』で松浦寿輝と往復書簡「時代のあわいにて」を交互隔月に翌年一一月まで連載。／五月、『二〇世紀の定義7　生きること死ぬこと』（岩波書店）に「『時』の沈黙」を書く。／三月三日、風花朗読会が旧知の河出書房新社編集者、飯田貴司の通夜にあたり、焼香の後風花に駆けつけ、ネクタイを換えて朗読に臨む。一一月、次女有子結婚。
二〇〇二年（平成一四年）　六五歳
三月、齋藤孝と対談「声と身体に日本語が宿る」を『文学界』に、四月、養老孟司と対談「日本語と自我」を『群像』に、同月、奥山民枝と対談「怒れる翁とめでたい翁」を『波』に掲載。六月、連作「青い眼薬」を『群像』に連載開始。（六月「1・埴輪の馬」、七月「2・石の地蔵さん」、八月「3・野川」、九月「4・背中から」、一〇月「5・忘れ水」、一一月「6・睡蓮」、一二月「7・彼岸」、二〇〇三年三月「8・旅のうち」、同四月「9・紫の蔓」）一〇月、中沢新一、平出隆と鼎談「正岡子規没後百年」を『新潮』に掲載。／三月、短篇集『忿翁』（新潮社）を刊行。／九月、長女麻子に男子生まれる。一一月四日から二〇日、朗読とシンポジウムのため、ナント、パリ、ウィーン、インスブルック、メラノに行く。二一日から二九日、ウィーンで休暇。
二〇〇三年（平成一五年）　六六歳
一月、小田実、井上ひさし、小森鴻一と座談会「戦後の日米関係と日本文学」を『すばる』に掲載。一月五日から月曜毎に、随筆「東京の声・東京の音」を『日本経済新聞』に連載。四月、高橋源一郎と対談「文学の成熟曲線」を『新潮』に掲載。／一月二三日から三〇日、NHK・BS「わが心の旅」の取材のため、リーメンシュナイダーの祭壇彫刻を求め、かたわら中世末の《聖女》マルガレータ・フォン・エブナーの跡をたずね、ヴュルツブルク、ローテンブルク、メディンゲンなどを歩く。

（著者編）

著書目録——古井由吉

【単行本】

円陣を組む女たち　昭45・6　中央公論社
男たちの円居　昭45・7　講談社
杳子　妻隠　昭46・1　河出書房新社
行隠れ　昭47・3　河出書房新社
水　昭48・4　河出書房新社
櫛の火　昭49・12　河出書房新社
聖　昭51・5　新潮社
女たちの家　昭52・2　中央公論社
哀原　昭52・11　文芸春秋
夜の香り　昭53・10　新潮社
栖　昭54・11　平凡社
椋鳥　昭55・8　中央公論社
親　昭55・12　平凡社
山躁賦　昭57・4　集英社
槿　昭58・6　福武書店
東京物語考　昭59・3　岩波書店
グリム幻想*　昭59・4　PARCO出版局
招魂のささやき　昭59・11　福武書店
明けの赤馬　昭60・3　福武書店
裸々虫記　昭61・1　講談社
眉雨　昭61・2　福武書店
「私」という白道　昭61・3　トレヴィル
夜はいま　昭62・3　福武書店
フェティッシュな時代*　昭62・8　トレヴィル

日や月や　昭63・4　福武書店
ムージル 観念のエロス　昭63・7　岩波書店
長い町の眠り　平元・5　福武書店
仮往生伝試文　平元・9　河出書房新社
与謝蕪村・小林一茶＊（新潮古典文学アルバム21）　平3・3　新潮社
楽天記　平4・3　新潮社
魂の日　平5・8　福武書店
小説家の帰還＊　平5・12　講談社
半日寂寞　平6・4　講談社
陽気な夜まわり　平6・8　講談社
折々の馬たち　平7・10　角川春樹事務所
神秘の人びと　平8・6　岩波書店
白髪の唄　平8・8　新潮社
山に彷徨う心　平8・8　アリアドネ企画
夜明けの家　平10・4　講談社
遠くからの声＊　平11・10　新潮社
聖耳　平12・9　講談社
忿翁　平14・3　新潮社

【翻訳】

世界文学全集56 ブロッホ　昭42　筑摩書房
世界文学全集49 リルケ ムージル　昭43　筑摩書房
筑摩世界文学大系64 ムージル ブロッホ　昭48　筑摩書房
愛の完成／静かなヴェロニカの誘惑　昭62　岩波文庫
ムージル著作集7　平7　松籟社

【全集】

全エッセイ　全3巻　昭55・4〜6　作品社

古井由吉作品　全7巻　昭57・9〜58・3　河出書房新社

全集・現代文学の発見　昭44　学芸書林

別巻（孤独のたたかい）

新鋭作家叢書（古井由吉集）　昭46　河出書房新社

現代の文学36　昭47　講談社

筑摩現代文学大系96　昭53　筑摩書房

新潮現代文学80　昭56　新潮社

芥川賞全集8　昭57　文芸春秋

昭和文学全集23　昭62　小学館

石川近代文学全集10　昭62　石川近代文学館

日本の名随筆73　昭63　作品社

馬の文化叢書9　平6　馬事文化財団

川端康成文学賞全作品II　平11　新潮社

【文庫】

杳子・妻隠（解＝三木卓）　昭54　新潮文庫

雪の下の蟹・男たちの円居（解＝平出隆　案＝紅野謙介　著）　昭63　文芸文庫

木犀の日　古井由吉自選短篇集（解＝大杉重男　年　著）　平10　文芸文庫

日本ダービー十番勝負＊　平10　小学館文庫

「著書目録」は著者の校閲を経た。／原則として編著・再刊本等は入れなかった。／＊は対談・共著等を示す。／【文庫】は本書初刷刊行日現在の各社最新版「解説目録」に記載されているものに限った。／（　）内の略号は、解＝解説　**案**＝作家案内　年＝年譜　著＝著書目録を示す。

（作成・田中夏美）

本書は、福武文庫『槿』（一九八八年刊）を底本とし、多少ふりがなを加えた。

槿《あさがお》

古井《ふるい》由吉《よしきち》

二〇〇三年五月一〇日第一刷発行
二〇二五年三月一八日第一〇刷発行

発行者――篠木和久
発行所――株式会社 講談社
東京都文京区音羽2・12・21 〒112-8001
電話 編集（03）5395・3513
販売（03）5395・5817
業務（03）5395・3615

デザイン――菊地信義
製版――株式会社KPSプロダクツ
印刷――株式会社KPSプロダクツ
製本――株式会社国宝社

定価はカバーに表示してあります。

講談社
文芸文庫

ISBN4-06-198333-4

講談社文芸文庫

藤枝静男	愛国者たち	清水良典――解／津久井 隆――年
藤澤清造	狼の吐息|愛憎一念 藤澤清造 負の小説集 西村賢太編・校訂	西村賢太――解／西村賢太――年
藤澤清造	根津権現前より 藤澤清造随筆集 西村賢太編	六角精児――解／西村賢太――年
藤田嗣治	腕一本|巴里の横顔 藤田嗣治エッセイ選 近藤史人編	近藤史人――解／近藤史人――年
舟橋聖一	芸者小夏	松家仁之――解／久米 勲――年
古井由吉	雪の下の蟹|男たちの円居	平出 隆――解／紅野謙介――案
古井由吉	古井由吉自選短篇集 木犀の日	大杉重男――解／著者――年
古井由吉	槿	松浦寿輝――解／著者――年
古井由吉	山躁賦	堀江敏幸――解／著者――年
古井由吉	聖耳	佐伯一麦――解／著者――年
古井由吉	仮往生伝試文	佐々木 中――解／著者――年
古井由吉	白暗淵	阿部公彦――解／著者――年
古井由吉	蜩の声	蜂飼 耳――解／著者――年
古井由吉	詩への小路 ドゥイノの悲歌	平出 隆――解／著者――年
古井由吉	野川	佐伯一麦――解／著者――年
古井由吉	東京物語考	松浦寿輝――解／著者――年
古井由吉 佐伯一麦	往復書簡『遠くからの声』『言葉の兆し』	富岡幸一郎－解
古井由吉	楽天記	町田 康――解／著者――年
古井由吉	小説家の帰還 古井由吉対談集	鵜飼哲夫――解／著者・編集部－年
北條民雄	北條民雄 小説随筆書簡集	若松英輔――解／計盛達也――年
堀江敏幸	子午線を求めて	野崎 歓――解／著者――年
堀江敏幸	書かれる手	朝吹真理子－解／著者――年
堀口大學	月下の一群（翻訳）	窪田般彌――解／柳沢通博――年
正宗白鳥	何処へ|入江のほとり	千石英世――解／中島河太郎－年
正宗白鳥	白鳥随筆 坪内祐三選	坪内祐三――解／中島河太郎－年
正宗白鳥	白鳥評論 坪内祐三選	坪内祐三――解
町田康	残響 中原中也の詩によせる言葉	日和聡子――解／吉田凞生・著者－年
松浦寿輝	青天有月 エセー	三浦雅士――解／著者――年
松浦寿輝	幽|花腐し	三浦雅士――解／著者――年
松浦寿輝	半島	三浦雅士――解／著者――年
松岡正剛	外は、良寛。	水原紫苑――解／太田香保――年
松下竜一	豆腐屋の四季 ある青春の記録	小嵐九八郎－解／新木安利他－年
松下竜一	ルイズ 父に貰いし名は	鎌田 慧――解／新木安利他－年

▶解=解説 案=作家案内 人=人と作品 年=年譜を示す。 2025年2月現在